高等院校计算机专业教材

离 散 数 学

第 4 版

邵学才　叶秀明　蒋强荣　邓米克　编著

机 械 工 业 出 版 社

离散数学是高等院校理工科计算机专业必修的专业基础课程，主要内容包括集合论、代数结构、图论、数理逻辑和组合计数初步。本书在叙述上深入浅出，简明扼要，并以众多的实例解释概念，使抽象理论转化为直观的认识，易教易学，是一本适用性较强的教材。

本教材适合于高等院校计算机专业本科生使用，也适合于函授大学、职工大学、成人教育的计算机专业本科生使用。

图书在版编目（CIP）数据

离散数学/邵学才等编著. —4 版. —北京：机械工业出版社，2011. 11（2012. 1 重印）
ISBN 978-7-111-36278-4

I.①离… Ⅱ.①邵… Ⅲ.①离散数学-高等学校-教材 Ⅳ.①O158

中国版本图书馆 CIP 数据核字（2011）第 220699 号

机械工业出版社（北京市百万庄大街22 号　邮政编码 100037）
策划编辑：何文军　责任编辑：何文军
版式设计：霍永明　责任校对：张晓蓉
封面设计：马精明　责任印制：李　妍
北京富生印刷厂印刷
2012 年 1 月第 4 版第 1 次印刷
184mm×260mm·14.5 印张·357 千字
标准书号：ISBN 978-7-111-36278-4
定价：34.00 元

第 4 版前言

《离散数学》教材自 1996 年 9 月出版至今已有 15 个年头。由于作者多年来持续讲授离散数学课程，积累了丰富的教学经验，并把这些教学经验融入教材的编写中，从而使教材能做到深入浅出，贴近学生的接受水平，激发学生的学习兴趣，构成了"宜教易学"的鲜明特色，受到读者的欢迎和认可。

为了使教材进一步适应计算机专业本科教学的需求，力求使教材能体现"课堂教学以学生为主"的现代教学思想，使教材能更好地服务于学生，与机械工业出版社商定，对教材做适当修改，出版《离散数学》第 4 版。

在第 4 版中，主要修改的内容是：

1. 重写了第 1 章集合中的第 2 节：集合的运算。使学生在学习这一节后，对于集合的运算有较熟练的把握，为学习第 6 章命题逻辑和有关课程（如：数字逻辑、高级程序设计语言等）打下良好的基础。

2. 有不少专家都持有淡化代数结构内容的观点，作者很认同这个观点，删去了代数结构中理论性较强的部分：同态与同余等。

3. 增写了第 8 章组合计数初步。这部分内容对于学习数据结构和算法分析等课程有很大帮助。

北京工业大学计算机学院的邓米克副教授主持了《离散数学》第 4 版的策划工作，参与了部分内容的重写，并对全部修订内容作统一处理，蒋强荣副教授主要负责第 8 章内容的增写工作。

在教材的编写和修订过程中，得到亲友邵佩珍、邵学正、肖珑、高莹的热情支持和帮助，作者深表谢意。

还要感谢海军总医院章禾医生，他的高尚的医德、精湛的医术使我的口腔顽疾得以康复，从而使教材的修订工作能顺利完成。

教材中的不足之处，敬请不吝赐教。

邵学才

第3版前言

离散数学是理工科高等院校计算机专业必修的、重要的专业基础课，其研究目标是离散量的结构与相互间的关系，充分体现了计算机科学的离散性特点。离散数学中的综合、分析、归纳、演绎、递推等方法在计算机科学理论的研究与实用技术的开发中都有着广泛的应用。

离散数学的主要内容由集合论、代数结构、图论、数理逻辑等四部分组成。离散数学不仅为后续课程，如数据结构、操作系统、数据库原理、人工智能等课程作必要的理论准备，而且其课程内容中所提供的一些把科学理论应用于实践的范例，可以培养学生逐步增强如何实施"科学理论——技术——生产力"转化的观念和方法，提高学生在知识经济时代中的适应能力，可以这样说，离散数学在培养和提高学生的创新思维、创新能力和综合素质方面有其独特的作用。

本书作者充分考虑到离散数学所特有的"内容涉及广泛，抽象理论多"的特点，对于书中抽象内容的叙述都作了精心安排，运用大量的说明性例子，有层次地剖析抽象理论的内涵，使抽象的理论转化为直观的叙述，深入浅出，易教易学，使本书成为具有较强适用性的教材。

本书不仅可以作为理工科高等院校计算机专业本科生的教材，也适合于各类函授大学、职工业余大学、成人教育中计算机专业本科生的教学用书。

本书由上海大学叶秀明教授和北京工业大学邵学才教授编写。北京工业大学沈彤英副教授、邓米克副教授和蒋强荣副教授详细地审阅了书稿的全部内容并提出了有益的建议，使本书增色不少。在编写过程中得到亲友张锡恩、张绍昆和张静的悉心帮助，在此作者表示诚挚的谢意。

最后，作者对于在本书编辑过程中付出辛勤劳动并提出不少建议的机械工业出版社何文军先生和桂林先生表示深切的谢意。

编　者

目　　录

第1章 集 合

集合论是现代数学的基础,集合论几乎与现代数学的各个分支都有密切联系,并且也渗透到各个科技领域。集合论的内容是极其丰富的,本章主要介绍朴素集合论的基本内容,包括:什么是集合以及有关子集、空集、全集、补集、幂集等概念;集合的基本运算和集合代数的有关公式等。

1.1 集合的基本概念

集合就是具有某种特点的对象的聚合,其中每一个对象称为这个集合的元素。例如,北京工业大学学生的全体可以构成一个集合,而北京工业大学的每一个学生就是这个集合中的一个元素。又如正整数的全体可以构成一个集合,而每一个正整数就是这个集合中的元素。通常用大写的英文字母:$A,B,C,\cdots$等来代表集合,用小写的英文字母:$a,b,c,\cdots$等来代表集合中的元素。如果 a 是集合 A 中的元素,称 a 属于 A,并记作

$$a \in A$$

如果 a 不是集合 A 中的元素,称 a 不属于 A,并记作

$$a \notin A$$

1.1.1 集合的表示方法

集合有多种表示方法,这里介绍常用的两种方法。

(一)列举法

这种表示方法是把集合中的所有元素一一列举出来,元素间用逗号分开,并用花括号把它们括起来。如集合 A 含有 5 个元素,它们分别是 2,4,6,8,10。用列举法可把集合 A 表示成

$$A = \{2,4,6,8,10\}$$

又如

$$B = \{a,e,i,o,u\}$$

这就表明集合 B 有 5 个元素,它们分别是 a,e,i,o,u。

易见,$4 \in A$,$a \in B$,但 $5 \notin A$,$b \notin B$。

(二)特征法

集合的另一种表示方法是特征法,它是以某个小写的英文字母来统一表示该集合的元素,并指出这类元素的共同特征。如

$$C = \{x \mid x \text{ 是不大于 10 的偶数}, x > 0\}$$

花括号内的符号"|"读作"系指",花括号内的逗号读作"并且"。因此集合 C 中的元素是一些不大于 10 的偶数,并且大于 0。或者简单地说,C 是由不大于 10 的正偶数组成。实际上,集合 C 的元素就是:2,4,6,8,10。可见集合 C 和列举法中所提到的集合 A 的元素是完全相同的。又如

$$D = \{x \mid x \text{ 是英文字母}, x \text{ 是元音}\}$$

易见,D 中元素就是:a,e,i,o,u。它和列举法中所提到的集合 B 的元素是完全相同的。

当两个集合 X 和 Y 有相同的元素时,称这两个集合相等,记作 $X=Y$。容易看到,上面提到的集合 A,B,C,D 中,有 $A=C$ 和 $B=D$。

一般地讲,用列举法来表示集合时,往往显得冗长而繁复,但当我们对集合的某些特征作抽象的讨论时,列举法能使问题显得直观和容易理解。

1.1.2　子集

如果集合 A 中每一个元素又都是集合 B 中的元素,则称 A 是 B 的子集,也可以说 A 含在 B 中,或 B 含有 A,这种关系写作

$$A \subseteq B \text{ 或 } B \supseteq A$$

如果 A 不是 B 的子集,也就是说在 A 中至少有一个元素不属于 B,则称 B 不包含 A,记作

$$B \not\supseteq A \text{ 或 } A \not\subseteq B$$

例如,在集合 $A=\{1,3,4,5\}$ 和集合 $B=\{1,2,5\}$,集合 $C=\{1,5\}$ 中,C 是 A 的子集,即 $A \supseteq C$;C 又是 B 的子集,即 $B \supseteq C$,但 B 不是 A 的子集,因为元素 $2 \in B$ 而 $2 \notin A$,所以 $A \not\supseteq B$;同理 A 也不是 B 的子集,因为元素 $3 \in A$ 而 $3 \notin B$,所以 $B \not\supseteq A$。

由集合间的包含关系,容易得到:

定理 1.1.1　集合 A 和集合 B 相等的充分必要条件是 $A \supseteq B$ 且 $B \supseteq A$。

这一结论在证明两个集合相等时,往往是一种有效而简便的方法。

如果 A 是 B 的子集,但 A 和 B 不相等,也就是说在 B 中总有一些元素不属于 A,则称 A 是 B 的真子集,记作 $B \supset A$,如集合 $A=\{1,2\}$,$B=\{1,2,3\}$,那么 A 是 B 的真子集。

不含有任何元素的集合称为空集,记作 $\varnothing$。

由空集的定义可知,空集是一切集合的子集。

在实际工作中,我们所研究的对象总是限制在一定的范围内,比如我们要研究北京市大学生的学习情况时,研究对象可以是清华大学的学生,也可以是北京工业大学的学生,但研究的对象总是限制在北京市大学生这个范围内。在这种情况下,我们称"北京市大学生的全体"组成的集合为全集。又如在初等数论中,研究的对象是整数,在这种情况下,全体整数组成的集合是全集,全集通常用 U 表示。

请注意,全集的概念和研究对象所处的范围密切相关,不同的情况就有不同的全集,例如,当我们研究人口问题时,全世界所有的人就构成了全集;当我们研究中国妇女的生活状况时,全中国所有妇女就构成了全集;甚至当研究的对象仅限制在一个较小的范围时,如仅研究北京工业大学计算机科学系学生的学习情况时,北京工业大学计算机科学系的全体学生就是全集。总之,全集是和研究对象密切相关的。一般地讲,当我们的讨论总是限制在某个集合的子集时,这个集合就是全集。

与全集有密切关系的集合是补集。

设 A 是集合,且 $A \subseteq U$,由属于全集 U 但不属于 A 的所有元素组成的集合称为 A 的补集,记作 $\bar{A}$ 或 $\sim A$。例如

$$U = \{x \mid x \text{ 是上海大学的学生}\}$$

$$A = \{x \mid x \text{ 是上海大学的女学生}\}$$

则 A 的补集

$$\bar{A} = \{x \mid x \text{ 是上海大学的男学生}\}$$

又如

$$U = \{x \mid x \text{ 是实数}\}$$
$$A = \{x \mid x \text{ 是有理数}\}$$

则 A 的补集

$$\overline{A} = \{x \mid x \text{ 是无理数}\}$$

1.1.3　幂集

集合中的元素是可以多种多样的,因此一个集合作为另一个集合的元素是完全可以的,例如集合 $A = \{a, b, \{c, d\}\}$,这表明集合 A 含有 3 个元素: $a, b, \{c, d\}$,这里集合 $\{c, d\}$ 就成为集合 A 的一个元素了。

一般地讲,从属关系"$\in$"是元素和集合之间的关系;包含"$\supseteq$"则是集合和集合之间的关系,但也存在着这样的情况:集合 A 含在集合 B 中,集合 A 又属于集合 B,如

$$A = \{a, b\}$$
$$B = \{a, b, \{a, b\}\}$$

这里就有 A 既是 B 的子集,又是 B 的元素,即有 $A \subset B$ 和 $A \in B$ 同时成立。

下面介绍有着广泛用途的集合——幂集。

定义 1.1.1　设 A 是集合,由 A 的所有子集作为元素而构成的集合称为 A 的幂集,记作 $P(A)$。

例如集合 $A = \{a, b, c\}$, A 的子集有 $\{a\}$ $\{b\}$ $\{c\}$, $\{a, b\}$ $\{a, c\}$ $\{b, c\}$ 等,另外由于空集 $\varnothing$ 是一切集合的子集,所以 $\varnothing$ 也是 A 的子集,而 A 的本身也是 A 的子集,由此可得 A 的幂集

$$P(A) = \{\varnothing, \{a\}, \{b\}, \{c\}, \{a, b\}, \{a, c\}, \{b, c\}, \{a, b, c\}\}$$

又如

$$A = \{1, 2, 3, 4\}$$

则 A 的幂集

$$P(A) = \{\varnothing, \{1\}, \{2\}, \{3\}, \{4\}, \{1, 2\}, \{1, 3\}, \{1, 4\},$$
$$\{2, 3\}, \{2, 4\}, \{3, 4\}, \{1, 2, 3\}, \{1, 3, 4\}, \{1, 2, 4\}, \{2, 3, 4\}, \{1, 2, 3, 4\}\}$$

当一个集合中的元素的个数为有限时,该集合称为有限集;集合中的元素的个数为无限时,该集合称为无限集。有限集 A 中元素的个数称为集合 A 的基,记作 $|A|$,如 $A = \{a, b, c\}$,则 $|A| = 3$。

现在讨论有限集 A 的基与其幂集 $P(A)$ 的基的关系,由上面提到的两个幂集的实例可以看到,当 $A = \{a, b, c\}$ 时,即 $|A| = 3$ 时,其幂集的基 $|P(A)| = 8 = 2^3$;当 $A = \{1, 2, 3, 4\}$ 时,即 $|A| = 4$ 时,其幂集的基 $|P(A)| = 16 = 2^4$。在一般情况下有:

定理 1.1.2　A 是有限集, $|A| = n$,则 A 的幂集 $P(A)$ 的基为 2^n。

证明　由排列组合的知识可知:

$$|P(A)| = C_n^0 + C_n^1 + \cdots + C_n^{n-1} + C_n^n$$

又由二项式定理可知:

$$(a + b)^n = C_n^0 \cdot a^n + C_n^1 \cdot a^{n-1} \cdot b + \cdots + C_n^{n-1} a \cdot b^{n-1} + C_n^n b^n$$

特别取 $a = b = 1$,则有

$$(1 + 1)^n = C_n^0 + C_n^1 + \cdots + C_n^{n-1} + C_n^n$$

由此可得

$$|P(A)| = 2^n$$

习　题

1. 用列举法表示下列集合。

(1) 小于 20 的素数集合

(2) $\{x \mid x$ 是正整数, $x^2 < 50\}$

(3) $\{x \mid x^2 - 5x + 6 = 0\}$

(4) $\{x \mid x$ 是正整数, $x + 1 = 3\}$

2. 用特征法表示下列集合。

(1) $\{1, 3, 5, 7, \cdots, 99\}$

(2) $\{5, 10, 15, \cdots, 100\}$

(3) $\{1, 4, 9, 16, 25\}$

3. 设 A、B、C 是集合, 确定下列命题是否正确, 说明理由。

(1) 如果 $A \in B$ 与 $B \subseteq C$, 则 $A \subseteq C$。

(2) 如果 $A \in B$ 与 $B \subseteq C$, 则 $A \in C$。

(3) 如果 $A \subseteq B$ 与 $B \in C$, 则 $A \in C$。

(4) 如果 $A \subseteq B$ 与 $B \in C$, 则 $A \subseteq C$。

4. 确定下列命题是否正确。

(1) $\varnothing \subseteq \varnothing$

(2) $\varnothing \in \varnothing$

(3) $\varnothing \subseteq \{\varnothing\}$

(4) $\varnothing \in \{\varnothing\}$

5. 设 A, B, C 是集合。

(1) 如果 $A \notin B$ 且 $B \notin C$, 是否一定有 $A \notin C$?

(2) 如果 $A \in B$ 且 $B \notin C$, 是否一定有 $A \notin C$?

(3) 如果 $A \subset B$ 且 $B \notin C$, 是否一定有 $A \notin C$?

6. 求下列集合的幂集。

(1) $\{a, b, c, d\}$

(2) $\{a, b, \{a, b\}\}$

(3) $\varnothing$

(4) $\{\varnothing\}$

(5) $\{\varnothing, \{\varnothing\}\}$

1.2　集合的运算

本节介绍几种常用的集合运算和有关公式。

(一)集合的并运算

定义 1.2.1　两个集合 A、B 的并记作 $A \cup B$, 它也是一个集合, 由所有属于 A 或者 B 的元素合并在一起而构成的, 即

$$A \cup B = \{x \mid x \in A \text{ 或 } x \in B\}$$

例如

$$A = \{a, b, c, d\}$$

$$B = \{b,c,e\}$$

则
$$A \cup B = \{a,b,c,d,e\}$$

又如

$$A = \{1,2,3\}$$
$$B = \{1,3,5,7\}$$

则

$$A \cup B = \{1,2,3,5,7\}$$

集合的运算可以用文氏图形象地表示,在图 1-2-1 中,矩形表示全集 U,两个圆分别表示集合 A 和 B,阴影部分就是 $A \cup B$。

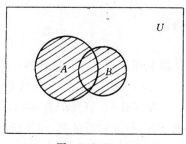

图 1-2-1

由集合并运算的定义可知,并运算具有以下性质:

1. $A \cup B = B \cup A$

2. $A \cup (B \cup C) = (A \cup B) \cup C$

3. $A \cup A = A$

4. $A \cup \varnothing = A$

5. $A \cup U = U$

（二）集合的交运算

定义 1.2.2　两个集合 A 和 B 的交记作 $A \cap B$,它也是一个集合,由属于 A、B 两个集合的所有共同元素构成,即

$$A \cap B = \{x \mid x \in A \text{ 且 } x \in B\}$$

例如

$$A = \{a,b,c\}$$
$$B = \{a,b,d,f\}$$

则

$$A \cap B = \{a,b\}$$

又如

$$A = \{1,2,3,4\}$$
$$B = \{1,3,5,7\}$$

则

$$A \cap B = \{1,3\}$$

如果 $A \cap B = \varnothing$,则称 A、B 不相交。例如

$$A = \{1,2,3\}$$
$$B = \{4,5,6\}$$

则 $A \cap B = \varnothing$,即 A 和 B 不相交。

集合的交运算的文氏图表示,见图 1-2-2,图中阴影部分就是 $A \cap B$。

由集合交运算的定义可知,交运算具有以下性质:

1. $A \cap B = B \cap A$

2. $(A \cap B) \cap C = A \cap (B \cap C)$

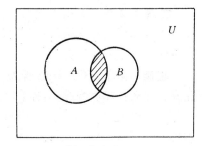

图 1-2-2

3. $A \cap A = A$

4. $A \cap \varnothing = \varnothing$

5. $A \cap U = A$

定理 1.2.1 设 A、B、C 是集合,则下列分配律成立。

$$A \cap (B \cup C) = (A \cap B) \cup (A \cap C)$$
$$A \cup (B \cap C) = (A \cup B) \cap (A \cup C)$$

证明 只证第一等式,第二等式的证明是类似的。证明的方法是这样的,先证

$$A \cap (B \cup C) \subseteq (A \cap B) \cup (A \cap C)$$

再证

$$A \cap (B \cup C) \supseteq (A \cap B) \cup (A \cap C)$$

从而利用定理 1.1.1 可证得

$$A \cap (B \cup C) = (A \cap B) \cup (A \cap C)$$

为了证明 $A \cap (B \cup C) \subseteq (A \cap B) \cup (A \cap C)$,也即要证明 $A \cap (B \cup C)$ 是 $(A \cap B) \cup (A \cap C)$ 的子集,所以只需证明:对于任意的 $x \in A \cap (B \cup C)$,都有 $x \in (A \cap B) \cup (A \cap C)$。

对于任意的 $x \in A \cap (B \cup C)$,即有 $x \in A$ 且 $x \in B \cup C$,也即 $x \in A$ 且 $x \in B$,或者 $x \in A$ 且 $x \in C$,这就表明 $x \in A \cap B$ 或者 $x \in A \cap C$,所以有 $x \in (A \cap B) \cup (A \cap C)$,由此可得 $A \cap (B \cup C) \subseteq (A \cap B) \cup (A \cap C)$。

再证 $A \cap (B \cup C) \supseteq (A \cap B) \cup (A \cap C)$。

对于任意的 $x \in (A \cap B) \cup (A \cap C)$,则 $x \in A \cap B$ 或者 $x \in A \cap C$;即 $x \in A$ 且 $x \in B$ 或者 $x \in A$ 且 $x \in C$;也即 $x \in A$ 且 $x \in B \cup C$;所以有:$x \in A \cap (B \cup C)$,从而得到 $A \cap (B \cup C) \supseteq (A \cap B) \cup (A \cap C)$。

综上所述,证得 $A \cap (B \cup C) = (A \cap B) \cup (A \cap C)$。

在上一节中,介绍了补集 $\overline{A}$ 的概念。常把补集 $\overline{A}$ 看作是对集合 A 作"取补"运算后的结果,由此有以下重要定理。

定理 1.2.2 设 A、B 是集合,则

$$\overline{A \cup B} = \overline{A} \cap \overline{B}$$
$$\overline{A \cap B} = \overline{A} \cup \overline{B}$$

该定理的证明仍可利用定理 1.1.1 证明之。

定理 1.2.2 也称为摩根律。

推论 $\overline{A_1 \cup A_2 \cup \cdots \cup A_n} = \overline{A_1} \cap \overline{A_2} \cap \cdots \cap \overline{A_n}$

$$\overline{A_1 \cap A_2 \cap \cdots \cap A_n} = \overline{A_1} \cup \overline{A_2} \cup \cdots \cup \overline{A_n}$$

定理 1.2.3 设 A、B 为集合,则

$$A \cup (A \cap B) = A$$
$$A \cap (A \cup B) = A$$

证明 由于 $A \cap U = A$,所以

$$A \cup (A \cap B) = (A \cap U) \cup (A \cap B)$$
$$= A \cap (U \cup B)$$
$$= A \cap U$$
$$= A$$

同理可证 $A \cap (A \cup B) = A$

定理 1.2.3 称为吸收律。

例 1-1 证明下列等式。

1. $A \cap (\overline{A} \cup B) = A \cap B$

2. $(A \cap \overline{B}) \cup (B \cap \overline{A}) \cup (A \cap B) = A \cup B$

3. $A \cap (C \cap (\overline{\overline{B} \cap A})) = A \cap B \cap C$

4. $(A \cap \overline{B}) \cup (A \cap \overline{C}) \cup (B \cap C) = (A \cup B) \cap (A \cup C)$

证明 1. 由分配律可知

$$A \cap (\overline{A} \cup B) = (A \cap \overline{A}) \cup (A \cap B)$$
$$= \varnothing \cup (A \cap B)$$
$$= A \cap B$$

2. 左式 $= (A \cap \overline{B}) \cup (B \cap (\overline{A} \cup A))$
$$= (A \cap \overline{B}) \cup (B \cap U)$$
$$= (A \cap \overline{B}) \cup B$$
$$= (A \cup B) \cap (\overline{B} \cup B)$$
$$= (A \cup B) \cap U$$
$$= A \cup B$$

3. 左式 $= A \cap (C \cap (B \cup \overline{A}))$
$$= A \cap ((C \cap B) \cup (C \cap \overline{A}))$$
$$= (A \cap B \cap C) \cup (A \cap C \cap \overline{A})$$
$$= (A \cap B \cap C) \cup \varnothing$$
$$= A \cap B \cap C$$

4. 左式 $= (A \cap (\overline{B} \cup \overline{C})) \cup (B \cap C)$
$$= (A \cap (\overline{B \cap C})) \cup (B \cap C)$$
$$= (A \cup (B \cap C)) \cap ((\overline{B \cap C}) \cup (B \cap C))$$
$$= (A \cup (B \cap C)) \cap U$$
$$= A \cup (B \cap C)$$
$$= (A \cup B) \cap (A \cup C)$$

(三)集合的减运算

定义 1.2.3 由属于集合 A 但不属于集合 B 的那些元素构成的集合称为 A 减 B 的差,记作 $A - B$,即

$$A - B = \{x \mid x \in A, x \notin B\}$$

例如

$$A = \{a, b, c\}$$
$$B = \{a, b\}$$

则

$$A - B = \{c\}$$

又如

$$A = \{a, b, c, d\}$$

$$B = \{a,b,e,f\}$$

则

$$A - B = \{c,d\}$$

再如

$$A = \{a,b,c\}$$
$$B = \{d,e,f\}$$

则

$$A - B = \{a,b,c\}$$

集合减运算的文氏图表示见图 1-2-3。

集合的减运算有以下性质：

1. $A - A = \varnothing$

2. $A - \varnothing = A$

3. $A - U = \varnothing$

4. $A - B = A \cap \overline{B}$

性质 1,2,3 是显然成立的。性质 4 可利用定理 1.1.1 证明之。性质 4 在集合的运算中有重要用途。

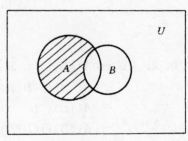

图　1-2-3

例 1-2　证明下列等式。

1. $A - (B - C) = (A - B) \cup (A - \overline{C})$

2. $((A - (A \cap B)) \cup (B - (A \cap B))) \cap C = ((A \cap C) \cup (B \cap C)) - (A \cap B)$

3. $(A - B) \cup (B - C) \cup (C - A) \cup (A \cap B \cap C) = A \cup B \cup C$

证明　1. 由减运算的性质 4 可知

$$
\begin{aligned}
A - (B - C) &= A - (B \cap \overline{C}) \\
&= A \cap (\overline{B \cap \overline{C}}) \\
&= A \cap (\overline{B} \cup C) \\
&= (A \cap \overline{B}) \cup (A \cap C) \\
&= (A \cap \overline{B}) \cup (A \cap \overline{\overline{C}}) \\
&= (A - B) \cup (A - \overline{C})
\end{aligned}
$$

2. 左式 $= ((A \cap (\overline{A \cap B})) \cup (B \cap (\overline{A \cap B}))) \cap C$

$= ((A \cap (\overline{A} \cup \overline{B})) \cup (B \cap (\overline{A} \cup \overline{B}))) \cap C$

$= (((A \cap \overline{A}) \cup (A \cap \overline{B})) \cup ((B \cap \overline{A}) \cup (B \cap \overline{B}))) \cap C$

$= ((A \cap \overline{B}) \cup (B \cap \overline{A})) \cap C$

$= ((A \cap \overline{B}) \cup B) \cap ((A \cap \overline{B}) \cup \overline{A}) \cap C$

$= (A \cup B) \cap (\overline{B} \cup B) \cap (A \cup \overline{A}) \cap (\overline{A} \cup \overline{B}) \cap C$

$= (A \cup B) \cap (\overline{A} \cup \overline{B}) \cap C$

$= ((A \cap C) \cup (B \cap C)) \cap (\overline{A} \cup \overline{B})$

$= ((A \cap C) \cup (B \cap C)) \cap (\overline{A \cap B})$

$= ((A \cap C) \cup (B \cap C)) - (A \cap B)$

3. 左式 $= (A - B) \cup (B - C) \cup (C \cap \overline{A}) \cup (A \cap B \cap C)$

$= (A - B) \cup (B - C) \cup (C \cap (\overline{A} \cup (A \cap B)))$

$$=(A-B)\cup(B-C)\cup(C\cap(\overline{A}\cup A)\cap(\overline{A}\cup B))$$
$$=(A-B)\cup(B-C)\cup(C\cap(\overline{A}\cup B))$$
$$=(A-B)\cup(B-C)\cup(C\cap\overline{A})\cup(C\cap B)$$
$$=(A-B)\cup(B\cap\overline{C})\cup(C\cap B)\cup(C\cap\overline{A})$$
$$=(A-B)\cup(B\cap(\overline{C}\cup C))\cup(C\cap\overline{A})$$
$$=(A-B)\cup B\cup(C\cap\overline{A})$$
$$=((A\cap\overline{B})\cup B)\cup(C\cap\overline{A})$$
$$=((A\cup B)\cap(\overline{B}\cup B))\cup(C\cap\overline{A})$$
$$=A\cup B\cup(C\cap\overline{A})$$
$$=B\cup((A\cup C)\cap(A\cup\overline{A}))$$
$$=A\cup B\cup C$$

（四）集合的对称差

定义 1.2.4　集合 A 和 B 的对称差记作 $A\oplus B$，其定义为：
$$A\oplus B=(A-B)\cup(B-A)$$

例如
$$A=\{a,b,c,d\}$$
$$B=\{a,c,e,f,g\}$$

则
$$A\oplus B=\{b,d,e,f,g\}$$

集合对称差的文氏图，见图 1-2-4。

定理 1.2.4　设 A、B 是集合，其对称差还可表示为：
$$A\oplus B=(A\cup B)-(A\cap B)$$

证明　由对称差的定义可知

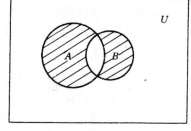

图　1-2-4

$$A\oplus B=(A-B)\cup(B-A)$$
$$=(A\cap\overline{B})\cup(B\cap\overline{A})$$
$$=((A\cap\overline{B})\cup B)\cap((A\cap\overline{B})\cup\overline{A})$$
$$=((A\cup B)\cap(B\cup\overline{B}))\cap((A\cup\overline{A})\cap(\overline{B}\cup\overline{A}))$$
$$=(A\cup B)\cap(\overline{A}\cup\overline{B})$$
$$=(A\cup B)\cap(\overline{A\cap B})$$
$$=(A\cup B)-(A\cap B)$$

由对称差的定义以及定理 1.2.4 的证明过程和结果可知，集合的对称差有以下 4 种表示形式：

(1) $A\oplus B=(A-B)\cup(B-A)$

(2) $A\oplus B=(A\cap\overline{B})\cup(B\cap\overline{A})$

(3) $A\oplus B=(A\cup B)-(A\cap B)$

(4) $A\oplus B=(A\cup B)\cap(\overline{A}\cup\overline{B})$

今后在涉及有关对称差运算时，可适当选择一种表示形式，使运算过程简化。

由对称差定义可知，对称差具有以下性质：

1. $A\oplus A=\varnothing$

2. $A \oplus \varnothing = A$

3. $A \oplus U = \overline{A}$

4. $A \oplus B = B \oplus A$

5. $(A \oplus B) \oplus C = A \oplus (B \oplus C)$

例 1-3 证明下列等式。

1. $A \cap (A \oplus B) = A - B$

2. $A \cup (A \oplus B) = A \cup B$

3. $(A \oplus B) \cup (A \oplus C) \cup (A \cap B \cap C) = A \cup B \cup C$

4. $(A \cup B) \oplus (A \cup C) = \overline{A} \cap (B \oplus C)$

5. $(A \oplus B) \cup (B \oplus C) \cup (C \oplus A) = (A \cup B \cup C) - (A \cap B \cap C)$

证明　1. $A \cap (A \oplus B) = A \cap ((A \cap \overline{B}) \cup (\overline{A} \cap B))$

$\qquad\qquad = (A \cap (A \cap \overline{B})) \cup (A \cap (\overline{A} \cap B))$

$\qquad\qquad = (A \cap \overline{B}) \cup (\varnothing \cap B)$

$\qquad\qquad = A \cap \overline{B}$

$\qquad\qquad = A - B$

2. $A \cup (A \oplus B) = A \cup (A \cap \overline{B}) \cup (\overline{A} \cap B)$

$\qquad\qquad = A \cup (\overline{A} \cap B)$

$\qquad\qquad = (A \cup \overline{A}) \cap (A \cup B)$

$\qquad\qquad = A \cup B$

3. 左式 $= (A \cap \overline{B}) \cup (\overline{A} \cap B) \cup (A \cap \overline{C}) \cup (\overline{A} \cap C) \cup (A \cap B \cap C)$

$\qquad = (A \cap (\overline{B} \cup (B \cap C))) \cup (\overline{A} \cap B) \cup (A \cap \overline{C}) \cup (\overline{A} \cap C)$

$\qquad = (A \cap (\overline{B} \cup B) \cap (\overline{B} \cup C)) \cup (\overline{A} \cap B) \cup (A \cap \overline{C}) \cup (\overline{A} \cap C)$

$\qquad = (A \cap \overline{B}) \cup (A \cap C) \cup (\overline{A} \cap B) \cup (A \cap \overline{C}) \cup (\overline{A} \cap C)$

$\qquad = (A \cap \overline{B}) \cup (A \cap C) \cup (A \cap C) \cup (\overline{A} \cap B) \cup (A \cap \overline{C}) \cup (\overline{A} \cap C)$

$\qquad = (A \cap \overline{B}) \cup (\overline{A} \cap B) \cup (A \cap (C \cup \overline{C})) \cup (C \cap (A \cup \overline{A}))$

$\qquad = (A \cap \overline{B}) \cup (\overline{A} \cap B) \cup A \cup C$

$\qquad = (\overline{A} \cap B) \cup A \cup C \text{(吸收律)}$

$\qquad = ((\overline{A} \cup A) \cap (A \cup B)) \cup C$

$\qquad = A \cup B \cup C$

4. 左式 $= ((\overline{A \cup B}) \cap (A \cup C)) \cup ((A \cup B) \cap (\overline{A \cup C}))$

$\qquad = (\overline{A} \cap \overline{B} \cap (A \cup C)) \cup ((A \cup B) \cap (\overline{A} \cap \overline{C}))$

$\qquad = (\overline{A} \cap \overline{B} \cap A) \cup (\overline{A} \cap \overline{B} \cap C) \cup (A \cap \overline{A} \cap \overline{C}) \cup (B \cap \overline{A} \cap \overline{C})$

$\qquad = (\overline{A} \cap \overline{B} \cap C) \cup (B \cap \overline{A} \cap \overline{C})$

$\qquad = \overline{A} \cap ((\overline{B} \cap C) \cup (B \cap \overline{C}))$

$\qquad = \overline{A} \cap (B \oplus C)$

5. 右式 $= (A \cup B \cup C) \cap (\overline{A \cap B \cap C})$

$\qquad = (A \cup B \cup C) \cap (\overline{A} \cup \overline{B} \cup \overline{C})$

$\qquad = ((A \cup B \cup C) \cap \overline{A}) \cup ((A \cup B \cup C) \cap \overline{B}) \cup ((A \cup B \cup C) \cap \overline{C})$

$\qquad = (A \cap \overline{A}) \cup (B \cap \overline{A}) \cup (C \cap \overline{A}) \cup (A \cap \overline{B}) \cup (B \cap \overline{B}) \cup (C \cap \overline{B}) \cup$

$$(A \cap \overline{C}) \cup (B \cap \overline{C}) \cup (C \cap \overline{C})$$
$$= (B \cap \overline{A}) \cup (A \cap \overline{B}) \cup (B \cap \overline{C}) \cup (C \cap \overline{B}) \cup (C \cap \overline{A}) \cup (A \cap \overline{C})$$
$$= (A \oplus B) \cup (B \oplus C) \cup (A \oplus C)$$

例 1-4 如果 $A \oplus B = A \oplus C$,证明 $B = C$。

证明 由题设可知:$A \oplus B = A \oplus C$。

在等式两边将 A 以对称差运算之,可得:

$$A \oplus (A \oplus B) = A \oplus (A \oplus C)$$
$$(A \oplus A) \oplus B = (A \oplus A) \oplus C$$
$$\varnothing \oplus B = \varnothing \oplus C$$

由对称差性质 2 可知:

$$B = C$$

习　题

1. 设 I_+ 是所有正整数组成的集合,A、B、C 是 I_+ 的子集且

$A = \{i \mid i^2 < 50\}$

$B = \{i \mid i$ 能整除 $30\}$

$C = \{1, 3, 5, 7\}$

求下列集合:

(1) $A \cup C$

(2) $A \cup (B \cap C)$

(3) $C - (A \cap B)$

(4) $(B \cap C) - (A \cup B)$

(5) $B \cap \overline{C}$

(6) $A \oplus C$

2. 给定正整数集合 I_+ 的子集:

$A = \{x \mid x < 12\}$

$B = \{x \mid x \leqslant 8\}$

$C = \{x \mid x = 2k, k \in I_+\}$

$D = \{x \mid x = 3k, k \in I_+\}$

试用 A、B、C、D 表示下列集合:

(1) $\{2, 4, 6, 8\}$

(2) $\{1, 3, 5, 7\}$

(3) $\{3, 6, 9\}$

(4) $\{10\}$

(5) $\{x \mid x$ 是大于 12 的奇数$\}$

3. 设 A、B 是任意集合,将 $A \cup B$ 表示为不相交集合的并。

4. 设 A、B、C 是集合,如果 $A \cup B = A \cup C$ 且 $A \cap B = A \cap C$,证明 $B = C$。

5. 设 A、B、C 是集合,求下列各式成立的充分必要条件。

(1) $(A - B) \cup (A - C) = A$

(2) $(A - B) \cup (A - C) = \varnothing$

(3) $(A - B) \cap (A - C) = \varnothing$

6. 证明下列各等式：

(1) $A \cap (B-A) = \varnothing$

(2) $A \cup (B-A) = A \cup B$

(3) $A-(B \cup C) = (A-B) \cap (A-C)$

(4) $(A-B) \cup (A-C) \cup (B \cap C) = (A \cup B) \cap (A \cup C)$

(5) $(A-\overline{C})-(A-B) = A \cap B \cap C$

7. 证明下列等式：

(1) $A \oplus (A \cap B) = A-B$

(2) $(A \oplus B) \cup (A \cap B) = A \cup B$

(3) $(A \oplus B) \cap (A \oplus C) \cap (B \cup C) = (B \cap C)-A$

(4) $A \cap (B \oplus C) = (A \cap B) \oplus (A \cap C)$

(5) $((A \cup B) \oplus (A \cap C)) \cup (B \cap C) = B \cup (A-C)$

8. 如果 $A \oplus B = \varnothing$，证明 $A = B$。

第1章 综合练习

选择正确答案，将选择项的序号写入空格内。

1. 设 A、B 是集合

(1) 如果 $A=\{1\}$，$B=\{1,\{1,2\}\}$，则_____。

(2) 如果 $A=\varnothing$，$B=\{\varnothing\}$，则_____。

(3) 如果 $A=\{a\}$，$B=\{\varnothing,a\{\varnothing\}\}$，则_____。

(4) 如果 $A=\{\varnothing\}$，$B=\{\varnothing,\{\varnothing\}\}$，则_____。

供选择项：

A $A \in B$ 且 $A \subseteq B$ B $A \notin B$ 但 $A \subseteq B$ C $A \in B$ 但 $A \nsubseteq B$ D $A \notin B$ 且 $A \nsubseteq B$

2. 若集合 A 的基 $|A|=10$，则其幂集的基 $|P(A)|=$_____。

A 100   B 99   C 1000

D 1024   E 512

3. 设 I 为整数集合，$A=\{x \mid x^2 < 30\}$，$B=\{x \mid x$ 是素数，$x < 20\}$，$C=\{1,3,5\}$。

(1) $(A \cap B) \cup C=$_____。

(2) $(B-A) \cup C=$_____。

(3) $(C-A) \cap (B-A)=$_____。

(4) $(B \cap C)-A=$_____。

供选择项：

A $\{1,2,3,5\}$ B $\varnothing$

C $\{0\}$ D $\{1,3,5,7,11,13,17,19\}$

E $\{1,3,5,7\}$ F $\{7,11,13,17,19\}$

4. 设全集 $U=\{1,2,3,\cdots,20\}$，A、B、C 是其子集，且 $A=\{x \mid \sqrt{x} < 4\}$，$B=\{x \mid x^2-6x-7=0\}$，$C=\{x \mid x^2 < 100\}$。

(1) $(A-B) \cap \overline{C}=$_____。

(2) $\overline{A} \cap \overline{B} \cap \overline{C}=$_____。

(3) $(A \cap \overline{B})-C=$_____。

供选择项：

A $\{16,17,18,19,20\}$ B $\{1,2,3,4,5,6\}$

C　{10,11,12,13,14,15}　　D　{1,2,3,4,5,6,7}

E　{7,10,11,12,13,14,15}　F　{1,2,3,4,5,6,8,9}

5. 设集合 $A=\{x|\sqrt{x}<3,x\in I\}$，$B=\{x|x=2k,k\in I\}$，$C=\{1,2,3,4,5\}$。

(1)$A\oplus C=$＿＿＿＿＿＿。

(2)$(A\oplus B)\cap C=$＿＿＿＿＿＿。

(3)$B\oplus B=$＿＿＿＿＿＿。

(4)$A\oplus(C-B)=$＿＿＿＿＿＿。

供选择项：

A　{1,3,5}　　　　　　　B　{2,4,6}

C　{0,6,7,8}　　　　　　D　{0,2,4,6,7,8}

E　∅　　　　　　　　　F　{6,7,8}

6. **确定以下各式：**

(1)$\varnothing\cap\{\varnothing\}=$＿＿＿＿＿＿。

(2)$\{\varnothing,\{\varnothing\}\}-\varnothing=$＿＿＿＿＿＿。

(3)$\{\varnothing,\{\varnothing\}\}-\{\varnothing\}=$＿＿＿＿＿＿。

供选择项：

A　∅　　　　　　　　　B　{∅}

C　{∅,{∅}}　　　　　　D　{{∅}}

第 2 章 二 元 关 系

在日常生活中,我们已经熟悉"关系"这个词的含义了,如父子关系,夫妻关系,兄弟关系等。为了用数学的方法来研究这些关系,我们将从集合论的观点来描述这些关系。

首先将研究的对象置于一个集合中,如集合 $A=\{a,b,c,d,e\}$,其中 a,b,c,d,e 是 5 个人,是我们考察的对象,其中 a 是 b 的父亲,c 是 d 的父亲,c 又是 e 的父亲。现在将这 5 个人中所有符合父子关系的两个人用有序对:(a,b),(c,d),(c,e) 来表示,而 R 则是以这些有序对作为元素构成的集合,即

$$R = \{(a,b),(c,d),(c,e)\}$$

那么集合 R 就能完整地描述了在 a,b,c,d,e 中的父子关系。我们称 R 为集合 A 上的一个关系(父子关系)。当然,在集合 A 上还存在着其他类型的关系。由于有序对仅由 A 中两个元素组成,所以这种关系称为二元关系,用同样方法还可以定义 n 元关系,由于本书只讨论二元关系,所以有关 n 元关系的内容不再详述,以后我们所提到的关系都是指二元关系。

请注意两点:第一,从数学的角度来看,关系是一个集合,是以有序对为其元素的集合;第二,在书写有序对时,有序对中的两个元素的顺序是重要的,不可随意安排。如上面提到的关系 R 是描述父子关系的,因为 a 是 b 的父亲,所以有序对 (a,b) 属于 R,而有序对 (b,a) 就不属于 R,它是子父关系。所以除去特殊情况外,有序对 (a,b) 和 (b,a) 是不相同的。

在一般情况下,还需要研究两个集合中的元素间的关系。如 $A=\{a,b,c,d\}$,$B=\{x,y,z\}$,假设 A 中元素 a,b,c,d 分别表示 4 位大学生;B 中元素 x,y,z 分别表示 3 种不同的专业;如果 a,b 是 x 专业的学生,c 是 y 专业的学生,d 是 z 专业的学生,那么有序对:(a,x),(b,x),(c,y),(d,z) 就表示了这 4 位大学生和所选修专业的关系。由这些有序对作为元素所构成的集合 R,即

$$R = \{(a,x),(b,x),(c,y),(d,z)\}$$

称 R 为 A 到 B 的二元关系。

易见,在 A 到 B 的二元关系中,其有序对如 (a,x) 的第一个元素 a 应属于 A,第二个元素 x 应属于 B。

2.1 二元关系及其表示方法

为了更深入地讨论二元关系,下面引进一个新概念:两个集合的笛卡儿乘积。

2.1.1 集合的笛卡儿乘积

定义 2.1.1 设 A 和 B 是两个集合,A 到 B 的笛卡儿乘积用 $A \times B$ 表示,它是所有形状如 (a,b) 的有序对为元素的集合,其中 $a \in A$,$b \in B$。

例如 $A=\{a,b,c\}$,$B=\{x,y\}$,A 到 B 的笛卡儿乘积

$$A \times B = \{(a,x),(a,y),(b,x),(b,y),(c,x),(c,y)\}$$

同样,B 到 A 的笛卡儿乘积

$$B \times A = \{(x,a),(y,a),(x,b),(y,b),(x,c),(y,c)\}$$

特别当 $A=B$ 时，$A \times A$ 称为集合 A 上的笛卡儿乘积，也可简写作 A^2。

例如 $A=\{1,2,3\}$，A 上的笛卡儿乘积为

$$A \times A = \{(1,1),(1,2),(1,3),(2,1),(2,2),(2,3),(3,1),(3,2),(3,3)\}.$$

显然，当 $|A|=n$ 时，$|B|=m$ 时，$|A \times B|=n \times m$，$|A \times A|=n^2$，$|B \times B|=m^2$。

易见，A 到 B 的二元关系就是笛卡儿乘积 $A \times B$ 的一个子集；而 A 上的二元关系则是笛卡儿乘积 $A \times A$ 的一个子集。

2.1.2　二元关系的定义

在本章的开始，已经叙述了有关"关系"的基本概念，为了对关系进行一般的讨论，这里就不再强调指明关系的具体含义，如它是父子关系，朋友关系等。而是抽象地把关系作为集合的笛卡儿乘积的子集来进行讨论。下面给出 A 到 B 的二元关系的一般定义。

定义 2.1.2　设 A 和 B 是两个集合，R 是笛卡儿乘积 $A \times B$ 的子集，则称 R 为 A 到 B 的一个二元关系。

例如 $A=\{a_1,a_2,a_3,a_4\}$，$B=\{b_1,b_2,b_3\}$，$R=\{(a_1,b_1),(a_2,b_1),(a_4,b_3)\}$，那么 R 就是一个 A 到 B 的二元关系。对于 R 中的元素 (a_1,b_1)，即 $(a_1,b_1) \in R$，也可写作：$a_1 R b_1$，并称 a_1,b_1 以 R 相关。对于不属于 R 的有序对，如 $(a_2,b_2) \notin R$，也可写作：$a_2 \notin b_2$，并称 a_2,b_2 不以 R 相关。

现在给出 A 上二元关系的一般定义。

定义 2.1.3　设 A 是集合，R 是笛卡儿乘积 $A \times A$ 的子集，则称 R 为 A 上的一个二元关系。

例如 $A=\{a,b,c,d\}$，$R=\{(a,a),(a,b),(b,a)\}$，那么 R 是 A 上的一个二元关系。

定义 2.1.4　设 R 是 A 到 B 的二元关系，由 $(x,y) \in R$ 的所有 x 组成的集合称为 R 的前域，记作 $\mathrm{dom}R$；使 $(x,y) \in R$ 的所有 y 组成的集合称为 R 的值域，记作 $\mathrm{ran}R$。

例 2-1　设 $A=\{a,b,c,d,e\}$，$B=\{x,y,z\}$，A 到 B 的二元关系 $R=\{(a,x),(b,y),(c,x)\}$，求 R 的前域和值域。

解　由于 A 中元素仅有 a,b,c 与 B 中元素以 R 相关，所以前域 $\mathrm{dom}R=\{a,b,c\}$；又因为 A 中元素仅与 B 中的 x,y 以 R 相关，所以值域 $\mathrm{ran}R=\{x,y\}$。

例 2-2　设 $A=\{1,2,3,4\}$，R 是 A 上的二元关系，当 $a,b \in A$ 且 $a<b$ 时，$(a,b) \in R$，求 R 和它的前域和值域。

解　$R=\{(1,2),(1,3),(1,4),(2,3),(2,4),(3,4)\}$ 由于 A 上的二元关系就是 A 到 A 的二元关系，所以前域 $\mathrm{dom}R=\{1,2,3\}$，值域 $\mathrm{ran}R=\{2,3,4\}$。

对于任意集合，空集 $\varnothing$ 总是它的子集，另外，这个集合的本身也是它的子集，常称这两种子集为平凡子集。

今后，我们把笛卡儿乘积 $A \times B$ 的两个平凡子集：空集 $\varnothing$ 和 $A \times B$ 本身称为 A 到 B 的空关系和全域关系。

例如集合 $A=\{1,3,5\}$，对于 A 中任意元素 a,b，当 $a+b$ 是偶数时，$(a,b) \in R$。显然，由于 A 中元素都是奇数，两个奇数之和必为偶数，所以有

$$R = \{(1,1),(1,3),(1,5),(3,1),(3,3),(3,5),(5,1),(5,3),(5,5)\}$$

由此可见 R 是全域关系。

又设 R' 是 A 上的二元关系，对于 A 中任意元素 a,b，当 $a+b$ 是奇数时，$(a,b) \in R'$，显然

R' 是 A 上的空关系。

定义 2.1.5 设 I_A 是 A 上的二元关系且满足 $I_A=\{(a,a)\,|\,a\in A\}$，则称 I_A 为 A 上的恒等关系。

例如，$A=\{a,b,c\}$，则 $I_A=\{(a,a),(b,b),(c,c)\}$。

下面再举几个实例以加深对二元关系的理解。

例 2-3 $A=\{1,2,3,4,5,6,7\}$，R 是 A 上的二元关系，对于 A 中元素 a,b，当它们被 3 除后余数相同，则 $(a,b)\in R$（R 也称为模 3 同余关系）。求 R。

解 $R=\{(1,1),(2,2),(3,3),(4,4),(5,5),(6,6),(7,7),(1,4),(4,1),(1,7),(7,1),(4,7),(7,4),(2,5),(5,2),(3,6),(6,3)\}$。

例 2-4 $A=\{2,4,6,8\}$，R 是 A 上的二元关系，对于 A 中元素 a,b，当 a 能整除 b 时，$(a,b)\in R$，求 R。

解 $R=\{(2,2),(4,4),(6,6),(8,8),(2,4),(2,6),(2,8),(4,8)\}$。

例 2-5 $A=\{a,b,c,d,e\}$，其中 a,b,c,d,e 分别表示 5 位大学生；a,b,c 都是 20 岁，d 和 e 都是 24 岁。R 是 A 上的同年龄关系，即对于 $x,y\in A$，当 x,y 年龄相同时，$(x,y)\in R$，求 R。

解 $R=\{(a,a),(b,b),(c,c),(d,d),(e,e),(a,b),(b,a),(a,c),(c,a),(b,c),(c,b),(d,e),(e,d)\}$

2.1.3 关系的三种表示方法

当二元关系中的元素（有序对）较多时，关系的书写将是冗长的，下面给出的三种关系的表示方法，不仅使关系的表示简化而且使关系的表示更形象、更直观，便于对关系作深入的讨论。

（一）表格法

设集合 $A=\{a_1,a_2,\cdots,a_n\}$，$B=\{b_1,b_2,\cdots,b_m\}$，易知 $A\times B$ 中元素的个数 $|A\times B|=|A|\times|B|=n\times m$。先画出一个 n 行 m 列的表格，用 A 中的元素 $a_1,a_2,\cdots,a_n$ 顺序标注在竖列的左方，用 B 中的元素 $b_1,b_2,\cdots,b_m$ 顺序标注在横行的上方，第 i 行第 j 列的方格表示有序对 (a_i,b_j)，显然 $n\times m$ 个方格恰好表示了 $A\times B$ 中的 $n\times m$ 个有序对。由于 A 到 B 的二元关系 R 是 $A\times B$ 的子集，所以当 a_p 和 b_g 以 R 相关时，在表格的相应方格上填"√"，这就是关系的表格表示。例如

$$A=\{a_1,a_2,a_3,a_4,a_5,a_6\}$$
$$B=\{b_1,b_2,b_3,b_4,b_5\}$$
$$R=\{(a_1,b_1),(a_1,b_2),(a_2,b_3),(a_3,b_3),(a_4,b_2),(a_5,b_4),(a_6,b_5)\}$$

则 R 的表格表示为表 2-1-1 所示。

表 2-1-1

	b_1	b_2	b_3	b_4	b_5
a_1	√	√			
a_2			√		
a_3			√		
a_4		√			
a_5				√	
a_6					√

又如

$$A = \{a_1, a_2, a_3, a_4, a_5, a_6\}$$

$$R = \{(a_1, a_2), (a_2, a_3), (a_3, a_4), (a_4, a_5), (a_5, a_6), (a_6, a_1), (a_6, a_3)\}$$

则 R 的表格表示为表 2-1-2 所示。

表 2-1-2

	a_1	a_2	a_3	a_4	a_5	a_6
a_1		✓				
a_2			✓			
a_3				✓		
a_4					✓	
a_5						✓
a_6	✓		✓			

例 2-6 设集合 $A = \{a, b, c, d, e, f, g\}$，集合中的元素分别代表 7 个人，其中 a, b, c 是上海人；d 和 e 是北京人；f 和 g 是天津人。R 是 A 上的同乡关系，求 R 和 R 的表格表示。

解 A 上的同乡关系 $R = \{(a, a), (b, b), (c, c), (d, d), (e, e), (f, f), (g, g), (a, b), (b, a), (a, c), (c, a), (b, c), (c, b), (d, e), (e, d), (f, g), (g, f)\}$，$R$ 的表格表示见表 2-1-3 所示。

表 2-1-3

	a	b	c	d	e	f	g
a	✓	✓	✓				
b	✓	✓	✓				
c	✓	✓	✓				
d				✓	✓		
e				✓	✓		
f						✓	✓
g						✓	✓

（二）矩阵表示法

由关系的表格表示，很容易转化为关系的矩阵表示。

设集合 $A = \{a_1, a_2, \cdots, a_n\}$，$B = \{b_1, b_2, \cdots, b_m\}$，先写出一个 $n \times m$ 矩阵 (C_{ij})，用 A 中元素顺序标注在矩阵竖列的左方；用 B 中的元素顺序标注在矩阵横行的上方。如果 a_i 和 b_j 以 R 相关，就让矩阵中的第 i 行第 j 列元素 C_{ij} 取值为 1，否则取值为 0。例如

$$A = \{a_1, a_2, a_3, a_4, a_5\}$$

$$B = \{b_1, b_2, b_3, b_4\}$$

$$R = \{(a_1, b_1), (a_2, b_3), (a_2, b_4), (a_3, b_4), (a_4, b_4), (a_5, b_1), (a_5, b_2)\}$$

R 的矩阵表示为：

$$
\begin{array}{c}
\quad b_1 \; b_2 \; b_3 \; b_4 \\
\begin{array}{c}
a_1 \\ a_2 \\ a_3 \\ a_4 \\ a_5
\end{array}
\begin{bmatrix}
1 & 0 & 0 & 0 \\
0 & 0 & 1 & 1 \\
0 & 0 & 0 & 1 \\
0 & 0 & 0 & 1 \\
1 & 1 & 0 & 0
\end{bmatrix}
\end{array}
$$

这样的矩阵,通常也称为对应于 R 的关系矩阵。

当 R 为 A 上的二元关系时,如果 A 中有 n 个元素 $a_1, a_2, \cdots, a_n$,则对应于 R 的关系矩阵应是 n 阶方阵 (a_{ij}),方阵中的元素 a_{ij} 满足:

$$
a_{ij} = \begin{cases}
1 & \text{当} (a_i, a_j) \in R \text{ 时} \\
0 & \text{当} (a_i, a_j) \notin R \text{ 时}
\end{cases}
$$

例如

$$
A = \{a_1, a_2, a_3, a_4, a_5\}
$$
$$
R = \{(a_1, a_1), (a_1, a_2), (a_3, a_5), (a_4, a_5)\}
$$

则对应于 R 的关系矩阵为:

$$
\begin{array}{c}
\quad a_1 \; a_2 \; a_3 \; a_4 \; a_5 \\
\begin{array}{c}
a_1 \\ a_2 \\ a_3 \\ a_4 \\ a_5
\end{array}
\begin{bmatrix}
1 & 1 & 0 & 0 & 0 \\
0 & 0 & 0 & 0 & 0 \\
0 & 0 & 0 & 0 & 1 \\
0 & 0 & 0 & 0 & 1 \\
0 & 0 & 0 & 0 & 0
\end{bmatrix}
\end{array}
$$

例 2 - 7 $A = \{1, 2, 3, 4, 5, 6\}$, R 是 A 上的整除关系,即仅当 a 整除 b 时,$(a, b) \in R$。求 R 和 R 的关系矩阵。

解 $R = \{(1,1), (2,2), (3,3), (4,4), (5,5), (6,6), (1,2), (1,3), (1,4), (1,5), (1,6), (2,4), (2,6), (3,6)\}$。

R 的矩阵表示为:

$$
\begin{array}{c}
\quad 1 \; 2 \; 3 \; 4 \; 5 \; 6 \\
\begin{array}{c}
1 \\ 2 \\ 3 \\ 4 \\ 5 \\ 6
\end{array}
\begin{bmatrix}
1 & 1 & 1 & 1 & 1 & 1 \\
0 & 1 & 0 & 1 & 0 & 1 \\
0 & 0 & 1 & 0 & 0 & 1 \\
0 & 0 & 0 & 1 & 0 & 0 \\
0 & 0 & 0 & 0 & 1 & 0 \\
0 & 0 & 0 & 0 & 0 & 1
\end{bmatrix}
\end{array}
$$

例 2 - 8 $A = \{1, 3, 5, 7, 9\}$, R 是 A 上的小于等于关系,即当 $a \leqslant b$ 时,$(a, b) \in R$。求 R 的表格表示和矩阵表示。

解 R 的表格表示见表 2-1-4。

表 2-1-4

	1	3	5	7	9
1	✓	✓	✓	✓	✓
3		✓	✓	✓	✓
5			✓	✓	✓
7				✓	✓
9					✓

R 的矩阵表示为：

$$
\begin{array}{c}
\quad\ 1\ \ 3\ \ 5\ \ 7\ \ 9 \\
\begin{array}{c}1\\3\\5\\7\\9\end{array}
\begin{bmatrix}
1 & 1 & 1 & 1 & 1 \\
0 & 1 & 1 & 1 & 1 \\
0 & 0 & 1 & 1 & 1 \\
0 & 0 & 0 & 1 & 1 \\
0 & 0 & 0 & 0 & 1
\end{bmatrix}
\end{array}
$$

（三）图形表示法

设 R 是 A 到 B 的二元关系，R 的图形表示法是在平面上用 n 个点分别表示 A 中的元素 $a_1,a_2,\cdots,a_n$；另外再在平面上画出 m 个点分别表示 B 中元素 $b_1,b_2,\cdots,b_m$，当 $(a_i,b_j)\in R$ 时，则从点 a_i 至 b_j 画一条有向边，其箭头指向 b_j，否则就没有边联结。例如

$$A=\{a_1,a_2,a_3,a_4\}$$
$$B=\{b_1,b_2,b_3\}$$
$$R=\{(a_1,b_1),(a_2,b_3),(a_3,b_3),(a_4,b_2)\}$$

则 R 的图形表示为图 2-1-1 所示。

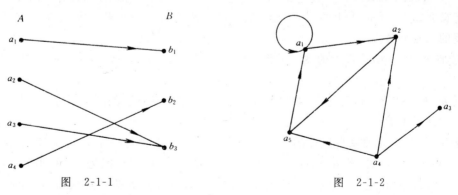

图 2-1-1 　　　　　　　　　　　图 2-1-2

当 R 为 A 上的二元关系时，其图形表示也可以在平面上仅画 n 个点，有向边的规定不变。例如

$$A=\{a_1,a_2,a_3,a_4,a_5\}$$
$$R=\{(a_1,a_1),(a_1,a_2),(a_2,a_5),(a_4,a_3),(a_5,a_1),(a_4,a_2),(a_4,a_5)\}$$

则 R 的图形表示为图 2-1-2 所示。

关系 R 的图形表示也称为 R 的关系图。

习　题

1. 设集合 $A=\{a,b\}$，$B=\{x,y\}$，求笛卡儿乘积 $A\times B$，$B\times A$，$A\times A$，$B\times B$。

2. 设集合 $A=\{1,2\}$，求 $A\times P(A)$。

3. 设集合 $A=\{1,2,3\}$，$B=\{1,3,5$，$C=\{a,b\}$，求 $(A\cap B)\times C$ 和 $(A\times C)\cap(B\times C)$。

4. 证明 $(A\cap B)\times C=(A\times C)\cap(B\times C)$。

5. 证明 $(A\cup B)\times C=(A\times C)\cup(B\times C)$。

6. 设 $A=\{a,b\}$，$B=\{x,y\}$，列出所有从 A 到 B 的二元关系。

7. 在一个有 n 个元素的集合上，可以有多少种不同的二元关系？

8. 设 $A=\{1,2,3,4,5\}$，R 是 A 上的二元关系，当 $x,y\in A$ 且 x 和 y 都是素数时，$(x,y)\in R$，求 R。

9. 设 $A=\{1,2,3\}$，$B=\{2+i,4+3i,5+4i,2+7i\}$，如果 A 中元素恰好是 B 中元素的实部，则认为它们是相关的，求相应的二元关系 R。

10. 设 $A=\{1,2,3,4,5,6,7,8,9\}$，R 是 A 上的模 4 同余关系，即当 $a,b\in A$ 且 a 和 b 被 4 除后余数相同时，则 $(a,b)\in R$，求 R。

11. 设 $A=\{1,2,3,4,6,8\}$，R 是 A 上的整除关系，S 是 A 上的小于等于关系，求 $R\cup S$ 和 $R\cap S$。

12. 设集合 $A=\{a,b,c,d\}$，$B=\{1,2,3\}$，R 是 A 到 B 的二元关系，$R=\{(a,1),(a,2),(b,2),(c,3),(d,1),(d,3)\}$，写出 R 的表格表示、关系矩阵和关系图。

13. 设集合 $A=\{a,b,c,d,e\}$，R 是 A 上的二元关系，$R=\{(a,a),(b,b),(c,c),(d,d),(e,e),(a,b),(b,a),(c,d),(d,e),(c,e),(d,c),(e,c)\}$，写出 R 的表格表示、关系矩阵和关系图。

14. 设集合 $A=\{1,2,3,4,6,8\}$，R 是 A 上的小于关系，写出 R 的表格表示、矩阵表示和关系图。

15. 设集合 $A=\{-3,-2,-1,0,1,2,3\}$，对于 A 中元素 a,b，当 $a\times b>0$ 时，$(a,b)\in R$，写出 R 的表格表示、矩阵表示和关系图。

2.2　关系的基本类型

本节将介绍具有某种性质的基本的二元关系。

（一）自反的二元关系

定义 2.2.1　R 是 A 上的二元关系，如果对于 A 中每一个元素 a，都有 $(a,a)\in R$，则称 R 为自反的二元关系。

例如，$A=\{a,b,c\}$，A 上的二元关系 $R=\{(a,a),(b,b),(c,c),(a,b)\}$，则 R 是自反的二元关系。

又如，$A=\{1,2,3\}$，R 是 A 上的整除关系。显然 R 是自反的二元关系，因为 $(1,1)$，$(2,2)$，$(3,3)$ 都属于 R。

请注意，在二元关系自反性的定义中，要求对于 A 中的每一个元素 a，都有 $(a,a)\in R$。所以当 $A=\{a,b,c\}$ 时，若 $R=\{(a,a),(b,b)\}$，则 R 不是自反的，因为 $c\in A$，但 $(c,c)\notin R$。又如，$A=\{1,2,3\}$，R 是 A 上的二元关系，当 $a,b\in A$，且 a 和 b 都是素数时，$(a,b)\in R$，易知 $R=\{(2,2),(3,3),(2,3),(3,2)\}$，这里的 R 也不是自反的二元关系，因为 $1\in A$，但 $(1,1)\notin R$。

（二）反自反的二元关系

定义 2.2.2　R 是 A 上的二元关系，如果对于 A 中每一个元素 a，都有 $(a,a)\notin R$，则称 R 为反自反的二元关系。

例如，$A=\{a,b,c\}$，$R=\{(a,b),(b,c),(c,a)\}$，那么 R 是反自反的二元关系，因为对于 A 中 3 个元素 a,b,c 都有 $(a,a)\notin R$，$(b,b)\notin R$，$(c,c)\notin R$。

又如，$A=\{1,2,3\}$，R 是 A 上的小于关系，即当 $a<b$ 时，$(a,b)\in R$。易见 R 是 A 上的反自反的二元关系。

要注意的是，非自反的二元关系不一定就是反自反的二元关系。因为在关系的反自反性定义中，同样要求对于 A 中的每一个元素 a，都 $(a,a)\notin R$。因此存在着这样的二元关系，它既不是自反的、也不是反自反的。例如 $A=\{a,b,c\}$，$R=\{(a,a),(a,b)\}$，那么 R 不是自反的（因为 (b,b)，(c,c) 都不属于 R），R 也不是反自反的（因为 $(a,a)\in R$）。

（三）对称的二元关系

定义 2.2.3　R 是 A 上的二元关系，每当 $(a,b)\in R$ 时，就一定有 $(b,a)\in R$，则称 R 为对称的二元关系。

例如，$A=\{a,b,c\}$，$R=\{(a,a),(a,c),(c,a)\}$；这里 R 是对称的二元关系。

又如，$A=\{1,2,3,4,5\}$，对于 A 中元素 a 和 b，如果 a,b 被 3 除后余数相同，则 $(a,b)\in R$（R 是模 3 同余关系），易见 R 是对称的二元关系。

请注意，在关系的对称性的定义中，要求每当 $(a,b)\in R$ 时，就一定有 $(b,a)\in R$；所以对于 $A=\{a,b,c\}$，$R=\{(a,a),(a,b),(b,a),(a,c),(c,a),(b,c)\}$，$R$ 不是对称的二元关系，因为虽然有 (a,b) 和 (b,a) 属于 R，(a,c) 和 (c,a) 属于 R，但 $(b,c)\in R$ 而 $(c,b)\notin R$。

（四）反对称的二元关系

定义 2.2.4　R 是 A 上的二元关系，每当有 $(a,b)\in R$ 和又有 $(b,a)\in R$ 时，必有 $a=b$，则称 R 为反对称的二元关系。

为了便于理解，反对称的定义也可改写如下：

R 是 A 上的二元关系，当 $a\neq b$ 时，如果 $(a,b)\in R$，则必有 $(b,a)\notin R$，称 R 为反对称的二元关系。

例如，$A=\{a,b,c\}$，$R=\{(a,a),(a,b),(b,c)\}$，则 R 是反对称的二元关系。

又如，$A=\{1,2,3\}$，R 是 A 上的小于关系，即 $a<b$，$(a,b)\in R$。易知 $R=\{(1,2),(1,3),(2,3)\}$，所以 R 是反对称的二元关系。

再如，A 是一些整数组成的集合，如果 a 整除 b，则 $(a,b)\in R$，易知整除关系 R 是反对称的。

还要注意，由关系的对称性和反对称性的定义可知，"对称的"和"反对称的"这两个概念并非相互对立、相互排斥的。存在着既不是对称的又不是反对称的二元关系。也存在着既是对称的又是反对称的二元关系。例如：

$$A=\{a,b,c\}$$
$$R=\{(a,b),(b,a),(a,c)\}$$

显然，R 不是对称的二元关系，因为 $(a,c)\in R$，而 $(c,a)\notin R$；R 也不是反对称的二元关系，因为 $(a,b)\in R$ 且 $(b,a)\in R$。

又如

$$A=\{a,b,c\}$$
$$R=\{(a,a)\}$$

这里的 R 既是对称的又是反对称的二元关系。

（五）可传递的二元关系

定义 2.2.5　R 是 A 上的二元关系，每当有 $(a,b) \in R$ 和 $(b,c) \in R$ 时，必有 $(a,c) \in R$，则称 R 为可传递的二元关系。

例如，整除关系是可传递的，因为每当 $(a,b) \in R$ 和 $(b,c) \in R$ 时，即 a 能整除 b 和 b 能整除 c 时，显然 a 能整除 c，所以必有 $(a,c) \in R$。

又如，小于关系是可传递的，每当 $(a,b) \in R$ 和 $(b,c) \in R$ 时 $(a<b$ 和 $b<c)$，必有 $(a,c) \in R$ $(a<c)$。

上面介绍了 5 种不同类型的二元关系，其中自反的、反自反的、对称的、反对称的二元关系可以从它们的关系矩阵（或表格表示）的不同特征加以区别。

当二元关系 R 的关系矩阵中，对角线上的元素都是 1，则 R 是自反的二元关系。

当二元关系 R 的关系矩阵中，对角线上的元素都是 0，则 R 是反自反的二元关系。

当二元关系 R 的关系矩阵是对称的，则 R 是对称的二元关系。

当二元关系 R 的关系矩阵中，以对角线对称的元素不能同时为 1，则 R 是反对称的二元关系。

但是传递的二元关系不易从关系矩阵中直接判断，而判断一个二元关系是否是可传递的，往往需要做很繁复的工作，下面介绍两种使用比较方便的传递性的判定方法。

（六）可传递的判定方法

1. 可传递的判定方法一

这种方法主要是利用二元关系 R 的关系矩阵 A_R 和关系矩阵的平方 A_R^2 之间的关系来判定二元关系是否可传递。

设集合 $A = \{a_1, a_2, \cdots, a_n\}$，$R$ 是 A 上的二元关系，其关系矩阵

$$A_R = \begin{bmatrix} a_{11} & a_{12} & \cdots & a_{1n} \\ a_{21} & a_{22} & \cdots & a_{2n} \\ \cdots & \cdots & \cdots & \cdots \\ a_{n1} & a_{n2} & \cdots & a_{nn} \end{bmatrix}$$

其中

$$a_{ij} = \begin{cases} 1 & \text{当} (a_i, a_j) \in R \text{ 时} \\ 0 & \text{当} (a_i, a_j) \notin R \text{ 时} \end{cases}$$

令

$$
\begin{aligned}
B = A_R^2 &= \begin{bmatrix} a_{11} & a_{12} & \cdots & a_{1n} \\ a_{21} & a_{22} & \cdots & a_{2n} \\ \cdots & \cdots & \cdots & \cdots \\ a_{n1} & a_{n2} & \cdots & a_{nn} \end{bmatrix} \times \begin{bmatrix} a_{11} & a_{12} & \cdots & a_{1n} \\ a_{21} & a_{22} & \cdots & a_{2n} \\ \cdots & \cdots & \cdots & \cdots \\ a_{n1} & a_{n2} & \cdots & a_{nn} \end{bmatrix} \\
&= \begin{bmatrix} b_{11} & b_{12} & \cdots & b_{1n} \\ b_{21} & b_{22} & \cdots & b_{2n} \\ \cdots & \cdots & \cdots & \cdots \\ b_{n1} & b_{n2} & \cdots & b_{nn} \end{bmatrix}
\end{aligned}
$$

现在我们来分析一下二元关系 R 的关系矩阵中的元素与关系矩阵的平方 $B = A_R^2$ 中的元素之间的关系。

由矩阵的乘法运算规则可知

$$b_{ij} = \sum_{k=1}^{n} a_{ik} \cdot a_{kj}$$

$$= a_{i1} \cdot a_{1j} + a_{i2} \cdot a_{2j} + \cdots + a_{in} \cdot a_{nj}$$

由于关系矩阵 A_R 中的元素 a_{ij} 的取值仅为 0 或 1，所以 b_{ij} 的表达式中各项 $a_{i1} \cdot a_{1j}$，$a_{i2} \cdot a_{2j}$，$\cdots$，$a_{in} \cdot a_{nj}$ 的取值也是 0 或 1。如果 b_{ij} 的表达式中有某一项 $a_{ip} \cdot a_{pj} = 1$，这表明有以下两个结果：一是 b_{ij} 的值将大于等于 1。二是必有 $a_{ip} = 1$ 且 $a_{pj} = 1$，也即必有 $(a_i, a_p) \in R$ 和 $(a_p, a_j) \in R$，由传递性的定义可知，如果 R 是 A 上的传递关系，必须有 $(a_i, a_j) \in R$。综上所述，当 R 是 A 上的传递关系时，如果矩阵 $B = A_R^2$ 中的元素 $b_{ij} \geqslant 1$ 时，必须有 $a_{ij} = 1$，反之亦然。

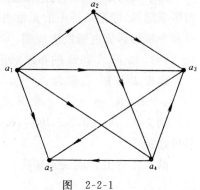

图 2-2-1

为了能更直观地理解上述的分析过程，下面以具体例子说明之。

例如，设 $A = \{a_1, a_2, a_3, a_4, a_5\}$，$A$ 上的二元关系
$R = \{(a_1, a_2), (a_1, a_3), (a_1, a_4), (a_1, a_5), (a_2, a_3), (a_2, a_4), (a_3, a_5), (a_4, a_3), (a_4, a_5)\}$，
图 2-2-1 是 R 的关系图。

易知，R 的关系矩阵

$$A_R = \begin{bmatrix} 0 & 1 & 1 & 1 & 1 \\ 0 & 0 & 1 & 1 & 0 \\ 0 & 0 & 0 & 0 & 1 \\ 0 & 0 & 1 & 0 & 1 \\ 0 & 0 & 0 & 0 & 0 \end{bmatrix}$$

$$B = A_R^2 = \begin{bmatrix} 0 & 1 & 1 & 1 & 1 \\ 0 & 0 & 1 & 1 & 0 \\ 0 & 0 & 0 & 0 & 1 \\ 0 & 0 & 1 & 0 & 1 \\ 0 & 0 & 0 & 0 & 0 \end{bmatrix} \times \begin{bmatrix} 0 & 1 & 1 & 1 & 1 \\ 0 & 0 & 1 & 1 & 0 \\ 0 & 0 & 0 & 0 & 1 \\ 0 & 0 & 1 & 0 & 1 \\ 0 & 0 & 0 & 0 & 0 \end{bmatrix}$$

$$= \begin{bmatrix} 0 & 0 & 2 & 1 & 2 \\ 0 & 0 & 1 & 0 & 2 \\ 0 & 0 & 0 & 0 & 0 \\ 0 & 0 & 0 & 0 & 1 \\ 0 & 0 & 0 & 0 & 0 \end{bmatrix}$$

现分析 $B = A_R^2$ 中非零元素的取值过程，如观察非零元素 b_{13}，由于

$$b_{13} = a_{11} \cdot a_{13} + a_{12} \cdot a_{23} + a_{13} \cdot a_{33} + a_{14} \cdot a_{43} + a_{15} \cdot a_{53}$$

$$= 0 \times 1 + 1 \times 1 + 1 \times 0 + 1 \times 1 + 1 \times 0 = 2$$

由此可见，b_{13} 之所以取值为 2 是因为有 $a_{12} = 1$ 且 $a_{23} = 1$ 以及 $a_{14} = 1$ 且 $a_{43} = 1$。这也说明了当 $b_{13} = 2$ 时，有 $(a_1, a_2) \in R$ 和 $(a_2, a_3) \in R$ 以及 $(a_1, a_4) \in R$ 和 $(a_4, a_3) \in R$（请参阅图 2-2-1）。因此，如果 R 是传递关系，那么这两对有序对的存在都要求有 $(a_1, a_3) \in R$，即有 $a_{13} = 1$。

以上事实表明，当 R 是传递关系时，如果 A_R^2 中的元素 $b_{13} \geqslant 1$，则必须有 A_R 中的元素 $a_{13} = 1$。

同样对于 B 中其他非零元素 $b_{14}, b_{15}, b_{23}, b_{25}, b_{43}$ 的存在就要求 A_R 中相应元素 $a_{14}, a_{15}, a_{23}, a_{25}, a_{43}$ 的值都为1，只有这样，R 才是传递关系，但检查结果有：$b_{25} = 2$ 而 $a_{25} = 0$，所以 R 不是传递关系。

由于关系矩阵中的元素取值仅为0或1，为了计算方便，现将矩阵的乘法运算改为矩阵的布尔乘运算，即把矩阵中的元素进行乘法和加法运算时改为进行布尔乘和布尔加运算。布尔乘和布尔加运算遵循以下规则：$0 \times 0 = 0, 0 \times 1 = 1 \times 0 = 0, 1 \times 1 = 1; 0 + 0 = 0, 0 + 1 = 1 + 0 = 1,$ $1 + 1 = 1$。矩阵 A 和 B 的布尔乘记作 $A \circ B$。经这样约定后，可得下面关于可传递的判定定理。

定理 2.2.1 设集合 $A = \{a_1, a_2, \cdots, a_n\}$，$R$ 是 A 上的二元关系，R 的关系矩阵为 $A_R = [a_{ij}]$，令 $B = A_R \circ A_R = [b_{ij}]$，则 R 是 A 上的传递关系的充分必要条件是：当 $b_{ij} = 1$ 时，必须 $a_{ij} = 1$。

例 2-9 $A = \{a, b, c, d, e\}$，$R = \{(a,b), (a,c), (b,c), (d,c), (e,d), (e,c)\}$，试判断 R 是否是传递关系。

解 先写出 R 的关系矩阵

$$A_R = \begin{bmatrix} 0 & 1 & 1 & 0 & 0 \\ 0 & 0 & 1 & 0 & 0 \\ 0 & 0 & 0 & 0 & 0 \\ 0 & 0 & 1 & 0 & 0 \\ 0 & 0 & 1 & 1 & 0 \end{bmatrix}$$

$$B = A_R \circ A_R = \begin{bmatrix} 0 & 1 & 1 & 0 & 0 \\ 0 & 0 & 1 & 0 & 0 \\ 0 & 0 & 0 & 0 & 0 \\ 0 & 0 & 1 & 0 & 0 \\ 0 & 0 & 1 & 1 & 0 \end{bmatrix} \circ \begin{bmatrix} 0 & 1 & 1 & 0 & 0 \\ 0 & 0 & 1 & 0 & 0 \\ 0 & 0 & 0 & 0 & 0 \\ 0 & 0 & 1 & 0 & 0 \\ 0 & 0 & 1 & 1 & 0 \end{bmatrix}$$

$$= \begin{bmatrix} 0 & 0 & 1 & 0 & 0 \\ 0 & 0 & 0 & 0 & 0 \\ 0 & 0 & 0 & 0 & 0 \\ 0 & 0 & 0 & 0 & 0 \\ 0 & 0 & 1 & 0 & 0 \end{bmatrix}$$

由于 B 中仅有两个元素 b_{13} 和 b_{53} 取值为1，而 A_R 中的相应两个元素 a_{13} 和 a_{53} 取值也为1，所以 R 是传递关系。

例 2-10 设集合 $A = \{a_1, a_2, a_3, a_4, a_5\}$，$R = \{(a_1, a_3), (a_1, a_4), (a_2, a_2), (a_2, a_5), (a_4, a_2), (a_4, a_4), (a_5, a_5)\}$，试判断 R 是否是可传递的二元关系。

解 先写出 R 的关系矩阵

$$A_R = \begin{bmatrix} 0 & 0 & 1 & 1 & 0 \\ 0 & 1 & 0 & 0 & 1 \\ 0 & 0 & 0 & 0 & 0 \\ 0 & 1 & 0 & 1 & 0 \\ 0 & 0 & 0 & 0 & 1 \end{bmatrix}$$

$$B = A_R \circ A_R = \begin{bmatrix} 0 & 0 & 1 & 1 & 0 \\ 0 & 1 & 0 & 0 & 1 \\ 0 & 0 & 0 & 0 & 0 \\ 0 & 1 & 0 & 1 & 0 \\ 0 & 0 & 0 & 0 & 1 \end{bmatrix} \circ \begin{bmatrix} 0 & 0 & 1 & 1 & 0 \\ 0 & 1 & 0 & 0 & 1 \\ 0 & 0 & 0 & 0 & 0 \\ 0 & 1 & 0 & 1 & 0 \\ 0 & 0 & 0 & 0 & 1 \end{bmatrix}$$

$$= \begin{bmatrix} 0 & 1 & 0 & 1 & 0 \\ 0 & 1 & 0 & 0 & 1 \\ 0 & 0 & 0 & 0 & 0 \\ 0 & 1 & 0 & 1 & 1 \\ 0 & 0 & 0 & 0 & 1 \end{bmatrix}$$

比较 B 和 A_R 中的元素可知,有 $b_{12}=1$ 而 $a_{12}=0$,(尚有 $b_{45}=1$ 而 $a_{45}=0$),所以 R 不是传递关系。

由于我们采用了布尔乘和布尔加运算,因此求 $b_{ij}=a_{i1} \cdot a_{1j}+a_{i2} \cdot a_{2j}+\cdots+a_{in} \cdot a_{nj}$ 的过程,就是把元素 a_{i1} 和 a_{1j},a_{i2} 和 a_{2j},$\cdots$,a_{in} 和 a_{nj} 进行比较的过程,当其中某一对元素都为 1 时,就有 $b_{ij}=1$;当每一对元素不都为 1 时,就有 $b_{ij}=0$。基于这个特点,求 $B=A_R \circ A_R$ 的过程可以化简。

例 2-11 设 $A=\{a_1,a_2,a_3,a_4,a_5,a_6\}$,$R$ 是 A 上的二元关系,$R=\{(a_1,a_2),(a_1,a_3),(a_1,a_4),(a_2,a_3),(a_2,a_4,),(a_3,a_4),(a_1,a_6),(a_5,a_4),(a_6,a_2),(a_6,a_3),(a_6,a_4)\}$,试判断 R 是否是可传递的二元关系。

解 先写出 R 的关系矩阵 A_R,并将其转置矩 A'_R 写在 A_R 的下面

$$A_R = \begin{bmatrix} 0 & 1 & 1 & 1 & 0 & 1 \\ 0 & 0 & 1 & 1 & 0 & 0 \\ 0 & 0 & 0 & 1 & 0 & 0 \\ 0 & 0 & 0 & 0 & 0 & 0 \\ 0 & 0 & 0 & 1 & 0 & 0 \\ 0 & 1 & 1 & 1 & 0 & 0 \end{bmatrix}$$

$$A'_R = \begin{bmatrix} 0 & 0 & 0 & 0 & 0 & 0 \\ 1 & 0 & 0 & 0 & 0 & 1 \\ 1 & 1 & 0 & 0 & 0 & 1 \\ 1 & 1 & 1 & 0 & 1 & 1 \\ 0 & 0 & 0 & 0 & 0 & 0 \\ 1 & 0 & 0 & 0 & 0 & 0 \end{bmatrix}$$

当求 $B=A_R \circ A_R$ 中的元素 b_{ij} 时,只要将 A_R 中的第 i 行元素与 A'_R 中的第 j 行元素逐个进行比较,当某一对元素都为 1 时,就有 $b_{ij}=1$,否则 $b_{ij}=0$。例如求 b_{12} 时,将 A_R 中的第 1 行元素和 A'_R 中的第 2 行元素逐个比较,为阅读方便,现将这两行元素摘录如下:

A_R 中的第 1 行: 0 1 1 1 0 1

A'_R 中的第 2 行: 1 0 0 0 0 1

然后将同列元素逐个比较,由于第 6 列中,两个元素都为 1,所以可得 $b_{12}=1$。又如求 b_{34} 时,应把 A_R 中的第 3 行元素与 A'_R 中的第 4 行元素逐个比较:

A_R 中的第 3 行：　　　　000100

A'_R 中的第 4 行：　　　　111011

将同列元素比较可得 $b_{34}=0$，运用此方法易得

$$A_R \circ A_R = \begin{bmatrix} 0 & 1 & 1 & 1 & 0 & 0 \\ 0 & 0 & 0 & 1 & 0 & 0 \\ 0 & 0 & 0 & 0 & 0 & 0 \\ 0 & 0 & 0 & 0 & 0 & 0 \\ 0 & 0 & 0 & 0 & 0 & 0 \\ 0 & 0 & 1 & 1 & 0 & 0 \end{bmatrix}$$

比较 A_R 和 $A_R \circ A_R$ 可知，在 $A_R \circ A_R$ 中有 6 个非零元素，而在 A_R 的相应元素中，都取值为 1，所以 R 是传递关系。

实际上，在判断二元关系 R 是否是传递关系时，不必求出 A_R^2 的每一个元素，只需求出 A_R 中的零元素 $a_{ij}=0$ 所对应的 A_R^2 中的元素 b_{ij} 的值，因为当 $a_{ij}=0$ 而 $b_{ij}=1$ 时，说明 R 不是传递关系；若对于所有的 $a_{ij}=0$，都有 $b_{ij}=0$，则说明 R 是传递关系。

例 2-12 $A=\{a_1,a_2,a_3,a_4,a_5\}$，$R=\{(a_1,a_1),(a_1,a_5),(a_2,a_1),(a_2,a_2),(a_2,a_3),(a_3,a_3),(a_3,a_5),(a_3,a_4),(a_4,a_1),(a_4,a_2),(a_4,a_3),(a_4,a_5),(a_5,a_1),(a_5,a_4)\}$，试判断 R 是否可传递。

解 先写出 R 的关系矩阵及其转置矩阵

$$A_R = \begin{bmatrix} 1 & 0 & 0 & 0 & 1 \\ 1 & 1 & 1 & 0 & 0 \\ 0 & 0 & 1 & 1 & 1 \\ 1 & 1 & 1 & 0 & 1 \\ 1 & 0 & 0 & 1 & 0 \end{bmatrix}$$

$$A'_R = \begin{bmatrix} 1 & 1 & 0 & 1 & 1 \\ 0 & 1 & 0 & 1 & 0 \\ 0 & 1 & 1 & 1 & 0 \\ 0 & 0 & 1 & 0 & 1 \\ 1 & 0 & 1 & 1 & 0 \end{bmatrix}$$

考察 A_R 中的零元素 $a_{12},a_{13},a_{14},a_{24},a_{25},a_{31},a_{32},a_{44},a_{52},a_{53},a_{55}$。

对于 $a_{12}=0$，应将 A_R 中第 1 行与 A'_R 中的第 2 行元素作比较，比较结果可知 $b_{12}=0$。

对于 $a_{13}=0$，应将 A_R 中第 1 行与 A'_R 中的第 3 行元素作比较，比较结果可知 $b_{13}=0$。

对于 $a_{14}=0$，应将 A_R 中第一行与 A'_R 中的第 4 行作比较，比较结果可知 $b_{14}=1$。由此可得，R 不是传递关系。

下面再介绍一种传递性的判定方法，这种方法比较直观。

2. 可传递的判定方法二

一般地讲，判断二元关系 R 是否是传递关系，最基本的方法是"列举法"，就是把二元关系中所有满足 $(a_i,a_k) \in R$ 和 $(a_k,a_j) \in R$ 的有序对找出来，然后再考察是否存在有序对 $(a_i,a_j) \in R$，从而去判定二元关系 R 是否是可传递的。

可传递的判定方法二就是把这种列举法转化为矩阵的"变换"，使是否可传递的判定变得

较为方便和直观。

设集合 $A=\{a_1,a_2,\cdots,a_n\}$，R 是 A 上的二元关系，其关系矩阵为：

$$A_R=\begin{bmatrix} a_{11} & a_{12} & \cdots & a_{1n} \\ a_{21} & a_{22} & \cdots & a_{2n} \\ \cdots & \cdots & & \\ a_{n1} & a_{n2} & \cdots & a_{nn} \end{bmatrix}$$

现考察 A_R 中的非零元素。设 A_R 中第 i 行第 j 列元素 $a_{ij}=1$，即有 $(a_i,a_j)\in R$；于是去考察 A_R 中第 j 行的所有元素：$a_{j1},a_{j2},\cdots,a_{jn}$，如果其中有 $a_{jk}=1$，这就说明二元关系 R 中存在着 $(a_i,a_j)\in R$ 和 $(a_j,a_k)\in R$，所以如果 $a_{ik}=0$，即 $(a_i,a_k)\notin R$，这立即表明 R 不是传递关系。如果 $a_{ik}=1$，则应继续考察第 j 行中其他非零元素，以同样方法分析之。所以当 $a_{ij}=1$ 时，可以将第 i 行元素与第 j 行对应元素逐个进行比较：

$$a_{i1},a_{i2},\cdots,a_{in}$$
$$a_{j1},a_{j2},\cdots,a_{jn}$$

如果存在着第 j 行中某个元素为 1，而第 i 行的对应（同列）元素为 0，则 R 不是传递关系，否则应继续观察第 j 行中其他非零元素，以同样方法分析之，直到考察完第 j 行中所有非零元素。

对于 A_R 中其他非零元素，以同样方法分析之，直到考察完 A_R 中所有非零元素。

例如，集合 $A=\{a_1,a_2,a_3,a_4,a_5\}$，$R$ 是 A 上的二元关系，$R=\{(a_1,a_2),(a_1,a_3),(a_2,a_3),(a_3,a_2),(a_3,a_4),(a_5,a_2)\}$。易知 R 的关系矩阵

$$A_R=\begin{bmatrix} 0 & 1 & 1 & 0 & 0 \\ 0 & 0 & 1 & 0 & 0 \\ 0 & 1 & 0 & 1 & 0 \\ 0 & 0 & 0 & 0 & 0 \\ 0 & 1 & 0 & 0 & 0 \end{bmatrix}$$

逐行考察 A_R 中的非零元素。先考察第 1 行的非零元素 a_{12} 和 a_{13}。

对于 a_{12}，应将第 1 行元素与第 2 行元素作比较：

第 1 行元素：0 1 1 0 0

第 2 行元素：0 0 1 0 0

易见，在第 2 行元素中仅有一个非零元素 $a_{23}=1$，而与其同列的第 1 行对应元素 $a_{13}=1$；这表明 $a_{12}=1$ 时，有 $a_{23}=1$ 和 $a_{13}=1$，即 $(a_1,a_2)\in R$，$(a_2,a_3)\in R$ 时，有 $(a_1,a_3)\in R$。所以可继续考察第 1 行中另一个非零元素 a_{13}

对于 a_{13}，应将第 1 行元素与第 3 行元素作比较：

第 1 行元素：0 1 1 0 0

第 3 行元素：0 1 0 1 0

易见，在第 3 行元素中有 2 个非零元素，a_{32} 和 a_{34}，而与其同列的第 1 行对应元素分别为 a_{12} 和 a_{14}，其中 $a_{12}=1$ 但 $a_{14}=0$，这表明当 $a_{13}=1$ 时，有 $a_{34}=1$ 但 $a_{14}=0$，即有 $(a_1,a_3)\in R$，$(a_3,a_4)\in R$，但 $(a_1,a_4)\notin R$，所以 R 不是传递关系。

上面叙述的方法，还只是列举法的一种简单"移植"，下面作进一步讨论。

当 $a_{ij}=1$ 时，需将第 i 行元素与第 j 行元素作比较，这种比较的过程也可以转化为：先将这两行元素作布尔加：

$$a_{i1}+a_{j1},a_{i2}+a_{j2},\cdots,a_{in}+a_{jn}$$

再与第 i 行同列元素作比较,如果它们是不相同的,例如有 a_{ik} 和 $a_{ik}+a_{jk}$ 不同,这只有一种可能,即 $a_{ik}=0,a_{ik}+a_{jk}=1$,这也表明了 $a_{ik}=0$ 而 $a_{jk}=1$,所以 R 不是传递关系,如果它们是相同的,即对于任意 $k(k=1,2,\cdots,n),a_{ik}=a_{ik}+a_{jk}$,这表明当 $a_{ik}=1$ 时,必有 $a_{ik}=1$。

综上所述,可得到可传递的判定方法二:对于关系矩阵 A_R 中的每一个非零元素 $a_{ij}=1$,作如下操作:将 A_R 中第 j 行元素加(布尔加)到第 i 行元素上去,如果操作后,矩阵有变化,则 R 不是传递关系,否则 R 是传递关系。

例 2-13 $A=\{a_1,a_2,a_3,a_4,a_5\}$,$R$ 是 A 上的二元关系,$R=\{(a_1,a_2),(a_1,a_3),(a_2,a_2),(a_3,a_3),(a_4,a_1,),(a_4,a_2),(a_4,a_3),(a_5,a_1),(a_5,a_2),(a_5,a_3),(a_5,a_4),(a_5,a_5)\}$,试判断 R 是否是传递关系。

解 先写出 R 的关系矩阵

$$A_R=\begin{bmatrix} 0 & 1 & 1 & 0 & 0 \\ 0 & 1 & 0 & 0 & 0 \\ 0 & 0 & 1 & 0 & 0 \\ 1 & 1 & 1 & 0 & 0 \\ 1 & 1 & 1 & 1 & 1 \end{bmatrix}$$

考察 A_R 中非零元素:

对于 $a_{12}=1$,将第 2 行元素加(布尔加,以后不再说明)到第 1 行上去,操作后的矩阵与 A_R 相同。

对于 $a_{13}=1$,将第 3 行元素加到第 1 行上去,操作后的矩阵与 A_R 相同。

对于 $a_{22}=1$,将第 2 行元素加到第 2 行上去,操作后的矩阵与 A_R 相同。

对于 $a_{33}=1$,将第 3 行元素加到第 3 行上去,操作后的矩阵与 A_R 相同。

对于 $a_{41}=1$,将第 1 行元素加到第 4 行上去,操作后的矩阵与 A_R 相同。

对于 $a_{42}=1,a_{43}=1,a_{51}=1,a_{52}=1,a_{53}=1,a_{54}=1,a_{55}=1$,读者可以自己验证,经相应的操作后的矩阵与 A_R 相同,所以 R 是传递关系。

例 2-14 $A=\{a_1,a_2,a_3,a_4\}$,$R=\{(a_1,a_2),(a_1,a_3),(a_2,a_3),(a_3,a_1),(a_3,a_4,),(a_4,a_2),(a_4,a_3)\}$,判断 R 是否是传递关系。

解 先写出 R 的关系矩阵

$$A_R=\begin{bmatrix} 0 & 1 & 1 & 0 \\ 0 & 0 & 1 & 0 \\ 1 & 0 & 0 & 1 \\ 0 & 1 & 1 & 0 \end{bmatrix}$$

考察 A_R 中的非零元素:

对于 $a_{12}=1$,将第 2 行元素加到第 1 行上去,操作后的矩阵与 A_R 相同。

对于 $a_{13}=1$,将第 3 行元素加到第 1 行上去,易见操作后的矩阵为:

$$A_R=\begin{bmatrix} 1 & 1 & 1 & 1 \\ 0 & 0 & 1 & 0 \\ 1 & 0 & 0 & 1 \\ 0 & 1 & 1 & 0 \end{bmatrix}$$

显然与 A_R 不相同,所以 R 不是传递关系。

上面介绍了两种可传递的判定方法,当关系矩阵中的零元素较少时,使用第一种方法是方便的,当关系矩阵中的非零元素较少时,则可采用第二种方法,这两种方法的优点是便于计算机实现。

习　题

1. 设集合 $A=\{a,b,c\}$,R 是 A 上的二元关系,$R=\{(a,a),(b,b),(a,b),(a,c),(c,a)\}$,问:$R$ 是哪种类型的关系?

2. 如果 R 是 A 上的反自反关系且又是可传递关系,证明 R 是 A 上的反对称关系。

3. 设 $A=\{a_1,a_2,a_3,a_4,a_5\}$,$R$ 是 A 上的二元关系,$R=\{(a_1,a_2),(a_1,a_3),(a_2,a_3),(a_4,a_3),(a_4,a_2),(a_5,a_1),(a_5,a_2),(a_5,a_3),(a_5,a_4)\}$,问:$R$ 是传递关系吗?

4. 设 $A=\{a,b,c\}$,举例说明在 A 上存在着既是对称的又是反对称的二元关系;这样的二元关系有多少种?

5. 设 $A=\{a_1,a_2,a_3,a_4,a_5\}$,$R$ 是 A 上的二元关系,其关系矩阵

$$A_R=\begin{vmatrix} 1 & 1 & 1 & 0 & 0 \\ 1 & 0 & 1 & 1 & 1 \\ 0 & 0 & 0 & 0 & 1 \\ 1 & 1 & 0 & 0 & 0 \\ 1 & 0 & 1 & 0 & 1 \end{vmatrix}$$

试说明 R 不是传递关系。

6. 设 $A=\{a_1,a_2,a_3,a_4,a_5\}$,$R$ 是 A 上的二元关系,其关系矩阵为:

$$A_R=\begin{vmatrix} 0 & 1 & 0 & 0 & 1 \\ 0 & 1 & 0 & 0 & 1 \\ 1 & 1 & 1 & 0 & 1 \\ 1 & 1 & 1 & 1 & 1 \\ 0 & 1 & 0 & 0 & 1 \end{vmatrix}$$

试判断 R 是否是传递关系。

7. 设 $A=\{a_1,a_2,a_3,a_4,a_5\}$,$R$ 是 A 上的二元关系,其关系矩阵为:

$$A_R=\begin{vmatrix} 0 & 1 & 0 & 0 & 0 & 1 \\ 0 & 0 & 0 & 0 & 0 & 1 \\ 0 & 1 & 1 & 0 & 0 & 1 \\ 1 & 0 & 0 & 0 & 1 & 0 \\ 0 & 0 & 0 & 0 & 1 & 0 \\ 1 & 1 & 1 & 0 & 1 & 1 \end{vmatrix}$$

试判断 R 是否是传递关系。

8. 若 R_1,R_2 都是 A 上的传递关系,问:$R_1\bigcap R_2$ 和 $R_1\bigcup R_2$ 是 A 上的传递关系吗? 说明理由。

2.3　等价关系和划分

等价关系是一种常见的,重要的二元关系。

2.3.1　等价关系

定义 2.3.1　R 是非空集合 A 上的二元关系,如果 R 是自反的、对称的、传递的,则称 R

为 A 上的等价关系。

例如,设 $A=\{a,b,c,d,e\}$,其中 a,b,c,d,e 分别表示 5 位大学生,并且 a,b,c 都姓张,d 和 e 都姓李。如果同姓的大学生认为是相关的,那么这种同姓关系 R 是等价关系。因为每一个大学生都是和自己同姓的,所以满足自反性;另外当 $(a,b)\in R$ 时,即 a,b 是同姓的,显然有 b,a 也是同姓的,即 $(b,a)\in R$,所以满足对称性;最后,当 $(a,b)\in R$ 且 $(b,c)\in R$ 时,即 a 和 b 同姓且 b 和 c 同姓,显见 a 和 c 同姓,即 $(a,c)\in R$,所以 R 是可传递的,由此可得同姓关系 R 是等价关系。

又如,设集合 A 的情况同上所述,其中大学生 a 和 c 同住一房间,大学生 b,d,e 同住另一房间。如果同住一房间的大学生认为是相关的,容易看到这种同房间关系是满足自反的、对称的、可传递的二元关系,所以同房间关系也是等价关系。

再如,设集合 A 的情况同上所述,其中大学生 a,e 都是 20 岁,大学生 b,c,d 都是 24 岁,如果年龄相同的大学生认为是相关的,易见,这种同年龄关系是满足自反的、对称的、可传递的二元关系,所以同年龄关系也是等价关系。

由上述 3 个例子可以看到,那种同姓、同房间、同年龄等关系都是等价关系,由此,我们可以领悟到等价关系所具有的重要特征。如果抽象地讨论,我们对集合 A 中的元素按照某种特性分成几个组,每一个元素在且仅在一个组内,如果定义在同一组内的元素是相关的,而不在同一组内的元素是不相关的,那么由此产生的二元关系必然是等价关系。由此可见:

等价关系实际上是同组关系

还可以利用表格和关系矩阵来进一步了解等价关系的特征。

为了叙述方便,我们将上述 3 个例子的内容综合如下:

设 $A=\{a,b,c,d,e\}$,其中 a,b,c,d,e 分别表示 5 位大学生,并且

① a,b,c 都姓张,d 和 e 都姓李。

② a 和 c 同住一房间,b,d,e 同住另一房间。

③ a,e 都是 20 岁,b,c,d 都是 24 岁。

我们先画出①所示的等价关系的表格表示(见表 2-3-1):

表 2-3-1

	a	b	c	d	e
a	✓	✓	✓		
b	✓	✓	✓		
c	✓	✓	✓		
d				✓	✓
e				✓	✓

和它的关系矩阵:

$$
\begin{array}{c}
\quad a\ b\ c\ d\ e \\
\begin{array}{c} a \\ b \\ c \\ d \\ e \end{array}
\left[
\begin{array}{ccccc}
1 & 1 & 1 & 0 & 0 \\
1 & 1 & 1 & 0 & 0 \\
1 & 1 & 1 & 0 & 0 \\
0 & 0 & 0 & 1 & 1 \\
0 & 0 & 0 & 1 & 1
\end{array}
\right]
\end{array}
$$

易见,在描述等价关系的表格中,带有"$\vee$"的格子形成了若干个正方形,而在关系矩阵中,则有一些小方阵,其元素都是1,其他元素都是0。

对于②所示的等价关系,如果将集合 A 中元素的排列顺序改写为 $A=\{a,c,b,d,e\}$,也就是说,将相关的元素排在一起,所画的表和关系矩阵也能显示上述特点。下面是②所示的等价关系的表格表示(见表 2-3-2):

表 2-3-2

	a	c	b	e	d
a	$\vee$	$\vee$			
c	$\vee$	$\vee$			
b			$\vee$	$\vee$	$\vee$
e			$\vee$	$\vee$	$\vee$
d			$\vee$	$\vee$	$\vee$

它的关系矩阵为:

$$
\begin{array}{c}
\quad a\ c\ b\ d\ e \\
\begin{array}{c} a \\ c \\ b \\ d \\ e \end{array}
\left[
\begin{array}{ccccc}
1 & 1 & 0 & 0 & 0 \\
1 & 1 & 0 & 0 & 0 \\
0 & 0 & 1 & 1 & 1 \\
0 & 0 & 1 & 1 & 1 \\
0 & 0 & 1 & 1 & 1
\end{array}
\right]
\end{array}
$$

对于③所示的等价关系,如果将集合 A 中元素的顺序改写成:$A=\{a,e,b,c,d\}$,那么所画的表格表示(见表 2-3-3):

表 2-3-3

	a	e	b	c	d
a	$\vee$	$\vee$			
e	$\vee$	$\vee$			
b			$\vee$	$\vee$	$\vee$
c			$\vee$	$\vee$	$\vee$
d			$\vee$	$\vee$	$\vee$

它的关系矩阵：

$$\begin{array}{c} \\ a \\ e \\ b \\ c \\ d \end{array} \begin{array}{ccccc} a & e & b & c & d \\ \left[\begin{array}{ccccc} 1 & 1 & 0 & 0 & 0 \\ 1 & 1 & 0 & 0 & 0 \\ 0 & 0 & 1 & 1 & 1 \\ 0 & 0 & 1 & 1 & 1 \\ 0 & 0 & 1 & 1 & 1 \end{array}\right] \end{array}$$

例 2 - 15 设集合 $A=\{1,2,3,4,5,6\}$，如果 A 中元素 a,b 被 4 除后余数相同，则认为 a,b 是相关的(即模 4 同余关系)。试说明此关系是等价关系，并用表格和关系矩阵来描述这个等价关系。

解 设 A 上的模 4 同余关系为 R。由于相同数被 4 除后，余数自然是相等的，所以 R 是自反的。R 的对称性是显然的。对于 $(a,b)\in R$，也可表示为 $a-b=4k$(k 是整数)，所以当 $(a,b)\in R$ 和 $(b,c)\in R$ 时，即 $a-b=4k$ 和 $b-c=4k'$，那么 $a-c=(a-b)+(b-c)=4k+4k'=4(k+k')$，可见 $(a,c)\in R$，R 是满足传递性的。综上所述，R 是 A 上的等价关系。

将集合 A 中元素的排列顺序写成：$A=\{1,5,2,6,3,4\}$，等价关系 R 的表格表示，见表 2-3-4。

表 2 - 3 - 4

	1	5	2	6	3	4
1	√	√				
5	√	√				
2			√	√		
6			√	√		
3					√	
4						√

它的关系矩阵：

$$\begin{array}{c} \\ 1 \\ 5 \\ 2 \\ 6 \\ 3 \\ 4 \end{array} \begin{array}{cccccc} 1 & 5 & 2 & 6 & 3 & 4 \\ \left[\begin{array}{cccccc} 1 & 1 & 0 & 0 & 0 & 0 \\ 1 & 1 & 0 & 0 & 0 & 0 \\ 0 & 0 & 1 & 1 & 0 & 0 \\ 0 & 0 & 1 & 1 & 0 & 0 \\ 0 & 0 & 0 & 0 & 1 & 0 \\ 0 & 0 & 0 & 0 & 0 & 1 \end{array}\right] \end{array}$$

例 2 - 16 $A=\{a,b,c,d,e,f,g\}$，将 A 中元素分成 3 个组：a,b,c 是一组；d,e 是一组；f,g 是一组。在 A 上定义二元关系 R，当 A 中元素在同一组内时，认为是相关的。试说明 R 是等价关系，并写出它的表格表示与关系矩阵。

解 由于每一个元素必然与其自身同在一个组内，所以二元关系 R 是自反的；当 $(x,y)\in R$ 时，表明元素 x,y 在同一组内，显然有 $(y,x)\in R$，所以二元关系 R 是对称的；当 $(x,y)\in R$

并且 $(y,z) \in R$ 时，这表明 x 和 y 在同一组内，并且 y 和 z 在同一组内，所以 x 和 z 也在同一组内，即有 $(x,z) \in R$，由此可见，R 是可传递的。综上所述，R 是 A 上的等价关系。其表格表示见表 2-3-5。

表 2-3-5

	a	b	c	d	e	f	g
a	✓	✓	✓				
b	✓	✓	✓				
c	✓	✓	✓				
d				✓	✓		
e				✓	✓		
f						✓	✓
g						✓	✓

它的关系矩阵为：

$$\begin{array}{c c} & \begin{array}{ccccccc} a & b & c & d & e & f & g \end{array} \\ \begin{array}{c} a \\ b \\ c \\ d \\ e \\ f \\ g \end{array} & \left[\begin{array}{ccccccc} 1 & 1 & 1 & 0 & 0 & 0 & 0 \\ 1 & 1 & 1 & 0 & 0 & 0 & 0 \\ 1 & 1 & 1 & 0 & 0 & 0 & 0 \\ 0 & 0 & 0 & 1 & 1 & 0 & 0 \\ 0 & 0 & 0 & 1 & 1 & 0 & 0 \\ 0 & 0 & 0 & 0 & 0 & 1 & 1 \\ 0 & 0 & 0 & 0 & 0 & 1 & 1 \end{array}\right] \end{array}$$

以上两个例子，不仅使我们进一步了解了集合 A 上的等价关系实际上是一种"同组"关系，而且也引发我们作深入一步的思考，即当集合 A 确定一种"分组"形式后，也就确定了一种 A 上的等价关系（只要将同一组内的元素认作是相关的）；反之，当确定一个 A 上的等价关系后，也能确定 A 上的一种"分组"形式（只要将相关元素合成一组）。为了详细地讨论这个问题，下面介绍等价类和划分这两个概念。

2.3.2 等价类

定义 2.3.2 设 R 是非空集合 A 上的等价关系，a 是 A 中的任意元素，由 A 中所有与 a 相关的元素组成的集合，称为 a 关于 R 的等价类，记作 $[a]_R$。

例如，$A = \{1,2,3,4,5,6,7\}$，R 是 A 上的模 3 同余关系。显然 R 是 A 上的等价关系，A 中各元素关于 R 的等价类分别是：

$[1]_R = \{1,4,7\}$

$[2]_R = \{2,5\}$

$[3]_R = \{3,6\}$

$[4]_R = \{1,4,7\}$

$[5]_R = \{2,5\}$

$[6]_R = \{3,6\}$

$[7]_R = \{1,4,7\}$

容易看到，相关元素的等价类是相同的，所以不同的等价类仅有 3 个，它们是$[1]_R$，$[2]_R$ 和$[3]_R$。

例 2 - 17 $A=\{a,b,c,d,e,f,g\}$，其中 a,b,c,d,e,f,g 分别表示 7 位大学生，且 a,b 都是 20 岁；c,d 都是 22 岁；e,f 都是 24 岁；g 是 25 岁。R 是 A 上的同年龄关系，写出 A 中各元素关于 R 的等价类。

解 A 中各元素关于 R 的等价类分别是：

$[a]_R=\{a,b\}$

$[b]_R=\{a,b\}$

$[c]_R=\{c,d\}$

$[d]_R=\{c,d\}$

$[e]_R=\{e,f\}$

$[f]_R=\{e,f\}$

$[g]_R=\{g\}$

定义 2.3.3 R 是非空集合，A 上的等价关系，由关于 R 的所有不同的等价类作为元素的集合称为 A 关于 R 的商集，记作 A/R。

例如，$A=\{1,3,5,7,9\}$，R 是 A 上的模 4 同余关系。易知

$[1]_R=[5]_R=[9]_R=\{1,5,9\}$

$[3]_R=[7]_R=\{3,7\}$

所以 A 关于 R 的商集

$A/R=\{\{1,5,9\},\{3,7\}\}$

又如，$A=\{a,b,c,d,e,f,g,h\}$，A 上的等价关系 R 如表 2-3-6 所示。

表 2 - 3 - 6

	a	b	c	d	e	f	g	h
a	✓	✓						
b	✓	✓						
c			✓	✓	✓	✓		
d			✓	✓	✓	✓		
e			✓	✓	✓	✓		
f			✓	✓	✓	✓		
g							✓	
h								✓

由 R 的表格表示可知，A 中各元素关于 R 的等价类共有 8 个，其中仅有 4 个是不相同的，分别是：$\{a,b\}$，$\{c,d,e,f\}$，$\{g\}$，$\{h\}$，所以 A 关于 R 的商集

$A/R=\{\{a,b\},\{c,d,e,f\},\{g\},\{h\}\}$。

商集在抽象代数的研究中有重要作用，但这里我们仅将商集和集合的划分联系在一起讨论。

2.3.3 集合的划分

定义 2.3.4 设 A 是集合，A_1、A_2、$\cdots$、A_n 是 A 的子集，如果

$$A_1 \bigcup A_2 \bigcup \cdots \bigcup A_n = A$$

且 $\qquad A_i \bigcap A_j = \varnothing \quad (i \neq j, i, j = 1, 2, \cdots, n)$

则以 $A_1, A_2, \cdots, A_n$ 作为元素构成的集合 $S = \{A_1, A_2, \cdots, A_n\}$ 称为集合 A 的划分,每一个子集 A_i 称为块。

例如

$$A = \{a, b, c, d, e, f\}, 而$$
$$S_1 = \{\{a, b\}, \{c, d\}, \{e, f\}\}$$
$$S_2 = \{\{a, b, d\}, \{c, e, f\}\}$$
$$S_3 = \{\{a, c, f\}, \{b, d\}, \{e\}\}$$

则 S_1, S_2, S_3 都是 A 的划分。在划分 S_1 中,$\{a, b\}, \{c, d\}, \{e, f\}$ 是块。在划分 S_2 中,$\{a, b, d\}$ 和 $\{c, e, f\}$ 是块。在划分 S_3 中,$\{a, c, f\}, \{b, d\}$ 和 $\{e\}$ 是块。

易见,如果 R 是 A 上的等价关系,则 A 关于 R 的商集 A/R 是 A 上的一个划分,等价类就是块。

通过上述讨论,很显然地存在着下述定理。

定理 2.3.1 非空集合 A 的一个划分能确定 A 上的一个等价关系;反之,确定了 A 上的一个等价关系也能确定 A 上的一个划分。

例如,$A = \{a, b, c, d, e\}$,A 的划分 $S = \{\{a\}, \{b, c, d, e\}\}$,那么它所确定的 A 上的等价关系,其表格表示如表 2-3-7 所示。

表 2-3-7

	a	b	c	d	e
a	✓				
b		✓	✓	✓	✓
c		✓	✓	✓	✓
d		✓	✓	✓	✓
e		✓	✓	✓	✓

又如,$A = \{a, b, c, d, e\}$,R 是 A 上的等价关系,其表格表示如表 2-3-8 所示。

表 2-3-8

	a	b	c	d	e
a	✓	✓			
b	✓	✓			
c			✓		
d				✓	✓
e				✓	✓

则由 R 所确定的划分

$$S = \{\{a, b\}, \{c\}, \{d, e\}\}$$

习　题

1. 设 $A=\{1,2,3,4,5,6,7,8,9,10\}$，$R$ 是 A 上的模 4 同余关系，证明 R 是等价关系，写出 R 的表格表示。

2. R 是 A 上的自反关系，且当 $(a,b)\in R$ 和 $(a,c)\in R$ 时，必有 $(b,c)\in R$，证明 R 是等价关系。

3. R 是 A 上的自反关系，且当 $(a,b)\in R$ 和 $(b,c)\in R$ 时，必有 $(c,a)\in R$，证明 R 是等价关系。

4. 集合 $A=\{2,4,6,8,10,12,14,16\}$，$R$ 是 A 上的模 3 同余关系，写出 R 的所有不同的等价类。

5. A 是具有 4 个元素的集合，问：在 A 上可以有多少种不同的等价关系？

6. 设 R_1 和 R_2 是 A 上的等价关系，确定下列各式，哪些是等价关系？

(1) $A\times A-R_1\cup R_2$

(2) R_2-R_1

(3) $R_1\cap R_2$

(4) $R_1\cup R_2$

7. 集合 $A=\{a,b,c,d,e,f,g\}$，划分 $S=\{\{a,c,e\},\{b,d\},\{f,g\}\}$，求划分 S 所对应的等价关系 R 的表格表示。

8. 集合 $A=\{1,2,3,4,5\}$，求下列等价关系所对应的划分。

(1) R 是 A 上的全域关系（即 $R=A\times A$）。

(2) R 是 A 上的相等关系（即 $R=\{(1,1),(2,2),(3,3),(4,4),(5,5)\}$）。

(3) R 是 A 上模 2 同余关系。

2.4　相容关系和覆盖

2.4.1　相容关系

定义 2.4.1　设 R 是非空集合 A 上的二元关系，如果 R 是自反的、对称的、则称 R 为 A 上的相容关系。

显然，等价关系是一种特殊的相容关系，即具有传递性的相容关系。

在人际关系中，朋友关系是相容关系，但它不是等价关系，因为它满足自反性、对称性但不满足可传递性。

又如，设 A 是由一些英文单词为元素组成的集合，$A=\{boy,root,cat,beer,and\}$，$R$ 是 A 上的二元关系，其定义为：当两个单词至少有一个字母相同时，则认为是相关的。

显然，R 是自反的、对称的，所以 R 是相容关系。但 R 不是等价关系，因为 R 不是可传递的，如 $(boy,root)\in R$（它们都有字母 o），$(root,cat)\in R$（它们都有字母 t），而 $(boy,cat)\notin R$。

为了方便地讨论相容关系，采用关系的图形表示是有利的。图 2-4-1 是上面所述单词集合上相容关系的图形表示。

在相容关系的图形表示中，每个结点都有自回路且每两个相关结点间的有向边都是成对出现的。为了简化图形，今后关于相容关系的图形表示中，不画自回路，并用单线来替代两条来回的有向边。图 2-4-2 就是上面所述单词集合上相容关系的简化图形。

定义 2.4.2　设 R 是非空集合 A 上的相容关系，B 是 A 的子集，如果在 B 中任意两个元素都是相关的，则称 B 为由相容关系 R 产生的相容类。

例如，设 $A=\{134,345,275,347,348,129\}$，$R$ 是 A 上的二元关系，其定义为：当 a、$b\in A$。且 a 和 b 中至少有一个数码相同时，则 $(a,b)\in R$。容易验证 R 是相容关系，A 的子集：

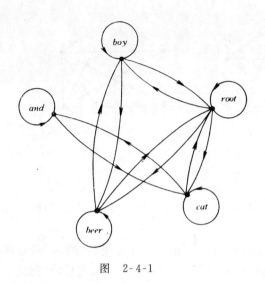

图 2-4-1

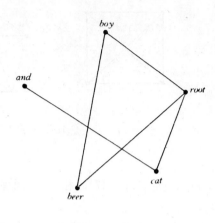

图 2-4-2

{134,347,348}

{275,345}

{134,129}

都是相容类。

对于前两个相容类,都能添加新的元素组成新的相容类。如在相容类{134,347,348}中添加新的元素 345,可组成新的相容类:

{134,347,348,345}

在相容类{275,345}中添加新的元素 347,可组成新的相容类:

{275,345,347}

但对于第 3 个相容类{134,129},添加任意一个新元素就不再组成相容类,称这样的相容类为最大相容类。

对于最大相容类还可以这样认识:R 是 A 上的相容关系,B 是相容类,在差集 $A-B$ 中没有一个元素能和 B 中所有元素都是相关的,则称 B 为最大相容类。

在上述例子中,若令 B 为第 3 个相容类:{134,129},则 $A-B=\{134,345,275,347,348,129\}-\{134,129\}=\{345,275,347,348\}$,在 $A-B$ 中,没有一个元素和 134,129 都是相关的,所以{134,129}是最大相容类。

利用相容关系的图形表示来确定相容类和最大相容类是方便的。

图 2-4-3 是上述例子的图形表示。

在图中,完全多边形的顶点集合,就是相容类。所谓完全多边形是指每个顶点都与其他顶点有边联结的多边形。例如三角形是完全多边形,一个四边形加上两条对角线也是完全多边形,图 2-4-4 给出了 4 个顶点、5 个顶点和 6 个顶点的完全多边形的图形(在图论中,称这样的图形为完全图)。

现在再来观察图 2-4-3,由于 134,348,347 是三角形的

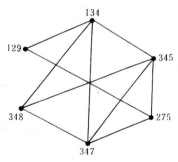

图 2-4-3

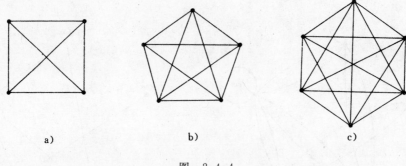

a)   b)   c)

图 2-4-4

顶点,所以{134,348,347}是相容类;同理{345,275,347}也是相容类;{134,345,347,348}也是相容类。

由此可见,图中最大的完全多边形的顶点集合就是最大相容类。这里的"最大"是这样的含意:如果一个完全多边形,在添加图中任何其他顶点后,就不再成为完全多边形,则称此完全多边形为最大完全多边形。如有顶点 134,345,347,348 构成的完全多边形是最大完全多边形;由顶点 345,275,347 构成的完全多边形也是最大完全多边形。

注意,在相容关系的图形表示中,一个孤立点(和其他点都没有边相连的点)以及不是完全多边形的边的两个顶点的连线,其顶点也是最大相容类。

由此可知,在图 2-4-3 中,有 4 个最大相容类,它们是:{129,134},{129,275},{345,275,347},{134,345,347,348}。

例 2-18 设给定的相容关系图形表示如图 2-4-5 所示,写出所有的最大相容类。

解 由图可知,b、c、d、f、h 是最大完全多边形的顶点,所以{b,c,d,f,h}是最大相容类。d,e,f 也是最大完全多边形的顶点,所以{d,e,f}也是最大相容类。另外孤立点 g,a 和 b 的连线也是最大完全多边形。

由此可知,图中所示的相容关系,其最大相容类共有 4 个:{g},{a,b},{d,e,f},{b,c,d,f,h}。

例 2-19 设给定的相容关系图形表示如图 2-4-6 所示,写出所有的最大相容类。

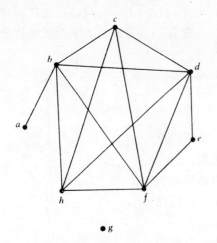

图 2-4-5

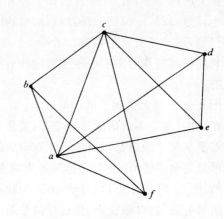

图 2-4-6

解　由图可知，a、b、c、f 和 a、c、d、e，都是最大完全多边形的顶点，所以最大相容类为：$\{a, b, c, f\}$，$\{a, c, d, e\}$。

在介绍等价关系时，我们曾引入了集合划分的概念，并讨论了等价关系与划分的联系。类似地，这里将引进集合覆盖的概念，并讨论相容关系和覆盖之间的关系。

2.4.2　覆盖

定义 2.4.3　设 A 是集合，A_1、A_2、$\cdots$、A_n 都是它的非空子集，令 $S = \{A_1, A_2, \cdots, A_n\}$，如果 $A_1 \cup A_2 \cup \cdots \cup A_n = A$，则称 S 为集合 A 的覆盖。

例如，$A = \{1, 2, 3, 4, 5\}$，$S = \{\{1, 2\}, \{2, 3, 4\}, \{1, 3, 5\}\}$，则 S 是 A 的覆盖。

定义 2.4.4　$S = \{A_1, A_2, \cdots, A_n\}$ 是 A 的覆盖，且对于 S 中任意元素 A_i，不存在 S 中其他元素 A_j，使得 A_i 是 A_j 的子集，则称 S 为 A 的完全覆盖。

例如，$A = \{a, b, c, d, e\}$

$$S_1 = \{\{a\}, \{b, c, d\}, \{d, e\}\}$$
$$S_2 = \{\{a, b\}, \{a, b, c\}, \{c, d, e\}\}$$

其中 S_1 是 A 的覆盖且又是完全覆盖，S_2 是 A 的覆盖，但不是完全覆盖，因为 S_2 中的元素 $\{a, b\}$ 是 S_2 中另一元素 $\{a, b, c\}$ 的子集。

下面将进一步讨论相容关系和覆盖之间的关系。

如果 R 是 A 上的相容关系，对于 A 中任意元素 a，集合 $\{a\}$ 是一个相容类，并且可以对此集合不断地添加新的元素，直到使它成为最大相容类。因此，A 中的每一个元素都将是某一个最大相容类的元素。由此可见，相容关系 R 产生的所有最大相容类构成的集合是 A 的一个覆盖；又由最大相容类的定义可知，一个最大相容类绝不是另一个最大相容类的子集。所以由最大相容类构成的集合是 A 的一个完全覆盖。

由此可得如下结论：

R 是 A 上的相容关系，R 能确定一个 A 上的完全覆盖；反之，当给定集合 A 的一个完全覆盖时，它能确定 A 上的一个相容关系 R，并使 R 产生的最大相容类构成的集合就是这个完全覆盖。

例 2-20　$A = \{1, 2, 3, 4, 5, 6\}$，R 为 A 上的相容关系，其图形表示如图 2-4-7 所示，求 R 所确定的完全覆盖。

解　由图可知，R 产生的最大相容类为：$\{1, 2, 6\}$，$\{1, 4, 5\}$，$\{3, 6\}$。所以 R 所确定的完全覆盖 $S = \{\{1, 2, 6\}, \{1, 4, 5\}, \{3, 6\}\}$。

例 2-21　$A = \{a, b, c, d, e, f, g\}$，$A$ 的完全覆盖 $S = \{\{a, b\}, \{b, c, f, g\}, \{c, d, e\}\}$，写出 S 所确定的相容关系 R。

解　由 S 容易得到相容关系 R 的图形表示（见图 2-4-8），所以 S 所确定的相容关系。

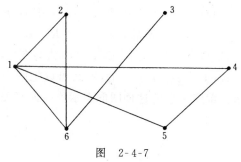

图　2-4-7

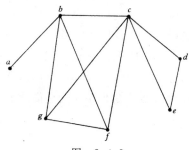

图　2-4-8

$R=\{(a,a),(b,b),(c,c),(d,d),(e,e),(f,f),(g,g),(a,b),(b,a),(b,c),(c,b),(b,f),$
$(f,b),(b,g),(g,b),(c,f),(f,c),(c,g),(g,c),(f,g),(g,f),(c,d),(d,c),(c,e),(e,c),$
$(d,e),(e,d)\}$。

习　题

1. 集合 $A=\{a_1,a_2,a_3,a_4,a_5,a_6\}$，$R$ 是 A 上的相容关系，其关系矩阵为

$$A_R=\begin{bmatrix} 1 & 0 & 0 & 1 & 1 & 1 \\ 0 & 1 & 1 & 0 & 1 & 0 \\ 0 & 1 & 1 & 0 & 1 & 0 \\ 1 & 0 & 0 & 1 & 0 & 0 \\ 1 & 1 & 1 & 0 & 1 & 0 \\ 1 & 0 & 0 & 0 & 0 & 1 \end{bmatrix}$$

求 R 的所有最大相容类。

2. 集合 $A=\{111,122,341,456,795,893\}$，当 $a,b\in A$，且 a,b 至少有一个数码相同时，$(a,b)\in R$，试画出 R 的关系图，并写出 R 的所有最大相容类。

3. 集合 $A=\{a,b,c,d,e,f,g\}$，完全覆盖 $S=\{\{a,b,c,d\},\{c,d,e\},\{d,e,f\},\{f,g\}\}$，求 S 所对应的相容关系。

2.5　偏序关系

序关系的研究是现代数学的重要内容，本节主要介绍偏序关系和全序关系。

定义 2.5.1　R 是非空集合 A 上的二元关系，如果 R 是自反的，反对称的，可传递的。则称 R 是 A 上的偏序关系，或半序关系。

例如，I_+ 是正整数全体组成的集合，R 是 I_+ 上的小于等于关系，即当 $a\leqslant b$ 时，$(a,b)\in R$。容易验证 R 是自反的，反对称的，可传递的二元关系，所以 R 是 I_+ 上的偏序关系。

又如，设 R 是 I_+ 上的整除关系，即当 a 能整除 b 时，$(a,b)\in R$，可以验证 R 是 I_+ 上的偏序关系。

为了方便地讨论偏序关系，我们对偏序关系的图形表示作适当简化。

例如，$A=\{1,2,3,4,6,12\}$，R 是 A 上的整除关系。易知，$R=\{(1,1),(2,2),(3,3),(4,4),(6,6),(12,12),(1,2),(1,3),(1,4),(1,6),(1,12),(2,4),(2,6),(2,12),(3,6),(3,12),(4,12),(6,12)\}$。$R$ 的图形表示见图 2-5-1。

由于偏序关系是自反的，关系图中每个结点都有自回路，为了简化图形，以后在偏序关系的图形表示中不再画出各结点的自回路；又由于偏序关系是可传递的，当 $(a,b)\in R$，$(b,c)\in R$ 时，必有 $(a,c)\in R$，所以 a 到 c 的有向边可以省略。经这样约定后，图 2-5-1 可简化为图 2-5-2。如果将图中各结点放在适当位置，使图中各有向边的箭头都是朝上的，那么可以把图中各边的箭头也省略。图 2-5-3 就是简化后的最后图形。偏序关系的这种图形表示称为偏序关系的哈斯图表示。

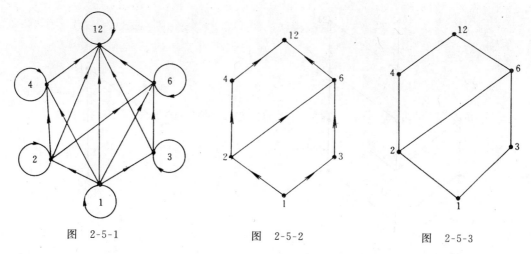

图　2-5-1　　　　　　图　2-5-2　　　　　　图　2-5-3

例 2 - 22　$A=\{2,3,4,6,8,12,24\}$，R 是 A 上的整除关系，试画出 R 的哈斯图。

解　R 的哈斯图表示为图 2-5-4。

为了能更快、更有效地画出偏序关系的哈斯图，下面先介绍"盖住"的概念。

定义 2.5.2　设 R 是非空集合 A 上的偏序关系，a 和 b 是 A 中两个不同的元素，如果 $(a,b)\in R$，且在 A 中没有其他元素 C，使得 $(a,c)\in R$ 和 $(c,b)\in R$，则称元素 b 盖住元素 a。

在例 2-22 中，元素 6 盖住 2，但元素 8 并不盖住 2，虽然有 $(2,8)\in R$，但 A 中存在元素 4，使得 $(2,4)\in R$，$(4,8)\in R$，所以 8 不盖住 2。这里把例 1 中所有"盖住"的情况罗列如下：4 盖住 2，6 盖住 2，6 盖住 3，8 盖住 4，12 盖住 4，12 盖住 6，24 盖住 8，24 盖住 12。

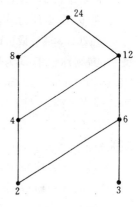

图　2-5-4

又如，$A=\{1,2,3,4,5,6,10\}$，R 是 A 上的整除关系，那么有：2 盖住 1，3 盖住 1，5 盖住 1，4 盖住 2，6 盖住 2，6 盖住 3，10 盖住 5，10 盖住 2。

利用元素间的盖住关系，能较方便地画出偏序关系的哈斯图。

作图原则是：当 $(a,b)\in R$ 时，代表 b 的结点应画在代表 a 的结点上面；当 b 盖住 a 时，a 点与 b 点之间用直线段连接。

例 2 - 23　$A=\{1,2,3,4,5,6,8,10,12,16,24\}$，$R$ 是 A 上的整除关系。试画出 R 的哈斯图。

解　利用哈斯图的作图原则，应把元素 1 画在最低层；第二层元素是 2，3，5；第三层元素是 4，6，10；第四层元素是 8，12；第五层元素是 16，24。然后把有盖住关系的元素，用直线段连接，即得 R 的哈斯图，见图 2-5-5。

例 2 - 24　$A=\{1,2,3,4,12,36\}$，R 是 A 上的整除关系。画出 R 的哈斯图。

解　把元素 1 画在最低层；元素 2 和 3 都盖住 1，把元素 2 和 3 画在第二层；元素 4 盖住 2，把它画在第三层；元素 12 既盖住 3 又盖住 4，所以应画在第四层；元素 36 盖住 12，画在第五层，然后把有盖住关系的元素，用直线段连接，即得 R 的哈斯图，见图 2-5-6。

一个集合 A 以及在 A 上的一个偏序关系 R 合在一起称为偏序集，并用 (A,R) 表示，也可用 $(A,\leqslant)$ 表示；当 $(a,b)\in R$ 时，也可写成 $a\leqslant b$。

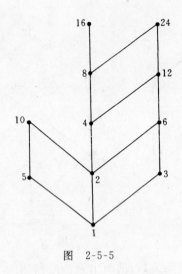

图 2-5-5

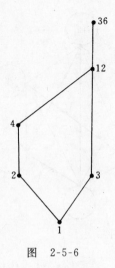

图 2-5-6

定义 2.5.3 设$(A,\leqslant)$是偏序集，B 是 A 的非空子集，如果 B 中任意两个元素都是有关系的，则称子集 B 为链。

定义 2.5.4 设$(A,\leqslant)$是偏序集，B 是 A 的非空子集，如果 B 中任意两个元素都是没有关系的，则称子集 B 为反链。

例如，$A=\{1,2,3,4,5,6,7,8,9,10\}$，$R$ 是 A 上的整除关系。子集$\{1,2,4,8\}$,$\{1,6\}$,$\{1,3,9\}$等都是链；子集$\{2,3,5\}$,$\{3,7,8,10\}$,$\{3,5,7\}$等都是反链。

定义 2.5.5 在偏序集$(A,\leqslant)$中，如果 A 是链，则称$(A,\leqslant)$是全序集，偏序关系$\leqslant$称为全序关系。

易知，在全序集中，任意两个元素都是有关系的。

例如，在正整数集合中，小于等于关系是全序关系，$(I_+,\leqslant)$是全序集。

又如，$A=\{1,2,4,8,16\}$，$\leqslant$是 A 上的整除关系。易知$(A,\leqslant)$是全序集，并且对于 A 中元素有：

$$1\leqslant 2\leqslant 4\leqslant 8\leqslant 16$$

其哈斯图为图 2-5-7 所示。

下面将讨论偏序集中的特殊元素。

定义 2.5.6 设$(A,\leqslant)$是偏序集，如果 A 中存在元素 a，使得 A 中没有其他元素 x，满足$a\leqslant x$，则称 a 为 A 的极大元。

定义 2.5.7 设$(A,\leqslant)$是偏序集，如果 A 中存在元素 a，使得 A 中没有其他元素 x，满足$x\leqslant a$，则称 a 为 A 的极小元。

例如，设$(A,\leqslant)$为偏序集，其中 $A=\{1,2,3,4,6,8,12,24\}$，$\leqslant$为整除关系。其哈斯图表示为图 2-5-8。

那么 1 是 A 的极小元，24 是 A 的极大元。

又如，$A=\{1,2,3,4,5,6,10,12\}$，$\leqslant$是整除关系。其哈斯图表示为图 2-5-9。

那么 A 中的极小元为 1；极大元为 10 和 12。由此可见，极大元不是唯一的；同样，偏序集中的极小元也不是唯一的，如果令 $A=\{2,3,4,5,6,10,12\}$，$\leqslant$为整除关系，那么 A 中的极小元为 2,3,5；极大元为 10,12。

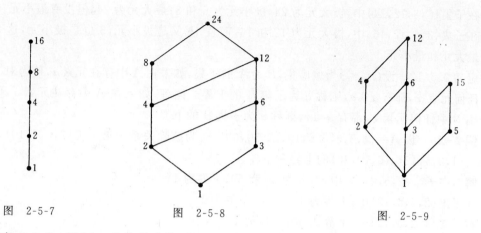

图 2-5-7　　　　　　图 2-5-8　　　　　　图 2-5-9

定义 2.5.8 设 $(A, \leqslant)$ 为偏序集,如果 A 中存在元素 a,使得对于 A 中任何元素 x,都有 $x \leqslant a$,则称 a 为 A 的最大元。

定义 2.5.9 设 $(A, \leqslant)$ 为偏序集,如果 A 中存在元素 a,使得对于 A 中任何元素 x,都有 $a \leqslant x$,则称 a 为 A 的最小元。

注意,A 中最大(小)元和极大(小)元的不同之处是:最大(小)元必须与 A 中任何元素都是有关系的(或称可比较的),而极大(小)元没有此要求。

例如,在图 2-5-8 所示的偏序集 $(A, \leqslant)$ 中,A 的最小元是 1;最大元是 24。

又如,在图 2-5-9 所示的偏序集 $(A, \leqslant)$ 中,A 的最小元是 1;但 A 没有最大元。

再如,$A = \{2, 3, 4, 6\}$,$\leqslant$ 为整除关系,则 A 中没有最大元和最小元,而 2 和 3 都是 A 的极小元;4 和 6 都是 A 的极大元。

由极大(小)元和最大(小)元的定义可知:

(1)在偏序集中,如果存在着最大(小)元,则最大(小)元必是极大(小)元,且最大(小)元是唯一的。

(2)在偏序集中,存在着唯一的极大(小)元,则这个极大(小)元是最大(小)元。

在很多情况下,需要讨论偏序集的子集的极大(小)元和最大(小)元,下面给出有关定义。

定义 2.5.10 设 $(A, \leqslant)$ 是偏序集,B 是 A 的子集,如果在子集 B 中存在元素 b,使得子集 B 中没有其他元素 x 满足 $b \leqslant x$,则称 b 为子集 B 的极大元。同理,如果在子集 B 中存在元素 b,使得子集 B 中没有其他元素 x 满足 $x \leqslant b$,则称 b 为子集 B 的极小元。

定义 2.5.11 设 $(A, \leqslant)$ 是偏序集,B 是 A 的子集,如果在子集 B 中存在着元素 b,使得对于子集 B 中任何元素 x,都有 $x \leqslant b$,则称 b 是子集 B 的最大元。同理,如果在子集 B 中存在着元素 b,使得对于子集中任何元素 x,都有 $b \leqslant x$,则称 b 为子集 B 的最小元。

例 2-25 设 $A = \{2, 3, 4, 6, 8, 12, 16, 24\}$,$\leqslant$ 为整除关系。求子集 $\{2, 4, 6, 12\}$,$\{6, 8, 12, 24\}$,$\{3, 6, 12, 16\}$ 的极大元,极小元,最大元,最小元(如果存在的话)。

解 先画出 $(A, \leqslant)$ 的哈斯图(见图 2-5-10)

在子集 $\{2, 4, 6, 12\}$ 中,极大元为 12,极小元为 2;最大元为 12,最小元为 2。

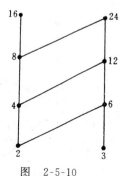

图 2-5-10

在子集{6,8,12,24}中,极大元为 24,极小元为 6 和 8;最大元为 24,但没有最小元。

在子集{3,6,12,16}中,极大元为 12 和 16,而且 16 又是极小元,3 也是极小元,这个子集没有最大元和最小元。

定义 2.5.12 设$(A,\leqslant)$为偏序集,B 为 A 的子集,如果在 A 中存在元素 a,使得对于子集 B 中任何元素 x,都有 $x\leqslant a$,则称 a 为子集 B 的上界。同理,如果在 A 中存在元素 a,使得对于子集 B 中任何元素 x,都有 $a\leqslant x$,则称 a 为子集 B 的下界。

例 2-26 设 $A=\{1,2,3,5,6,10,12,30,60\}$,$\leqslant$为整除关系。求子集{2,5,6,10},{2,3,6,12},{1,2,5,12},{5,10,30}的上界和下界。

解 在子集{2,5,6,10}中,上界为 30 和 60;下界为 1。

在子集{2,3,6,12}中,上界为 12 和 60;下界为 1。

在子集{1,2,5,12}中,上界为 60;下界为 1。

在子集{5,10,30}中,上界为 30,60;下界为 1 和 5。

例 2-27 设偏序集$(A,\leqslant)$的哈斯图如图 2-5-11 所示,求子集$\{a,b,c,d,e\}$和$\{d,g,f,i\}$的上界和下界。

解 子集$\{a,b,c,d,e\}$的上界为 g,i,j;但这个子集没有下界。

子集$\{d,g,f,i\}$的上界为 i 和 j,下界为 d,a 和 b。

定义 2.5.13 设$(A,\leqslant)$为偏序集,B 是 A 的子集,a 是子集 B 的上界,如果对于 B 的任何上界 x,都有 $a\leqslant x$,则称 a 为子集 B 的最小上界(或称上确界),记作 $\sup(B)=a$。同理,b 是子集 B 的下界,如果对于 B 的任何下界 y,都有 $y\leqslant b$,则称 b 为子集 B 的最大下界(或称下确界),记作 $\inf(B)=b$。

例如,在图 2-5-11 所示的偏序集中,子集$\{d,e,f,g\}$的上确界为 i,下确界为 b。在子集$\{a,b,c,d,e,f\}$的上确界为 i,但没有下确界。

例 2-28 设 $A=\{1,2,3,4,6,7,12,14,28\}$,$\leqslant$为整除关系。画出$(A,\leqslant)$的哈斯图,并写出子集{2,4,6,14},{2,3,12,28}的上确界和下确界。

解 $(A,\leqslant)$的哈斯图如图 2-5-12 所示。

子集{2,4,6,14}的下确界为 2,但没有上确界。

子集{2,3,12,28}的下确界为 1,但没有上确界。

例 2-29 偏序集$(A,\leqslant)$的哈斯图如图 2-5-13 所示,子集 $B=\{c,e\}$,写出 B 的上确界和下确界。

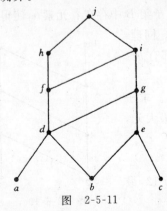

图 2-5-11

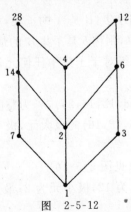

图 2-5-12

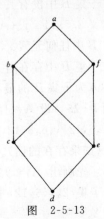

图 2-5-13

解 子集 $B=\{c,e\}$，仅有一个下界 d，所以 d 是下确界；但 $B=\{c,e\}$ 有 3 个上界：a,b,f；而 b 和 f 是不可比的(b 和 f 不相关)，所以 $B=\{c,e\}$ 没有上确界。

习　题

1. (A,R) 是偏序集，$A=\{1,2,3,4,5,6,7,8,9,15,18,24\}$，$R$ 是 A 上整除关系，试画出 R 的哈斯图。

2. (A,R) 是偏序集，$A=\{a,b,c,d,e\}$，图 2-5-14 是 R 的关系图，试将关系图改画成哈斯图。

3. (A,R) 是偏序集，图 2-5-15 是 R 的哈斯图表示，试写出 R 的关系矩阵。

4. (A,R) 是偏序集，$A=\{1,2,3,4,5,6,8,12,24\}$，$R$ 是 A 上的整除关系，试写出 A 中的极大元和极小元。

5. 图 2-5-16a、b、c 分别是偏序关系的哈斯图，试指出各个图中的极大元和极小元，并指出哪个图中有最大元或最小元。

6. (A,R) 是偏序集，$A=\{1,2,3,4,6,8,12,24,36\}$，$R$ 是 A 上的整除关系。子集 $B=\{2,4,6,12,36\}$，写出 B 的极大元和极小元；最大元和最小元。

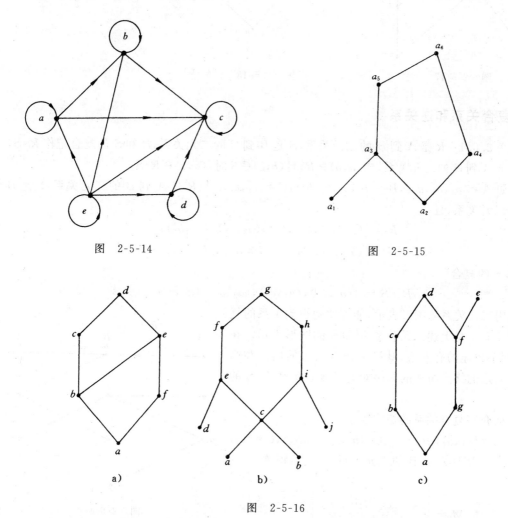

图　2-5-14　　　　　　图　2-5-15

图　2-5-16

7. (A,R) 是偏序集，$A=\{1,2,3,4,5,6,7,8,9,10,14,28\}$，$R$ 是 A 上整除关系，子集 $B=\{3,4,5,7,14\}$，写出 B 的上界和下界(如果有的话)。

8. 偏序集 (A,R) 的哈斯图表示如图 2-5-17 所示，求 $B=\{e,f,g\}$，写出 B 的所有上界和下界。

9. 偏序集 (A,R) 的哈斯图表示如图 2-5-18 所示,求 $B=\{a,c,d\}$,写出 B 的上确界和下确界。

10. 证明在图 2-5-19 中,任意两点构成的子集都有上确界和下确界。

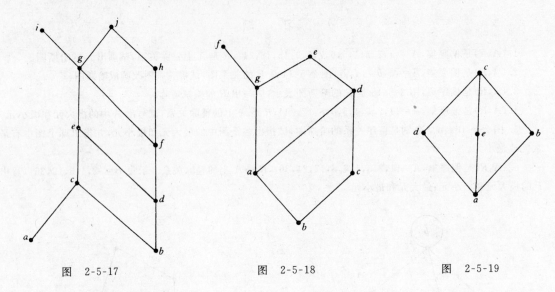

图 2-5-17   图 2-5-18   图 2-5-19

2.6 复合关系和逆关系

定义 2.6.1 R 是 A 到 B 的二元关系,S 是 B 到 C 的二元关系,R 和 S 的复合记作 $R \circ S$,它是一个 A 到 C 的二元关系,当 $(a,b) \in R$,且 $(b,c) \in S$ 时,$(a,c) \in R \circ S$。

例如 $A=\{a_1,a_2,a_3\}$,$B=\{b_1,b_2,b_3,b_4\}$,$C=\{c_1,c_2,c_3\}$;R 是 A 到 B 的二元关系,S 是 B 到 C 的二元关系,且

$$R= \{(a_1,b_1),(a_2,b_2),(a_3,b_2),(a_3,b_4)\}$$
$$S= \{(b_1,c_1),(b_1,c_2),(b_2,c_3),(b_3,c_2)\}$$

则 R 和 S 的复合

$$R \circ S = \{(a_1,c_1),(a_1,c_2),(a_2,c_3),(a_3,c_3)\}。$$

利用二元关系的图形表示,能方便地得到关系的复合。图 2-6-1 是上述二元关系 R 和 S 的图形表示。在图中,两条相连的有向边,其第一条有向边的始点和第二条有向边的终点组成的有序对就是复合关系 $R \circ S$ 的元素。

下面介绍复合关系的矩阵表示。

设 $A=\{a_1,a_2,\cdots,a_n\}$,$B=\{b_1,b_2,\cdots,b_m\}$,$C=\{c_1,c_2,\cdots,c_p\}$。R 是 A 到 B 的二元关系,其关系矩阵

$$M_R = \begin{bmatrix} x_{11} & x_{12} & \cdots & x_{1m} \\ x_{21} & x_{22} & \cdots & x_{2m} \\ \cdots & \cdots & & \\ x_{n1} & x_{n2} & \cdots & x_{nm} \end{bmatrix}$$

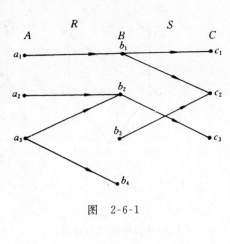

图 2-6-1

其中

$$x_{ij} = \begin{cases} 1 & \text{当}(a_i, b_j) \in R \\ 0 & \text{当}(a_i, b_j) \notin R \end{cases}$$

S 是 B 到 C 的二元关系，其关系矩阵

$$M_S = \begin{bmatrix} y_{11} & y_{12} & \cdots & y_{1p} \\ y_{21} & y_{22} & \cdots & y_{2p} \\ \cdots & \cdots & & \\ y_{m1} & y_{m2} & \cdots & y_{mp} \end{bmatrix}$$

其中

$$y_{ij} = \begin{cases} 1 & \text{当}(b_i, c_j) \in R \\ 0 & \text{当}(b_i, c_j) \notin R \end{cases}$$

令

$$M_{(R \circ S)} = M_R \cdot M_S = \begin{bmatrix} z_{11} & z_{12} & \cdots & z_{1p} \\ z_{21} & z_{22} & \cdots & z_{2p} \\ \cdots & \cdots & & \\ z_{n1} & z_{n2} & \cdots & z_{np} \end{bmatrix}$$

由矩阵的乘法运算规则可知

$$z_{ij} = \sum_{k=1}^{m} x_{ik} y_{kj}$$

$$= x_{i1} \cdot y_{1j} + x_{i2} y_{2j} + \cdots + x_{im} \cdot y_{mj}$$

对于上述表达式中的某一项 $x_{ik} \cdot y_{kj}$，由于 x_{ik} 和 y_{kj} 的取值仅为 0 或 1，所以只有当 $x_{ik} = 1$，且 $y_{kj} = 1$ 时，才有 $x_{ik} \cdot y_{kj} = 1$，也即当 $(a_i, b_k) \in R$ 且 $(b_k, c_j) \in S$ 时，$z_{ij} \neq 0$，如果将 z_{ij} 的表达式中的加法改为布尔加(即 $0+0=0, 1+0=0+1=1, 1+1=1$)，当 $x_{ik} = 1$ 且 $y_{kj} = 1$ 时，$z_{ij} = 1$；这说明了 $[z_{ij}]_{n \times p}$ 就是复合关系 $R \circ S$ 的关系矩阵 $M_{R \cdot S}$，因此只要将矩阵的乘积 $M_R \cdot M_S$ 改为矩阵的布尔乘积 $M_R \circ M_S$，可得

定理 2.6.1 R 是 A 到 B 的二元关系，S 是 B 到 C 的二元关系，复合关系 $R \circ S$ 是 A 到 C 的二元关系；它们的关系矩阵分别为 M_R, M_S 和 $M_{R \cdot S}$，则 $M_{R \cdot S} = M_R \circ M_S$

例 2-30 $A = \{1, 2, 3\}, B = \{a, b, c, d\}, C = \{x, y, z\}, R$ 是 A 到 B 的二元关系，$R = \{(1, a), (1, b), (2, b), (3, c)\}$，$S$ 是 B 到 C 的二元关系，$S = \{(a, x), (b, x), (b, y), (b, z)\}$，求 $R \circ S$ 的关系矩阵。

解 令 R 和 S 的关系矩阵分别为：

$$M_R = \begin{array}{c} \\ 1 \\ 2 \\ 3 \end{array} \begin{array}{cccc} a & b & c & d \\ \begin{bmatrix} 1 & 1 & 0 & 0 \\ 0 & 1 & 0 & 0 \\ 0 & 0 & 1 & 0 \end{bmatrix} \end{array}$$

$$M_S = \begin{array}{c} \\ a \\ b \\ c \\ d \end{array} \begin{array}{ccc} x & y & z \\ \begin{bmatrix} 1 & 0 & 0 \\ 1 & 1 & 1 \\ 0 & 0 & 0 \\ 0 & 0 & 0 \end{bmatrix} \end{array}$$

则

$$M_{R\circ S}=M_R\circ M_S=\begin{bmatrix}1&1&0&0\\0&1&0&0\\0&0&1&0\end{bmatrix}\circ\begin{bmatrix}1&0&0\\1&1&1\\0&0&0\\0&0&0\end{bmatrix}$$

$$=\begin{matrix}1\\2\\3\end{matrix}\begin{matrix}x&y&z\\\begin{bmatrix}1&1&1\\1&1&1\\0&0&0\end{bmatrix}\end{matrix}$$

例 2-31 $A=\{1,2,3,4\}$，R,S,T 是 A 上的二元关系，其中 $R=\{(1,1),(1,2),(2,3),(4,3)\}$，$S=\{(1,1),(2,1),(2,4),(3,4),(3,3)\}$，$T=\{(2,1),(1,2),(3,4),(4,4)\}$；利用关系矩阵求 $R\circ S,S\circ T,(R\circ S)\circ T$ 和 $R\circ(S\circ T)$。

解 易知

$$M_R=\begin{bmatrix}1&1&0&0\\0&0&1&0\\0&0&0&0\\0&0&1&0\end{bmatrix}\quad M_S=\begin{bmatrix}1&0&0&0\\1&0&0&1\\0&0&1&1\\0&0&0&0\end{bmatrix}\quad M_T=\begin{bmatrix}0&1&0&0\\1&0&0&0\\0&0&0&1\\0&0&0&1\end{bmatrix}$$

$$M_{R\circ S}=M_R\circ M_S=\begin{bmatrix}1&1&0&0\\0&0&1&0\\0&0&0&0\\0&0&1&0\end{bmatrix}\circ\begin{bmatrix}1&0&0&0\\1&0&0&1\\0&0&1&1\\0&0&0&0\end{bmatrix}=\begin{bmatrix}1&0&0&1\\0&0&1&1\\0&0&0&0\\0&0&1&1\end{bmatrix}$$

$$M_{S\circ T}=M_S\circ M_T=\begin{bmatrix}1&0&0&0\\1&0&0&1\\0&0&1&1\\0&0&0&0\end{bmatrix}\circ\begin{bmatrix}0&1&0&0\\1&0&0&0\\0&0&0&1\\0&0&0&1\end{bmatrix}=\begin{bmatrix}0&1&0&0\\0&1&0&1\\0&0&0&1\\0&0&0&0\end{bmatrix}$$

$$M_{(R\circ S)\circ T}=M_{(R\circ S)}\circ M_T=\begin{bmatrix}1&0&0&1\\0&0&1&1\\0&0&0&0\\0&0&1&1\end{bmatrix}\circ\begin{bmatrix}0&1&0&0\\1&0&0&0\\0&0&0&1\\0&0&0&1\end{bmatrix}=\begin{bmatrix}0&1&0&1\\0&0&0&1\\0&0&0&0\\0&0&0&1\end{bmatrix}$$

$$M_{R\circ(S\circ T)}=M_R\circ M_{(S\circ T)}=\begin{bmatrix}1&1&0&0\\0&0&1&0\\0&0&0&0\\0&0&1&0\end{bmatrix}\circ\begin{bmatrix}0&1&0&0\\0&1&0&1\\0&0&0&1\\0&0&0&0\end{bmatrix}=\begin{bmatrix}0&1&0&1\\0&0&0&1\\0&0&0&0\\0&0&0&1\end{bmatrix}$$

由此可得 $R\circ S=\{(1,1),(1,4),(2,3),(2,4),(4,3),(4,4)\}$，$S\circ T=\{(1,2),(2,2),(2,4),(3,4)\}$，$(R\circ S)\circ T=\{(1,2),(1,4),(2,4),(4,4)\}$，$R\circ(S\circ T)=\{(1,2),(1,4),(2,4),(4,4)\}$。

二元关系的复合可产生一个新的二元关系，因此二元关系的复合也是二元关系的一种运算。由例 2 求得的结果可知，$(R\circ S)\circ T=R\circ(S\circ T)$，在一般情况下，容易证明上述等式仍然成立，所以二元关系的复合满足结合律。

由于二元关系的复合满足结合律,所以二元关系的幂是有意义的;以 R 本身组成的复合关系可以写成:$R \circ R, R \circ R \circ R, \cdots, \overbrace{R \circ R \circ \cdots \circ R}^{m}$,分别记作 $R^2, R^3, \cdots, R^m$。容易证明,$R^i \circ R^j = R^{i+j}$。

下面介绍二元关系的逆关系。

定义 2.6.2 R 是 A 到 B 的二元关系,若将 R 中的每一个有序对内的元素顺序互换,所得到的 B 到 A 的二元关系称为 R 的逆关系,记作 $\tilde{R}$。

例如 $A = \{a, b, c, d\}$,$B = \{x, y, z\}$,R 是 A 到 B 的二元关系,$R = \{(a, x), (b, x), (c, y), (d, z)\}$,则 R 的逆关系 $\tilde{R} = \{(x, a), (x, b), (y, c), (z, d)\}$,它是 B 到 A 的二元关系。

又如,设 R 是正整数集合 I_+ 上的"小于等于"关系;则 R 的逆关系 $\tilde{R}$ 是 I_+ 上的"大于等于"关系。

由逆关系的定义可知:

若关系 R 的关系矩阵为 M_R,则 M_R 的转置矩阵 M_R^T 就是 $\tilde{R}$ 的关系矩阵。

若将 R 的关系图中每条有向边的箭头方向颠倒,就得到逆关系 $\tilde{R}$ 的关系图。

由逆关系的定义还可得到下列定理。

定理 2.6.2 R 和 S 是 A 到 B 的二元关系,则下列各式成立。

1. $\tilde{\tilde{R}} = R$

2. $\widetilde{R \cup S} = \tilde{R} \cup \tilde{S}$

3. $\widetilde{R \cap S} = \tilde{R} \cap \tilde{S}$

又由矩阵运算规则可知:

$$(A \times B)^T = B^T \times A^T$$

上述等式中,若将矩阵的乘法改为矩阵的布尔乘,等式仍然成立。由此可得

定理 2.6.3 设 R 是 A 到 B 的二元关系,S 是 B 到 C 的二元关系,则 $\widetilde{R \circ S} = \tilde{S} \circ \tilde{R}$

对于一些特殊的二元关系,有如下结论。

1. R 是 A 上的自反关系,则 $\tilde{R}$ 也是自反关系。

2. R 是 A 上的对称关系,则 $R = \tilde{R}$。

3. R 是 A 上的反对称关系,则 $R \cup \tilde{R}$ 是对称关系。

4. R 是 A 上的传递关系,则 $\tilde{R}$ 也是传递关系。

习 题

1. 集合 $A = \{a_1, a_2, a_3\}$,$B = \{b_1, b_2, b_3, b_4\}$,$C = \{c_1, c_2, c_3, c_4\}$;$R$ 是 A 到 B 的二元关系,$R = \{(a_1, b_2), (a_1, b_3), (a_2, b_1), (a_2, b_4), (a_3, b_3)\}$;$S$ 是 B 到 C 的二元关系 $S = \{(b_1, c_1), (b_1, c_2), (b_2, c_3), (b_3, c_4), (b_4, c_4)\}$。求复合关系 $R \circ S$。

2. 集合 $A = \{a_1, a_2, a_3, a_4\}$,$R$ 和 S 是 A 上的二元关系,$R = \{(a_1, a_1), (a_1, a_2), (a_3, a_3), (a_3, a_4)\}$,$S = \{(a_1, a_2), (a_2, a_2), (a_1, a_3), (a_4, a_4)\}$,求复合关系 $R \circ S, S \circ R, R^2$ 和 S^2。

3. R 和 S 是 A 上的二元关系,说明以下命题的正确与否。

(1) 如果 R 和 S 是自反的,则 $R \circ S$ 也是自反的;

(2) 如果 R 和 S 是反自反的,则 $R \circ S$ 也是反自反的;

(3) 如果 R 和 S 是对称的,则 $R \circ S$ 也是对称的;

(4) 如果 R 和 S 是反对称的,则 $R \circ S$ 也是反对称的;

(5) 如果 R 和 S 是传递的,则 $R \circ S$ 也是传递的。

4. R 是 A 上的二元关系,证明:

(1) 如果 R 是自反的,则 R^2 也是自反的;

(2) 如果 R 是对称的,则 R^2 也是对称的;

(3) 如果 R 是传递的,则 R^2 也是传递的;

5. 设 R 是 A 上的等价关系,证明 $R^2 = R$。

6. 设 R 是 A 上的二元关系,$\breve{R}$ 是其逆关系,证明:

(1) 如果 R 是自反的,则 $\breve{R}$ 也是自反的;

(2) 如果 R 是对称的,则 $\breve{R}$ 也是对称的;

(3) 如果 R 是传递的,则 $\breve{R}$ 也是传递的;

(4) 如果 R 是反自反的,则 $\breve{R}$ 也是反自反的;

(5) 如果 R 是反对称的,则 $\breve{R}$ 也是反对称的。

2.7 关系的闭包运算

对给定的二元关系,适当地加上一些有序对,使其成为具有某种特性的二元关系,这就是关系的闭包运算。

定义 2.7.1 R 是 A 上的二元关系,R 的自反(对称或传递)闭包 R' 也是 A 上的二元关系,且满足:

1. R' 是自反的(对称的或传递的)

2. $R' \supseteq R$

3. 对任何自反的(对称的或传递的)二元关系 R'',如果 $R'' \supseteq R$ 则必有 $R'' \supseteq R'$。

R 的自反、对称和传递闭包分别记为 $r(R)$,$S(R)$,$t(R)$。由闭包的定义可知,R 的自反(对称,传递)闭包是含有 R 并且具有自反(对称,传递)性质的"最小"的关系。

如果 R 已是自反的二元关系,显然有:$R = r(R)$。同样,当 R 是对称的二元关系时,$R = S(R)$;当 R 是传递的二元关系时,$R = t(R)$,且反之亦然。

求 R 的自反闭包是简单的。

设 R 是 A 上的二元关系,$x \in A$,将所有 $(x,x) \notin R$ 的有序对加到 R 上去,使其扩充成自反的二元关系,扩充后的自反关系就是 R 的自反闭包 $r(R)$。

例如,$A = \{a,b,c,d\}$,$R = \{(a,a),(b,d),(c,c)\}$。$R$ 的自反闭包 $r(R) = \{(a,a),(b,d),(c,c),(b,b),(d,d)\}$。

如果令 $I_A = \{(x,x) \mid x$ 是 A 中的任意元素$\}$,常称 I_A 为 A 上的相等关系。显然有

定理 2.7.1 R 是 A 上的二元关系,则 R 的自反闭包 $r(R) = R \cup I_A$。

求 R 的对称闭包也是简单的。

每当 $(a,b) \in R$,而 $(b,a) \notin R$ 时,将有序对 (b,a) 加到 R 上去,使其扩充成对称的二元关系,扩充后的对称关系就是 R 的对称闭包 $S(R)$。

例如 $A=\{a,b,c,d,e\}$，$R=\{(a,a),(a,b),(b,a),(b,c),(d,e)\}$。$R$ 的对称闭包 $S(R)=\{(a,a),(a,b),(b,a),(b,c),(c,b),(d,e),(e,d)\}$。

由逆关系的定义可知

定理 2.7.2 R 是 A 上的二元关系，$\bar{R}$ 是其逆关系，则 R 的对称闭包 $S(R)=R\cup\bar{R}$。

但是求关系 R 的传递闭包却不是简单的，下面将作较详细的讨论。

设 R 是 A 上的二元关系，每当 $(a,b)\in R$ 和 $(b,c)\in R$ 而 $(a,c)\notin R$ 时，将有序对 (a,c) 加到 R 上使其扩充成 R_1，称 R_1 为 R 的传递扩张，R_1 如果是传递关系，则 R_1 就是 R 的传递闭包；但在一般情况下 R_1 不一定是传递关系。

例如 $A=\{a,b,c,d\}$，$R=\{(a,b),(b,c),(c,d)\}$，应在 R 上加有序对 (a,c) 和 (b,d) 扩充成 $R_1=\{(a,b),(b,c),(c,d),(a,c),(b,d)\}$，由于 $(a,c)\in R_1$ 和 $(c,d)\in R_1$ 而 $(a,d)\notin R_1$，所以 R_1 不是传递关系。

因此当 R 的传递扩张 R_1 不是传递关系时，尚需求 R_1 的传递扩张 R_2，如果 R_2 是传递关系，则 R_2 是 R 的传递闭包，如果 R_2 不是传递关系，则需再求 R_2 的传递扩张 R_3，…。如果 A 是有限集，R 经过有限次扩张后，定能得到 R 的传递闭包。

例 2-32 $A=\{a,b,c\}$，$R=\{(a,b),(b,c),(c,a)\}$。求 R 的传递闭包。

解 $(a,b)\in R$，$(b,c)\in R$ 而 $(a,c)\notin R$

$(b,c)\in R$，$(c,a)\in R$ 而 $(b,a)\notin R$

$(c,a)\in R$，$(a,b)\in R$ 而 $(c,b)\notin R$

所以 $R_1=\{(a,b),(b,c),(c,a),(a,c),(b,a),(c,b)\}$。又由于

$(a,b)\in R_1$，$(b,a)\in R_1$ 而 $(a,a)\notin R_1$；

$(b,a)\in R_1$，$(a,b)\in R_1$ 而 $(b,b)\notin R_1$；

$(c,a)\in R_1$，$(a,c)\in R_1$ 而 $(c,c)\notin R_1$。

所以 $R_2=\{(a,b),(b,c),(c,a),(a,c),(b,a),(c,b),(a,a),(b,b),(c,c)\}$

由于 R_2 已是全域关系，所以 R_2 是 R 的传递闭包。

在介绍关系的传递性判定定理时，曾经分析过关系 R 的关系矩阵 A_R 和关系矩阵的平方 A_R^2 之间的关系，由此不难看到 R 的传递扩张 R_1 的关系矩阵

$$A_{R_1}=A_R+A_R^2$$

（以上运算都系布尔运算，以下同）。而 R_1 的传递扩张 R_2 的关系矩阵

$$\begin{aligned}A_{R_2}&=A_{R_1}+A_{R_1}^2\\&=A_R+A_R^2+(A_R+A_R^2)^2\\&=A_R+A_R^2+A_R^3+A_R^4\\&=A_R+A_{R^2}+A_{R^3}+A_{R^4}\end{aligned}$$

所以有

$$R_2=R\cup R^2\cup R^3\cup R^4$$

当 A 为有限集时，R 经过有限次传递扩张后即可得到 R 的传递闭包 $t(R)$。所以有

$$t(R)=R\cup R^2\cup\cdots\cup R^k$$

在一般情况下，还可证明 $k\leqslant n$（其中 $n=|A|$）。所以上式也可改写为

$$t(R)=R\cup R^2\cup\cdots\cup R^n$$

然而使用上述公式去寻求 R 的传递闭包，显然是烦琐的，为此 Warshall 在 1962 年提出了

求传递闭包的有效算法。读者可以通过 2.2 中介绍的判定关系传递性的第二种方法和传递扩张的定义不难理解该算法的正确性。现将该算法介绍如下：

(1)置新矩阵 $M:=A_R$

(2)置 $j:=1$

(3)对所有 i,如果 $M[i,j]=1$,则对 $k=1,2,\cdots,n$,置

$$M[i,k]:=M[i,k]+M[j,k]$$

(4)$j:=j+1$

(5)如果 $j\leqslant n$,则转到步骤(3),否则停止。

例 2-33 $A=\{a_1,a_2,a_3,a_4,a_5\}$,$R=\{(a_1,a_2),(a_2,a_3),(a_3,a_3),(a_3,a_4),(a_5,a_1),(a_5,a_4)\}$,求 R 的传递闭包。

解 先写出 R 的关系矩阵

$$M:=A_R=\begin{bmatrix} 0 & 1 & 0 & 0 & 0 \\ 0 & 0 & 1 & 0 & 0 \\ 0 & 0 & 1 & 1 & 0 \\ 0 & 0 & 0 & 0 & 0 \\ 1 & 0 & 0 & 1 & 0 \end{bmatrix}$$

先考察第 1 列,其中仅有 $m_{51}=1$,于是应将第 1 行与第 5 行对应元素作布尔加,结果仍记在第 5 行上,也即将第 1 行元素加到第 5 行上去,得

$$M=\begin{bmatrix} 0 & 1 & 0 & 0 & 0 \\ 0 & 0 & 1 & 0 & 0 \\ 0 & 0 & 1 & 1 & 0 \\ 0 & 0 & 0 & 0 & 0 \\ 1 & 1 & 0 & 1 & 0 \end{bmatrix}$$

考察第 2 列元素,现有 $m_{12}=1$ 和 $m_{52}=1$,于是应将第 2 行元素分别加到第 1 行和第 5 行上去,得

$$M=\begin{bmatrix} 0 & 1 & 1 & 0 & 0 \\ 0 & 0 & 1 & 0 & 0 \\ 0 & 0 & 1 & 1 & 0 \\ 0 & 0 & 0 & 0 & 0 \\ 1 & 1 & 1 & 1 & 0 \end{bmatrix}$$

考察第 3 列元素,现有 $m_{13}=1$,$m_{23}=1$,$m_{33}=1$,$m_{53}=1$,于是应将第 3 行元素分别加到第 1 行,第 2 行,第 3 行,第 5 行上去,得

$$M=\begin{bmatrix} 0 & 1 & 1 & 1 & 0 \\ 0 & 0 & 1 & 1 & 0 \\ 0 & 0 & 1 & 1 & 0 \\ 0 & 0 & 0 & 0 & 0 \\ 1 & 1 & 1 & 1 & 0 \end{bmatrix}$$

考察第 4 列元素,现有 $m_{14}=1$,$m_{24}=1$,$m_{34}=1$,$m_{54}=1$,于是应将第 4 行元素加到第 1 行,第 2 行,第 3 行,第 5 行上去,得

$$M = \begin{bmatrix} 0 & 1 & 1 & 1 & 0 \\ 0 & 0 & 1 & 1 & 0 \\ 0 & 0 & 1 & 1 & 0 \\ 0 & 0 & 0 & 0 & 0 \\ 1 & 1 & 1 & 1 & 0 \end{bmatrix}$$

在第 5 列中没有元素为 1，所以上述矩阵即为 R 的传递闭包 $t(R)$ 的关系矩阵。

习　题

1. 集合 $A = \{a,b,c,d\}$，$R = \{(a,a),(a,b),(b,c),(c,b),(a,d)\}$，求 R 的自反闭包和对称闭包。

2. 集合 $A = \{a,b,c,d\}$，$R = \{(a,b),(b,a),(b,c),(c,d)\}$，求 R 的传递闭包。

3. 集合 $A = \{a_1,a_2,a_3,a_4,a_5\}$，$R = \{(a_1,a_1),(a_1,a_2),(a_1,a_4),(a_2,a_1),(a_3,a_1),(a_3,a_3),(a_4,a_3),(a_5,a_1),(a_5,a_3)\}$，求 R 的传递闭包。

4. 集合 $A = \{a_1,a_2,a_3,a_4\}$，$R = \{(a_1,a_2),(a_2,a_3),(a_3,a_4)\}$，求 $r(S(R))$，$S(r(R))$，$t(S(R))$，$S(t(R))$，$r(t(R))$，$t(r(R))$。

第 2 章　综 合 练 习

选择正确答案，将选择项的序号写在空格内。

1. 设集合 $A = \{a,b,c\}$，R 是 A 上的二元关系，$R = \{(a,a),(a,b),(a,c),(c,a)\}$，那么 R 是＿＿＿＿＿。

供选择项：

A　自反的　　　　　B　反自反的　　　　C　对称的

D　反对称的　　　　E　可传递的　　　　F　不可传递的

2. 设集合 A 仅含有 3 个元素，那么

(1) 在 A 上可定义＿＿＿＿＿种不同的二元关系。

(2) 在 A 上可定义＿＿＿＿＿种不同的自反关系。

(3) 在 A 上可定义＿＿＿＿＿种不同的反自反关系。

(4) 在 A 上可定义＿＿＿＿＿种不同的对称关系。

(5) 在 A 上可定义＿＿＿＿＿种不同的反对称关系。

供选择项：

A　64　　　　B　512　　　　C　81　　　　　D　216

E　72　　　　F　128　　　　G　256　　　　H　1024

3. 如果 R_1 和 R_2 是 A 上的对称关系，对于下列观点：

(1) $R_1 \cup R_2$ 是对称的。

(2) $R_1 \cap R_2$ 是对称的。

(3) $R_1 \circ R_2$ 是对称的。

其中＿＿＿＿＿是正确的。

供选择项：

A　(1)和(2)　　　　B　(2)和(3)　　　　C　(1)和(3)

D　只有(1)　　　　E　只有(2)　　　　　F　只有(3)

4. 如果 R_1 和 R_2 是 A 上的反对称关系，对于下列观点：

(1) $R_1 \cup R_2$ 是反对称的。

(2) $R_1 \cap R_2$ 是反对称的。

(3) $R_1 \circ R_2$ 是反对称的。

其中_____是正确的。

供选择项：

A （1）和（2）　　　B （2）和（3）　　　C （3）和（1）　　　D （1），（2）和（3）

E 只有（1）　　　F 只有（2）　　　G 只有（3）

5. 如果 R_1 和 R_2 是 A 上的传递关系，对于下列观点：

（1）$R_1 \cup R_2$ 是传递关系。

（2）$R_1 \cap R_2$ 是传递关系。

（3）$R_1 \circ R_2$ 是传递关系。

（4）R_1^2 是传递关系。

供选择项：

A （2）和（4）　　　　　B 只有（2）　　　　　C （2）和（3）

D （2），（3）和（4）　　　E （1）和（2）　　　F 只有（3）

G （1），（2），（3）和（4）　　　H 只有（4）

6. 集合 $A=\{a,b,c,d,e,f,g\}$，A 上的一个划分 $\pi=\{\{a,b\},\{c,d,e\},\{f,g\}\}$，那么 π 所对应的等价关系 R 应有_____个有序对。

供选择项：

A 15　　　　B 16　　　　C 17　　　　D 18

E 14　　　　F 49　　　　G 512

7. $A=\{2,3,4,5,6,8,10,12,24\}$，$R$ 是 A 上的整除关系，那么 A 的极大元是 _____；极小元是_____。

供选择项：

A 2 和 3　　　　B 2,3 和 5　　　　C 10 和 24

D 10,12,24　　　E 24　　　　F 1　　　　G 5,24

8. $A=\{1,2,3,4,5,6,7,8,9,10,11,12\}$，$R$ 是 A 上的整除关系。子集 $B=\{2,4,6\}$，那么 B 的最大元是_____；B 的最小元是_____；B 的上界是_____；B 的下界是_____。

供选择项：

A 6　　　　B 2　　　　C 不存在　　　　D 12,10

E 8,12　　　F 12　　　　G 1,2　　　　H 1,2,3

9. $A=\{1,2,3,4,5,6,8,10,24,36\}$，$R$ 是 A 上的整除关系。子集 $B=\{1,2,3,4\}$，那么 B 的上界是_____；B 的下界是_____；B 的上确界是_____；B 的下确界是_____。

供选择项：

A 不存在　　　B 36　　　　C 24　　　　D 24 和 36

E 1　　　　F 1 和 2　　　　G 10,24,36　　　　H 6

10. 设 R_1 和 R_2 是 A 上的相容关系，那么对于下列观点：

（1）$R_1 \cup R_2$ 是相容关系。

（2）$R_1 \cap R_2$ 是相容关系。

（3）$R_1 \circ R_2$ 是相容关系。

其中_____是正确的。

供选择项：

A 只有（1）　　　B 只有（2）　　　C 只有（3）　　　D （1）和（2）

E （1）和（3）　　　F （2）和（3）　　　G （1），（2）和（3）

11. R 是 A 上的二元关系，那么对于下列观点：

（1）当 R 是自反关系时，R 的传递闭包也是自反关系。

(2) 当 R 是反自反关系时, R 的传递闭包也是反自反关系。

其中_____是正确的。

供选择项:

A （1）和（2）　　B　只有（1）　　C　只有（2）　　　　D　都不

12. R 是 A 上的二元关系,那么对于下列观点:

(1) 当 R 是对称关系时, R 的传递闭包也是对称关系。

(2) 当 R 是反对称关系时, R 的传递闭包也是反对称关系。

其中_____是正确的。

供选择项:

A （1）和（2）　　B　只有（1）　　C　只有（2）　　　　D　都不

第3章 函 数

函数是数学中最基本的概念之一,在高等数学中,函数的定义域和值域都是在实数集合上讨论的。本章将函数的概念予以推广,把函数看作是一种特殊的关系,函数的定义域和值域可以是各类集合。

3.1 函数的定义

函数也称映射,它表明了两个集合的元素之间的对应关系。

定义 3.1.1 A 和 B 是集合,f 是 A 到 B 的二元关系,如果 f 满足:对于 A 中的每一个元素 a,存在着 B 中的一个元素且仅一个元素 b,使 $(a,b) \in f$,则称 f 为 A 到 B 的函数。常把 $(a, b) \in f$,记作 $f(a) = b$,并称 a 为自变元或原象,b 为对应于 a 的函数值或映象。集合 A 称为函数 f 的定义域,由所有映象组成的集合称为函数 f 的值域。

从函数的定义可知,函数是一种特殊的二元关系,其特殊之处在于:

(1)函数的定义域是集合 A 而不能是 A 的某一个真子集。

(2)对于 $a \in A$,只能有 B 中的一个元素 b 与之相关,即不能有 $f(a) = b$;又有 $f(a) = c(b \neq c)$。

例如集合 $A = \{a,b,c\}$,$B = \{\alpha,\beta,\gamma,\omega\}$,$f = \{(a,\beta),(b,\gamma),(c,\alpha)\}$,则 f 是 A 到 B 的函数,且 $f(a) = \beta$,$f(b) = \gamma$,$f(c) = \alpha$。

又如集合 $A = \{b_1,b_2,b_3\}$,其中 b_1,b_2,b_3 表示 3 个球,$B = \{r,g,w\}$,其中 r 表示红色,g 表示绿色,w 表示白色,令 $f = \{(b_1,r),(b_2,r),(b_3,g)\}$。则 f 是 A 到 B 的函数,且 $f(b_1) = r$,$f(b_2) = r$,$f(b_3) = g$;函数 f 表明了第一、二个球是红色的、第三个球是绿色的。

例 3-1 判别下列二元关系中哪个能构成函数。

(1)$A = \{1,2,3\}$,$B = \{4,5,6\}$,当 $a \in A$,$b \in B$,且 $a < b$ 时,$(a,b) \in f$。

解 显然 f 不是 A 到 B 的函数,如对于元素 $1 \in A$,有 $(1,4) \in f$,$(1,5) \in f$,$(1,6) \in f$,这表明 A 中元素 1 与 B 中 3 个元素有关系,所以 f 不是 A 到 B 的函数。

(2)设 N 是自然数集合,f 是 N 到 N 的二元关系,对于 $a,b \in N$,当 $a+b = 10$ 时,$(a,b) \in f$。

解 因为 N 中仅有 $0,1,2,\cdots,10$ 与 N 中元素相关,所以 f 不是 N 到 N 的函数。

(3)$A = \{2,3,5\}$,$B = \{0,1\}$,对于 $a \in A$,当 a 为素数时,$(a,0) \in f$。

解 f 是 A 到 B 的函数,且 $f(2) = f(3) = f(5) = 0$。

例 3-2 集合 $A = \{a,b,c\}$,$B = \{x,y\}$,f 是 A 到 B 的二元关系,f 的关系图分别为:图 3-1-1(a),(b),(c)。试指出哪个二元关系可构成函数。

解 在图 3-1-1 中,图 b 所表示的二元关系可构成函数,而图 a 所表示的二元关系,由于 A 中元素 a,有 $(a,x) \in f$ 和 $(a,y) \in f$,所以 f 不是函数;图 c 所表示的二元关系,由于 A 中元素 C 与 B 中元素无关,所以也不是函数。

下面讨论有关函数的计数问题。

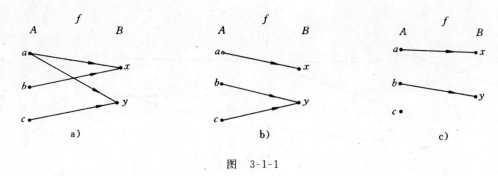

图 3-1-1

例 3-3 设 A,B 是集合,且 $|A|=3$,$|B|=2$,问 A 到 B 可以定义多少种不同的函数。

解 显然每一个 A 到 B 的函数,仅含有 3 个有序对,另外 B 中两个元素中,任意一个都可作为其映象,故可定义 $2^3=8$ 个不同的函数。

一般地讲,当 A,B 为有限集合时,且 $|A|=n$,$|B|=m$,则 A 到 B 可定义 m^n 个不同的函数。以后常用 B^A 来表示以所有 A 到 B 的函数作为元素构成的集合。

例如 $A=\{a,b\}$,$B=\{x,y\}$,A 到 B 共有 4 个不同的函数,即

$$f_1=\{(a,x),(b,x)\}$$
$$f_2=\{(a,x),(b,y)\}$$
$$f_3=\{(a,y),(b,x)\}$$
$$f_4=\{(a,y),(b,y)\}$$

则
$$B^A=\{f_1,f_2,f_3,f_4\}。$$

习　题

1. 集合 $A=\{x,y,z\}$,$B=\{1,2,3\}$,试说明下列 A 到 B 的二元关系中,哪些能构成函数?

(1) $\{(x,1),(x,2),(y,1),(z,3)\}$

(2) $\{(x,1),(y,1),(z,1)\}$

(3) $\{(x,2),(y,3)\}$

(4) $\{(x,3),(y,2),(z,3),(y,3)\}$

(5) $\{(x,2),(y,1),(y,2)\}$

2. 设集合 $A=\{a,b,c\}$,请回答下列问题

(1) A 到 A 可定义多少种不同的函数

(2) $A\times A$ 到 A 可定义多少种不同的函数

3. 设集合 $A=\{a,b,c\}$,$B=\{0,1\}$,请写出所有 A 到 B 的函数和所有 B 到 A 的函数。

3.2 特殊函数

定义 3.2.1 设 A,B 是集合,f 是 A 到 B 的函数,对于 A 中任意两个元素 x_1,x_2,当 $x_1\neq x_2$ 时,都有 $f(x_1)\neq f(x_2)$,则称 f 为 A 到 B 的单射函数。

单射函数要求不同的自变元,其函数值也不相同。

在图 3-2-1 中,图 a 所示的函数 f 是单射函数,图 b 中所示的函数 g 不是单射函数。

定义 3.2.2 设 A,B 是集合,f 是 A 到 B 的函数,如果函数的值域恰好是 B,则称 f 为 A 到 B 的满射函数。

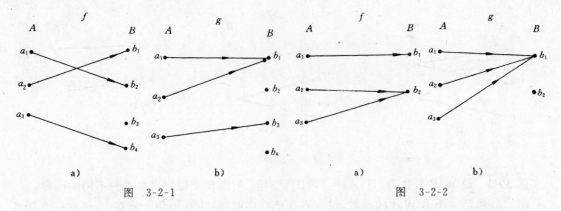

图 3-2-1   图 3-2-2

图 3-2-2 中,图 a 所示的函数 f 是满射函数,图 b 中所示的函数 g 不是满射函数。

定义 3.2.3 设 A,B 是集合,f 是 A 到 B 的函数,如果 f 既是单射函数又是满射函数,则称 f 为 A 到 B 的双射函数。双射函数也称为一一对应函数。

图 3-2-3a 中所示的函数 f 为双射函数,图 b 中所示的函数 g 不是双射函数。

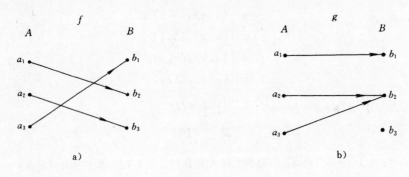

图 3-2-3

易知,当 A 和 B 是有限集合时,如果 f 是 A 到 B 的单射函数,必须有 $|A| \leqslant |B|$;如果 f 是 A 到 B 的满射函数,必须有 $|A| \geqslant |B|$;如果 f 是 A 到 B 的双射函数,必须有 $|A| = |B|$。

例 3-4 判定下列函数是单射函数、满射函数还是双射函数。

(1)集合 $A = \{a,b,c\}$,$B = \{1,2,3,4\}$,f 是 A 到 B 的函数,且 $f(a)=1$,$f(b)=2$,$f(c)=4$。

解 f 是 A 到 B 的单射函数。

(2)设 I_+ 是正整数集合,E_+ 是正偶数集合,f 是 I_+ 到 E_+ 的函数,且对于任意的正整数 n 都有 $f(n)=2n$。

解 f 是 I_+ 到 E_+ 的双射函数。

(3)设 I 是整数集合,$B=\{0,1\}$,f 是 I 到 B 的函数,对于任意的整数 i,当 i 为偶数时,$f(i)=0$;当 i 为奇数时,$f(i)=1$。

解 f 是 I 到 B 的满射函数。

(4)设 I 是整数集合,N 是自然数集合,f 是 I 到 N 的函数,对于任意的整数 i,$f(i)=i^2$。

解 f 不是 I 到 N 的双射函数,也不是 I 到 N 的单射函数,也不是 I 到 N 的满射函数。

习　题

1. 下列函数,哪些是单射函数,哪些是满射函数,哪些是双射函数?

A　$f:N \rightarrow N, f(n)=2n$

B　$f:I \rightarrow I, f(i)=|i|$

C　$f:A \rightarrow B, A=\{0,1,2\}, B=\{0,1,2,3,4\}, f(a)=a^2$

D　$f:I \rightarrow \{0,1\}, f(i)=\begin{cases} 0 & i=0 \\ 1 & i \neq 0 \end{cases}$

E　$f:R \rightarrow R, f(r)=r+1$

2. 集合 A 具有 3 个元素,集合 B 具有 4 个元素,问 A 到 B 可以定义多少种不同的单射函数?

3. 集合 A 具有 4 个元素,集合 B 具有 3 个元素,问 A 到 B 可以定义多少种不同的满射函数?

4. 集合 A 和 B 都有 4 个元素,问 A 到 B 可以定义多少种不同的双射函数?

3.3　复合函数和逆函数

在第 2 章中已介绍了二元关系的合成,由于函数是一种特殊的二元关系,因此函数的合成方法应与关系的合成方法是一致的。但这里有一点尚需说明,当函数 f 和 g 看做是二元关系时,经合成后无疑是一个二元关系,但它是否能构成函数呢? 回答是肯定的,函数经合成后,仍然是函数,下面用具体例子说明之。

例如,设 f 是 A 到 B 的函数,g 是 B 到 C 的函数,它们所确定的对应关系,如图 3-3-1 所示。

如果将函数 f 看做是 A 到 B 的二元关系,将函数 g 看做是 B 到 C 的二元关系,合成后的关系记为 R,它是 A 到 C 的二元关系,由图 3-3-1 可知,$R=\{(a_1,c_2),(a_2, c_2),(a_3,c_1)\}$,由此可见,$R$ 是 A 到 C 的函数。一般情况,请读者自行证明。

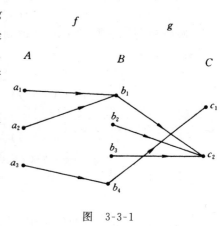

图　3-3-1

经合成后所得的函数称为合成函数或复合函数。复合函数在记法上与合成关系的记法稍有不同。

定义 3.3.1　设 f 是 A 到 B 的函数,g 是 B 到 C 的函数,f 和 g 合成后的函数称为复合函数,记作 $g \circ f$,它是 A 到 C 的函数。当 $a \in A, b \in B, c \in C$,且 $f(a)=b$,$g(b)=c$ 时,$g \circ f(a)=C$。

请读者注意,当 f 和 g 看做是二元关系时,合成后的关系应记作 $f \circ g$,但当 f 和 g 看做是函数时,合成后的复合函数应记作 $g \circ f$。

复合函数之所以采用这样的记法,是为了便于函数进行"复合运算",这样的记法使得

$$g \circ f(x) = g(f(x))$$

例 3-5　设集合 $A=\{x,y,z\}, B=\{a,b,c,d\}, C=\{1,2,3\}$;$f$ 是 A 到 B 的函数,g 是 B 到 C 的函数,其中

$f(x)=b$　　　　$f(y)=c$　　　　$f(z)=c$

$g(a)=1$　　　　$g(b)=2$　　　　$g(c)=1$　　　　$g(d)=3$

求复合函数 $g \circ f$。

解 易知 $g \circ f$ 是 A 到 C 的函数,且

$$g \circ f(x) = g(f(x)) = g(b) = 2$$
$$g \circ f(y) = g(f(y)) = g(c) = 1$$
$$g \circ f(z) = g(f(z)) = g(c) = 1$$

例 3-6 设集合 $A = \{a, b, c\}$, $f_1, f_2, f_3, f_4, f_5, f_6$ 是 A 到 A 的函数,其中

$f_1(a) = a$	$f_1(b) = b$	$f_1(c) = c$
$f_2(a) = a$	$f_2(b) = c$	$f_2(c) = b$
$f_3(a) = b$	$f_3(b) = a$	$f_3(c) = c$
$f_4(a) = b$	$f_4(b) = c$	$f_4(c) = a$
$f_5(a) = c$	$f_5(b) = a$	$f_5(c) = b$
$f_6(a) = c$	$f_6(b) = b$	$f_6(c) = a$

试证:$f_3 \circ f_4 = f_2$,$f_4 \circ f_5 = f_1$,$f_5 \circ f_6 = f_3$。

证明 $\because f_3 \circ f_4(a) = f_3(f_4(a)) = f_3(b) = a$;$f_3 \circ f_4(b) = f_3(f_4(b)) = f_3(c) = c$;$f_3 \circ f_4(c) = f_3(f_4(c)) = f_3(a) = b$。$\therefore f_3 \circ f_4 = f_2$。同样,$f_4 \circ f_5(a) = f_4(f_5(a)) = f_4(c) = a$;$f_4 \circ f_5(b) = f_4(f_5(b)) = f_4(a) = b$;$f_4 \circ f_5(c) = f_4(f_5(c)) = f_4(b) = c$。即 $f_4 \circ f_5 = f_1$。最后对于 f_5:$f_5 \circ f_6(a) = f_5(f_6(a)) = f_5(c) = b$;$f_5 \circ f_6(b) = f_5(f_6(b)) = f_5(b) = a$;$f_5 \circ f_6(c) = f_5(f_6(c)) = f_5(a) = c$。即 $f_5 \circ f_6 = f_3$,证毕。

在第二章中,我们曾介绍二元关系的合成可以看做是一种运算,且这种运算满足结合律。同样,对于函数的复合运算也满足结合律,即 f_1, f_2, f_3 都是 A 到 A 的函数,则

$$(f_1 \circ f_2) \circ f_3 = f_1 \circ (f_2 \circ f_3)$$

例如 R 是实数集,f, g, h 是 R 到 R 的函数,其中 $f(x) = 1 + x$,$g(x) = 1 + x^2$,$h(x) = 1 + x^3$,易知

$$f \circ g(x) = f(1 + x^2) = 2 + x^2$$
$$(f \circ g) \circ h(x) = (f \circ g)(1 + x^3) = 2 + (1 + x^3)^2$$

另外

$$g \circ h(x) = g(1 + x^3) = 1 + (1 + x^3)^2$$
$$f \circ (g \circ h)(x) = f(1 + (1 + x^3)^2) = 2 + (1 + x^3)^2$$

所以

$$(f \circ g) \circ h = f \circ (g \circ h)$$

函数的复合运算满足结合律,但不满足交换律,在上述例子中

$$f \circ g(x) = f(1 + x^2) = 2 + x^2$$
$$g \circ f(x) = g(1 + x) = 1 + (1 + x)^2$$

所以

$$f \circ g \neq g \circ f$$

对于特殊函数的复合运算有如下定理。

定理 3.3.1 设 A, B, C 是集合,f 是 A 到 B 的函数,g 是 B 到 C 的函数,如果

(1) f 和 g 都是单射函数,则 $g \circ f$ 也是单射函数。

(2) f 和 g 都是满射函数,则 $g \circ f$ 也是满射函数。

(3) f 和 g 都是双射函数,则 $g \circ f$ 也是双射函数。

证明 (1)因为 f 是 A 到 B 的单射函数,所以当 $x_1,x_2 \in A, x_1 \neq x_2$ 时,$f(x_1) \neq f(x_2)$,又因为 g 是 B 到 C 的单射函数,所以 $g(f(x_1)) \neq g(f(x_2))$;即当 $x_1 \neq x_2$ 时,$g \circ f(x_1) \neq g \circ f(x_2)$,由此可见,复合函数 $g \circ f$ 是单射函数。

(2),(3)请读者自行证明。

下面介绍逆函数。

对于二元关系 R,只要颠倒 R 的所有有序对,就能得到逆关系 $\tilde{R}$;但对于函数 f,颠倒 f 的所有有序对时,得到的逆关系 $\tilde{f}$ 却不一定是函数。显然,只有当 f 为双射函数时,其逆关系 $\tilde{f}$ 才是函数。易证

定理 3.3.2 设 f 是 A 到 B 的双射函数,则 f 的逆关系 $\tilde{f}$ 是 B 到 A 的双射函数。

定义 3.3.2 设 f 是 A 到 B 的双射函数,其逆关系 $\tilde{f}$ 称为 f 的逆函数,并记作 f^{-1}。

例如,设 $A = \{a,b,c\}$,$B = \{1,2,3\}$,f 是 A 到 B 的双射函数,且

$$f(a) = 1, f(b) = 3, f(c) = 2$$

即

$$f = \{(a,1), \quad (b,3), \quad (c,2)\}$$

其逆函数

$$f^{-1} = \{(1,a),(3,b),(2,c)\}$$

即

$$f^{-1}(1) = a, f^{-1}(2) = c, f^{-1}(3) = b。$$

作为本章的最后一部分内容,我们介绍著名的"鸽洞原理",这个原理虽然简单却有着广泛的应用。

如果某人营造了 n 个鸽洞,养了多于 n 只鸽子,则必有一个鸽洞住有 2 只或 2 只以上的鸽子。这就是鸽洞原理。用数学语言来描述这个原理,即:

A,B 是有限集合,f 是 A 到 B 的函数,如果 $|A| > |B|$,则 A 中至少有两个元素,其函数值相等。

更一般的情况是:当鸽洞为 n 个,鸽子数大于 $n \times m$ 只时,必有一个鸽洞住有 $m+1$ 个或多于 $m+1$ 个鸽子。即:

A,B 是有限集合,f 是 A 到 B 的函数,如果 $|A| > n \times m$,$|B| = n$,则在 A 中至少有 $m+1$ 个元素,其函数值相等。

例如,有 3 个鸽洞,13 只鸽子,则必有一个鸽洞,住有 5 个或 5 个以上鸽子。

例 3-7 任意 $n+1$ 个正整数,其中必有两个数之差被 n 整除。

解 由于任意正整数被 n 除后,其余数只能是 $0,1,\cdots,n-1$ 共 n 种,所以在 $n+1$ 个正整数中,必有两个数被 n 除后余数相同,这两个数之差必能被 n 整除。

例 3-8 某人步行 10 小时,共走 45 公里,已知他第一小时走了 6 公里,最后一小时只走了 2 公里,证明必有连续的两小时,在这两小时内至少走了 10 公里。

证明 设第 i 小时走了 a_i 公里,连续两小时所走里程为:$a_1+a_2, a_2+a_3, \cdots, a_9+a_{10}$,共有 9 种;因为 $(a_1+a_2)+(a_2+a_3)+\cdots+(a_9+a_{10}) = 2 \times 45 - 6 - 2 = 82$,所以必有连续两小时所走里程大于等于 10。

例 3-9 在 $1 \sim 100$ 的正整数中,任取 51 个正整数,其中必存在两个数,一个数是另一个

数的倍数。

解 显然,对于任意的偶数,必存在一个奇数,使得:偶数＝奇数$\times 2^k$。

现构造以下 50 个集合:

$A_1 = \{1, 1\times 2, 1\times 2^2, 1\times 2^3, 1\times 2^4, 1\times 2^5, 1\times 2^6\}$

$A_3 = \{3, 3\times 2, 3\times 2^2, 3\times 2^3, 3\times 2^4, 3\times 2^5\}$

$A_5 = \{5, 5\times 2, 5\times 2^2, 5\times 2^3, 5\times 2^4\}$

$A_7 = \{7, 7\times 2, 7\times 2^2, 7\times 2^3\}$

$A_9 = \{9, 9\times 2, 9\times 2^2, 9\times 2^3\}$

$A_{11} = \{11, 11\times 2, 11\times 2^2, 11\times 2^3\}$

$A_{13} = \{13, 13\times 2, 13\times 2^2\}$

……

$A_{49} = \{49, 49\times 2\}$

$A_{51} = \{51\}$

$A_{53} = \{53\}$

……

$A_{99} = \{99\}$

容易验证,这 50 个集合中元素的总和共 100 个,恰好是 1～100 的所有正整数;且在含有 2 个或 2 个以上元素的集合 $A_1, A_3, \cdots, A_{49}$ 中,同一集合中的任意两个正整数必是:一个数是另一个数的倍数。因此,在 1～100 的正整数中任取 51 个正整数,其中至少有两个数属于同一集合,所以这两个数中有一个数是另一个数的倍数。

例 3-10 在平面上有 6 个点,其任意两点都用一条边相连,所得的图称为完全图(见图 3-3-2)。现在在每条边上涂色,可随意涂红色或黑色。证明在这个完全图中,必存在一个三角形,其三条边的颜色相同。

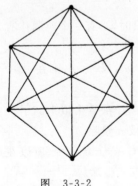

图 3-3-2

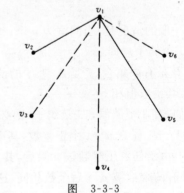

图 3-3-3

证明 设平面上 6 个点为 $v_1, v_2, v_3, v_4, v_5, v_6$。为了便于叙述,先画出与点 v_1 相连的 5 条边(见图 3-3-3)。由于这 5 条边已分别涂上红或黑两种颜色,由鸽洞原理可知,其中必有 3 条边有相同的颜色,不妨设边 v_1v_3,边 v_1v_4 和边 v_1v_6 有相同颜色——红色,见图 3-3-3,图中虚线边表示红色边,实线边表示黑色边。

现在考察边 v_3v_4,如果边 v_3v_4 是红色边,则三角形 $v_1v_3v_4$ 的三条边颜色相同(都是红色的),问题得解;如果边 v_3v_4 是黑色边,见图 3-3-4。再考察边 v_4v_6,如果边 v_4v_6 是红色边,则三角形 $v_1v_4v_6$ 的三条边颜色相同(都是红色的),问题得解;如果边 v_4v_6 是黑色边,见图 3-3-5。再考察边 v_3v_6,如果边 v_3v_6 是红色边,则三角形 $v_1v_3v_6$ 的三条边颜色相同(都是红色的),问题得解;如果边 v_3v_6 是黑色边,则三角形 $v_3v_4v_6$ 的三条边都是黑色边,问题得解。见图 3-3-6。

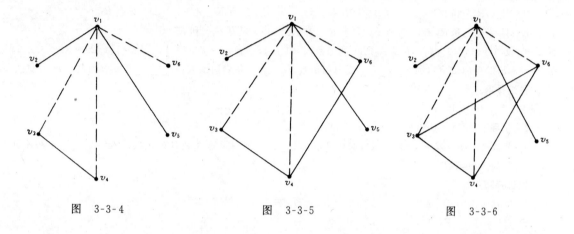

图 3-3-4   图 3-3-5   图 3-3-6

习   题

1. 设集合 $A=\{a,b\}$,f_1,f_2,f_3,f_4 是 A 到 A 的函数,其中

$f_1(a)=a,f_1(b)=b$

$f_2(a)=b,f_2(b)=a$

$f_3(a)=a,f_3(b)=a$

$f_4(a)=b,f_4(b)=b$

证明 $f_2 \circ f_3 = f_4,f_3 \circ f_2 = f_3,f_1 \circ f_4 = f_4$。

2. 在 $R-\{0,1\}$ 上定义函数

$$f_1(x)=x,f_2(x)=\frac{1}{x}$$

$$f_3(x)=1-x,f_4(x)=\frac{1}{1-x}$$

$$f_5(x)=\frac{x-1}{x},f_6(x)=\frac{x}{x-1}$$

证明 $f_2 \circ f_3 = f_4,f_3 \circ f_4 = f_6,f_4 \circ f_5 = f_1,f_5 \circ f_6 = f_2$。

3. 一个轮盘赌转盘的圆周分为 36 段,将 $1,2,3,\cdots,36$,任意地标在每一段上,使每一段仅有一个数字,证明一定存在连续的三段,它们的数字之和至少是 56。

4. 设 $a_1,a_2,\cdots,a_n$ 是任意的 n 个正整数,证明,存在 i 和 $k(i\geqslant 0,k\geqslant 1)$,使得 $a_{i+1}+a_{i+2}+\cdots+a_{i+k}$ 能被 n 整除。

第 3 章 综 合 练 习

选择正确答案,将选择项的序号写在空格内。

1. 设 $A=\{a,b,c\}$,$B=\{1,2,3\}$,R_1,R_2,R_3 是 A 到 B 的二元关系,且 $R_1=\{(a,1),(b,2),(c,2)\}$,$R_2=\{(a,1),(a,2)\}$,$R_3=\{(a,1),(b,1),(c,1)\}$,那么在这三个二元关系中,_____可定义为 A 到 B 的函数。

64

供选择项：

A R_1 和 R_2 B 只有 R_1 C 只有 R_3 D R_1 和 R_3

E R_2 和 R_3 F 只有 R_2 G R_1、R_2 和 R_3

2. 设 $A=\{1,2,3\}$，R_1,R_2,R_3 是 A 上的二元关系，且 $R_1=\{(1,2),(1,3),(1,1)\}$，$R_2=\{(1,1),(2,2),(3,3)\}$，$R_3=\{(1,1),(2,3),(3,2)\}$，那么这三个二元关系中的逆关系_____可定义为 A 到 A 的函数。

供选择项：

A R_1^{-1}，R_2^{-1} 和 R_3^{-1} B 只有 R_1^{-1} C 只有 R_2^{-1} D 只有 R_3^{-1}

E 只有 R_1^{-1} 和 R_2^{-1} F 只有 R_2^{-1} 和 R_3^{-1} G 只有 R_1^{-1} 和 R_3^{-1}

3. 设 $A=\{1,2,3\}$，f,g,h 是 A 到 A 的函数，其中 $f(1)=f(2)=f(3)=1$；$g(1)=1,g(2)=3,g(3)=2$；$h(1)=3,h(2)=h(3)=1$，那么_____是单射函数；_____是满射函数；_____是双射函数。

供选择项：

A f B g C h D f 和 g

E f 和 h F g 和 h G f、g 和 h。

4. 设 $A=\{a,b,c,d,e\}$，$B=\{0,1\}$，那么可定义_____种不同的 A 到 B 的函数；可定义_____种不同的 A 到 B 的满射函数。

供选择项：

A 10   B 8   C 32   D 25

E 23   F 30   G 64   H 16

5. 设 $A=\{a,b\}$，$B=\{0,1,2\}$，那么可以定义_____种不同的 A 到 B 的单射函数。

供选择项：

A 5   B 6   C 8   D 9

6. 设 N 是自然数集合，f 和 g 是 N 到 N 的函数，且 $f(n)=2n+1$，$g(n)=n^2$，那么复合函数 $f\circ f(n)=$_____，$g\circ g(n)=$_____，$f\circ g(n)=$_____，$g\circ f(n)=$_____。

供选择项：

A n^3 B n^4 C $4n+3$ D $4n+2$

E $2n^2+1$ F $(2n+1)^2$ G $4n+1$

7. 设 f 是 A 到 B 的函数，g 是 B 到 C 的函数，复合函数 $g\circ f$ 是 A 到 C 的函数；如果 $g\circ f$ 是满射函数，那么_____必是满射函数；如果 $g\circ f$ 是单射函数，那么_____必是单射函数。

供选择项：

A f B g C f 和 g D 以上选择都不是

第4章 代 数 结 构

本章主要介绍抽象代数中、半群、群、环、域和格等基本概念。它们在计算机科学中有着广泛的应用。

4.1 代数系统

由集合和集合上的一个或若干个二元运算构成的系统,称为代数系统。例如,若 R 是实数集合,则 $(R,+),(R,\times),(R,+,\times)$ 等是代数系统。常用的运算是二元运算。

普通的加、减、乘、除是大家熟悉的二元运算。下面将给出集合上二元运算的一般定义。实际上,所谓二元运算就是让集合 A 上的任意两个元素对应于一个结果,不同的对应方式就得到不同的二元运算,因此,可以用函数来定义二元运算。

定义 4.1.1 设 A 和 B 是集合,f 是 $A\times A$ 到 B 的函数,则称 f 为 A 上的二元运算,当 $f((a_i,a_j))=b_k$ 时 $((a_i,a_j)\in A\times A,b_k\in B)$,记作

$$a_i f a_j = b_k$$

或

$$a_i * a_j = b_k$$

例 4-1 集合 $A=\{1,2,3\}$,A 上的二元运算 $*$ 定义为:$a*b=\max(a,b)$,试写出 A 中任意两个元素的运算结果。

解 由二元运算 $*$ 的定义可知:

$1*1=1$	$1*2=2$	$1*3=3$
$2*1=2$	$2*2=2$	$2*3=3$
$3*1=3$	$3*2=3$	$3*3=3$

例 4-2 集合 $A=\{0,1,2,3\}$,A 上的二元运算 $*$ 定义为:

$$a*b=\begin{cases} a+b & \text{当 } a+b<4 \text{ 时} \\ a+b-4 & \text{当 } a+b\geqslant 4 \text{ 时} \end{cases}$$

试写出 A 中任意两个元素的运算结果。

解

$0*0=0$	$0*1=1$	$0*2=2$	$0*3=3$
$1*0=1$	$1*1=2$	$1*2=3$	$1*3=0$
$2*0=2$	$2*1=3$	$2*2=0$	$2*3=1$
$3*0=3$	$3*1=0$	$3*2=1$	$3*3=2$

例 4-3 中的二元运算称为"模 4 加法",专门记作 $\oplus_4$,而集合 $\{0,1,2,3\}$ 也专门记作 N_4。

一般地讲,对于正整数 k,记 $N_k=\{0,1,\cdots,k-1\}$,模 k 的加法 $\oplus_k$ 定义为:

$$a\oplus_k b=\begin{cases} a+b & \text{当 } a+b<k \text{ 时} \\ a+b-k & \text{当 } a+b\geqslant k \text{ 时} \end{cases}$$

例如,$N_7=\{0,1,2,3,4,5,6\}$,对于二元运算模 7 加法 $\oplus_7$,有 $2\oplus_7 3=5,1\oplus_7 6=0$,$3\oplus_7 6=2$ 等。如果把 $0,1,2,\cdots,6$ 分别看做是星期日,星期 1,星期 2,…,星期 6。那么

$3\oplus_7 6=2$，表明星期 3 再过 6 天后是星期 2。这是模 k 加法实际意义的一种解释。

例 4-3　$A=\{0,1,2,3\}$，A 上的二元运算 * 定义为：

$$a*b=\begin{cases}a\times b & a\times b<4 \\ a\times b \text{ 被 4 除后的余数} & a\times b\geqslant 4\end{cases}$$

试写出 A 中任意两个元素的运算结果。

解　$0*0=0$　　$0*1=0$　　$0*2=0$　　$0*3=0$

　　　$1*0=0$　　$1*1=1$　　$1*2=2$　　$1*3=3$

　　　$2*0=0$　　$2*1=2$　　$2*2=0$　　$2*3=2$

　　　$3*0=0$　　$3*1=3$　　$3*2=2$　　$3*3=1$

例 4-3 中的二元运算称为"模 4 乘法"，专门记作 $\otimes_4$。

一般地讲，对于正整数 k，模 k 乘法 $\otimes_k$ 定义为：

$$a\otimes_k b=\begin{cases}a\times b & \text{当 } a\times b<k \text{ 时} \\ a\times b \text{ 被 } k \text{ 除后的余数} & \text{当 } a\times b\geqslant k \text{ 时}\end{cases}$$

例如，$N_7=\{0,1,2,3,4,5,6\}$，对于二元运算模 7 乘法 $\otimes_7$，有 $2\otimes_7 3=6$，$2\otimes_7 6=5$，$4\otimes_7 5=6$，$6\otimes_7 6=1$ 等。

模 k 加法和模 k 乘法是代数系统中重要的两种二元运算。

在有限集合 A 上表示二元运算，使用运算表是方便的，并利于对二元运算进行相应的讨论。

如果集合 A 有 n 个元素，可先画出一个 $n\times n$ 的表格，在表格的上方和表格的左侧分别写上 A 中的元素，表中的相应位置则写上运算的结果，这样的表格就是运算表。

例如，$A=\{1,2,3,4\}$，二元运算 * 定义为 $a*b=a+a\times b$，那么 * 的运算表如表 4-1-1 所示。

表　4-1-1

*	1	2	3	4
1	2	3	4	5
2	4	6	8	10
3	6	9	12	15
4	8	12	16	20

又如，$N_7=\{0,1,2,3,4,5,6\}$，对于模 7 乘法，其运算表如表 4-1-2 所示。

表　4-1-2

$\otimes_7$	0	1	2	3	4	5	6
0	0	0	0	0	0	0	0
1	0	1	2	3	4	5	6
2	0	2	4	6	1	3	5
3	0	3	6	2	5	1	4
4	0	4	1	5	2	6	3
5	0	5	3	1	6	4	2
6	0	6	5	4	3	2	1

特别当有限集上的二元运算不易用表达式表示时，可以用运算表来定义二元运算。

例如，$A=\{a,b,c\}$，二元运算 * 的定义如表 4-1-3 所示。

表 4-1-3

*	a	b	c
a	a	a	b
b	b	c	c
c	a	c	b

显然,这个二元运算 * 的运算规则很难用表达式简单地表示。

对于集合上的二元运算有了初步了解后,下面给出代数系统的明确定义。

定义 4.1.2　一个非空集合 A 连同若干个定义在该集合上的二元运算 $*_1,*_2,\cdots,*_k$ 所组成的系统称为代数系统,记作 $(A,*_1,*_2,\cdots,*_k)$。

例如,$(N_k,\oplus_k),(N_k,\otimes_k),(N_k,\oplus_k,\otimes_k)$ 等都是代数系统。

习　题

1. 集合 $A=\{1,2,3,4\}$,* 是 A 上的二元运算,定义为:$a*b=a\cdot b-b$,试写出 * 的运算表。

2. $(N_5,\oplus_5)$ 是代数系统,其中 $N_5=\{0,1,2,3,4\}$,运算 $\oplus_5$ 是模 5 加法,试写出 $\oplus_5$ 的运算表。

3. 设 $A=\{1,2,3,4,5\}$,A 上二元运算 * 定义为 $a*b=\min(a,b)$,写出 * 的运算表。

4. $(N_3,\otimes_3)$ 是代数系统,其中 $N_3=\{0,1,2\}$,运算 $\otimes_3$ 是模 3 乘法,试写出 $\otimes_3$ 的运算表,并求 $(2\otimes_3 2)\otimes_3 2$ 和 $2\otimes_3(2\otimes_3 2)$ 的值。

5. $(A,*)$ 是代数系统,其中 $A=\{a,b,c,d,e\}$,运算 * 由表 4-1-4 所确定。

表　4-1-4

*	a	b	c	d	e
a	a	a	a	a	a
b	b	b	b	c	b
c	c	b	c	b	d
d	d	d	e	d	e
e	e	e	d	d	d

求 $(b*c)*d$ 和 $b*(c*d)$。

4.2　特殊运算和特殊元素

本节将讨论一些特殊的二元运算和特殊的元素,由此可进一步讨论一些特殊的代数系统。

定义 4.2.1　设 * 是集合 A 上的二元运算,如果对于 A 中任意元素 a 和 b,都有

$$a*b=c\in A$$

则称二元运算 * 对于集合 A 是封闭的。

例如,任意两个整数相加或相乘后,其运算结果仍然是整数,所以普通加法和乘法,对于整数集是封闭的。

同样,普通加法和乘法运算,对于有理数集和实数集都是封闭的。

又如,在代数系统 $(N_k,\oplus_k)$ 和 $(N_k,\otimes_k)$ 中,运算 $\oplus_k$ 和 $\otimes_k$ 对于 N_k 都是封闭的。

再如,$(A,*)$ 是代数系统,其中 $A=\{1,2,3,4\}$,二元运算 * 定义为:$a*b=a$。显然,* 对于 A 是封闭的。但对于普通加法运算,由于 $2+3=5\notin A$,所以普通加法对于有限集 A 不是封闭的。

定义 4.2.2　设 $(A,*)$ 是代数系统,如果对于 A 中任意元素 a、b,都有

$$a * b = b * a$$

则称 * 为可交换运算。

例如,在实数集中,普通加法和乘法运算都是可交换运算。容易验证,模 k 加法 $\oplus_k$ 和模 k 乘法 $\otimes_k$ 也都是可交换运算。

定义 4.2.3 设 $(A, *)$ 是代数系统,如果对于 A 中任意元素 a、b、c,都有

$$(a * b) * c = a * (b * c)$$

则称运算 * 为可结合运算。

易见,在实数集上,普通加法和乘法都是可结合运算。

例 4-4 在代数系统 $(N_k, \oplus_k)$ 中,证明模 k 加法是可结合运算。

证明 由模 k 加法的定义可知

$$a \oplus_k b = \begin{cases} a+b & a+b < k \\ a+b-k & a+b \geq k \end{cases}$$

为了使证明过程简单化,首先把模 k 加法 $\oplus_k$ 的"分段"表示形式改写为单一的表达式:

$$a \otimes_k b = a + b - k \left[\frac{a+b}{k} \right]$$

其中方括号表示取整运算,即对于任何实数 x,$[x]$ 表示 x 的整数部分,如 $[1.4] = 1$,$[0.8] = 0$,$[1] = 1$ 等。所以当 $a, b \in N_k$ 时,若 $a+b < k$,则 $\left[\frac{a+b}{k} \right] = 0$,$a \oplus_k b = a + b - k \left[\frac{a+b}{k} \right] = a+b$;若 $a+b \geq k$,则 $\left[\frac{a+b}{k} \right] = 1$,$a \oplus_k b = a + b - k \left[\frac{a+b}{k} \right] = a+b-k$。于是

$$(a \oplus_k b) \oplus_k c = \left(a + b - k \left[\frac{a+b}{k} \right] \right) \oplus_k c$$

$$= a + b - k \left[\frac{a+b}{k} \right] + c - k \left[\frac{a+b-k\left[\frac{a+b}{k} \right] + c}{k} \right]$$

$$= a + b + c - k \left[\frac{a+b}{k} \right] - k \left[\frac{a+b+c}{k} - \left[\frac{a+b}{k} \right] \right]$$

由于 $\left[\frac{a+b}{k} \right]$ 恒为非负整数,所以

$$(a \oplus_k b) \oplus_k c = a + b + c - k \left[\frac{a+b}{k} \right] + k \left[\frac{a+b}{k} \right] - k \left[\frac{a+b+c}{k} \right]$$

$$= a + b + c - k \left[\frac{a+b+c}{k} \right]$$

同样,对于

$$a \oplus_k (b \oplus_k c) = a \oplus_k \left(b + c - k \left[\frac{b+c}{k} \right] \right)$$

$$= a + b + c - k \left[\frac{b+c}{k} \right] - k \left[\frac{a+b+c-k\left[\frac{b+c}{k} \right]}{k} \right]$$

$$= a + b + c - k \left[\frac{a+b+c}{k} \right]$$

所以

$$(a \oplus_k b) \oplus_k c = a \oplus_k (b \oplus_k c)$$

由此可见,模 k 加法是可结合运算。

如果将模 k 乘法

$$a \otimes_k b = \begin{cases} a \times b & a \times b < k \\ a \times b \text{ 被 } k \text{ 除后的余数} & a \times b \geqslant k \end{cases}$$

改写成单一表达式:

$$a \otimes_k b = a \times b - k \left[\frac{a \times b}{k} \right]$$

同样可得

$$(a \otimes_k b) \otimes_k c = a \otimes_k (b \otimes_k c)$$

$$= a \times b \times c - k \left[\frac{a \times b \times c}{k} \right]$$

所以模 k 乘法也是可结合运算。

当代数系统 $(A, *)$ 中的运算是可结合运算(或称满足结合律)时,圆括号内的优先运算作用已没有意义,常将圆括号省略,如

$$(a * b) * c = a * (b * c)$$

$$= a * b * c$$

特别对于相同元素的运算

$$(a * a) * a = a * (a * a)$$

$$= a * a * a$$

可把 $a * a * a$ 记作 a^3。由此可见,当 $*$ 是可结合运算时,A 中元素 a 的幂是有意义的。可令

$$a^n = \underbrace{a * a * \cdots * a}_{n \text{个}}$$

显然,当 i, j 为正整数时,有

$$a^i * a^j = a^{i+j}$$

$$(a^i)^j = a^{i \times j}$$

定义 4.2.4 设 $(A, *, \circledast)$ 为含有两种运算的代数系统,如果满足

$$a \circledast (b * c) = (a \circledast b) * (a \circledast c)$$

$$(b * c) \circledast a = (b \circledast a) * (c \circledast a)$$

则称运算 $\circledast$ 对于运算 $*$ 是可分配的。

例如,R 是实数集,在代数系统 $(R, +, \times)$ 中,$\times$ 对于 $+$ 是可分配的。

又如,在集合的运算中,交运算 $\bigcap$ 对于并运算 $\bigcup$ 是可分配的,且并运算对于交运算也是可分配的。

下面介绍代数系统中常用的一些特殊元素。

定义 4.2.5 设 $(A, *)$ 是代数系统,$a \in A$,如果 $a * a = a$,则称 a 为 $(A, *)$ 的等幂元。

例如,在 $(R, +)$ 中,0 是仅有的等幂元;在 $(R, \times)$ 中,0 和 1 是等幂元。

又如,在 $(N_k, \oplus_k)$ 中,0 是仅有的等幂元,而在 $(N_k, \otimes_k)$ 中,可能有多个等幂元,如对于 $(N_6, \otimes_6)$,0,1,3,4 都是等幂元。

再如,$A = \{1, 2, 3, 4\}$,二元运算 $*$ 定义为:$a * b = \max(a, b)$,则 $(A, *)$ 中每一个元素都是

等幂元。

定理 4.2.1 设 $(A, *)$ 是代数系统，a 是 A 中的等幂元，如果 $*$ 是可结合运算，则对于任意正整数 n，都有 $a^n = a$。

证明 由于 a 是等幂元，所以

$$a * a = a$$

等式两边各以 a 运算之，得

$$a * a * a = a * a$$
$$= a$$

所以 $a^3 = a$，同样再以 a 运算于等式两边得

$$a * a * a * a = a * a$$
$$= a$$

所以 $a^4 = a, \cdots$，由此可得 $a^n = a$。

定义 4.2.6 设 $(A, *)$ 是代数系统，如果 A 中存在元素 e_l，使得对于 A 中任意元素 a，都有

$$e_l * a = a$$

则称 e_l 为 $(A, *)$ 的左幺元。如果 A 中存在元素 e_r，使得对于 A 中任意元素 a，都有

$$a * e_r = a$$

则称 e_r 为 $(A, *)$ 的右幺元。如果 A 中存在元素 e，它既是左幺元又是右幺元，则称 e 为幺元。

显然，对于 A 中任意元素 a，都有

$$e * a = a * e = a$$

在 $(R, +)$ 中，0 是幺元；在 $(R, \times)$ 中，1 是幺元。

在 $(N_k, \oplus_k)$ 中，0 是幺元；在 $(N_k, \otimes_k)$ 中，1 是幺元。

对于代数系统 $(A, *)$，其中 $A = \{1, 2, 3, 4\}$，$*$ 定义为 $a * b = a$，则 A 中每一个元素都是右幺元，但 A 中没有左幺元。易见，如果把 A 上的二元运算 $*$ 定义为 $a * b = b$，则 A 中每一个元素都是左幺元，但 A 中没有右幺元。

例 4-5 $A = \{a, b, c, d\}$，A 上的二元运算 $*$ 的定义由运算表（见表 4-2-1）所示，写出 $(A, *)$ 的左幺元和右幺元。

表 4-2-1

$*$	a	b	c	d
a	a	a	b	c
b	a	b	c	d
c	b	b	c	c
d	c	d	a	b

解 由 $*$ 的运算表可知，b 是左幺元，但 $(A, *)$ 中没有右幺元。

定理 4.2.2 设 $(A, *)$ 是代数系统，如果 A 中既有左幺元 e_l，又有右幺元 e_r，则 $e_l = e_r = e$，且 A 中幺元是唯一的。

证明 因为 e_l 是左幺元，所以对于 A 中任意元素 a 都有

$$e_l * a = a$$

若取 $a = e_r$，则有

$$e_l * e_r = e_r$$

又因为 e_r 是右幺元,所以对于 A 中任意元素 a 都有

$$a * e_r = a$$

若取 $a = e_l$,则有

$$e_l * e_r = e_l$$

由此可得:

$$e_l = e_r = e$$

再证幺元的唯一性。设 A 中另有幺元 e',则应有

$$e' * e = e$$

又由于 e 也是幺元,所以有

$$e' * e = e'$$

由此可得 $e = e'$,所以 A 中幺元是唯一的。

定义 4.2.7 设 $(A, *)$ 是代数系统,且存在着幺元 e。如果对于 A 中某一元素 a,存在着 $b \in A$,使得 $b * a = e$,则称 b 为 a 的左逆元。如果存在着 $b \in A$,使得 $a * b = e$,则称 b 为 a 的右逆元。当元素 b 既是 a 的左逆元,又是 a 的右逆元,则称 b 是 a 的逆元,记作 $b = a^{-1}$。

显然,如果 b 是 a 的逆元,那么 a 也是 b 的逆元,称为 a 和 b 互逆。幺元的逆元是自身。

一般地讲,一个元素可以仅有左逆元而没有右逆元,或者仅有右逆元而没有左逆元,甚至一个元素可以有左逆元又有右逆元,但左逆元和右逆元是不相等的。

例如,$A = \{a, b, c, d, g\}$,运算 $*$ 由表 4-2-2 所示。

表　4-2-2

*	a	b	c	d	g
a	a	b	c	d	g
b	b	c	a	d	b
c	c	b	d	d	c
d	d	a	b	c	d
g	g	b	c	c	c

易知,a 是 $(A, *)$ 的幺元,其中 g 既没有左逆元也没有右逆元;d 有右逆元 b($d * b = a$)但 d 没有左逆元;c 有左逆元 b($b * c = a$)但 c 没有右逆元;b 既有左逆元 d,又有右逆元 c,但 b 的左、右逆元不相等。

如果二元运算是可结合运算,则有以下结论。

定理 4.2.3 设 $(A, *)$ 是代数系统,e 是其幺元,如果 $*$ 是可结合运算,且 A 中每一个元素都有左(右)逆元,则 A 中元素的左(右)逆元就是逆元,且逆元是唯一的。

证明 在 A 中任取一个元素 a,由于 A 中每一个元素都有左逆元,不妨设 a 的左逆元为 b,因此有

$$b * a = e$$
$$(b * a) * b = e * b = b$$

又因为 b 也有左逆元,不妨设 b 的左逆元为 c,因此有

$$c * b = e$$
$$c * ((b * a) * b) = e$$

由于运算 $*$ 是可结合运算,因此有

$$(c*b)*(a*b)=e$$
$$e*(a*b)=e$$
$$a*b=e$$

由此可得 b 也是 a 的右逆元,所以 b 是 a 的逆元。下面再证逆元的唯一性。

如果 a 有两个逆元 b 和 c,则

$$b=b*e$$
$$=b*(a*c)$$
$$=(b*a)*c$$
$$=e*c$$
$$=c$$

由此可见,a 的逆元是唯一的。

易见,代数系统 $(R,+)$ 中,0 是幺元,R 中的元素 a 的逆元是 $-a$;在 $(R,\times)$ 中,1 是幺元,元素 0 没有逆元,其他元素 a 的逆元是 $\frac{1}{a}$。

例 4-6 写出代数系统 $(N_6,\oplus_6)$ 和 $(N_6,\otimes_6)$ 中各个元素的逆元(如果存在着逆元)。

解 在代数系统 $(N_6,\oplus_6)$ 中,0 是幺元,所以 0 的逆元是 0,又由于

$$3\oplus_6 3=0$$
$$2\oplus_6 4=0$$
$$1\oplus_6 5=0$$

所以 3 的逆元是 3,2 和 4 互为逆元,1 和 5 互为逆元。

在代数系统 $(N_6,\otimes_6)$ 中,1 是幺元,1 的逆元是 1,5 的逆元是 5,其他元素都没有逆元。

例 4-7 写出代数系统 $(N_7,\otimes_7)$ 中各个元素的逆元(如果存在着逆元)。

解 在代数系统 $(N_7,\otimes_7)$ 中,1 是幺元,1 的逆元是 1,0 没有逆元,由于

$$2\oplus_7 4=1$$
$$3\oplus_7 5=1$$
$$6\oplus_7 6=1$$

所以 2 和 4 互为逆元,3 和 5 互为逆元,6 的逆元是 6。

例 4-8 设 $A=\{2,4,6,8,10\}$,运算 $*$ 定义为 $a*b=\max(a,b)$,求 $(A,*)$ 的幺元和各元素的逆元(如果存在逆元)。

解 在 $(A,*)$ 中,2 是幺元,2 的逆元是 2,其他元素都没有逆元。

定义 4.2.8 设 $(A,*)$ 是代数系统,如果 A 中存在着元素 θ,使得对于 A 中任意元素 a,都有

$$a*\theta=\theta*a=\theta$$

则称 θ 为 $(A,*)$ 的零元。

例如,在 $(N_k,\otimes_k)$ 中,0 是零元。在 $(R,\times)$ 中,0 是零元。但 $(N_k,\otimes_k)$ 和 $(R,+)$ 中没有零元。

在例 4-8 中,10 是 $(A,*)$ 的零元。

由于两题都是具体地说明对应关系是用严格的用函数这种代数系统的同构。

这是以上面提到的两个代数系统对应来分析同构的内在含义……

习 题

1. 设 $(A,*)$ 是代数系统，其中 $A=\{a,b,c,d\}$，$*$ 是可结合运算，且 $b=a^2$，$c=b^2$，$d=c^2$，证明 $*$ 是可交换运算。

2. $(A,*)$ 是代数系统，A 是有限集，那么

(1) 当运算 $*$ 对于 A 是封闭运算时，其运算表有何特点？

(2) 当运算 $*$ 是可交换运算时，其运算表有何特点？

3. 写出 $(N_4,\otimes_4)$ 的所有等幂元。

4. 写出 $(N_5,\oplus_5)$ 的幺元和各元素的逆元。

5. 写出 $(N_5,\otimes_5)$ 中的幺元和各元素的逆元（如果存在逆元）。

6. I_+ 是所有正整数构成的集合，I_+ 上的二元运算 $*$ 定义为：$a*b=gcd(a,b)$，其中 $gcd(a,b)$ 表示 a 和 b 的最大公约数。写出代数系统 $(I_+,*)$ 的等幂元，幺元，零元（如果存在的话）。

7. 设 $(A,*)$ 是代数系统，其中 $A=\{a,b,c,d\}$，运算 $*$ 由表 4-2-3 所确定。请指出 $(A,*)$ 中的等幂元，幺元，零元，各元素的逆元（如果存在的话）。

表 4-2-3

*	a	b	c	d
a	a	a	a	a
b	a	b	c	d
c	a	c	c	b
d	a	d	b	c

8. 当 k 为什么数时，$(N_k,\otimes_k)$ 中，除 0 以外，每个元素都有逆元。

9. 请构造一个代数系统，除幺元外，每个元素都没有逆元。

10. 设 $(N_k,\oplus_k,\otimes_k)$ 是代数系统，证明 $\otimes_k$ 对于 $\oplus_k$ 是可分配的。

4.3 同构

设 $(A,*)$ 为代数系统，其中集合 $A=\{a,b,c,d\}$，运算 $*$ 的定义由表 4-3-1a 所示。由于集合 A；集合中的元素 a,b,c,d；运算 $*$ 都是我们给出的名称而已。如果把集合 A 改称为 B；把集合中的元素改称为 $\alpha,\beta,\gamma,\omega$；把运算 $*$ 改称为 $\circledast$；并把 $*$ 的运算表中的元素相应改为 $\alpha,\beta,\gamma,\omega$；得到 $\circledast$ 的运算表（见表 4-3-1b）。易见，代数系统 $(A,*)$ 和代数系统 $(B,\circledast)$ 在"本质上是一致"的，只不过用了不同的名称而已，我们称这样两个代数系统是同构的。

表 4-3-1

*	a	b	c	d
a	a	b	c	d
b	b	c	d	a
c	c	d	a	b
d	d	a	b	c

a)

$\circledast$	α	β	γ	ω
α	α	β	γ	ω
β	β	γ	ω	α
γ	γ	ω	α	β
ω	ω	α	β	γ

b)

由此可见，代数系统 $(A,*)$ 和 $(B,\circledast)$ 是同构的，必须：集合 A 和 B 之间能建立一一对应关系，并且这种对应关系能保持在运算中。

由于函数就是体现集合间的对应关系,下面将用函数来描述代数系统的同构。

还是以上面提到的两个代数系统为例来分析同构的内在含义。

设 f 是 A 到 B 的双射函数,且有 $f(a)=\alpha$,$f(b)=\beta$,$f(c)=\gamma$,$f(d)=\omega$,即 f 建立的 A 到 B 的一一对应关系如下:

$$f$$

$$
\begin{array}{cc}
A & B \\
a \longrightarrow \alpha \\
b \longrightarrow \beta \\
c \longrightarrow \gamma \\
d \longrightarrow \omega
\end{array}
$$

为了使运算也保持这种对应关系,还需要有:

$$a * b \longrightarrow \alpha \circledast \beta$$
$$b * c \longrightarrow \beta \circledast \gamma$$
$$c * d \longrightarrow \gamma \circledast \omega$$
$$\cdots\cdots$$

也即:

$$f(a * b) = \alpha \circledast \beta$$
$$f(b * c) = \beta \circledast \gamma$$
$$f(c * d) = \gamma \circledast \omega$$
$$\cdots\cdots$$

或写成:

$$f(a * b) = f(a) \circledast f(b)$$
$$f(b * c) = f(b) \circledast f(c)$$
$$f(c * d) = f(c) \circledast f(d)$$
$$\cdots\cdots$$

由以上分析可得:

定义 4.3.1 设 $(A , *)$ 和 $(B , \circledast)$ 是代数系统,如果存在着 A 到 B 的双射函数 f,使得对于 A 中任意元素 a 和 b,都有

$$f(a * b) = f(a) \circledast f(b)$$

则称 $(B , \circledast)$ 同构于 $(A , *)$;称 f 为 $(A , *)$ 到 $(B , \circledast)$ 的同构映射;$(B , \circledast)$ 是 $(A , *)$ 的同构象;或称 $(A , *)$ 和 $(B , \circledast)$ 同构。

例 4-9 设 $(A , *)$ 是代数系统,其中 $A=\{a,b,c,d\}$,$*$ 的运算表见表 4-3-2a 所示,证明代数系统 $(A , *)$ 与 $(N_4 , \oplus_4)$ 同构,并写出其同构映射。

解 为了方便阅读,把 $(N_4 , \oplus_4)$ 的运算表列出(见表 4-3-2b)。

令 f 是 A 到 B 的双射函数,且有

$$f(a) = 0$$
$$f(b) = 1$$
$$f(c) = 2$$
$$f(d) = 3$$

表 4-3-2

*	a	b	c	d
a	a	b	c	d
b	b	c	d	a
c	c	d	a	b
d	d	a	b	c

a)

$\oplus_4$	0	1	2	3
0	0	1	2	3
1	1	2	3	0
2	2	3	0	1
3	3	0	1	2

b)

容易验证,对于 A 中任意元素 x 和 y,都有

$$f(x * y) = f(x) \oplus_4 f(y)$$

由此可得,f 是 $(A, *)$ 到 $(N_4, \oplus_4)$ 的同构映射,$(A, *)$ 和 $(N_4, \oplus_4)$ 同构。

例 4-10 设 E_+ 是全体正偶数组成的集合,I_+ 是全体正整数组成的集合,证明代数系统 $(E_+, +)$ 同构于 $(I_+, +)$。

解 令 f 是 I_+ 到 E_+ 的函数,且有 $f(n) = 2n$。易知,f 是 I_+ 到 E_+ 的双射函数。由于

$$f(n+m) = 2(n+m)$$
$$= 2n + 2m$$
$$= f(n) + f(m)$$

所以 f 是 $(I_+, +)$ 到 $(E_+, +)$ 的同构映射,$(E_+, +)$ 同构于 $(I_+, +)$。

例 4-11 设 $(A, *)$ 和 $(B, \circledast)$ 是代数系统,其中 $A = \{a, b, c\}$,$B = \{x, y, z\}$,$*$ 和 $\circledast$ 的运算表为表 4-3-3a,b 所示。证明 $(A, *)$ 和 $(B, \circledast)$ 同构。

表 4-3-3

*	a	b	c
a	a	b	c
b	b	c	c
c	a	a	b

a)

$\circledast$	x	y	z
x	x	y	z
y	x	y	x
z	z	y	y

b)

$\circledast$	x	z	y
x	x	z	y
z	z	y	y
y	x	x	z

c)

解 为了便于观察,首先把 $(B, \circledast)$ 运算表的上方和左侧的元素顺序 x, y, z 改为 x, z, y。于是得到表 4-3-3c,它仍然是 $(B, \circledast)$ 的运算表。比较表 4-3-3a 和表 4-3-3c 可知,只要把表 4-3-3c 中的 x, z, y,依次改为 a, b, c;$\circledast$ 改为 $*$,就得到表 4-3-3a。由此可令

$$f(a) = x$$
$$f(b) = z$$
$$f(c) = y$$

则 f 是 $(A, *)$ 到 $(B, \circledast)$ 的同构映射;$(A, *)$ 与 $(B, \circledast)$ 同构。

当两个代数系统同构时,由于它们"在本质上是一致的",所以常把它们看做是相同的代数系统。

习 题

1. 集合 $A = \{a, b, c\}$,$*$ 的运算表如表 4-3-4 所示,证明 $(A, *)$ 与 $(N_3, \oplus_3)$ 同构。

表　4-3-4

*	a	b	c
a	a	b	c
b	b	c	a
c	c	a	b

2. 代数系统$(A,*)$，$A=\{0,1,2,3\}$，$*$ 的运算表如表 4-3-5 所示。$B=\{a,b\}$，证明$(A,*)$与$(P(B),\cup)$同构。其中 $P(B)$ 是 B 的幂集，$\cup$ 是集合的并运算。

表　4-3-5

*	0	1	2	3
0	0	1	2	3
1	1	1	3	3
2	2	3	2	3
3	3	3	3	3

3. 如果把同构的代数系统看做是相同的，那么具有两个元素的代数系统（运算是封闭的）可以有多少种？

4. 集合 $A=\{e,a,b,c\}$，$*$ 和 $\circledast$ 的运算表如表 4-3-6a 和 b 所示。证明$(A,*)$与$(A,\circledast)$同构。

表　4-3-6

*	e	a	b	c
e	e	a	b	c
a	a	b	c	e
b	b	c	e	a
c	c	e	a	b

a)

$\circledast$	e	a	b	c
e	e	a	b	c
a	a	c	e	b
b	b	e	c	a
c	c	b	a	e

b)

4.4　半群

本节介绍一种特殊的代数系统——半群，它在形式语言、自动机理论中都有具体的应用。

定义 4.4.1 设$(A,*)$是代数系统，其中 A 是非空集合，$*$ 是 A 上的二元运算，且满足

(1)运算 $*$ 对于 A 是封闭的

(2)运算 $*$ 是可结合运算

则称$(A,*)$为半群。

例如，代数系统$(N_k,\oplus_k)$和$(N_k,\otimes_k)$，由于运算$\oplus_k$和$\otimes_k$在 N_k 上是封闭的，且满足结合律，所以$(N_k,\oplus_k)$和$(N_k,\otimes_k)$都是半群。

又如，集合 $A=\{1,2,3,4,5\}$，二元运算 $*$ 定义为：$a*b=\max(a,b)$。易见运算 $*$ 对于 A 是封闭的且满足结合律，所以$(A,*)$是半群。

容易验证，对于普通加法和乘法，$(I,+)$、$(I,\times)$、$(R,+)$、$(R,\times)$都是半群。

例 4-12 $(I,*)$是代数系统，其中 I 是整数集合，运算 $*$ 定义为：$a*b=a+b-ab$，证明$(I,*)$是半群。

证明 因为当 a,b 为整数时，$a+b-ab$ 也是整数，所以 $*$ 对于 I 是封闭的。另外，对于任意的整数 a,b,c

$$(a * b) * c = (a + b - ab) * c$$
$$= a + b - ab + c - (a + b - ab)c$$
$$= a + b + c - ab - ac - bc + abc$$
$$a * (b * c) = a * (b + c - bc)$$
$$= a + b + c - bc - a(b + c - bc)$$
$$= a + b + c - ab - ac - bc + abc$$

所以

$$(a * b) * c = a * (b * c)$$

即 $*$ 是可结合运算,由此可得 $(I, *)$ 是半群。

例 4-13 $(A, *)$ 是半群,对于 A 中任意两个不同的元素 x 和 y 都有 $x * y \neq y * x$。证明 A 中每一个元素都是等幂元。

证明 由题意可知,当 $x \neq y$ 时,必有 $x * y \neq y * x$,也就是说当 $x * y = y * x$ 时,必有 $x = y$。

在 A 中任取元素 a,由于 $*$ 是可结合运算,所以

$$(a * a) * a = a * (a * a)$$

由此可得:$a * a = a$,即 a 为等幂元。

定义 4.4.2 设 $(A, *)$ 是半群,B 是 A 的子集,且 $(B, *)$ 也是半群,则称 $(B, *)$ 为 $(A, *)$ 的子半群。

例如,$(N_6, \oplus_6)$ 是半群,令 N_6 的子集 $A = \{0, 2, 4\}$,由于运算 $\oplus_6$ 在 A 上是封闭的,且是 A 上的可结合运算。所以 $(A, \oplus)_6$ 是 $(N_6, \oplus_6)$ 的子半群。

由子半群的定义易得下列定理。

定理 4.4.1 设 $(A, *)$ 是半群,B 是 A 的子集,如果 $*$ 对于 B 是封闭的,则 $(B, *)$ 是 $(A, *)$ 的子半群。

下面介绍关于有限半群的重要定理。

定理 4.4.2 设 $(A, *)$ 是半群,A 是有限集合,则 $(A, *)$ 中必存在等幂元。

证明 因为 A 是有限集,不妨设 A 中元素的个数为 n,在 A 中任取一个元素 a,考察以下 $n+1$ 个元素

$$a^1, a^2, \cdots, a^{n+1}$$

由运算 $*$ 的封闭性可知,这 $n+1$ 个元素都属于 A,而 $|A| = n$,所以有鸽洞原理可知,这 $n+1$ 个元素中至少有两个元素相同,不妨设为

$$a^i = a^{i+k} \qquad\qquad (1 \leqslant k \leqslant n-1)$$

下面将分三种情况讨论

(1)当 $i = k$ 时,则

$$a^i = a^{i+i} = a^i * a^i$$

所以 a^i 就是等幂元。

(2)当 $i < k$ 时,即 $k - i > 0$

$$a^i = a^{i+k} = a^i * a^k$$

同时以 a^{k-i} 从左运算于等式两边,得

$$a^{k-i} * a^i = a^{k-i} * a^i * a^k$$
$$a^k = a^k * a^k$$

所以 a^k 就是等幂元。

例如,当 $i=2,k=5$ 时,即

$$a^2 = a^2 * a^5$$
$$a^3 * a^2 = a^3 * a^2 * a^5$$
$$a^5 = a^5 * a^5$$

可得 a^5 是等幂元。

(3)当 $i>k$ 时,即

$$a^i = a^i * a^k$$

同时以 a^k 从右边运算于等式两边,得

$$a^i * a^k = a^i * a^{2k}$$

由此可得

$$a^i = a^i * a^{2k}$$

同样,以 a^k 从右边运算于上式两边,得

$$a^i * a^k = a^i * a^{3k}$$
$$a^i = a^i * a^{3k}$$
$$\cdots\cdots$$

由此可见,对于任意的正整数 p,都有

$$a^i = a^i * a^{pk}$$

取适当大的 p,使得 $pk>i$,即 $pk-i>0$,从而有

$$a^{pk-i} * a^i = a^{pk-i} * a^i * a^{pk}$$
$$a^{pk} = a^{pk} * a^{pk}$$

所以 a^{pk} 就是等幂元。

例如,当 $i=7,k=3$ 时,即

$$a^7 = a^7 * a^3$$

同时以 a^3 运算于等式两边,得

$$a^7 * a^3 = a^7 * a^3 * a^3$$
$$a^7 = a^7 * a^6$$

再以 a^3 运算于上式两边得

$$a^7 * a^3 = a^7 * a^6 * a^3$$
$$a^7 = a^7 * a^9$$

此时,由于 $9>7$,所以用 $a^{9-7}=a^2$ 运算于上式两边,得

$$a^2 * a^7 = a^2 * a^7 * a^9$$
$$a^9 = a^9 * a^9$$

所以 a^9 就是等幂元。

由此证明了有限半群中必存在等幂元。

例 4 - 14 $(A,*)$ 是半群,其中 $A=\{a,b,c\}$,且有 $a*a=b,b*b=c$,证明

(1) * 是可交换运算

(2) $c*c=c$

证明 因为 $b=a^2$, $c=b*b=a^4$, 所以

$$a*b=a*a^2=a^3=a^2*a=b*a$$

$$a*c=a*a^4=a^5=a^4*a=c*a$$

$$b*c=a^2*a^4=a^6=a^4*a^2=c*b$$

由此可见, * 是可交换运算, (1)得证。

由于 $(A,*)$ 是有限半群, 所以 A 中必存在等幂元, 但因为 $a^2=b$, $b^2=c$, 所以 a 和 b 都不是等幂元, 由此可见 c 必是等幂元, 即 $c*c=c$, (2)得证。

定义 4.4.3 设 $(A,*)$ 是代数系统, 且满足:

(1)二元运算 * 对于 A 是封闭的

(2) * 是可结合运算

(3) $(A,*)$ 中含有幺元

则称 $(A,*)$ 为独异点。

显然, 独异点就是含幺元的半群。

例如, $(I,+)$, $(R,+)$ 都是半群且都含有幺元 0, 所以 $(I,+)$, $(R,+)$ 都是独异点。

又如, $(I,\times)$, $(R,\times)$ 都是半群且都含有幺元 1, 所以 $(I,\times)$, $(R,\times)$ 都是独异点。

再如, $(N_k,\oplus_k)$, $(N_k,\otimes_k)$, 也都是独异点, 因为 $(N_k,\oplus_k)$, $(N_k,\otimes_k)$ 都是半群, 0 是 $(N_k,\oplus_k)$ 的幺元, 1 是 $(N_k,\otimes_k)$ 的幺元, 所以都是含幺元半群。

当然, 并非所有半群都含有幺元, 例如, $A=\{1,2,3,4\}$, 运算 * 定义为: $a*b=b$, 容易验证 * 对于 A 是封闭的, 且 * 是可结合运算, 所以 $(A,*)$ 是半群, 但 A 中不存在幺元。

定义 4.4.4 $(A,*)$ 是独异点, B 是 A 的子集, 如果 B 是独异点。且 A 中幺元也属于 B, 则称 $(B,*)$ 为 $(A,*)$ 的子独异点。

显然, 独异点和子独异点必须有相同的幺元。

例如, $A=\{1, 2, 3, 4, 5\}$, 运算 * 定义为: $a*b=\max(a,b)$, 易知元素 1 是 $(A, *)$ 的幺元, 所以 $(A, *)$ 是独异点。取 A 的子集 $B=\{1, 3, 5\}$, 显然 $(B, *)$ 是独异点, 其中 1 是 $(B, *)$ 的幺元, 由此, $(B, *)$ 是 $(A, *)$ 的子独异点。另外, 若取 A 的子集 $C=\{2, 4\}$, 易知 $(C, *)$ 为独异点, 但其幺元为 2, 所以 $(C, *)$ 不是 $(A, *)$ 的子独异点。

习　　题

1. I 是由所有整数组成的集合, 对于下列 * 运算, 哪些代数系统 $(I,*)$ 是半群?

A　$a*b=a^b$

B　$a*b=a$

C　$a*b=a+ab$

D　$a*b=\max(a,b)$

2. 写出 $(N_8,\oplus_8)$ 的所有子半群。

3. 写出 $(N_{10},\otimes_{10})$ 的所有等幂元。

4. $(A,*)$ 是半群, 其中 $A=\{a,b\}$, 且 $a*a=b$, 证明

(1) * 是可交换运算

(2) $b * b = b$

5. 集合 $A = \{0, 2, 4\}$，说明对于模 6 乘法 $\otimes_6$，$(A, \otimes_6)$ 是独异点，但 $(A, \otimes_6)$ 不是 $(N_6, \otimes_6)$ 的子独异点。

6. I 是整数集合，运算 $*$ 定义为：$a * b = a + b + ab$，证明 $(I, *)$ 是独异点。

7. $(A, *)$ 是半群，对于 A 中任意两个不同的元素 a 和 b 都有 $a * b \neq b * a$，证明 $a * b * a = a$。

4.5 群的定义和性质

群是极为重要的代数系统，它有着广泛的应用，并已有深入的研究。

定义 4.5.1 设 $(G, *)$ 是代数系统，且满足

(1) 运算 $*$ 对于 G 是封闭的

(2) 运算 $*$ 是可结合运算

(3) G 中含有幺元

(4) G 中每一个元素都存在逆元

则称 $(G, *)$ 为群。

例如，$(R, +)$ 是群，其中 0 是幺元，实数 a 的逆元是 $-a$。但 $(R, \times)$ 不是群，因为对于普通乘法，0 的逆元不存在；如果在实数集中"去掉"0，则 $(R - \{0\}, \times)$ 是群，其中 1 是幺元，a 的逆元是 $1/a$。

又如，$(N_k, \oplus_k)$ 是群，其中 0 是幺元，0 的逆元是 0，$i \neq 0$，$i \in N_k$，i 的逆元是 $k - i$。但 $(N_k, \otimes_k)$ 不是群，显然，对于运算 $\otimes_k$，0 没有逆元，甚至在 N_k 中去掉 0 后，$(N_k - \{0\}, \otimes_k)$ 在一般情况下仍然不是群。如在 $(N_6 - \{0\}, \otimes_6)$ 中，由于 $2 \otimes_6 3 = 0 \notin N_6 - \{0\}$，所以运算 $\otimes_6$ 对于 $N_6 - \{0\}$ 不是封闭的，由此可见 $(N_6 - \{0\}, \otimes_6)$ 不是群。只有当 k 为素数时，$(N_k - \{0\}, \otimes_k)$ 才是群。例如，当 $k = 7$ 时，$N_7 - \{0\} = \{1, 2, 3, 4, 5, 6\}$，容易验证运算 $\otimes_7$ 对于 $N_7 - \{0\}$ 是封闭的，1 是幺元，1 的逆元是 1，6 的逆元是 6，2 和 4 互逆，3 和 5 互逆。所以 $(N_7 - \{0\}, \otimes_7)$ 是群。

定义 4.5.2 群 $(G, *)$ 中，如果 G 是有限集合，则称 $(G, *)$ 为有限群，G 中元素的个数称为该有限群的阶数；如果 G 是无限集合，则称 $(G, *)$ 为无限群。

例如，$(N_6, \oplus_6)$ 是 6 阶群，$(R, +)$ 是无限群。

定义 4.5.3 设 $(G, *)$ 是群，如果 $*$ 对于 G 是可交换运算，则称 $(G, *)$ 为可交换群或称阿贝尔群。

例如，群 $(R, +)$，$(N_k, \oplus_k)$，$(R - \{0\}, \times)$，$(N_p - \{0\}, \otimes_p)$ 都是阿贝尔群（其中 p 是素数）。

又如，G 是由所有 2 阶满秩实数方阵作为元素构成的集合，对于矩阵的乘法 $\times$，容易验证，$(G, \times)$ 是群，其中 $\begin{pmatrix} 1 & 0 \\ 0 & 1 \end{pmatrix}$ 是幺元，每一个 2 阶满秩实数方阵的逆阵是其逆元。由于矩阵的乘法不满足交换律，所以 $(G, \times)$ 不是阿贝尔群。

下面介绍群的基本性质。

定理 4.5.1 群中的幺元是唯一的等幂元。

证明 设 $(G, *)$ 是群，$a \in G$，且 a 是等幂元。即：$a * a = a$。由于 G 中每一个元素都有逆元，设 a 的逆元为 a^{-1}，则

$$a^{-1} * a * a = a^{-1} * a$$

$$e * a = e$$
$$a = e$$

由此可见,群中等幂元必是幺元,由幺元的唯一性可知,群的等幂元是唯一的。

显然,在独异点中除幺元外还可以有多个等幂元,如在独异点$(N_6, \otimes_6)$中,除幺元 1 外,尚有 0,3,4 都是等幂元。

定理 4.5.2 设$(G, *)$是群,$a \in G$,如果对于 G 中某一个元素 b 有 $a * b = b$(或 $b * a = b$),则 a 是$(G, *)$的幺元。

证明 由于 $a * b = b$,以 b^{-1} 从右运算于上式两边得

$$a * b * b^{-1} = b * b^{-1}$$
$$a * e = e$$
$$a = e$$

上述定理表明,当$(G, *)$是群时,要验证元素 a 是否是幺元,只需对 G 中某一个元素 b,考察是否有 $a * b = b$ 成立即可。

而对于一般的代数系统$(A, *)$,要验证元素 a 是否是幺元,由幺元的定义可知,必须考察对 A 中每一个元素 x,是否都有 $a * x = x * a = x$ 成立。仅仅对 A 中某一个元素 b,有 $a * b = b$,a 不一定是幺元。如 $A = \{1, 2, 3, 4, 5\}$,运算定义为:$a * b = \max(a, b)$,易见有 $3 * 5 = 5$,显然元素 3 不是$(A, *)$的幺元。

定理 4.5.3 设$(G, *)$是群,对于 G 中任意元素 a, b, c,如果成立着 $a * b = a * c$ 或 $b * a = c * a$,则必有 $b = c$。

证明 设 $a * b = a * c$,以 a^{-1} 从左运算于等式两边

$$a^{-1} * a * b = a^{-1} * a * c$$
$$e * b = e * c$$
$$b = c$$

当 $b * a = c * a$ 时,同样可证得 $b = c$。

上述定理表明群中的运算满足消去律。

在一般的代数系统中,运算不一定满足消去律。如在独异点$(N_6, \otimes_6)$中,$2 \otimes_6 1 = 2 \otimes_6 4$,但 $1 \neq 4$,可见 $\otimes_6$ 不满足消去律。

定理 4.5.4 $(G, *)$是群,对于 G 中任意元素 a 和 b,都有$(a * b)^{-1} = b^{-1} * a^{-1}$。

证明 因为$(a * b) * (b^{-1} * a^{-1}) = a * (b * b^{-1}) * a^{-1} = a * e * a^{-1} = a * a^{-1} = e$,所以 $b^{-1} * a^{-1}$ 是 $a * b$ 的逆元,即$(a * b)^{-1} = b^{-1} * a^{-1}$。

推论 $(G, *)$是群,对于 G 中任意元素 a,有:$(a^{-1})^n = (a^n)^{-1}$,并将$(a^{-1})^n$ 记作 a^{-n}。

定理 4.5.5 设$(G, *)$是有限群,则在 $*$ 的运算表中,每一行(或每一列)的元素都是不相同的。

证明 设 $G = \{a_1, a_2, \cdots, a_n\}$,运算表中的第 i 行元素为:$a_i * a_1$,$a_i * a_2$,$\cdots$,$a_i * a_n$。如果其中有两个元素相同,不妨设 $a_i * a_j$ 和 $a_i * a_p$ 相同($k \neq p$),即 $a_i * a_k = a_i * a_p$,由于群中的运算满足消去律,所以 $a_k = a_p$,这和 a_k,a_p 是不同元素的假设矛盾。由此得证。

由群的运算表的特点可知,在同构意义下 2 阶群和 3 阶群各有一种,它们的运算表见表 4-5-1 和表 4-5-2。

表 4-5-1

*	e	a
e	e	a
a	a	e

表 4-5-2

*	e	a	b
e	e	a	b
a	a	b	e
b	b	e	a

对于 4 阶群,由群的运算表的特点可推出应有两种不同构的 4 阶群,其运算表:见表 4-5-3 和表 4-5-4。

表 4-5-3

*	e	a	b	c
e	e	a	b	c
a	a	b	c	e
b	b	c	e	a
c	c	e	a	b

表 4-5-4

*	e	a	b	c
e	e	a	b	c
a	a	e	c	b
b	b	c	e	a
c	c	b	a	e

以后我们还将证明 5 阶群在同构意义下仅有一种,其运算表:见表 4-5-5

表 4-5-5

*	e	a	b	c	d
e	e	a	b	c	d
a	a	b	c	d	e
b	b	c	d	e	a
c	c	d	e	a	b
d	d	e	a	b	c

可以证明 6 阶群在同构意义下仅有两种(证明过程比较冗长,这里不再介绍,但请记住这个结论),其运算表见表 4-5-6 和表 4-5-7。

表 4-5-6

*	e	a_1	a_2	a_3	a_4	a_5
e	e	a_1	a_2	a_3	a_4	a_5
a_1	a_1	a_2	a_3	a_4	a_5	e
a_2	a_2	a_3	a_4	a_5	e	a_1
a_3	a_3	a_4	a_5	e	a_1	a_2
a_4	a_4	a_5	e	a_1	a_2	a_3
a_5	a_5	e	a_1	a_2	a_3	a_4

表 4-5-7

*	e	a_1	a_2	a_3	a_4	a_5
e	e	a_1	a_2	a_3	a_4	a_5
a_1	a_1	e	a_3	a_2	a_5	a_4
a_2	a_2	a_4	e	a_5	a_1	a_3
a_3	a_3	a_5	a_4	e	a_2	a_1
a_4	a_4	a_2	a_5	a_1	a_3	e
a_5	a_5	a_3	a_1	a_4	a_2	e

以上介绍了 2~6 阶群的简单情况,以后还将对它们作进一步的讨论。

习 题

1. 集合 $A = \{1,2,3,4\}$,对于下列 * 运算,哪些代数系统 $(A, *)$ 是群?

A $a * b = a + b$

B * 是模 5 乘法

C $a * b = a^b$

2. 集合 $A = \{a,b,c,d\}$,表 4-5-8 和表 4-5-9,表 4-5-10 所确定的运算 *,哪些代数系统 $(A, *)$ 是群?

A

表　4－5－8

*	a	b	c	d
a	a	b	c	d
b	b	c	d	a
c	c	d	a	a
d	d	a	b	b

B

表　4－5－9

*	a	b	c	d
a	b	a	d	c
b	a	b	c	d
c	d	c	b	a
d	c	d	a	b

C

表　4－5－10

*	a	b	c	d
a	a	b	c	d
b	b	a	d	c
c	c	a	b	d
d	d	a	b	c

3. 证明 $(I,+)$ 是群。

4. 证明群中不存在零元。

5. 设 $(G,*)$ 是群,如果对于 G 中任意元素 a,b 都有 $(a*b)^{-1}=a^{-1}*b^{-1}$,证明 $(G,*)$ 是阿贝尔群。

6. 设 $(G,*)$ 是群,如果对于 G 中任意元素 a,b 都有 $(a*b)^2=a^2*b^2$,证明 $(G,*)$ 是阿贝尔群。

7. 设 $(G,*)$ 是群,如果对于 G 中任意元素 a,b 都有 $(a*b)^3=a^3*b^3$ 和 $(a*b)^5=a^5*b^5$,证明 $(G,*)$ 是阿贝尔群。

8. $(G,*)$ 是 3 阶群,$G=\{e,a,b\}$,其中 e 是幺元,证明 $a^3=b^3=e$。

9. 证明群 $(N_4,\oplus_4)$ 和 $(N_5-\{0\},\otimes_5)$ 同构。

10. 设 $(G,*)$ 是偶数阶群,证明在 G 中必存在非幺元 a,使得 $a*a=e$。

11. 设 $(G,*)$ 是群,e 是幺元,如果对于 G 中任意元素 a,都有 $a*a=e$,证明 $(G,*)$ 是阿贝尔群。

12. $(A,*)$ 是代数系统,其中 $A=\left\{\begin{pmatrix}1&0\\0&1\end{pmatrix},\begin{pmatrix}1&0\\0&-1\end{pmatrix},\begin{pmatrix}-1&0\\0&1\end{pmatrix},\begin{pmatrix}-1&0\\0&-1\end{pmatrix}\right\}$,运算 $*$ 为矩阵的乘法,证明 $(A,*)$ 是群。

4.6　子群

定义 4.6.1　设 $(G,*)$ 是群,S 是 G 的非空子集,如果 $(S,*)$ 也构成群,则称 $(S,*)$ 为 $(G,*)$ 的子群。

显然,由于 $\{e\}$ 和 G 都是 G 的子集,所以 $(\{e\},*)$ 和 $(G,*)$ 也是 $(G,*)$ 的子群,这两个子群称为平凡子群。

例如,$N_6=\{0,1,2,3,4,5\}$,运算 $\oplus_6$ 是模 6 加法,$(N_6,\oplus_6)$ 是群。取 G 的子集 $S=\{0,2,4\}$,容易验证运算 $\oplus_6$ 对于 S 是封闭的;在 S 中,运算的结合律是"继承"的;S 中有幺元 0,元素

2 和 4 互为逆元;由此可见 $(S, *)$ 构成群,所以 $(S, *)$ 是 $(G, *)$ 的子群。

由子群的定义可知,如果 S 是群 G 的子集,考察 $(S, *)$ 是否是群 $(G, *)$ 的子群,应当验证:

(1) $*$ 对于 S 是否封闭

(2) 群 G 中的幺元 e 是否属于 S

(3) S 中的任意元素 a,其逆元 a^{-1} 是否属于 S。

当群 G 的子集 S 为有限集合时,验证 $(S, *)$ 为 $(G, *)$ 的子群的方法要简单些。

定理 4.6.1 设 $(G, *)$ 是群,S 是 G 的有限子集,如果运算 $*$ 对于 S 是封闭的,则 $(S, *)$ 是群 $(G, *)$ 的子群。

证明 因为 S 是有限集合,所以不妨设 S 中有 n 个元素。在 S 中任取一个元素 a,考察 $a, a^2, \cdots, a^{n+1}$;由于运算 $*$ 对于 S 是封闭的,所以这 $n+1$ 个元素都属于 S,再由鸽洞原理可知,这 $n+1$ 个元素中至少有两个元素相同,不妨设为

$$a^i = a^{i+k}$$

即

$$a^i = a^i * a^k$$

由定理 4.5.2 可知,a^k 是幺元。

下面再证 S 中的元素 a 的逆元属于 S。

如果 $k=1$,则 a 为幺元,a 的逆元为其自身,所以 $a^{-1} \in S$。

如果 $k>1$,由

$$a^k = e$$
$$a * a^{k-1} = e$$

所以 a^{k-1} 是 a 的逆元,而 $a^{k-1} \in S$,因此 a 的逆元 $a^{-1} \in S$,由此可见 $(S, *)$ 是 $(G, *)$ 的子群。

例 4-15 求群 $(N_{12}, \otimes_{12})$ 的所有非平凡子群。

解 $N_{12} = \{0,1,2,\cdots,11\}$,取 N_{12} 的子集 $S_1 = \{0,6\}$,容易验证运算 $\oplus_{12}$ 对于 S_1 是封闭的,所以 $(S_1; \oplus_{12})$ 是 $(N_{12}, \oplus_{12})$ 的 2 阶子群;同样取 N_{12} 的子集 $S_2 = \{0,4,8\}$,$S_3 = \{0,3,6,9\}$,$S_4 = \{0,2,4,6,8,10\}$;验证后可知 $\oplus_{12}$ 对于 S_2, S_3, S_4 是封闭的,所以 $(S_2, \oplus_{12})$,$(S_3, \oplus_{12})$ 和 $(S_4, \oplus_{12})$ 分别是 $(N_{12}, \oplus_{12})$ 的 3 阶、4 阶、6 阶子群。

例 4-16 求群 $(N_7 - \{0\}, \otimes_7)$ 的所有非平凡子群。

解 $N_7 - \{0\} = \{1,2,3,4,5,6\}$,取其子集 $S_1 = \{1,6\}$,$S_2 = \{1,2,4\}$;容易验证 $\otimes_7$ 对于 S_1 和 S_2 都是封闭的,所以 $(S_1, \otimes_7)$ 和 $(S_2, \otimes_7)$ 都是 $(N_7 - \{0\}, \otimes_7)$ 的子群。

以后将证明在群 $(N_{12}, \oplus_{12})$,$(N_7 - \{0\}, \otimes_7)$ 中,除例 4-15 和例 4-16 所解得的非平凡子群外,没有其他非平凡子群。

下面给出一个适用范围较广的确定子群的方法。

定理 4.6.2 设 $(G, *)$ 是群,S 是 G 的非空子集,如果对于 S 中任意元素 a 和 b,都有 $a * b^{-1}$ 属于 S,则 $(S, *)$ 是 $(G, *)$ 的子群。

证明 首先证明 $(G, *)$ 的幺元 e 已属于 S,由定理给出的条件可知,当 $a \in S$ 时,应有 $a * a^{-1} \in S$,所以 $e \in S$。

其次证明 $(S, *)$ 中的每一个元素的逆元属于 S。

对于 $a \in S$,由于 $e \in S$,所以 $e * a^{-1} \in S$,由此可知 $a^{-1} \in S$。

现再证明 * 对于 S 是封闭的,对于 $a,b \in S$,应有 $b^{-1} \in S$,所以 $a * (b^{-1})^{-1} \in S$,即 $a * b \in S$,由此可见 * 对于 S 是封闭的。从而可得 $(S, *)$ 是 $(G, *)$ 的子群。

例 4-17 设 G 是所有满秩的 2 阶实数方阵为元素构成的集合,运算 × 是矩阵乘法,S 是所有满秩的二阶对角实数方阵构成的集合,证明 $(S, *)$ 是 $(G, *)$ 的子群。

证明 在 S 中任取两个元素

$$x = \begin{pmatrix} a & 0 \\ 0 & b \end{pmatrix}, y = \begin{pmatrix} c & 0 \\ 0 & d \end{pmatrix}$$

易知

$$y^{-1} = \begin{pmatrix} \dfrac{1}{c} & 0 \\ 0 & \dfrac{1}{d} \end{pmatrix}$$

$$x \times y^{-1} = \begin{pmatrix} \dfrac{a}{c} & 0 \\ 0 & \dfrac{b}{d} \end{pmatrix}$$

显然 $x \times y^{-1}$ 是满秩的 2 阶对角方阵,即 $x \times y^{-1} \in S$,由定理 4.6.2 可知,$(S, *)$ 是 $(G, *)$ 的子群。

我们已经熟悉了群的阶数的定义,现在介绍群中元素的阶数的定义,以后还将指明这两者之间的联系。

定义 4.6.2 设 $(G, *)$ 是群,a 是 G 中的元素,如果存在着正整数 n,使得 $a^n = e$,则称元素 a 为有限阶元素,满足上述条件的最小正整数 n 称为元素 a 的阶数;如果不存在这样的正整数 n,则称 a 为无限阶元素。

显然,幺元 e 的阶数为 1。

例如,在群 $(N_6, \oplus_6)$ 中,0 是幺元,对于元素 2,因为 $2^3 = 0, 2^6 = 0, 2^9 = 0, \cdots$,所以元素 2 的阶数为 3。对于元素 3,因为 $3^2 = 0, 3^4 = 0, 3^6 = 0, \cdots$,所以元素 3 的阶数为 2。

例 4-18 求群 $(N_5 - \{0\}, \otimes_5)$ 中各元素的阶数。

解 $N_5 - \{0\} = \{1,2,3,4\}$,其中 1 是幺元,1 的阶数为 1;对于元素 2,因为 $2^1 = 2, 2^2 = 4, 2^3 = 3, 2^4 = 1$,所以元素 2 的阶数是 4;对于元素 3,因为 $3^1 = 3, 3^2 = 4, 3^3 = 2, 3^4 = 1$,所以元素 3 的阶数是 4;对于元素 4,因为 $4^1 = 4, 4^2 = 1$,所以元素 4 的阶数为 2。

例 4-19 设 $G = \{000,001,010,011,100,101,110,111\}$,运算 $\oplus$ 是按位加——不作进位的二进制加法,如

$$
\begin{array}{r}
1\ 0\ 1 \\
\oplus 1\ 1\ 1 \\
\hline
0\ 1\ 0
\end{array}
\qquad
\begin{array}{r}
0\ 0\ 1 \\
\oplus 1\ 0\ 1 \\
\hline
1\ 0\ 0
\end{array}
$$

容易验证 $(G, \oplus)$ 是群,求 G 中各元素的阶数。

解 易知元素 000 是幺元,其阶数为 1。G 中其他元素 a 都有 $a \oplus a = 000$,所以 G 中非幺元的阶数都是 2。

易见,在群 $(R, +)$ 中,除幺元 0 是 1 阶元素外,其他元素都是无限阶元素。

定理 4.6.3 设 $(G, *)$ 是 n 阶群,a 是 G 中的元素,其阶数为 k,则 $k \leqslant n$。

证明 考察以下 $n+1$ 个元素：$a, a^2, \cdots, a^{n+1}$。因为 G 是 n 阶群，即 $|G|=n$，由鸽洞原理可知，上述 $n+1$ 个元素中，至少有两个元素相同，不妨设为

$$a^i = a^{i+j} \qquad\qquad (1 \leqslant j \leqslant n)$$
$$\text{或} \quad a^i = a^i * a^j$$

由定理 4.5.2 可知，$a^j = e(1 \leqslant j \leqslant n)$。又由元素的阶数的定义可知，$a$ 的阶数为 k，应有 $k \leqslant j$，所以 $k \leqslant n$。

定理 4.6.4 设 $(G, *)$ 是群，$a \in G$，且其阶数为 k，令 $S = \{a, a^2, \cdots, a^k\}$，则 $(S, *)$ 是群 $(G, *)$ 的子群。

证明 只需证运算 $*$ 对于 S 是封闭的。因为 k 是元素 a 的阶数，所以 $a^k = e$。在 S 中任取两个元素 a^i 和 a^j，当 $i+j \leqslant k$ 时，$a^i * a^j = a^{i+j} \in S$；当 $i+j > k$ 时，$a^i * a^j = a^{i+j-k+k} = a^{i+j-k} * a^k = a^{i+j-k} \in S$，由此可见，$*$ 对于 S 是封闭的，所以 $(S, *)$ 是 $(G, *)$ 的子群。

例如，在群 $(N_{12}, \oplus_{12})$ 中，元素 2 的阶数为 6，令 $S = \{2, 2^2, 2^3, 2^4, 2^5, 2^6\} = \{2, 4, 6, 8, 10, 0\}$，则 $(S, \otimes_{12})$ 是 $(N_{12}, \oplus_{12})$ 的 6 阶子群；同样，元素 3 的阶数为 4，令 $S' = \{3, 3^2, 3^3, 3^4\} = \{3, 6, 9, 0\}$，则 $(S', \oplus_{12})$ 是 $(N_{12}, \oplus_{12})$ 的 4 阶子群。

又如，在群 $(N_{11} - \{0\}, \otimes_{11})$ 中，元素 5 的阶数为 5，令 $S = \{5, 5^2, 5^3, 5^4, 5^5\} = \{5, 3, 4, 9, 1\}$，则 $(S, \otimes_{11})$ 是 $(N_{11} - \{0\}, \otimes_{11})$ 的 5 阶子群。

例 4-20 证明偶数阶群必有 2 阶子群。

证明 设 $(G, *)$ 是偶数阶群，不妨设 $|G| = 2n$，由于 G 中幺元 e 的逆元是其自身，所以其他 $2n-1$ 个元素中，至少有一个元素 a，其逆元也是自身，即有 $a * a = e$，由此可见 a 是 2 阶元素，令 $S = \{a, a^2\} = \{a, e\}$，则 $(S, *)$ 是 $(G, *)$ 的 2 阶子群。

习　题

1. 下列集合 S 是 N_{12} 的子集，对于运算 $\otimes_{12}$，哪些代数系统 $(S, \oplus_{12})$ 是群 $(N_{12}, \oplus_{12})$ 的子群？

A　$S = \{0, b\}$

B　$S = \{0, 3, 6, 9\}$

C　$S = \{0, 4, 6, 8\}$

D　$S = \{0, 2, 4, 8\}$。

2. 求群 $(N_{11} - \{0\}, \otimes_{11})$ 的 2 阶子群。

3. 设 E 是所有偶数组成的集合，证明 $(E, +)$ 是 $(I, +)$ 的子群。

4. 设 $(H, *)$ 和 $(K, *)$ 都是群 $(G, *)$ 的子群，证明 $(H \cap K, *)$ 也是 $(G, *)$ 的子群。

5. 设 $G = \{000, 001, 100, 101\}$，运算 $\oplus$ 是按位加，求群 $(G, \oplus)$ 中各元素的阶数。

6. 求群 $(N_7, \oplus_7)$ 中各元素的阶数。

7. 求群 $(N_{13} - \{0\}, \otimes_{13})$ 中各元素的阶数。

8. 设 $(G, *)$ 是有限群，$a, b \in G$，证明

(1) a 和 a^{-1} 有相同的阶数

(2) $a * b$ 和 $b * a$ 有相同的阶数

9. 设 $(G, *)$ 是有限群，证明群 G 中阶数大于 2 的元素个数是偶数。

10. 设 $(G, *)$ 是 n 阶群，且对于 G 中任意元素 a，都有 $a * a = e$；当 $n > 4$ 时，群 G 必有 4 阶子群。

4.7　循环群

循环群是比较常见也比较简单的群。

定义 4.7.1　设$(G,*)$是有限群,如果 G 中存在着元素 a,使得 G 中任意元素 g 都能表示成 a 的幂的形式,即

$$g = a^k \quad (k \text{ 是正整数})$$

则称 a 为群 G 的生成元,具有生成元的群称为循环群。

例 4-21　证明群$(N_6,\oplus_6)$是循环群。

证明　考察 N_6 中元素 1,因为

$$1^1 = 1$$
$$1^2 = 1 \oplus_6 1 = 2$$
$$1^3 = 1 \oplus_6 1 \oplus_6 1 = 3$$
$$1^4 = 1 \oplus_6 1 \oplus_6 1 \oplus_6 1 = 4$$
$$1^5 = 1 \oplus_6 1 \oplus_6 1 \oplus_6 1 \oplus_6 1 = 5$$
$$1^6 = 1 \oplus_6 1 \oplus_6 1 \oplus_6 1 \oplus_6 1 \oplus_6 1 = 0$$

由此可见元素 1 是群$(N_6,\oplus_6)$的生成元,所以$(N_6,\oplus_6)$是循环群。

例 4-22　证明群$(N_7 - \{0\},\otimes_7)$是循环群。

证明　考察 $N_7 - \{0\}$ 中元素 3,因为

$$3^1 = 3 \qquad\qquad 3^2 = 2$$
$$3^3 = 6 \qquad\qquad 3^4 = 4$$
$$3^5 = 5 \qquad\qquad 3^6 = 1$$

所以 $N_7 - \{0\}$ 中所有元素都能表示成元素 3 的幂的形式,由此可见 3 是$(N_7 - \{0\},\otimes_7)$的生成元,$(N_7 - \{0\},\otimes_7)$是循环群。

读者还可验证元素 5 也是$(N_7 - \{0\},\otimes_7)$的生成元,所以循环群中的生成元不是唯一的。

例 4-23　设 $G = \{00,01,10,11\}$,运算 $\oplus$ 是按位加,证明群$(G,\oplus)$不是循环群。

证明　因为 G 中共有 4 个元素,除幺元 00 外,其他 3 个元素的阶数均为 2,所以这 3 个元素的幂只能表示自身和幺元,如$(01)^1 = 01,(01)^2 = 00,(01)^3 = 01,(01)^4 = 00,\cdots$,由此可见 G 中不存在生成元,$(G,*)$不是循环群。

定理 4.7.1　设$(G,*)$是 n 阶循环群,a 是生成元,则生成元 a 的阶数也是 n。

证明　用反证法,设生成元 a 的阶数为 k,且 $k \neq n$,由定理 4.6.3 可知,$k < n$,由于 $a^k = e$,$a^{k+1} = a^k * a = a$,$a^{k+2} = a^k * a^2 = a^2,\cdots$,所以 a 的幂仅能表示 G 中 k 个元素:$a,a^2,\cdots,a^k$,而不能表示 G 中所有元素,这与 a 为生成元的假设矛盾。

另外,也可证明当某元素的阶数与群的阶数相同时,此元素就是生成元,请读者自行证明之。

定理 4.7.2　设$(G,*)$是 n 阶循环群,a 是生成元,则 $G = \{a,a^2,\cdots,a^n\}$。

证明　因为 $|G| = n$,由 $*$ 的封闭性可知 $a,a^2,\cdots,a^n \in G$,所以只需证明 $a,a^2,\cdots,a^n$ 是各不相同的。

用反证法,如果在 $a,a^2,\cdots,a^n$ 中有两个元素是相同的,不妨设为 $a^i = a^{i+k} = a^i * a^k$,其中 k 是小于 n 的正整数,由定理 4.6.2 可知,$a^k = e$,这和 a 是生成元,其阶数为 n 的假设矛盾。定理得证。

定理 4.7.3　k 阶循环群同构于$(N_k,\oplus_k)$。

证明　设$(G,*)$是 k 阶循环群,a 是生成元,由定理 4.7.2 可知 $G = \{a,a^2,\cdots,a^k\}$,其中 $a^k = e$;令 f 是 G 到 N_k 的双射函数,使得 $f(e) = 0,f(a) = 1,f(a^2) = 2,\cdots,f(a^{k-1}) = k-1$。于

是 $f(a^i * a^j) = f(a^{i+j})$，当 $i+j < k$ 时，$f(a^{i+j}) = i+j$；当 $i+j \geqslant k$ 时，$a^{i+j} = a^{i+j-k+k} = a^{i+j-k} * a^k = a^{i+j-k}$，$f(a^{i+j}) = i+j-k$，由此可得

$$f(a^i * a^j) = f(a^{i+j}) = i \oplus_k j$$
$$= f(a^i) \oplus_k f(a^j)$$

所以 f 是 G 到 N_k 的同构映射，$(G, *)$ 同构于 $(N_k, \oplus_k)$。

上述定理表明，研究有限循环群只需研究 $(N_k, \oplus_k)$ 即可。例如，由于 $(N_k, \oplus_k)$ 是阿贝尔群，所以可得

定理 4.7.4　循环群必是阿贝尔群。

例 4-24　证明 $(N_{13} - \{0\}, \otimes_{13})$ 同构于 $(N_{12}, \oplus_{12})$，并写出同构映射。

证明　在群 $(N_{13} - \{0\}, \otimes_{13})$ 中，考察元素 2，因为 $2^1 = 2, 2^2 = 4, 2^3 = 8, 2^4 = 3, 2^5 = 6, 2^6 = 12, 2^7 = 11, 2^8 = 9, 2^9 = 5, 2^{10} = 10, 2^{11} = 7, 2^{12} = 1$；所以 2 是群 $(N_{13} - \{0\}, \otimes_{13})$ 的生成元，$(N_{13} - \{0\}, \otimes_{13})$ 是 12 阶循环群，由定理 4.7.3 可知，$(N_{13} - \{0\}, \otimes_{13})$ 同构于 $(N_{12}, \oplus_{12})$。

由于元素 2 是 $(N_{13} - \{0\}, \otimes_{13})$ 的生成元，所以 $N_{13} - \{0\} = \{2^1, 2^2, \cdots, 2^{12}\}$，其中 $2^{12} = 1$，令 f 是 $N_{13} - \{0\}$ 到 N_{12} 的双射函数，且 $f(1) = 0, f(2) = 1, f(2^2) = 2, \cdots, f(2^{11}) = 11$，则 f 是 $(N_{13} - \{0\}, \otimes_{13})$ 到 $(N_{12}, \oplus_{12})$ 的同构映射。

例 4-25　求 $(N_{13} - \{0\}, \otimes_{13})$ 的 2 阶，3 阶，4 阶、6 阶子群。

解　求 $(N_{12}, \oplus_{12})$ 的各阶子群比较简单，取 N_{12} 的子集

$$S_1 = \{0, 6\}$$
$$S_2 = \{0, 4, 8\}$$
$$S_3 = \{0, 3, 6, 9\}$$
$$S_4 = \{0, 2, 4, 6, 8, 10\}$$

易知 $(S_1, \oplus_{12}), (S_2, \oplus_{12}), (S_3, \oplus_{12}), (S_4, \oplus_{12})$，分别是 $(N_{12}, \oplus_{12})$ 的 2 阶，3 阶，4 阶，6 阶子群。

现利用 $(N_{13} - \{0\}, \otimes_{13})$ 和 $(N_{12}, \oplus_{12})$ 同构的特点来求 $(N_{13} - \{0\}, \otimes_{13})$ 的各阶子群。

由于 $N_{13} - \{0\} = \{2, 2^2, \cdots, 2^{12} = 1\}$，取 $N_{13} - \{0\}$ 的子集

$$H_1 = \{2^0, 2^6\} = \{1, 12\}$$
$$H_2 = \{2^0, 2^4, 2^8\} = \{1, 3, 9\}$$
$$H_3 = \{2^0, 2^3, 2^6, 2^9\} = \{1, 8, 12, 5\}$$
$$H_4 = \{2^0, 2^2, 2^4, 2^6, 2^8, 2^{10}\} = \{1, 4, 3, 12, 9, 10\}$$

由此可求得 $(N_{13} - \{0\}, \otimes_{13})$ 的 2 阶子群 $(H_1, \otimes_{13})$；3 阶子群 $(H_2, \otimes_{13})$；4 阶子群 $(H_3, \otimes_{13})$；6 阶子群 $(H_4, \otimes_{13})$。

下面介绍无限循环群。

定义 4.7.2　设 $(G, *)$ 是无限群，如果 G 中存在着元素 a，使得 G 中任意元素 g 都能表示成 a 的幂的形式，即

$$g = a^k \qquad\qquad (k \text{ 是整数})$$

则称 a 为群 G 的生成元，具有生成元的无限群称为无限循环群。

例如　$(I, +)$ 是无限循环群，其中元素 1 是生成元，对于任意整数 i，都有 $i = 1^i$。

习　题

1. 设 $(G, *)$ 是群，其中 $G = \{e, a, b, c\}$，运算 $*$ 见表 4-7-1，问 $(G, *)$ 是循环群吗？若是，指出它的生成元。

表 4-7-1

*	e	a	b	c
e	e	a	b	c
a	a	c	e	b
b	b	e	c	a
c	c	b	a	e

2. 证明 3 阶群必是循环群

3. 写出循环群 $(N_7, \oplus_7)$ 的所有生成元。

4. 利用定理 4.7.2 证明循环群必是阿贝尔群。

5. 求 $(N_{11} - \{0\}, \otimes_{11})$ 的 2 阶和 5 阶子群（利用 $(N_{11} - \{0\}, \otimes_{11})$ 同构于 $(N_{10}, \oplus_{10})$）。

4.8　置换群

置换群是一类重要的群,它在组合数学,编码理论和有限群理论中有着广泛的应用。

首先介绍什么是置换,置换是有限集合上双射函数的一种描述形式。如 $A = \{a, b, c\}$, f 是 A 到 A 的双射函数,且 $f(a) = a, f(b) = c, f(c) = b$, 即

$$
\begin{array}{ccc}
 & f & \\
A & & A \\
a & \longrightarrow & a \\
b & & b \\
c & & c
\end{array}
$$

也可以将函数 f 所确定的对应关系形象地记为：

$$f = \begin{pmatrix} a & b & c \\ a & c & b \end{pmatrix}$$

这种表示形式称为 A 上的置换。

可以看出,集合 $A = \{a, b, c\}$, A 上有 6 种不同的置换,当 A 是具有 n 个元素的集合时,A 上有 $n!$ 个不同的置换。

下面介绍置换的两种合成运算。

先介绍置换的右合成运算。它是很自然地由函数的合成（复合）而引入的。

设 $A = \{a, b, c\}$, f_1 和 f_2 是 A 上的置换,其中

$$f_1 = \begin{pmatrix} a & b & c \\ b & a & c \end{pmatrix}$$

$$f_2 = \begin{pmatrix} a & b & c \\ c & a & b \end{pmatrix}$$

考察复合函数 $f_1 \circ f_2$, 易知 $f_1 \circ f_2(a) = f_1(c) = c, f_1 \circ f_2(b) = f_1(a) = b, f_1 \circ f_2(c) = f_1(b) = a$, 所以

$$f_1 \circ f_2 = \begin{pmatrix} a & b & c \\ c & b & a \end{pmatrix}$$

由此可定义两个置换的右合成运算。

$$\begin{pmatrix} a & b & c \\ b & a & c \end{pmatrix} \circ \begin{pmatrix} a & b & c \\ c & a & b \end{pmatrix} = \begin{pmatrix} a & b & c \\ c & b & a \end{pmatrix}$$

这种运算是先考虑右边置换所确定的对应关系：$a \to c, b \to a, c \to b$；然后再考虑左边置换的对应关系：$c \to c, a \to b, b \to a$；合成后得：$a \to c, b \to b, c \to a$。

例如

$$\begin{pmatrix} a & b & c \\ a & c & b \end{pmatrix} \circ \begin{pmatrix} a & b & c \\ c & b & a \end{pmatrix} = \begin{pmatrix} a & b & c \\ b & c & a \end{pmatrix}$$

$$\begin{pmatrix} a & b & c \\ c & a & b \end{pmatrix} \circ \begin{pmatrix} a & b & c \\ a & c & b \end{pmatrix} = \begin{pmatrix} a & b & c \\ c & b & a \end{pmatrix}$$

由于函数也可以看做是特殊的二元关系，所以可以将二元关系的合成作为置换的合成运算，这就是置换的左合成运算。

例如，$A = \{1, 2, 3, 4\}$，f_1 和 f_2 是 A 上的置换，其中

$$f_1 = \begin{pmatrix} 1 & 2 & 3 & 4 \\ 2 & 3 & 4 & 1 \end{pmatrix}$$

$$f_2 = \begin{pmatrix} 1 & 2 & 3 & 4 \\ 3 & 4 & 1 & 2 \end{pmatrix}$$

如果将 f_1 和 f_2 看做是二元关系，即 $f_1 = \{(1,2), (2,3), (3,4), (4,1)\}$，$f_2 = \{(1,3), (2,4), (3,1), (4,2)\}$，关系的合成记作 $*$，则 $f_1 * f_2 = \{(1,4)(2,1), (3,2), (4,3)\}$，或写作

$$\begin{pmatrix} 1 & 2 & 3 & 4 \\ 2 & 3 & 4 & 1 \end{pmatrix} * \begin{pmatrix} 1 & 2 & 3 & 4 \\ 3 & 4 & 1 & 2 \end{pmatrix} = \begin{pmatrix} 1 & 2 & 3 & 4 \\ 4 & 1 & 2 & 3 \end{pmatrix}$$

置换的左合成运算是先考虑左边置换的对应关系 $f_1: 1 \to 2, 2 \to 3, 3 \to 4, 4 \to 1$；然后考虑右边置换的对应关系 $f_2: 2 \to 4, 3 \to 1, 4 \to 2, 1 \to 3$；合成后得：$1 \to 4, 2 \to 1, 3 \to 2, 4 \to 3$。

又如

$$\begin{pmatrix} 1 & 2 & 3 & 4 \\ 4 & 3 & 1 & 2 \end{pmatrix} * \begin{pmatrix} 1 & 2 & 3 & 4 \\ 3 & 1 & 2 & 4 \end{pmatrix} = \begin{pmatrix} 1 & 2 & 3 & 4 \\ 4 & 2 & 3 & 1 \end{pmatrix}$$

$$\begin{pmatrix} 1 & 2 & 3 & 4 \\ 4 & 3 & 2 & 1 \end{pmatrix} * \begin{pmatrix} 1 & 2 & 3 & 4 \\ 3 & 1 & 4 & 2 \end{pmatrix} = \begin{pmatrix} 1 & 2 & 3 & 4 \\ 2 & 4 & 1 & 3 \end{pmatrix}$$

为了阅读方便，我们以后提到的置换的合成运算都是指左合成运算。

容易看到，具有 n 个元素的有限集上所有的置换构成的集合 S_n，对于合成运算 $*$，$(S_n, *)$ 构成群。

例如，$A = \{a, b, c\}$，A 上有 6 个不同的置换：

$$f_1 = \begin{pmatrix} a & b & c \\ a & b & c \end{pmatrix} \qquad f_2 = \begin{pmatrix} a & b & c \\ a & c & b \end{pmatrix}$$

$$f_3 = \begin{pmatrix} a & b & c \\ b & a & c \end{pmatrix} \qquad f_4 = \begin{pmatrix} a & b & c \\ b & c & a \end{pmatrix}$$

$$f_5 = \begin{pmatrix} a & b & c \\ c & a & b \end{pmatrix} \qquad f_6 = \begin{pmatrix} a & b & c \\ c & b & a \end{pmatrix}$$

令 $S_3 = \{f_1, f_2, f_3, f_4, f_5, f_6\}$，容易验证合成运算 $*$ 对于 S_3 是封闭的，满足结合律；其中 f_1 是幺元；f_1, f_2, f_3, f_6 的逆元都是其自身，f_4 和 f_5 互为逆元，所以 $(S_3, *)$ 是群。

还容易验证，群 $(S_3, *)$ 不是可交换群，如

$$f_3 * f_4 = \begin{pmatrix} a & b & c \\ b & a & c \end{pmatrix} * \begin{pmatrix} a & b & c \\ b & c & a \end{pmatrix} = \begin{pmatrix} a & b & c \\ c & b & a \end{pmatrix} = f_6$$

$$f_4 * f_3 = \begin{pmatrix} a & b & c \\ b & c & a \end{pmatrix} * \begin{pmatrix} a & b & c \\ b & a & c \end{pmatrix} = \begin{pmatrix} a & b & c \\ a & c & b \end{pmatrix} = f_2$$

所以有 $f_3 * f_4 \neq f_4 * f_3$

显然,$(S_3, *)$ 中的幺元 f_1 是 1 阶元素,f_2, f_3, f_6 的逆元是其自身,所以 f_2, f_3, f_6 都是 2 阶元素,而

$$f_4^3 = \begin{pmatrix} a & b & c \\ b & c & a \end{pmatrix} * \begin{pmatrix} a & b & c \\ b & c & a \end{pmatrix} * \begin{pmatrix} a & b & c \\ b & c & a \end{pmatrix}$$

$$= \begin{pmatrix} a & b & c \\ a & b & c \end{pmatrix} = f_1$$

$$f_5^3 = \begin{pmatrix} a & b & c \\ c & a & b \end{pmatrix} * \begin{pmatrix} a & b & c \\ c & a & b \end{pmatrix} * \begin{pmatrix} a & b & c \\ c & a & b \end{pmatrix}$$

$$= \begin{pmatrix} a & b & c \\ a & b & c \end{pmatrix} = f_1$$

所以 f_4 和 f_5 都是 3 阶元素。

表 4-8-1 是 $(S_3, *)$ 的运算表

表 4 - 8 - 1

*	f_1	f_2	f_3	f_4	f_5	f_6
f_1	f_1	f_2	f_3	f_4	f_5	f_6
f_2	f_2	f_1	f_4	f_3	f_6	f_5
f_3	f_3	f_5	f_1	f_6	f_2	f_4
f_4	f_4	f_6	f_2	f_5	f_1	f_3
f_5	f_5	f_3	f_6	f_1	f_4	f_2
f_6	f_6	f_4	f_5	f_2	f_3	f_1

在同构意义下,6 阶群只有两个,一个是 6 阶循环群 $(N_6, \oplus_6)$,另一个就是群 $(S_3, *)$。

一般地讲,对于有限集上的置换及其合成运算所构成的群有以下明确的定义。

定义 4.8.1　设 A 是具有 n 个元素的有限集,由 A 上所有不同的置换构成的集合记作 S_n,$*$ 是置换的合成运算,则群 $(S_n, *)$ 称为 n 次对称群,$(S_n, *)$ 的子群称为 n 次置换群。

例如,上面提到的群 $(S_3, *)$ 是 3 次对称群;令 $H = \{f_1, f_2\}$,则 $(H, *)$ 是 3 次置换群。

又如,$G = \{a_1, a_2, a_3, a_4\}$,其中

$$a_1 = \begin{pmatrix} 1 & 2 & 3 & 4 \\ 1 & 2 & 3 & 4 \end{pmatrix} \qquad a_2 = \begin{pmatrix} 1 & 2 & 3 & 4 \\ 2 & 1 & 4 & 3 \end{pmatrix}$$

$$a_3 = \begin{pmatrix} 1 & 2 & 3 & 4 \\ 3 & 4 & 1 & 2 \end{pmatrix} \qquad a_4 = \begin{pmatrix} 1 & 2 & 3 & 4 \\ 4 & 3 & 2 & 1 \end{pmatrix}$$

容易验证 $(G, *)$ 是群,这是一个 4 次置换群。

对于置换群有如下重要定理。

定理 4.8.1　每一个 n 阶有限群同构于一个 n 次置换群。

证明从略,下面将通过实例来说明如何构造一个置换群与已知有限群同构。

例如,对于群 $(N_4, \oplus_4)$,其运算表如表 4-8-2 所示。

表 4-8-2

$\oplus_4$	0	1	2	3
0	0	1	2	3
1	1	2	3	0
2	2	3	0	1
3	3	0	1	2

现在取 $A=\{0,1,2,3\}$,将表 4-8-2 所示的运算表中各列元素构成 A 上的 4 种置换:

$$a_0 = \begin{pmatrix} 0 & 1 & 2 & 3 \\ 0 & 1 & 2 & 3 \end{pmatrix} \qquad a_1 = \begin{pmatrix} 0 & 1 & 2 & 3 \\ 1 & 2 & 3 & 0 \end{pmatrix}$$

$$a_2 = \begin{pmatrix} 0 & 1 & 2 & 3 \\ 2 & 3 & 0 & 1 \end{pmatrix} \qquad a_3 = \begin{pmatrix} 0 & 1 & 2 & 3 \\ 3 & 0 & 1 & 2 \end{pmatrix}$$

令 $H=\{a_0,a_1,a_2,a_3\}$,并写出置换合成运算 $*$ 的运算表(见表 4-8-3)。

表 4-8-3

$*$	a_0	a_1	a_2	a_3
a_0	a_0	a_1	a_2	a_3
a_1	a_1	a_2	a_3	a_0
a_2	a_2	a_3	a_0	a_1
a_3	a_3	a_0	a_1	a_2

由 $\oplus_4$ 和 $*$ 的运算表易知,$(N_4,\oplus_4)$ 同构于 $(H,*)$。

定理 4.8.1 表明,研究有限群只需研究置换群即可,但置换群的结构是极其复杂的,因此往往仍要采用别的途径来研究有限群。

习　题

1. $A=\{1,2,3,4\}$,A 上的 4 个置换分别为

$$a_1 = \begin{pmatrix} 1 & 2 & 3 & 4 \\ 1 & 2 & 3 & 4 \end{pmatrix} \qquad a_2 = \begin{pmatrix} 1 & 2 & 3 & 4 \\ 2 & 3 & 4 & 1 \end{pmatrix}$$

$$a_3 = \begin{pmatrix} 1 & 2 & 3 & 4 \\ 3 & 4 & 1 & 2 \end{pmatrix} \qquad a_4 = \begin{pmatrix} 1 & 2 & 3 & 4 \\ 4 & 1 & 2 & 3 \end{pmatrix}$$

请写出这 4 个置换关于置换的合成运算 $*$ 的运算表。

2. 写出 4 次对称群 $(S_4,*)$ 中所有以自身为逆元的元素。

3. 试在 6 次对称群 $(S_6,*)$ 中找出一个 6 阶循环子群。

4. 构造一个 5 次置换群,使其与 $(N_5,\oplus_5)$ 同构。

5. 构造一个 6 次置换群,使其与 3 次对称群 $(S_3,*)$ 同构。

4.9　陪集和拉格朗日定理

本节将介绍关于有限群的一些重要结论。

定义 4.9.1　设 $(G,*)$ 是有限群,$(H,*)$ 是其子群,且 $H=\{h_1,h_2,\cdots,h_n\}$,对于 G 中任意元素 g,集合 $\{g*h_1,g*h_2,\cdots,g*h_n\}$ 称为 g 关于子群 $(H,*)$ 的左陪集,记作 $g*H$;同样,集合 $\{h_1*g,h_2*g,\cdots,h_n*g\}$ 称为 g 关于子群 $(H,*)$ 的右陪集,记作 $H*g$。如果左陪集和右陪集相等,可简称为陪集。

例 4-26　写出群 $(N_{12},\oplus_{12})$ 中各元素关于子群 $(\{0,4,8\},\oplus_{12})$ 的陪集。

解 令 $H=\{0,4,8\}$，N_{12} 中各元素关于 $(H,\oplus_{12})$ 的陪集为：

$$0\oplus_{12}H=\{0\oplus_{12}0,0\oplus_{12}4,0\oplus_{12}8\}$$
$$=\{0,4,8\}$$
$$1\oplus_{12}H=\{1\oplus_{12}0,1\oplus_{12}4,1\oplus_{12}8\}$$
$$=\{1,5,9\}$$
$$2\oplus_{12}H=\{2\oplus_{12}0,2\oplus_{12}4,2\oplus_{12}8\}$$
$$=\{2,6,10\}$$
$$3\oplus_{12}H=\{3\oplus_{12}0,3\oplus_{12}4,3\oplus_{12}8\}$$
$$=\{3,7,11\}$$
$$4\oplus_{12}H=8\oplus_{12}H=\{0,4,8\}$$
$$5\oplus_{12}H=9\oplus_{12}H=\{1,5,9\}$$
$$6\oplus_{12}H=10\oplus_{12}H=\{2,6,10\}$$
$$7\oplus_{12}H=11\oplus_{12}H=\{3,7,11\}$$

由陪集的定义可得

引理 1 设 $(G,*)$ 是有限群，$(H,*)$ 是其子群，h_i 是 H 中任意元素，则 $h_i*H=H*h_i=H$。

证明 设 $H=\{h_1,h_2,\cdots,h_n\}$，$h_i*H=\{h_i*h_1,h_i*h_2,\cdots,h_i*h_n\}$，由于运算 $*$ 对于 H 是封闭的，所以 $h_i*h_1,h_i*h_2,\cdots,h_i*h_n$ 都属于 H；又由于 $(H,*)$ 是群，满足消去律，所以 $h_i*h_1,h_i*h_2,\cdots,h_i*h_n$ 都是不相同的，由此可得 $h_i*H=H$，同理可证 $H*h_i=H$。

如在例 1 中，$H=\{0,4,8\}$，H 中的元素关于 H 的陪集：$0\oplus_{12}H=4\oplus_{12}H=8\oplus_{12}H=H$。

由于运算 $*$ 满足结合律，易得

引理 2 设 $(G,*)$ 是有限群，$(H,*)$ 是其子群，对于 $a\in G$ 和 $h\in H$ 成立着 $(a*h)*H=a*H$。

引理 3 设 $(G,*)$ 是有限群，$(H,*)$ 是其子群，$a,b\in G$，则 $a*H$ 和 $b*H$ 或为相等或为不相交。

证明 只需证明当 $a*H$ 和 $b*H$ 有公共元素 d 时，必有 $a*H=b*H$。

令 $H=\{h_1,h_2,\cdots,h_n\}$，由于 d 是 $a*H$ 和 $b*H$ 的公共元素，所以 H 中存在元素 h_i 和 h_j，使得 $d=a*h_i$ 和 $d=b*h_j$，由此得 $a*h_i=b*h_j$，$a*h_i*h_j^{-1}=b*h_j*h_j^{-1}$，$a*h_i*h_j^{-1}=b$，由于运算对于 H 的封闭性可知，$h_i*h_j^{-1}\in H$，不妨设 $h_i*h_j^{-1}=h_k\in H$，于是 $b*H=(a*h_k)*H=a*H$（由引理 2）。

定理 4.9.1（拉格朗日定理） 设 $(G,*)$ 是有限群，$(H,*)$ 是其子群，如果 $|G|=m$，$|H|=n$，则 n 整除 m。

证明 由于群中的运算满足消去律，所以对于 G 中任意元素 a，左陪集 $a*H$ 中的元素 $a*h_i\neq a*h_j(h_i,h_j\in H,h_i\neq h_j)$。由此可见，左陪集 $a*H$ 和子群 H 中的元素个数相等，即 $|a*H|=|H|=n$。

又由于 H 中含有幺元，所以有 $a\in a*H$，这就是说 G 中任意元素必属于某一个左陪集。

群 G 有 m 个元素，共可构造 m 个左陪集；由引理 3 可知，这 m 个左陪集中，或是相等，或是不相交。如果在相等的左陪集中仅取一个，从而得到 k 个两两不相交的左陪集，不妨设为：$a_1*H,a_2*H,\cdots,a_k*H$，综上所述这 k 个左陪集应满足。

(1) $a_1*H\bigcup a_2*H\bigcup\cdots\bigcup a_k*H=G$

(2) $(a_i*H)\bigcap(a_j*H)=\phi(i\neq j)$

(3) $|a_i * H| = |H| = n$

由此可知，$|G|/|H| = k$，即 n 整除 m。

由拉格朗日定理可得以下重要推论。

推论 1 $(G, *)$ 是 m 阶群，$a \in G$，且 a 是 k 阶元素，则 k 整除 m。

证明 因为 a 是 k 阶元素，令 $H = \{a, a^2, \cdots, a^k = e\}$，则 $(H, *)$ 构成 k 阶子群，由拉格朗日定理可知，k 整除 m。

推论 2 $(G, *)$ 是 m 阶群，a 是 G 中任意元素，则 $a^m = e$。

证明 设元素 a 的阶数为 k，由推论 1 可知，k 整除 m，即 $m = p \times k$，所以 $a^m = a^{p \times k} = (a^k)^p = e^p = e$。

推论 3 素数阶群没有非平凡子群。

推论 4 素数阶群必是循环群且除幺元外，其他元素都是生成元。

证明 设 $(G, *)$ 是素数 p 阶群，a 是 G 中的非幺元，由推论 1 可知，元素 a 的阶数是群的阶数 p 的因子，由于 p 是素数，只有 1 和 p 是其因子，所以非幺元 a 的阶数为 p，由此可见 a 是生成元，$(G, *)$ 是循环群。

读者要特别注意，拉格朗日定理表明，m 阶群如果有 n 阶子群，则 n 整除 m；但其逆不真，也就是说如果 n 能整除 m，那么 m 阶群不一定有 n 阶子群。

然而对于循环群，有以下定理。

定理 4.9.2 设 $(G, *)$ 是 m 阶循环群，n 整除 m，则 $(G, *)$ 必有 n 阶循环子群。

证明 $(G, *)$ 是 m 阶循环群，G 中存在着生成元 a，于是 $G = \{a, a^2, \cdots, a^m = e\}$；如果 n 整除 m，令 $m = k \cdot n$，取 $H = \{a^k, a^{2k}, \cdots, a^{nk} = e\}$，易知 $*$ 对于 H 是封闭的，所以 $(H, *)$ 是 $(G, *)$ 的 n 阶子群，其中 a^k 是生成元，$(H, *)$ 是 n 阶循环子群。

例如我们熟知的 12 阶循环群 $(N_{12}, \oplus_{12})$ 中，有 2 阶子群 $(\{0, 6\} \oplus_{12})$，3 阶子群 $(\{0, 4, 8\}, \oplus_{12})$，4 阶子群 $(\{0, 3, 6, 9\}, \oplus_{12})$，6 阶子群 $(\{0, 2, 4, 6, 8, 10\}, \oplus_{12})$。

例 4-27 证明 10 阶群必有 5 阶子群。

证明 设 $(G, *)$ 是 10 阶群，由拉格朗日定理推论 1 可知，在 G 中除幺元外，其他元素的阶数只能是 2，5 和 10。

如果 G 中有 10 阶元素，则这个元素就是生成元，于是 $(G, *)$ 是 10 阶循环群，由定理 4.9.2 可知，$(G, *)$ 有 5 阶子群。

如果 G 中没有 10 阶元素，那么 G 中非幺元的阶数只能是 2 或 5。如果 G 中有 5 阶元素 a，令 $H = \{a, a^2, a^3, a^4, a^5 = e\}$，易知 $(H, *)$ 是 $(G, *)$ 的 5 阶子群。

如果 G 中没有 10 阶元素，也没有 5 阶元素，那么 $(G, *)$ 中的非幺元都是 2 阶元素，但这是不可能的，因为当 G 中非幺元都是 2 阶元素时，易知 $(G, *)$ 是可交换群（见 4.5 习题第 11 题），在 G 中任取两个不同的非幺元 a 和 b，令 $H = \{e, a, b, a * b\}$，验证可知 $*$ 对于 H 是封闭的，$(H, *)$ 是 $(G, *)$ 的子群，而 $(H, *)$ 是 4 阶群，$(G, *)$ 是 10 阶群，这是不可能的。所以 10 阶群必有 5 阶子群。

习 题

1. 写出群 $(N_a, \oplus_9)$ 中各元素关于子群 $(\{0, 3, 6\})$ 的陪集。

2. 写出群 $(N_{11} - \{0\}, \otimes_{11})$ 中各元素关于子群 $(\{1, 10\}, \otimes_{11})$ 的陪集。

3. 证明 8 阶群必有 4 阶子群。

4. p 是素数,证明 p^2 阶群必有 p 阶子群。

5. 设 $(G,*)$ 是 n 阶群,如果 $(G,*)$ 不是循环群,证明 $(G,*)$ 必有非平凡子群。

4.10 群码

编码问题是用给定字母表里的字母组成不同的序列来表示不同信息的问题。由字母表中字母组成的一个序列通常称为字;一个码是表示不同信息的字的总体,码中的字也称为码字。简单而常用的字母表是二进制数字表:$\{0,1\}$,简单而常用的码是分组码,所谓分组码是由相同长度的字所组成的码,如 $\{0000,0101,1011,1111\}$ 是一个分组码。设计一个分组码的准则之一是它的纠错能力。假设一个码字从发送点传输到接收点,在传输过程中,由于各种干扰可能引起码字中的某些位在接收时 1 变为 0,或 0 变为 1,所以收到字可能不再是被传送的字,我们要求尽一切可能恢复被传送的那个字,这就是纠错。

设 A 表示所有长度为 n 的二进制序列集合,对于二元运算按位加,$(A,\oplus)$ 是群,且每个元素的逆元是其自身。

设 a 是 A 中的一个元素(在本节中,不妨称为字),定义字 a 的重量为 a 中 1 的个数,并记作 $W(a)$。例如 $a=110101$,其重量 $W(a)=4$;$b=100100$,其重量 $W(b)=2$。对于 A 中任意两个元素 x 和 y,我们定义 x,y 的距离为 $W(x \oplus y)$,并记作 $d(x,y)$。例如 $x=010110,y=100101$,则 $d(x,y)=W(x \oplus y)=W(010110 \oplus 100101)=W(110011)=4$。由按位加 $\oplus$ 的定义可知,两个字之间的距离,恰好是两个字在对应位置上数字不同的位置数目。

显然,对于 A 中任意的 x 和 y,有 $d(x,y)=d(y,x)$,现证明距离满足三角不等式,即

$$d(x,y) \leqslant d(x,z) + d(z,y)$$

易证

$$W(a \oplus b) \leqslant W(a) + W(b)$$

所以

$$
\begin{aligned}
d(x,y) &= W(x \oplus y) \\
&= W(x \oplus e \oplus y) \qquad\qquad (e \text{ 是幺元}) \\
&= W(x \oplus z \oplus z \oplus y) \\
&\leqslant W(x \oplus z) + W(z \oplus y) \\
&= d(x,z) + d(z,y)
\end{aligned}
$$

设 G 是 A 的子集,现把 G 作为一个分组码,定义 G 的距离为 G 中所有两个不同字的距离的最小者,例如 $G=\{000000,111000,000111,111111\}$,$G$ 的距离为 3。

以后将看到,分组码的距离与其纠错能力有着密切的联系。

假设对应于 G 中的一个发送字,我们在接收点收到的字为 y,我们的问题是由 y 如何来确定被传输的发送字。

下面介绍两条确定发送字的准则。

1. 最大概率译码准则。

设分组码 $G=\{a_1,a_2,\cdots,a_m\}$,对于接收字 y,求出条件概率 $P(a_1|y),P(a_2|y),\cdots,P(a_m|y)$;其中 $P(a_i|y)$ 表示在接收到的字是 y 的条件下,a_i 是给定传送字的概率。如果 $P(a_k|y)$ 是所有被计算的条件概率中的最大者,那么我们认为 a_k 是发送字。这就是最大概率译码准则。

因为在通信系统中,概率依赖于很多因素,所以计算条件概率 $P(a_i|y)$ 是相当麻烦的。下面介绍另一个确定发送字的准则。

2. 最小距离译码准则

对于分组码 G 中所有码字,计算它们与接收字 y 的距离:$d(a_1,y),d(a_2,y),\cdots,d(a_m,y)$;如果其中最小者为 $d(a_k,y)$,那么我们认为 a_k 就是发送字。

可以证明最小距离译码准则等价于最大概率译码准则。

如果假设在码字各个位置上出现误差的事件是独立的,并且各个位置上出现误差的概率均为 p,那么条件概率

$$P(a_i \mid y) = p^t(1-p)^{n-t}$$

其中 t 是发送字中发生误差的位数,也即 a_i 和 y 的距离,因此如果设 $p<\dfrac{1}{2}$(在一般情况下,这假设合乎情理的),那么当 $d(a_i,y)=t$ 越小,则 $P(a_i|y)$ 越大。由此可见,最小距离译码准则等价于最大概率译码准则。

由最小距离译码准则可得下列定理。

定理 4.10.1 设 G 是分组码,G 的距离为 $2t+1$,则 G 能纠正 t 个或小于 t 个传输误差。

证明 设 a 是一个被发送的码字,y 是接收字,如果在传输过程中出现的误差不超过 t,则

$$d(a,y) \leqslant t$$

设 a_i 是 G 中另一个码字,显然有

$$d(a,a_i) \leqslant d(a,y) + d(y,a_i)$$

也即

$$\begin{aligned}
d(a_i,y) &\geqslant d(a,a_i) - d(a,y) \\
&\geqslant (2t+1) - t \\
&= t+1
\end{aligned}$$

由此可见,除码字 a 和 y 的距离小于等于 t 外,其他码字与 y 的距离都大于等于 $t+1$。所以由最小距离译码准则可知,应选取 a 作为被传输的发送字。

例如,设 $G=\{00000,11100,00111,11011\}$,可以计算出分组码 G 的距离为 3,由定理 4.11.1 可知,G 能够纠正码字中的 1 位传输误差。当接受字为 $y=10111$ 时,计算 y 与 G 中各个字的距离:$d(y,00000)=4,d(y,11100)=3,d(y,00111)=1,d(y,11011)=2$;由此可得 y 的发送字是 00111。

由上述分析可知,一个分组码的纠错能力与分组码的距离密切相关。然而求一个分组码的距离是很繁复的,需要将两两不同码字的距离都计算出来,再取最小值。下面介绍一类特殊的分组码——群码,求群码的距离是极其简单而又方便的,并且群码还有不少其他的优点。

如果 G 是分组码,且 $(G,\oplus)$ 是群,则称 G 为群码。显然 $(G,\oplus)$ 是 $(A,\oplus)$ 的子群,$00\cdots0$ 是 G 的幺元,为了方便以后将 G 的幺元称为 0 字。

定理 4.10.2 如果 G 是群码,则 G 的距离为 G 中非 0 字的最小重量。

证明 设 $G=\{0,a_1,\cdots,a_m\}$,其中 0 为 0 字。对于 G 中两个不同的非 0 字 a_i、a_j,其距离 $d(a_i,a_j)=W(a_i\oplus a_j)$,由群对于运算的封闭性可知,$a_i\oplus a_j=a_k\in G$,所以 $d(a_i,a_j)=W(a_k)$,即 a_i 和 a_j 的距离等于 G 中某一个元素 a_k 的重量。请读者证明,当 a_i 和 a_j 分别取遍 G 中各个非

0 字时,a_k 也将遍历 G 中各个非 0 字。由此可得,G 的距离为 G 中非 0 字重量的最小者。

例如,$G=\{0000,1100,0011,1111\}$,容易验证 $(G,\oplus)$ 是群,G 中非 0 字的最小重量为 2,所以 G 的距离为 2。

对于群码,按最小距离译码准则,有一个有效的方法来确定与接收字对应的发送字,可以方便地构造一个译码表。

设群码 $G=\{a_1,a_2,\cdots,a_m\}$,当接收字为 y 时,求其发送字,需计算 y 与 G 中各个码字的距离:$d(a_1,y),d(a_2,y),\cdots,d(a_m,y)$,并取其最小者;即求 $W(a_1\oplus y),W(a_2\oplus y),\cdots,W(a_m\oplus y)$ 的最小者:由于 $(G,\oplus)$ 是 $(A,\oplus)$ 的子群,所以求 y 与 G 中各个码字的距离的最小者,也就是求陪集 $G\oplus y$ 中各个字的重量的最小者。如果陪集 $G\oplus y$ 中的字 $a_k\oplus y$ 的重量 $W(a_k\oplus y)$ 为最小,这表明 y 的发送字为 a_k。而求 a_k 是简单的,因为 $(a_k\oplus y)\oplus y=a_k$,所以只要把陪集 $G\oplus y$ 中的重量最小的字 $a_k\oplus y$ 与 y 运算后就能得到 a_k。

例 4-28 群码 $G=\{00000,11100,00111,11011\}$,当接受字为 11000 时,求发送字。

解 令 $y=11000$,先写出陪集

$$G \oplus y = \{11000,00100,11111,00011\}$$

易知,陪集 $G\oplus y$ 中最小重量的字为 00100,把 $00100\oplus y=00100\oplus11000=11100$,于是求得 y 的发送字为 11100。

对于陪集 $G\oplus y$ 中的其他字 $z=a_i\oplus y$,同样可把 z 与陪集中重量最小的字 $a_k\oplus y$ 运算,运算后的结果就是 z 的发送字。这是因为 $z\oplus a_k\oplus y=a_i\oplus y\oplus a_k\oplus y=a_i\oplus a_k$,而 $a_i\oplus a_k$ 与 z 的距离 $d(a_i\oplus a_k,z)=W(a_i\oplus a_k\oplus z)=W(a_i\oplus a_k\oplus a_i\oplus y)=W(a_k\oplus y)$ 为最小,所以 $a_i\oplus a_k$ 是 z 的发送字。

例 4-29 群码 $G=\{00000,11100\ 00111\ 11011\}$,接受字为 $y=11000$,求陪集 $G\oplus y$ 中所有字的发送字。

解 由例 4-28 可知陪集

$$G \oplus y = \{11000,00100,11111,00011\}$$

其中重量最小的字为 00100。于是对于陪集中的字:11000,其发送字为 $11000\oplus00100=11100$;陪集中的字:00100,其发送字为 $00100\oplus00100=00000$;陪集中的字:11111,其发送字为 $11111\oplus00100=11011$;陪集中的字:00011,其发送字为 $00011\oplus00100=00111$。

由于陪集中的字,很容易找到它的发送字,所以构造一个译码表是方便的。首先将群码中的码字写在第一行上,并且把 0 字写在这一行的首位;然后写出 G 的所有陪集,将一个陪集写在一行上,并且把其重量最小的字写在首位;最后把陪集中的字与其发送字写在一列上。

例如群码 $G=\{00000,11100,00111,11011\}$ 的码表如下:

G:00000	11100	00111	11011
00001	11101	00110	11010
00010	11110	00101	11001
00100	11000	00011	11111
01000	10100	01111	10011
10000	01100	10111	01011
10001	01101	10110	01010
10010	01110	10101	01001

4.11 环和域

半群和群都是仅有一种运算的代数系统,本节将介绍具有两种运算的代数系统——环和域。

定义 4.11.1 $(A, *, \circledast)$ 是代数系统,如果满足

(1)对于第一种运算 $*$,$(A, *)$ 是可交换群;

(2)对于第二种运算 $\circledast$,$(A, \circledast)$ 是半群;

(3)运算 $\circledast$ 对于 $*$ 是可分配的,即

$$a \circledast (b * c) = (a \circledast b) * (a \circledast c)$$
$$(b * c) \circledast a = (b \circledast a) * (c \circledast a)$$

则称 $(A, *, \circledast)$ 为环。

例 4-30 证明 $(N_k, \oplus_k, \otimes_k)$ 是环。

证明 易知 $(N_k, \oplus_k)$ 是可交换群,$(N_k, \otimes_k)$ 是半群,所以仅需证明 $\otimes_k$ 对于 $\oplus_k$ 是可分配的。对于 N_k 中的任意元素 a, b, c,有

$$a \oplus_k b = a + b - k \left[\frac{a+b}{k}\right]$$

$$a \otimes_k b = a \times b - k \left[\frac{a \times b}{k}\right]$$

因而

$$
\begin{aligned}
a \otimes_k (b \oplus_k c) &= a \otimes_k \left(b + c - k\left[\frac{b+c}{k}\right]\right) \\
&= a\left(b + c - k\left[\frac{b+c}{k}\right]\right) - k\left[\frac{a\left(b+c-k\left[\frac{b+c}{k}\right]\right)}{k}\right] \\
&= ab + ac - ak\left[\frac{b+c}{k}\right] - k\left[\frac{a(b+c)}{k} - a\left[\frac{b+c}{k}\right]\right] \cdot \\
&= ab + ac - k\left[\frac{a(b+c)}{k}\right]
\end{aligned}
$$

另外

$$
\begin{aligned}
(a \otimes_k b) \oplus_k (a \otimes_k c) &= \left(ab - k\left[\frac{ab}{k}\right]\right) \oplus_k \left(ac - k\left[\frac{ac}{k}\right]\right) \\
&= ab + ac - k\left[\frac{ab}{k}\right] - k\left[\frac{ac}{k}\right] - k\left[\frac{ab - k\left[\frac{ab}{k}\right] + ac - k\left[\frac{ac}{k}\right]}{k}\right] \\
&= ab + ac - k\left[\frac{ab}{k}\right] - k\left[\frac{ac}{k}\right] - k\left[\frac{ab+ac}{k} - \left[\frac{ab}{k}\right] - \left[\frac{ac}{k}\right]\right] \\
&= ab + ac - k\left[\frac{a(b+c)}{k}\right]
\end{aligned}
$$

由此可得

$$a \otimes_k (b \oplus_k c) = (a \otimes_k b) \oplus_k (a \otimes_k c)$$

由于 $\oplus_k$ 和 $\otimes_k$ 都是可交换运算,所以

$$(b \oplus_k c) \otimes_k a = (b \otimes_k C) \oplus_k (C \otimes_k a)$$

$\otimes_k$ 对于 $\oplus_k$ 是可分配的。

例 4 - 31　证明 $(R, +, \times)$ 是环。

证明　因为 $(R, +)$ 是可交换群，$(R, \times)$ 是半群，普通乘法对普通加法是可分配的，所以 $(R, +, \times)$ 是环。

$(R, +, \times)$ 是具有典型意义的环，下面将通过对 $(R, +, \times)$ 的分析，从而了解一般环所具有的特点，显然

(1) $(R, +)$ 中的幺元是 $(R, \times)$ 中的零元

(2) $a \in R$，对于 $(R, +)$，a 的逆元是 $-a$

(3) $(-a) \times b = a \times (-b) = -(a \times b)$

(4) $(-a) \times (-b) = a \times b$

对于一般的环 $(A, *, \circledast)$，可以看到第一种运算 $*$ 和第二种运算 $\circledast$ 的特点以及它们的联系酷似于 $(R, +, \times)$ 中的加法和乘法所具有的特点和联系。

定理 4.11.1　$(A, *, \circledast)$ 是环，则 $(A, *)$ 中的幺元 θ 是 $(A, \circledast)$ 中的零元。

证明　因为 θ 是 $(A, *)$ 的幺元，所以有 $\theta * \theta = \theta$，又因为 $\circledast$ 对于 $*$ 是可分配的，所以有

$$a \circledast \theta = a \circledast (\theta * \theta)$$
$$= (a \circledast \theta) * (a \circledast \theta)$$

上式表明元素 $a \circledast \theta$ 是 $(A, *)$ 的幺元，即

$$a \circledast \theta = \theta$$

同样可证

$$\theta \circledast a = \theta$$

由此可见，θ 是 $(A, \circledast)$ 的零元。

定理 4.11.2　设 $(A, *, \circledast)$ 是环，对于可交换群 $(A, *)$，元素 a 的逆元为 a^{-1}，则 $a^{-1} \circledast b = a \circledast b^{-1} = (a \circledast b)^{-1}$，$a^{-1} \circledast b^{-1} = a \circledast b$。

证明　因为 $\circledast$ 对 $*$ 是可分配的，所以

$$(a^{-1} \circledast b) * (a \circledast b) = (a^{-1} * a) \circledast b$$
$$= \theta \circledast b$$
$$= \theta$$

而 θ 是 $(A, *)$ 的幺元，所以 $a^{-1} \circledast b$ 是 $a \circledast b$ 的逆元，即

$$a^{-1} \circledast b = (a \circledast b)^{-1}$$

同样可证

$$a \circledast b^{-1} = (a \circledast b)^{-1}$$

于是有 $a^{-1} \circledast b = a \circledast b^{-1} = (a \circledast b)^{-1}$。

由上述等式易得

$$a^{-1} \circledast b^{-1} = a \circledast (b^{-1})^{-1} = a \circledast b。证毕。$$

如果将可交换群 $(A, *)$ 中的元素 a 的逆元记作 $-a$，以上两定理的结论可写成：

$$a * (-a) = \theta$$
$$a \circledast \theta = \theta \circledast a = \theta$$
$$(-a) \circledast b = a \circledast (-b) = -(a \circledast b)$$
$$(-a) \circledast (-b) = a \circledast b$$

由此可见,环$(A,*,\circledast)$中的第一种运算$*$和第二种运算$\circledast$的特征以及它们的联系,酷似普通加法与乘法的特征与联系,所以常将环$(A,*,\circledast)$写作$(A,+,\times)$;对于$(A,+)$,a的逆元记作$-a$,以上两定理的结论可写成:

$$a+(-a)=\theta$$
$$a\times\theta=\theta\times a=\theta$$
$$(-a)\times b=a\times(-b)=-(a\times b)$$
$$(-a)\times(-b)=a\times b$$

如果将$a+(-b)$记作$a-b$,由于运算$\times$对$+$是可分配的,所以有

$$a\times(b-c)=a\times b-a\times c$$
$$(b-c)\times a=b\times a-c\times a。$$

下面介绍一些常用的特殊环。

定义 4.11.2 设$(A,+,\times)$是环,如果半群$(A,\times)$中的运算$\times$是可交换运算,则称$(A,+,\times)$是可交换环。

定义 4.11.3 设$(A,+,\times)$是环,如果$(A,\times)$是含幺元半群,则称$(A,+,\times)$是含幺元环。

例如:$(N_k,\oplus_k,\otimes_k)$是可交换环,也是含幺元环。

又如,A是以所有实系数多项式作为元素构成的集合,对于多项式加法$+$和多项式乘法$\times$,容易验证$(A,+,\times)$是环,且是含幺元可的交换环。

定义 4.11.4 设$(A,+,\times)$是环,对于半群$(A,\times)$,A中任意非零元a、b,都有$a\times b\neq\theta$,则称$(A,+,\times)$为无零因子环。

例如,在环$(R,+,\times)$中,任意的实数a和b,若$a\neq 0$,$b\neq 0$,必有$a\times b\neq 0$。所以环$(R,+,\times)$是无零因子环。

但在环$(N_6,\oplus_6,\otimes_6)$中,由于$2\neq 0$,$3\neq 0$,而$2\otimes_6 3=0$,所以$(N_6,\oplus_6,\otimes_6)$不是无零因子环。

定义 4.11.5 含幺元、可交换、无零因子环称为整环。

例如,$(I,+,\times)$是整环。

又如,$(N_7,\oplus_7,\otimes_7)$是整环;一般地讲,当k为素数时,$(N_k,\oplus_k,\otimes_k)$是整环。

定理 4.11.3 设$(A,+,\times)$是整环,则乘法运算满足消去律,即当$a\neq\theta$且$a\times b=a\times c$时,必有$b=c$。

证明 因为$a\times b=a\times c$,所以$a\times b-a\times c=\theta$,$a\times(b-c)=\theta$,由于$a\neq\theta$,而$(A,+,\times)$是无零因子环,所以$b-c=\theta$,$b=c$。

定义 4.11.6 设$(A,+,\times)$代数系统,如果满足

(1)$(A,+)$是可交换群

(2)$(A-\{0\},\times)$是可交换群

(3)运算$\times$对$+$是可分配的。

则称$(A,+,\times)$是域。

例如,$(\theta,+,\times)$,$(R,+,\times)$,$(C,+,\times)$,都是域,其中Q为有理数集合,R是实数集合,C是复数集合,$+$,$\times$分别是各数集上的加法和乘法运算。

但是$(I,+,\times)$不是域,因为$(I-\{0\},\times)$不是群。这说明整环不一定是域。

定理 4.11.4 域一定是整环。

请读者自行证明

定理 4.11.5 有限整环必是域。

证明 设$(A,+,\times)$是有限整环,由域的定义可知,只需证明$(A-\{\theta\},\times)$是可交换群,即证得$(A,+,\times)$是域。

又由于$(A,\times)$是含幺元,可交换,无零因子的有限半群,所以只需证明$(A-\{\theta\},\times)$中每个元素都存在逆元,即证得$(A-\{\theta\},\times)$是可交换群。

设$A-\{\theta\}=\{e,a_1,a_2,\cdots,a_n\}$共有$n+1$个元素,其中$e$是$(A-\{\theta\},\times)$的幺元。在$A-\{\theta\}$中任取一个元素$a_i$,考察以下$n+1$个元素:$a_i\times e,a_i\times a_1,a_i\times a_2,\cdots,a_i\times a_n$;由于运算$\times$是封闭的且$A-\{\theta\}$中无零因子,所以$a_i\times e,a_i\times a_1,\cdots,a_i\times a_n$都属于$A-\{\theta\}$;又由于$A-\{\theta\}$中无零因子可推出运算$\times$满足消去律,所以$n+1$个元素:$a_i\times e,a_i\times a_1,\cdots,a_i\times a_n$是各不相同的,即$A-\{\theta\}=\{a_i\times e,a_i\times a_1,\cdots,a_i\times a_n\}$,因此必有$a_i\times a_k=e$,这说明$a_i$存在着逆元。由此可得$(A-\{\theta\},\times)$是可交换群,从而证得有限整环$(A,+,\times)$是域。

例如,当k为素数时,$(N_k,\oplus_k,\otimes_k)$是整环,且N_k是有限集,所以$(N_k,\oplus_k,\otimes_k)$是域。

习 题

1. 设$(A,+,\times)$是代数系统,其中$+,\times$是普通加法和乘法,A为下列集合

(1) A是所有偶数组成的集合

(2) A是所有奇数组成的集合

(3) A是正整数集合

(4) A是非负整数集合

问$(A,+,\times)$是环吗?

2. 设$(A,+,\times)$是环,并且对于A中任意元素a,都是$a\times a=a$,证明$a+a=\theta$。

3. 设A是所有n阶实数方阵组成的集合,对于矩阵的加法$+$和矩阵乘法$\times$,证明$(A,+,\times)$是环。

4. 写出具有 3 个元素的域。

4.12 格

格是具有两种二元运算的特殊的代数系统,它产生于本世纪三十年代,它在计算机科学理论的研究中有重要作用。本节介绍有关格的基本知识,介绍几种常用的格:分配格,有界格,有补格等。

4.12.1 格和子格

定义 4.12.1 设$(A,\vee,\wedge)$是代数系统,二元运算$\vee$和$\wedge$对于A是封闭的,且对于A中任意元素a,b,c满足

(1)　$a\vee b=b\vee a$

　　$a\wedge b=b\wedge a$ 　　　　　　　　　　　　　　　　　　　　　　　（交换律）

(2)　$(a\vee b)\vee c=a\vee(b\vee c)$

　　$(a\wedge b)\wedge c=a\wedge(b\wedge c)$ 　　　　　　　　　　　　　　　（结合律）

(3)　$a\vee(a\wedge b)=a$

　　$a\wedge(a\vee b)=a$ 　　　　　　　　　　　　　　　　　　　　　　　（吸收律）

则称$(A,\vee,\wedge)$为格。

常称二元运算 ∨ 为并,称 ∧ 为交。

例如,设 A 是集合,A 的幂集 $P(A)$(由 A 中所有子集作为元素构成的集合)和集合的并、交运算构成的代数系统 $(P(A), \bigcup, \bigcap)$ 是格。因为集合的并、交运算满足交换律、结合律和吸收律,并且这两种运算对于 $P(A)$ 是封闭的,所以 $(P(A), \bigcup, \bigcap)$ 是格。

例 4-32 I_+ 是正整数集合,I_+ 上的二元运算 $a \vee b$ 定义为 a 和 b 的最小公倍数;$a \wedge b$ 定义为 a 和 b 的最大公约数,证明代数系统 $(I_+, \vee, \wedge)$ 是格。

证明 因为任意正整数 a 和 b 的最小公倍数、最大公约数都是正整数,所以二元运算 $\vee$ 和 $\wedge$ 对于 I_+ 是封闭的。

二元运算 $\vee$ 和 $\wedge$ 满足交换律和结合律是显然的。

现证 $\vee$ 和 $\wedge$ 满足吸收律。

先证 $a \vee (a \wedge b) = a$

因为 $a \wedge b$ 是 a 和 b 的最大公约数,所以 $a \wedge b$ 必是 a 的因子,或者说 $a \wedge b$ 能整除 a。

又因为 $a \vee (a \wedge b)$ 是 a 和 $a \wedge b$ 的最小公倍数,而 $a \wedge b$ 能整除 a,所以 a 和 $a \wedge b$ 的最小公倍数就是 a,即

$$a \vee (a \wedge b) = a$$

同样可证:

$$a \wedge (a \vee b) = a$$

所以二元运算 $\vee$ 和 $\wedge$ 满足吸收律,$(I_+, \vee, \wedge)$ 是格。

例 4-33 设集合 $A = \{1, 2, 3, 4, 5\}$,A 上的二元运算 $\vee$ 和 $\wedge$ 定义为:

$$a \vee b = \max(a, b)$$
$$a \wedge b = \min(a, b)$$

证明 $(A, \vee, \wedge)$ 是格。

证明 二元运算 $\vee$ 和 $\wedge$ 的封闭性以及满足交换律,结合律是显然的。

现证二元运算 $\vee$ 和 $\wedge$ 满足吸收律。

由二元运算 $\vee$ 和 $\wedge$ 的定义可知:

$$a \vee (a \wedge b) = \max(a, \min(a, b))$$
$$a \wedge (a \vee b) = \min(a, \max(a, b))$$

当 $a \leqslant b$ 时

$$a \vee (a \wedge b) = \max(a, a) = a$$
$$a \wedge (a \vee b) = \min(a, b) = a$$

当 $a > b$ 时

$$a \vee (a \wedge b) = \max(a, b) = a$$
$$a \wedge (a \vee b) = \min(a, a) = a$$

由此可见,二元运算 $\vee$ 和 $\wedge$ 满足吸收律,所以 $(A, \vee, \wedge)$ 是格。

由格的定义,可得下列定理。

定理 4.12.1 设 $(A, \vee, \wedge)$ 是格,a 是 A 中的任意元素,则

$$a \vee a = a$$
$$a \wedge a = a$$

即 A 中每一个元素都是等幂元。

证明 由格中的运算满足吸收律可知

$$a \vee (a \wedge b) = a$$

若取 $b = a \vee b$,则

$$a \vee (a \wedge (a \vee b)) = a$$

而 $a \wedge (a \vee b) = a$,所以

$$a \vee a = a$$

同样可证 $a \wedge a = a$。

下面介绍子格。

定义 4.12.2 设 $(A, \vee, \wedge)$ 是格,B 是 A 的非空子集 $(B \subseteq A)$,如果二元运算 $\vee$ 和 $\wedge$ 对于 B 的封闭的(可证明 $(B, \vee, \wedge)$ 是格),则称 $(B, \vee, \wedge)$ 为 $(A, \vee, \wedge)$ 的子格。

例如,我们已介绍了 $(I_+, \vee, \wedge)$ 是格,其中二元运算 $a \vee b$ 为 a 和 b 的最小公倍数,$a \wedge b$ 为 a 和 b 的最大公约数。如果令 E_+ 表示所有正偶数组成的集合,由于任意两个偶数的最小公倍数和最大公约数都是偶数,所以二元运算 $\vee$ 和 $\wedge$ 对于 E_+ 是封闭的,$(E_+, \vee, \wedge)$ 是 $(I_+, \vee, \wedge)$ 的子格。

又如,$(P(A), \cup, \cap)$ 是格,令 $B = \{\varnothing, A\}$,显然 B 是 $P(A)$ 的子集。由于

$$\varnothing \cup \varnothing = \varnothing \qquad\qquad \varnothing \cap \varnothing = \varnothing$$
$$A \cup A = A \qquad\qquad A \cap A = A$$
$$A \cup \varnothing = A \qquad\qquad A \cap \varnothing = \varnothing$$

所以集合的并、交运算对于 B 是封闭的,$(B, \cup, \cap)$ 是 $(P(A), \cup, \cap)$ 的子格。

再如,$A = \{1, 2, 3, 4, 5\}$,A 上的二元运算 $a \vee b = \max(a, b)$;$a \wedge b = \min(a, b)$。已知 $(A, \vee, \wedge)$ 是格,对于 A 的任何非空子集 B,$(B, \vee, \wedge)$ 都是 $(A, \vee, \wedge)$ 的子格。

4.12.2 格和偏序集

格与偏序集有着极其密切的联系,下面我们将看到,当给定一个满足一定条件的偏序集,可以导出一个格;反之,给定一个格 $(A, \vee, \wedge)$,也能导出一个偏序集 $(A, \leqslant)$,且这个偏序集 $(A, \leqslant)$ 所导出的格就是 $(A, \vee, \wedge)$。由此使格可以有另一种等价的定价,使我们对格的理解更形象、更直观。

首先来看,由给定的满足一定条件的偏序集,如何导出格。

设 $(A, \leqslant)$ 是偏序集,且对于 A 中任意两个元素 a 和 b,子集 $\{a, b\}$ 都有最小上界($\sup(a, b)$)和最大下界($\inf(a, b)$)。在这种情况下,可以定义 A 上的二元运算 $\vee$ 和 $\wedge$;

$$a \vee b = \sup(a, b)$$
$$a \wedge b = \inf(a, b)$$

由此得到的代数系统 $(A, \vee, \wedge)$,可以证明 $(A, \vee, \wedge)$ 是格,并称为由偏序集 $(A, \leqslant)$ 导出的格。

现在证明由偏序集 $(A, \leqslant)$ 导出的代数系统 $(A, \vee, \wedge)$ 是格。

在 $(A, \vee, \wedge)$ 中,二元运算 $\vee$ 和 $\wedge$ 满足封闭性和交换律是显然的。

现在来证二元运算 $\vee$,$\wedge$ 满足结合律。

对于偏序集,易知有以下结论:

(1) $a \leqslant \sup(a, b) = a \vee b$;

$\quad$ $b \leqslant \sup(a, b) = a \vee b$。

(2) 如果 $a \leqslant x, b \leqslant x$,则

$\quad$ $\sup(a, b) \leqslant x$,即 $a \vee b \leqslant x$。

(3) $a \wedge b = \inf(a,b) \leqslant a$；

$\quad a \wedge b = \inf(a,b) \leqslant b$。

由(1)可知：

$$b \leqslant b \vee c \leqslant a \vee (b \vee c)$$
$$a \leqslant a \vee (b \vee c)$$

由(2)可知

$$a \vee b \leqslant a \vee (b \vee c)$$

又由(1)可知

$$c \leqslant b \vee c \leqslant a \vee (b \vee c)$$

再由(2)可知

$$(a \vee b) \vee c \leqslant a \vee (b \vee c)$$

同样方法可证明

$$a \vee (b \vee c) \leqslant (a \vee b) \vee c$$

最后可得：

$$(a \vee b) \vee c = a \vee (b \vee c)$$

同样方法可证明

$$(a \wedge b) \wedge c = a \wedge (b \wedge c)$$

所以 $\vee$ 和 $\wedge$ 满足结合律。

再证二元运算 $\vee$ 和 $\wedge$ 满足吸收律。

由(1)可知

$$a \leqslant a \vee (a \wedge b)$$

又由(1)可知

$$a \leqslant a$$

而由(3)可知

$$a \leqslant (a \wedge b)$$

由(2)可知

$$a \vee (a \wedge b) \leqslant a$$

最后可得

$$a \vee (a \wedge b) = a$$

同样方法可证明

$$a \wedge (a \vee b) = a$$

所以二元运算 $\vee$ 和 $\wedge$ 满足吸收律。

由此证得代数系统 $(A, \vee, \wedge)$ 是格。

例如，由 A 的幂集 $P(A)$ 和集合的包含关系构成的偏序集 $(P(A), \subseteq)$，容易验证，$P(A)$ 中的任意元素 A_1 和 A_2，它们的最小上界和最大下界分别是它们的并和交。即

$$\sup(A_1, A_2) = A_1 \bigcup A_2$$
$$\inf(A_1, A_2) = A_1 \bigcap A_2$$

所以 $P(A)$ 中任意两个元素都有最小上界和最大下界，且 $(P(A), \bigcup, \bigcap)$ 是由 $(P(A), \subseteq)$ 导出的格。

又如,偏序集$(I_+,\leqslant)$,其中I_+是正整数集合,$\leqslant$是整除关系,容易验证,I_+中任意元素a和b,它们的最小上界是a和b的最小公倍数;最大下界是a和b的最大公约数。如果令

$$a \vee b = \sup(a,b)$$
$$a \wedge b = \inf(a,b)$$

则$(I_+,\vee,\wedge)$是由$(I_+,\leqslant)$导出的格。

再如,$A=\{1,2,3,4,5\}$,A上的偏序关系是小于等于关系,即当$a\leqslant b$时,$a\leqslant b$。易知偏序集$(A,\leqslant)$中,任意两个元素a和b的最小上界是

$$\sup(a,b) = \max(a,b)$$

a和b的最大下界是

$$\inf(a,b) = \min(a,b)$$

如果令

$$a \vee b = \sup(a,b)$$
$$a \wedge b = \inf(a,b)$$

则$(A,\vee,\wedge)$为$(A,\leqslant)$导出的格。

现在再来看,当给定一个格$(A,\vee,\wedge)$时,如何导出偏序集$(A,\leqslant)$,并证明这个偏序集导出的格就是$(A,\vee,\wedge)$。

设$(A,\vee,\wedge)$是格,定义A上的二元关系$\leqslant$为:当且仅当$a\vee b=b$时,$a\leqslant b$。

现证明二元关系$\leqslant$是偏序关系。

由于格$(A,\vee,\wedge)$上的元素都是等幂元,所以对于A中任意元素a,都有$a\vee a=a$,即$a\leqslant a$,由此可知,二元关系$\leqslant$是自反的。

又由于当$a\leqslant b$时,即有$a\vee b=b$;而当$b\leqslant a$时,即有$a\vee b=a$,于是有$a=b$。这表明当$a\leqslant b$且$b\leqslant a$时,必有$a=b$,所以$\leqslant$是反对称的二元关系。

当$a\leqslant b$且$b\leqslant c$时,即当$a\vee b=b$且$b\vee c=c$时,$a\vee c=a\vee(b\vee c)=(a\vee b)\vee c=b\vee c=c$,于是有$a\leqslant c$,这表明当$a\leqslant b$且$b\leqslant a$时,必有$a\leqslant c$,所以$\leqslant$是传递的二元关系。

综上所述,$\leqslant$是偏序关系,$(A,\leqslant)$是偏序集。

称$(A,\leqslant)$是由格$(A,\vee,\wedge)$导出的偏序集。

现在进一步证明,这个偏序集$(A,\leqslant)$导出的格就是原格$(A,\vee,\wedge)$。

为此只需证明$(A,\leqslant)$中的任意两个元素a和b的最小上界$\sup(a,b)=a\vee b$;最大下界$\inf(a,b)=a\wedge b$。从而可知$(A,\leqslant)$导出的格就是原格$(A,\vee,\wedge)$。

先证a,b的最小上界为$a\vee b$。因为

$$a \vee (a \vee b) = (a \vee a) \vee b = a \vee b$$
$$b \vee (a \vee b) = a \vee (b \vee b) = a \vee b$$

由$\leqslant$的定义可知

$$a \leqslant a \vee b$$
$$b \leqslant a \vee b$$

这表明$a\vee b$是a和b的上界。

设c是a和b的任意一个上界。则

$$a \leqslant c \text{ 即 } a \vee c = c$$

$$b \leqslant c \text{ 即 } b \vee c = c$$

于是有

$$(a \vee c) \vee (b \vee c) = c \vee c$$

$$(a \vee b) \vee c = c$$

即

$$a \vee b \leqslant c$$

由此可见，$a \vee b$ 是 a 和 b 的最小上界。

另外，利用吸收律可知，当 $a \vee b = b$ 时，必有 $a \wedge b = a \wedge (a \vee b) = a$；这表明了当 $a \vee b = b$ 时，定义 $a \leqslant b$，也可等价地改写成：当 $a \wedge b = a$ 时，定义 $a \leqslant b$。利用这一点。可以类似地证明 a 和 b 的最大下界为 $a \wedge b$。

至此，我们详细地讨论了格 $(A, \vee, \wedge)$ 和偏序集 $(A, \leqslant)$ 之间的"互导性"。综合上述分析，可得下列定理。

定理 4.12.2 设 $(A, \leqslant)$ 是偏序集，且 A 中任意两个元素 a 和 b 都有最小上界 $\sup(a,b)$ 和最大下界 $\inf(a,b)$。如果令

$$a \vee b = \sup(a,b)$$

$$a \wedge b = \inf(a,b)$$

则由此导出的代数系统 $(A, \vee, \wedge)$ 是格。

定理 4.12.3 设 $(A, \vee, \wedge)$ 是格，在 A 上定义二元关系 $\leqslant$：当且仅当 $a \vee b = b$ 时，$a \leqslant b$；则二元关系 $\leqslant$ 是偏序关系，且由偏序集 $(A, \leqslant)$ 导出的格就是 $(A, \vee, \wedge)$。

由上述两条定理可得格的另一种等价定义。

定义 4.12.3 设 $(A, \leqslant)$ 是偏序集，如果 A 中任意两个元素 a 和 b，都有最小上界和最大下界，则称 $(A, \leqslant)$ 为格。

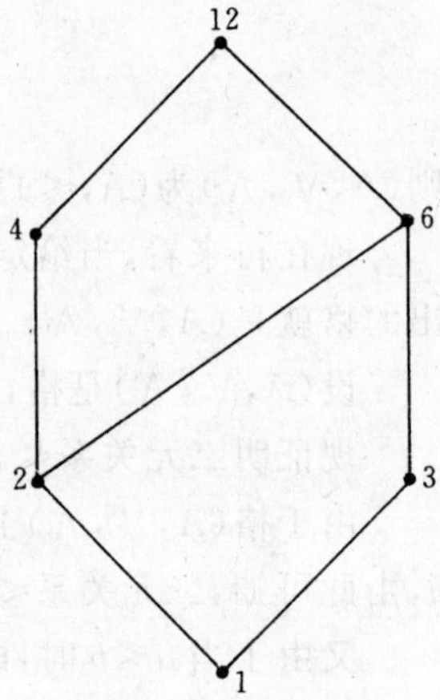

例如，$(P(A), \subseteq)$，$(I_+, \leqslant(\text{整除}))$，$(I_+, \leqslant)$，都是格。

图 4-12-1

由于偏序集可以用哈斯图形象地表示，所以这种定义方式使格的表示更形象、更直观。

例如，设 $(A, \leqslant)$ 是偏序集，其中 $A = \{1,2,3,4,6,12\}$，$\leqslant$ 是 A 上的整除关系，其哈斯图表示见图 4-12-1，由图可知，A 中任意两个元素都有最小上界与最大下界，所以 $(A, \leqslant)$ 是格。

由 $(A, \leqslant)$ 导出的 $(A, \vee, \wedge)$，其二元运算 $\vee$ 和 $\wedge$ 的运算表如表 4-12-1 和表 4-12-2 所示。

表 4-12-1

$\vee$	1	2	3	4	6	12
1	1	2	3	4	6	12
2	2	2	6	4	6	12
3	3	6	3	12	6	12
4	4	4	12	4	12	12
6	6	6	6	12	6	12
12	12	12	12	12	12	12

表 4-12-2

$\wedge$	1	2	3	4	6	12
1	1	1	1	1	1	1
2	1	2	1	2	2	2
3	1	1	3	1	3	3
4	1	2	1	4	2	4
6	1	2	3	2	6	6
12	1	2	3	4	6	12

又如，$A = \{1,2,3,4,6,8,16\}$，$\leqslant$ 是整除关系，偏序集 $(A, \leqslant)$ 的哈斯图表示见图 4-12-2 由图可知，A 中元素 6 和 16 不存在最小上界；所以 $(A, \leqslant)$ 不是格（另外还有 3 和 4，3 和 8，3 和

16,4 和 6,6 和 8,6 和 16 等都不存在最小上界）。

容易看到，当$(A,\leqslant)$是全序集时，$(A,\leqslant)$必定是格。

因为当$\leqslant$为全序关系时，A中任何两个元素都是有关系的，如果$a\leqslant b$，则其最小上界 sup$(a,b)=b$，最大下界 inf$(a,b)=a$，所以$(A,\leqslant)$是格。

例如，$A=\{1,2,3,4,5\}$，关系是A上的小于等于关系。全序集$(A,\leqslant)$的哈斯图表示如图 4-12-3 所示。易见，$(A,\leqslant)$是格。

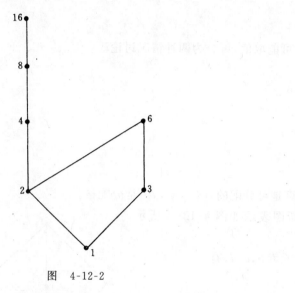

图　4-12-2　　　　　　　　　　　　图　4-12-3

4.12.3　分配格

定义 4.12.4　设$(A,\vee,\wedge)$是格，如果格中的并运算对于交运算满足分配律；交运算对于并运算满足分配律，即对于A中任意元素a,b,c都有

$$a\vee(b\wedge c)=(a\vee b)\wedge(a\vee c)$$
$$a\wedge(b\vee c)=(a\wedge b)\vee(a\wedge c)$$

则称$(A,\vee,\wedge)$为分配格。

例如，集合A的幂集$P(A)$和集合的并、交运算构成的格$(P(A),\cup,\cap)$是分配格，因为集合的并、交运算满足分配律。

在分配格的定义中，条件还可以减弱。实际上，在定义 4.12.4 中给出的两个分配等式是等价的。

定理 4.12.4　设$(A,\vee,\wedge)$是格，如果A中的并运算对于交运算是可分配的，即对于A中任意元素a,b,c都有

$$a\vee(b\wedge c)=(a\vee b)\wedge(a\vee c)$$

则A中的交运算对于并运算也是可分配的，即

$$a\wedge(b\vee c)=(a\wedge b)\vee(a\wedge c)$$

且反之亦然。

证明　$a\wedge(b\vee c)=(a\wedge(a\vee b))\wedge(b\vee c)$
　　　　　　　$=a\wedge((a\vee b)\wedge(b\vee c))$
　　　　　　　$=a\wedge(b\vee(a\wedge c))$

$$= (a \vee (a \wedge c)) \wedge (b \vee (a \wedge c))$$
$$= (a \wedge b) \vee (a \wedge c)$$

反之,当交运算对并运算可分配时,也可用同样方法证明并运算对交运算是可分配的。

由上述定理可知,当我们验证一个格是否是分配格,只需要验证并对交是否可分配,或验证交对并是否可分配即可。

例如,格$(I_+, \vee, \wedge)$,其中$a \vee b = \max(a,b)$,$a \wedge b = \min(a,b)$,可以验证$(I_+, \vee, \wedge)$是分配格。

我们只验证交对于并是可分配的。

对于I_+中任意元素a,b,c,的各种可能取值,可分为两种情况讨论。

(1) $a \leqslant b$ 或 $a \leqslant c$;

(2) $a \geqslant b$ 且 $a \geqslant c$:

对于(1):$a \wedge (b \vee c) = a$

$\qquad (a \wedge b) \vee (a \wedge c) = a \vee a = a$

对于(2):$a \wedge (b \vee c) = b \vee c$

$\qquad (a \wedge b) \vee (a \wedge c) = b \vee c$

所以$(I_+, \vee, \wedge)$中的交运算对于并运算是可分配的,$(I_+, \vee, \wedge)$是分配格。

例 4-34 设$(A, \leqslant)$是格,其哈斯图表示如图 4-12-4 所示。试判断$(A, \leqslant)$是否是分配格。

解 由图 4-12-4 可知,对于 A 中元素 b,c,d,有

$$b \wedge (c \vee d) = \inf(b, \sup(c,d))$$
$$= \inf(b, e)$$
$$= b$$

而

$$(b \wedge c) \vee (b \wedge d) = \sup(\inf(b,c), \inf(b,d))$$
$$= \sup(a, a)$$
$$= a$$

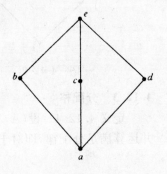

图 4-12-4

所以

$$b \wedge (c \vee d) \neq (b \wedge c) \vee (b \wedge d)$$

由此可见,$(A, \leqslant)$不是分配格。

分配格有如下重要性质。

定理 4.12.5 设$(A, \vee, \wedge)$是分配格,对于 A 中任意元素 a,b,c,如果

$$a \wedge b = a \wedge c \text{ 且 } a \vee b = a \vee c$$

则必有 $b = c$

证明 因为

$$(a \wedge b) \vee c = (a \wedge c) \vee c = c$$

而

$$(a \wedge b) \vee c = (a \vee c) \wedge (b \vee c)$$
$$= (a \vee b) \wedge (b \vee c)$$
$$= b \vee (a \wedge c)$$

$$= b \vee (a \wedge b)$$
$$= b$$

所以有

$$b = c。$$

4.12.4 有界格

定义 4.12.5 设$(A, \leqslant)$是格,如果 A 中存在元素a,使得对于 A 中任意元素 x 都有

$$a \leqslant x$$

则称 a 为格$(A, \leqslant)$的全下界。

定理 4.12.6 一个格$(A, \leqslant)$若有全下界,则全下界是唯一的。

证明 用反证法。

如果 A 中有两个全下界a 和b,且 $a \neq b$,由于 a 是全下界,$b \in A$,所以 $a \leqslant b$。同样,由于 b 是全下界,$a \in A$,所以 $b \leqslant a$。

由此可得 $a = b$,这与假设矛盾。

定义 4.12.6 设$(A, \leqslant)$是格,如果 A 中存在元素b,使得对于 A 中任意元素 x 都有

$$x \leqslant b$$

则称 b 为格$(A, \vee, \wedge)$的全上界。

用与定理 4.12.6 类似的证明方法可证:

定理 4.12.7 一个格如果有全上界,则全上界是唯一的。

格的全下界常记作 0;全上界记作 1。

例如,在格$(P(A), \subseteq)$中,空集$\varnothing$是全下界;A 是全上界。

又如,在格$(I_+, \leqslant)$中,1 是全下界,但没有全上界。

定义 4.12.7 设$(A, \leqslant)$是格,如果 A 中既有全上界又有全下界,则称$(A, \leqslant)$为有界格。

例如,$(A, \leqslant)$是格,其哈斯图表示见图 4-12-5,A 中有全上界a,全下界g,所以$(A, \leqslant)$是有界格。

又如,格的哈斯图表示见图 4-12-6,则 a 是全上界,f 是全下界,所以这个格是有界格。

定理 4.12.8 设$(A, \leqslant)$是有界格,则对于 A 中任意元素a 都有

$$a \vee 1 = 1 \qquad a \wedge 1 = a$$
$$a \vee 0 = a \qquad a \wedge 0 = 0$$

证明 因为 $a \vee 1 \in A$,且 1 是全上界,所以 $a \vee 1 \leqslant 1$;又因为 $1 \leqslant a \vee 1$,所以 $a \vee 1 = 1$。

因为 $a \leqslant a, a \leqslant 1$,所以 $a \leqslant a \wedge 1$;又因为 $a \wedge 1 \leqslant a$,所以 $a \wedge 1 = a$。

可以用类似的方法证明 $a \vee 0 = a$ 和 $a \wedge 0 = 0$。

由 $a \vee 0 = 0 \vee a = a$ 和 $a \vee 1 = 1 \vee a = 1$,说明全下界 0 和全上界 1 分别是关于运算 $\vee$ 的幺元和零元。

又由 $a \wedge 1 = 1 \wedge a = a$ 和 $a \wedge 0 = 0 \wedge a = 0$ 可知,全上界 1 和全下界 0 分别是关于运算 $\wedge$ 的幺元和零元。

定理 4.12.9 有限格必定是有界格。

证明 设$(A, \leqslant)$是有限格,不妨设有限集 $A = \{a_1, a_2, \cdots, a_n\}$。令

$$1 = a_1 \vee a_2 \vee \cdots \vee a_n$$
$$0 = a_1 \wedge a_2 \wedge \cdots \wedge a_n$$

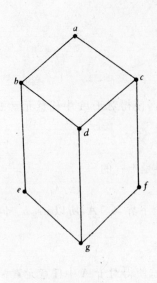

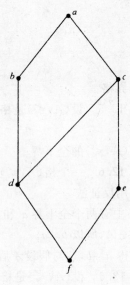

图 4-12-5　　　　　　　　　　　　　　　　图 4-12-6

由运算的封闭性可知，$1\in A$ 和 $0\in A$；又由运算 $\vee$ 和 $\wedge$ 的定义可知，对于 A 中任意元素 a_i，都有 $a_i\leqslant 1,0\leqslant a_i$，所以 $(A,\leqslant)$ 是有界格。

4.12.5　有补格

定义 4.12.8　设 $(A,\leqslant)$ 是有界格，$a\in A$，如果存在 $b\in A$，使得

$$a\vee b=1$$
$$a\wedge b=0$$

则称 b 是 a 的补元。

显然，上述定义中，a 和 b 是对称的，即如果 a 是 b 的补元，则 b 也是 a 的补元，所以可称 a,b 互补。

请注意，并非格中每一个元素都有补元。另外，一个元素也可能有多个补元。

例如，$(A,\leqslant)$ 是格，其中 $A=\{1,2,3,4,6,9,72\}$，$\leqslant$ 为整除关系。$(A,\leqslant)$ 的哈斯图表示见图 4-12-7。

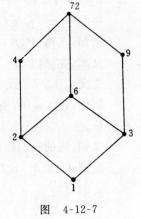

图 4-12-7

由图可知，4 与 3 互补，而 4 又与 9 互补，所以 4 有两个补元。另外，还可看到 6 没有补元，9 也有两个补元：4 和 2,1 的补元是 72。

又如，集合 $A=\{a,b,c\}$，其幂集 $P(A)=\{\varnothing,\{a\},\{b\},\{c\},\{a,b\},\{a,c\},\{b,c\},\{a,b,c\}\}$，于是在格 $(P(A),\subseteq)$ 中，$\varnothing$ 与 $\{a,b,c\}$ 互补，$\{a\}$ 和 $\{b,c\}$ 互补，$\{b\}$ 和 $\{a,c\}$ 互补，$\{c\}$ 和 $\{a,b\}$ 互补。

定义 4.12.9　在有界格中，如果每个元素都有补元素，则称此格为有补格。

例如，$(A,\leqslant)$ 是格，其中 $A=\{1,2,3,6\}$，$\leqslant$ 是整除关系，由于 1 和 6 互补，2 和 3 互补，所以 $(A,\leqslant)$ 是有补格。

图 4-12-8 所示的格，都是有补格。

定义 4.12.10　若 $(A,\vee,\wedge)$ 是有补格且又是分配格，则称 $(A,\vee,\wedge)$ 为布尔格，或称为布尔代数。

例如，A 是集合，$P(A)$ 是其幂集，则格 $(P(A),\cup,\cap)$ 是布尔代数。

因为 A 是其全上界，φ 是其全下界，所以 $(P(A),\cup,\cap)$ 是有界格。

对于 $P(A)$ 中的任意元素 S，易知 S 是 A 的子集，$A-S$ 也是 A 的子集，即 $A-S\in P(A)$，由于

$$A\cup(A-S)=A$$
$$A\cap(A-S)=\varphi$$

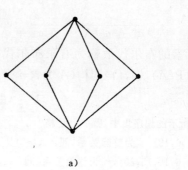

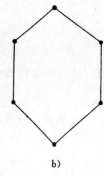

图 4-12-8

所以 S 的补元为 $A-S$。由此可知，$(P(A),\cup,\cap)$ 是有补格。由于集合的并、交运算满足分配律，所以 $(P(A),\cup,\cap)$ 又是分配格。由此可知，$(P(A),\cup,\cap)$ 是布尔代数。

我们已经知道，在有补格中，一个元素的补元不一定是唯一的，但在有补分配格(布尔代数)中有下列定理。

定理 4.12.10 在布尔代数中，每一个元素的补元是唯一的。

证明 设布尔代数中的元素 a 有两个补元 b 和 c，于是有

$$a\vee b=1 \qquad a\wedge b=0$$
$$a\vee c=1 \qquad a\wedge c=0$$

也即有

$$a\vee b=a\vee c$$
$$a\wedge b=a\wedge c$$

由定理 4.12.5 可知 $b=c$，由此证得布尔代数中补元的唯一性。

由于布尔代数中，补元是唯一的，可把元素 a 的补元记作 $\bar{a}$，且有 $\bar{\bar{a}}=a$。

定理 4.12.11 设 $(A,\vee,\wedge)$ 是布尔代数，a 和 b 是 A 中任意元素，则

$$\overline{a\vee b}=\bar{a}\wedge\bar{b}$$
$$\overline{a\wedge b}=\bar{a}\vee\bar{b}$$

即布尔代数满足摩根律。

证明 由于

$$(a\vee b)\vee(\bar{a}\wedge\bar{b})=(a\vee b\vee\bar{a})\wedge(a\vee b\vee\bar{b})$$
$$=(1\vee b)\wedge(1\vee a)$$
$$=1$$
$$(a\vee b)\wedge(\bar{a}\wedge\bar{b})=(a\wedge\bar{a}\wedge\bar{b})\vee(b\wedge\bar{a}\wedge\bar{b})$$
$$=(0\wedge\bar{b})\vee(0\wedge\bar{a})$$
$$=0$$

由此可见，$\bar{a}\wedge\bar{b}$ 是 $a\vee b$ 的补元，即有

$$\overline{a\vee b}=\bar{a}\wedge\bar{b}$$

同理可证

$$\overline{a\wedge b}=\bar{a}\vee\bar{b}$$

推论 设 $a_1,a_2,\cdots,a_k$ 是布尔代数 $(A,\vee,\wedge)$ 中的元素，则

$$\overline{a_1\vee a_2\vee\cdots\vee a_k}=\bar{a}_1\wedge\bar{a}_2\wedge\cdots\wedge\bar{a}_k$$

$$\overline{a_1 \wedge a_2 \wedge \cdots \wedge a_k} = \bar{a}_1 \wedge \bar{a}_2 \vee \cdots \vee \bar{a}_k$$

具有有限个元素的布尔代数称为有限布尔代数。可以证明:有限布尔代数必有 2^n 个元素,且与布尔代数 $(P(A), \bigcup, \bigcap)$ 同构(A 为含 n 个元素的集合)。

习 题

1. 由图 4-12-9 所示的偏序集中,哪一个是格?

2. $A = \{1, 2, 3, 4, 6, 12\}$,$\leqslant$ 为整除关系,问:$(A, \leqslant)$ 是分配格吗?

3. $A = \{1, 2, 3, 5, 6, 10, 15, 30\}$,$\leqslant$ 为整除关系,问:$(A, \leqslant)$ 是分配格吗?

4. $A = \{1, 2, 3, 7, 14, 21, 42\}$,$\leqslant$ 为整除关系,问:$(A, \leqslant)$ 是有补格吗?

5. 证明格 $(I_+, \vee, \wedge)$ 是分配格,其中二元运算 $a \vee b = \max(a, b)$,$a \wedge b = \min(a, b)$。

6. 证明在有界格中,全下界 0 是全上界 1 的唯一补元,1 是 0 的唯一补元。

7. 在图 4-12-10 所示的有界格中,回答下列问题。

(1) 哪个元素没有补元?

(2) a 和 d 的补元是哪些元素?

(3) 此有界格是分配格吗?

(4) 此有界格是有补格吗?

8. 证明对于任意格,下述"弱"分配律成立。

$a \vee (b \wedge c) \leqslant (a \vee b) \wedge (a \vee c)$

$(a \wedge b) \vee (a \wedge c) \leqslant a \wedge (b \vee c)$

9. 设 $A = \{1, 2, 3, 5, 6, 10, 15, 30\}$,$\leqslant$ 为整除关系,说明 $(A, \leqslant)$ 是布尔代数。

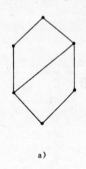
a)

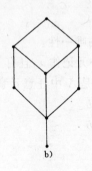
b)

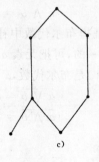
c)

图 4-12-9

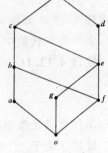

图 4-12-10

第 4 章 综合练习

选择正确答案,将选择项的序号写在空格内。

1. $(A, *)$ 是半群,其中 $A = \{a, b, c\}$,且有 $a * a = b$,$b * b = c$。

(1) $c * c =$ _____。

(2) $a * b =$ _____。

(3) $a * c =$ _____。

(4) $b * c =$ _____。

供选择项:

A a B b C c

2. 设 $A = \{2, 4, 6\}$,二元运算 $*$ 定义为 $a * b = \max(a, b)$,那么独异点 $(A, *)$ 中

(1) 幺元是 _____。

(2) 零元是_____。

(3) $(A, *)$ 的子独异点共有_____个。

供选择项：

A 2　　　　B 4　　　　C 6　　　　D 5　　　　E 3

3. 设 $A=\{1,2,3,4,5,6,7,8,9,10\}$，二元运算为模 11 的乘法：$\otimes_{11}$，那么循环群 $(A, \otimes_{11})$ 中

(1) 生成元共有_____个。

(2) 2 阶元素共有_____个。

(3) 5 阶元素共有_____个。

供选择项：

A 1　　　　B 2　　　　C 3　　　　D 4　　　　E 5

4. 设 a 是 12 阶循环群的生成元，那么。

(1) a^2 是_____阶元素。

(2) a^8 是_____阶元素。

(3) 这个循环群的 3 阶子群是_____。

供选择项：

A 2　　　　B 4　　　　C 6　　　　D 12　　　　E 3

F $\{a, a^2, a^3\}$　　　　G $\{a, a^3, a^6\}$　　　　H $\{a, a^4, a^8\}$

I $\{a^4, a^8, a^{12}\}$　　　　J $\{a^2, a^6, a^{10}\}$

5. 在循环群 $(N_{16}, \oplus_{16})$ 中

(1) 它的 4 阶子群是_____。

(2) 这个 4 阶子群关于元素 3 的陪集是_____。

(3) 这个 4 阶子群关于元素 13 的陪集是_____。

供选择项：

A $\{1,2,3,4\}$　　　B $\{0,4,8,12\}$　　　C $\{0,3,6,9\}$　　　D $\{2,6,9,14\}$

E $\{1,5,9,13\}$　　　F $\{3,7,11,15\}$　　　G $\{1,5,9,11\}$　　　H $\{0,6,10,14\}$

6. 设 $G=\{000,001,010,011,100,101,110,111\}$，二元运算是按位加 $\oplus$。

(1) 在群 G 中，有 2 阶元素_____个。

(2) 在群 G 中，有 2 阶子群_____个。

(3) 在群 G 中，含有元素 001 的 4 阶子群有_____个。

供选择项：

A 1　　　B 2　　　C 3　　　D 4

E 5　　　F 6　　　G 7　　　H 8

7. 在 3 次对称群中

(1) 2 阶元素有_____个。

(2) 3 阶元素有_____个。

(3) 它的非平凡子群共有_____个。

供选择项：

A 1　　　　B 2　　　　C 3　　　　D 4　　　　E 5

8. 设 $(A, +, \times)$ 是代数系统，其中 $+$ 和 $\times$ 为普通的加法和乘法，那么当 $A=$_____时，$(A, +, \times)$ 是环。

供选择项：

A $\{x \mid x$ 是正整数$\}$　　　　B $\{x \mid x$ 是正偶数$\}$

C $\{x \mid x$ 是奇数$\}$　　　　D $\{x \mid x$ 是非负整数$\}$

E $\{x \mid x=2n, n$ 是整数$\}$

9. 设$(A,+,\times)$是代数系统,其中十和$\times$为普通加法和乘法,那么当$A=\underline{\quad\quad}$时,$(A,+,\times)$是域。

供选择项:

A　$\{x\mid x$ 是整数$\}$　　　　　　B　$\{x\mid x\geqslant 0,x$ 是有理数$\}$

C　$\{x\mid x=a+b\sqrt{2},a,b$ 是有理数$\}$

D　$\{x\mid x\geqslant 0,x$ 是实数$\}$　　　　E　$\{x\mid x$ 是无理数$\}$

10. 设$(A,\leqslant)$是偏序集,$\leqslant$是整除关系,那么当$A=\underline{\quad\quad}$时,$(A,\leqslant)$是格。

供选择项:

A　$\{1,2,3,4,6,12,24\}$　　　　B　$\{1,2,3,4\}$

C　$\{1,2,3,4,5,6,10,30\}$　　　　D　$\{2,3,4,12\}$

E　$\{2,4,6,8,10\}$

11. 在图 4-12-11 中所示的 3 个格中,只有一个是分配格,它是$\underline{\quad\quad}$所示的格。

供选择项:

A　图 4-12-11a　　　　B　图 4-12-11b

C　图 4-12-11c

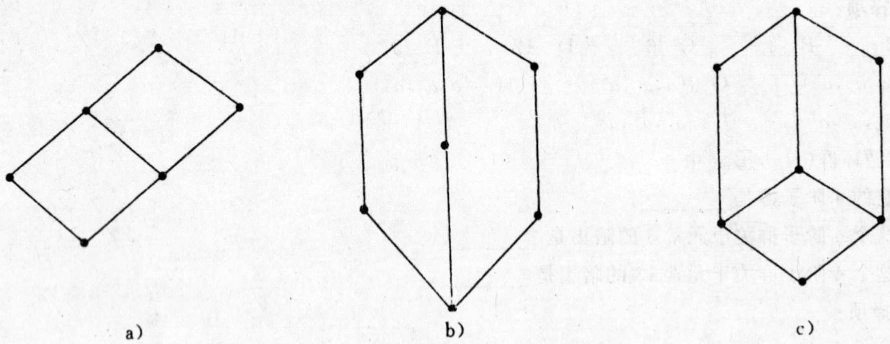

图　4-12-11

12. 设$(A,\leqslant)$是格,其中$A=\{1,2,3,4,6,8,12,24\}$,$\leqslant$为整除关系。

(1) 3 的补元是$\underline{\quad\quad}$。

(2) 6 的补元是$\underline{\quad\quad}$。

(3) 8 的补元是$\underline{\quad\quad}$。

(4) 4 的补元是$\underline{\quad\quad}$。

(5) 1 的补元是$\underline{\quad\quad}$。

供选择项:

A　1　　　B　2　　　C　3　　　D　4　　　E　6

F　8　　　G　12　　　H　24　　　I　不存在

第5章 图　论

在讨论二元关系时，我们已经提到过有关图的概念。本章要扩充这一概念，将把图作为一个抽象的数学系统来引进；这样，图论可应用于各种领域，特别是在计算机科学中的开关理论与逻辑设计、人工智能、形式语言、计算机图像以及信息的组织和检索方面有着广泛的应用。

5.1　图的基本概念

当考察或研究某一系统时，把研究对象的全体作为一个集合，每个研究对象是集合的元素，如果我们只关心各对象之间是否存在某种关系，那么可以用图形来表示这一现象。每个研究对象用一个点来表示，若两个对象之间存在关系，则在相应的点之间连一条线。由于我们只关心对象之间的关系，因此连线的长短曲直和点的位置都无关紧要，重要的是两点间是否有线相连。这样的图形所表示的，就是图论所要研究的图。现在给出图的一般定义。

定义 5.1.1　一个图 G 是一个非空集合 $V(G)=\{V_i\}$ 和 $V(G)$ 中元素的偶对的集合 $E(G)=\{e_K\}$ 所构成的二元组 $(V(G),E(G))$。$V(G))$ 中的元素 V_i 称为顶点；$E(G)$ 中的元素 e_K 称为边。如果组成 e_K 的顶点偶对是有序的，称这样边为有向边或称为弧，否则称为无向边。一个有 n 个顶点、m 条边的图常记为 (n,m) 图或 n 阶图；每条边都是有向边的图称为有向图；每条边都是无向边的图称为无向图；既有有向边又有无向边的图称为混合图。$V(G)$ 和 $E(G)$ 都是有限集的图，称为有限图，否则称为无限图，本书只讨论有限图。

设边 $e=(a,b)$，称顶点 a、b 是边 e 的端点，称边 e 关联于顶点 a 和 b，并称 a、b 是邻接的。特别当 e 是有向边时，称 a 为始点，b 是终点；如果一条边的两端点重合，称为自回路或自环。两顶点间若有几条边（对于有向图则有几条同向边），称这些边为平行边，两顶点 a、b 间平行边的条数称为边 (a,b) 的重数。含有平行边的图称为多重图。不含平行边和自回路的图称为简单图。例如图 5-1-1 中，图 a 是无向多重图，图 b 是有向多重图，图 c 是有向简单图，图 d 是无向简单图。本书主要讨论简单图。

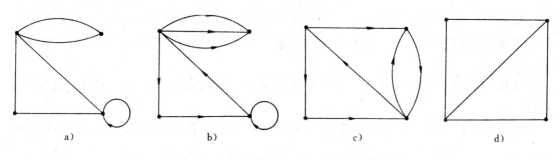

图　5-1-1

一条无向边可以用一对方向相反的有向边替代，因此一个无向图可以用这种方法转化为一个有向图。

如果对无向图 G 的每条无向边指定一个方向，由此而得到的有向图 D，称为 G 的定向图。

反之,如果把一个有向图 D 的每条有向边的方向去掉,由此而得到无向图 G,称为 D 的底图。

把一个有向图 D 的每一条有向边反向,由此而得的图称为 D 的逆图,记为 $\widetilde{D}$。显然 $\widetilde{\widetilde{D}}=D$。

在由实际问题抽象出来的图中,顶点和边上往往都带有信息。例如,在交通网络图中,每个城市的物资库存量可以作为顶点上的信息,而 A 城市向 B 城市的供应量就是边 (a,b) 的信息,常称这种信息为顶点或边的信息,由此引出赋权图的概念。

定义 5.1.2 赋权图 G 是一个三元组 (V,E,g) 或四元组 (V,E,f,g),其中 V 是顶点集,E 是边集,f 是定义在 V 上的函数,g 是定义在 E 上的函数,$f(v_i)$ 和 $g(e_j)$ 分别称为顶点 v_i 和边 e_j 上的权。图 5-1-2 是一个赋权图。

一个图除了用图形表示外,也可以用矩阵来表示。

定义 5.1.3 设图 $G=(V,E)$,$V=\{v_1,v_2,\cdots,v_n\}$,令

$$a_{ij} = \begin{cases} 1 & (v_i,v_j) \in E(G) \\ 0 & (v_i,v_j) \notin E(G) \end{cases}$$

则称矩阵 $A=(a_{ij})_{n\times n}$ 为图 G 的邻接矩阵。

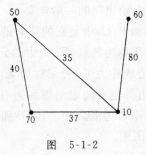

图　5-1-2

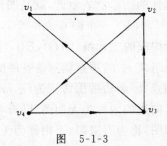

图　5-1-3

例如,图 5-1-3 的邻接矩阵 A 为

$$\begin{bmatrix} 0 & 1 & 0 & 0 \\ 0 & 0 & 0 & 1 \\ 1 & 1 & 0 & 0 \\ 0 & 0 & 1 & 0 \end{bmatrix}$$

定义 5.1.4 图 G 中,与顶点 v 关联的边数称为点 v 的度数,记为 $\deg(v)$。在有向图中,以 v 为始点的有向边数称为 v 的出度,记为 $\deg^+(v)$;以 v 为终点的有向边数称为 v 的入度,记为 $\deg^-(v)$。

度数为零的顶点称为孤立点。度数为 1 的顶点称为悬挂点,与悬挂点关联的边称为悬挂边。

定理 5.1.1 设图 G 是具有 n 个顶点、m 条边的有向图,其中点集 $V=\{v_1,v_2,\cdots,v_n\}$,则

$$\sum_{i=1}^{n} \deg^+(v_i) = \sum_{i=1}^{n} \deg^-(v_i) = m$$

证明 因为每一条有向边提供一个出度和入度,而所有各顶点出度之和及入度之和均由 m 条有向边所提供,所以定理得证。

定理 5.1.2 设图 G 是具有 n 个顶点、m 条边的无向图,其中点集 $V=\{v_1,v_2,\cdots,v_n\}$,则

$$\sum_{i=1}^{n} \deg(v_i) = 2m$$

证明　因为在无向图中,每一条边使其所关联的两点,各增加一度,由此可得证明。

由定理 5.1.2 易得下列推论

推论　在无向图中,度数为奇数的顶点个数必为偶数。

定义 5.1.5　在 n 阶无向图中,如果任何两点间都有一条边关联,则称此图为无向完全图,记为 K_n。

例如,图 5-1-4a 为 4 阶无向完全图,即 K_4;图 5-1-4b 为 5 阶无向完全图,即 K_5。

定义 5.1.6　在 n 阶有向图中,如果任意两点

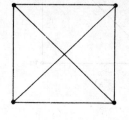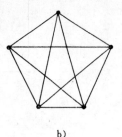

都有两条方向相反的有向边关联,且每一个顶点都有自回路,则称此有向图为完全有向图。

如图 5-1-5a 为 3 阶有向完全图,图 5-1-5b 为 4 阶有向完全图。

图　5-1-4

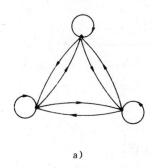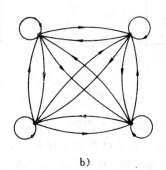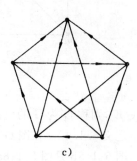

a)　　　　　　　　　b)　　　　　　　　　c)

图　5-1-5

定义 5.1.7　在 n 阶有向图中,如果其底图是无向完全图,则称此有向图为竞赛图。

图 5-1-5c 是一个具有 5 个顶点的竞赛图。

由有向完全图和无向完全图的定义易知,n 阶有向完全图的边数为 n^2;无向完全图的边数为 $n(n-1)/2$。

下面介绍图的两种操作。

删边:删去图 G 中的某一条边,但仍保留边的端点。

删点:删去图 G 中的某一点以及与这点所关联的所有边。

图 5-1-6a 中删去边 e_1 后所得的图为图 5-1-6b 所示;图 5-1-7a 中删去点 v_2 后,所得的图为图 5-1-7b 所示。

定义 5.1.8　设 $G=(V,E)$ 和 $G'=(V',E')$ 都是图。如果 $V'\subset V$;$E'\subset E$,则称 G' 是 G 的子图。

定义 5.1.9　设 $G'=(V',E')$ 是 $G=(V,E)$ 的子图,且 $V'=V$,则称 G' 是 G 的生成子图。

定义 5.1.10　设 $G'=(V',E')$ 是 $G=(V,E)$ 的子图,且 G' 中没有孤立点,则称 G' 为 G 的由边集 E' 导出的子图,记作 $\langle E' \rangle$。

定义 5.1.11　设 G' 是 G 的子图,且对 G' 中的任意两点 v_i 和 v_j,当 $(v_i,v_j)\in E$ 时必有 $(v_i,$

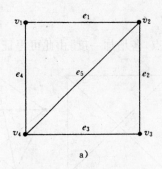
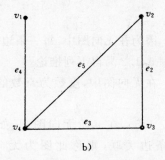

图 5-1-6

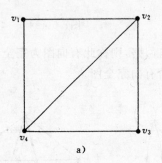
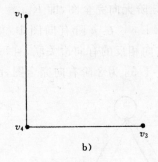

图 5-1-7

$v_j) \in E'$,则称 G' 为 G 的由点集 V' 导出的子图。

定义 5.1.12 在图 G 中删去一点后所得的子图称为 G 的主子图。

图 5-1-8b 是图 5-1-8a 的生成子图;图 5-1-8c 是边集 $E' = \{(a,b),(b,e),(a,e),(a,c)\}$ 导出的子图;图 5-1-8d 是由点集 $V' = \{a,b,c,e\}$ 导出的子图;图 5-1-8e 是图 5-1-8a 的主子图。

下面介绍图论中的重要概念——图的同构。

定义 5.1.13 设图 $G = (V,E)$ 和图 $G' = (V',E')$ 中,如果存在着从 V 到 V' 的双射映射 f,使对任意的 $u,v \in V$,$(u,v) \in E$,当且仅当 $(f(u),f(v)) \in E'$,则称图 G 和 G' 同构。记为 $G \cong G'$。

上述定义说明 两个图的各顶点之间如果存在一一对应关系,而且这种对应关系保持了顶点间的邻接关系(在有向图中还保持边的方向),则这两个图是同构的。两个同构的图除了顶点和边的名称不同外,实际上代表了同样的组合结构。

例如图 5-1-9a 和 b 是两个同构的图。

显然,判断两个图是否同构是困难的,但至今尚没有一种能简单而有效地判断图的同构的方法,这是图论中的一个重要难题。

定义 5.1.14 设 G 是 n 阶简单无向图,在 G 中添加一些边后,可使 G 成为 n 阶完全图;由这些添加边和 G 的 n 个顶点构成的图称为图 G 的补图,记作 $\overline{G}$。

图 5-1-10 中图 b 是图 a 的补图。显然 $\overline{\overline{G}} = G$。

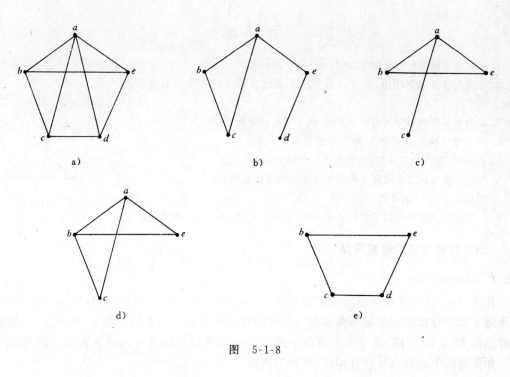

图　5-1-8

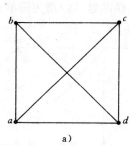

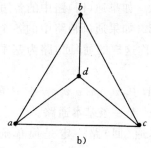

图　5-1-9

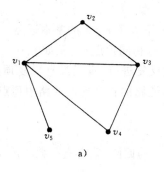

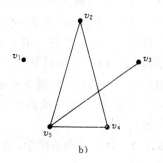

图　5-1-10

习　题

1. 证明在 n 阶无向完全图中,边数 $m=n(n-1)/2$。

2. 证明在任意竞赛图中,所有顶点入度平方之和等于所有顶点出度平方之和。

3. 证明在 n 阶简单无向图中,至少有两个顶点的度数相同($n\geqslant2$)。

4. 设 G 是 4 阶无向完全图,画出 G 的所有主子图。

5. 在 K_5(5 阶无向完全图)中具有多少个定向图?

6. 写出 4 阶有向完全图和 4 阶无向完全图的邻接矩阵。

7. 画出图 5-1-11 的补图。

8. 一个无向图如果同构于它的补图,则称它为自补图,画一个 5 阶自补图。

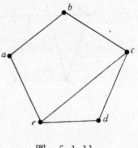

图　5-1-11

5.2　通路和赋权图的最短通路

5.2.1　通路和回路

在图中,一条通路是顶点与边的交替序列 $v_1 e_1 v_2 e_2 \cdots v_n$,它以顶点开始,以顶点结束,其中每条边关联于直接在它前面与直接在它后面的这两个顶点。一条始点为 v_1,终点为 v_n 的通路有时也称为 $v_1\text{-}v_n$ 通路,也可以用顶点序列 $v_1 v_2 \cdots v_n$ 表示。通路中边的条数称为该通路的长度。如果通路中的始点与终点相同,则称为回路。

定义 5.2.1　如果通(回)路中的各边都不相同,称这样的通(回)路为简单通(回)路。

定义 5.2.2　如果通(回)路中的各个顶点都不相同,称这样的通(回)路为基本通(回)路。

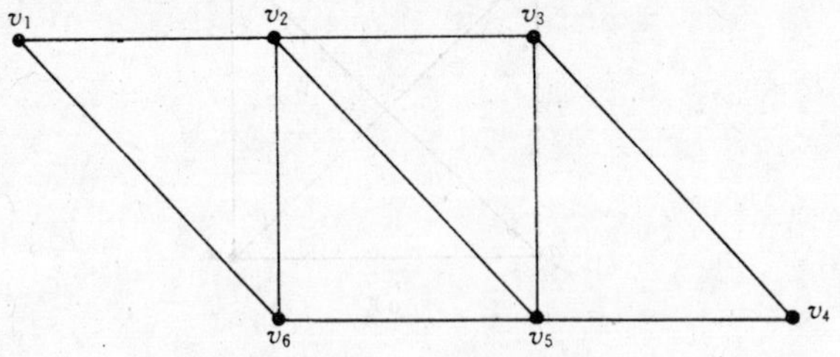

在图 5-2-1 中,$v_1 v_2 v_6 v_5 v_2 v_3$ 是一条简单通路,$v_1 v_2 v_3$ 是一条基本通路。

显然,基本通(回)路一定是简单通(回)路,但简单通(回)路不一定是基本通(回)路。

图　5-2-1

定理 5.2.1　在 n 阶简单图中,如果存在一条从 v_1 到 v_2 的通路,则从 v_1 到 v_2 必有一条长度不大于 $n-1$ 的基本通路。

证明　设从 v_1 到 v_2 存在一条通路 $v_1 \cdots v_2$。若其中有相同顶点 v_k,例如 $v_1 \cdots v_k \cdots v_k \cdots v_2$,则删去 v_k 到 v_k 的这些边,它仍是 v_1 到 v_2 的通路;如此反复进行,直到没有重复顶点为止,此时所得的通路就是 v_1 到 v_2 的基本通路。由于一条基本通路的长度比此通路中顶点数少 1,而图中仅有 n 个顶点,故此基本通路长度不大于 $n-1$。

同样可得:

定理 5.2.2　在 n 阶简单图中,如果存在一条通过 v_1 的回路,则必有一条长度不大于 n 的通过 v_1 的基本回路。

定义 5.2.3　在图 G 中,如果 v_1 到 v_2 存在一条通路,则称从 v_1 到 v_2 是可达的。

定义 5.2.4　在无向图中,如果任意两个顶点是可达的,则称此无向图是连通的;否则称为不连通。

如果图是不连通的,图能分解为 n 个不相交的连通子图,称每个连通子图为图 G 的一个连通分支。

图 5-2-2 是一个具有两个连通分支的不连通图。

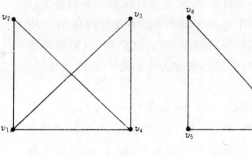

图 5-2-2

定义 5.2.5 在有向图中,如果任意两点是互为可达的,则称此有向图为强连通的。

定义 5.2.6 在有向图中,如果任意两点 v_i 和 v_j 存在着 v_i 到 v_j 的通路或存在着 v_j 到 v_i 的通路,则称此有向图为单向连通的。

定义 5.2.7 在有向图中,如果其底图是连通的,则称此有向图为弱连通的。

例如图 5-2-3 中,图 a 是强连通的,图 b 是单向连通的,图 c 是弱连通的。

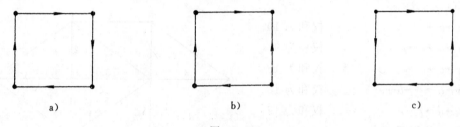

a)   b)   c)

图 5-2-3

定义 5.2.8 设 G 是有向图,G' 是其子图,若 G' 是强连通的(单向连通的,弱连通的),且没有包含 G' 的更大的子图是强连通的(单向连通的,弱连通的),则称 G' 是 G 的极大强连通子图(极大单向连通子图,极大弱连通子图),也称为强分支(单向分支、弱分支)。

在图 5-2-4 中,由点集 $\{v_1,v_2,v_3,v_6\}$ 和边集 $\{e_1,$ $e_2,e_5,e_6,e_7\}$ 构成的图是强分支,另外由孤立点 v_4 和 v_5 构成的图也是强分支;由点集 $\{v_1,v_2,v_3,v_4,v_6\}$ 和边集 $\{e_1,e_2,e_3,e_5,e_6,e_7\}$,构成的图是单向分支,点集

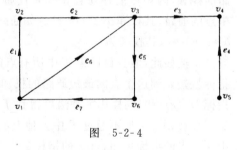

图 5-2-4

$\{v_4,v_5\}$ 和边集 $\{e_4\}$ 构成的图也是单向分支;易知图 5-2-4 所示的图是弱连通图。

5.2.2 赋权图的最短通路

我们已经知道,在图的点或边上表明某种信息的数,称为权,含有权的图称为赋权图。

图 5-2-5 是一个在边上含权的赋权图。如果图中各点表示各个城市,边表示城市间的公路,边上的权表示公路的长度,这就是一个公路交通网络图。

如果自点 a 出发,目的地是点 j,那么如何寻找一条自点 a 到点 j 的通路,使得通路上各边的权之和最小,这就是赋权图的最短通路问题。关于这个问题已有不少算法,这里介绍著名的狄克斯特洛算法。

这个算法的基本思想是:先求出 a 到某一点的最短通路,然后利用这个结果再去确定 a 到另一点的最短通路,如此继续下去,直到找到 a 到 z 的最短通路为止。

首先介绍"指标"的概念。

设 V 是图的点集，T 是 V 的子集，且 T 含有 z 但不含有 a，则称 T 为目标集。在目标集 T 中任取一个点 t，由 a 到 t 但不通过目标集 T 中其他点的所有通路中，各边权之和（以后简称为通路权和）的最小者称为点 t 关于 T 的指标，记作 $D_T(t)$。

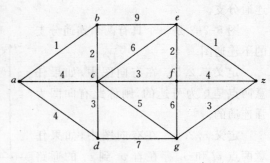

图 5-2-5

如在图 5-2-5 中，若取 $T=\{e,f,g,z\}$（见图 5-2-6），则点 e 关于 T 的指标 $D_T(e)$，就是由 a 到 e 但不通过 T 中其他点（即 f,g,z）的所有通路中，权和最小者。为了说明问题，暂时用穷举法来求指标 $D_T(t)$。

由图可知，a 到 e 但不通过 T 中其他点的通路有：

$a\rightarrow b\rightarrow e$ 权和为 10

$a\rightarrow b\rightarrow c\rightarrow e$ 权和为 9

$a\rightarrow c\rightarrow b\rightarrow e$ 权和为 15

$a\rightarrow d\rightarrow c\rightarrow b\rightarrow e$ 权和为 18

$a\rightarrow d\rightarrow c\rightarrow e$ 权和为 13

由此可见，e 关于 T 的指标 $D_T(e)=9$。

显然，$D_T(e)$ 不一定是 a 到 e 的最短通路的权和，因为可能存在着 a 到 e 且通过 T 中点的通路，其权和小于 $D_T(e)$。如通路 $a\rightarrow b\rightarrow c\rightarrow f\rightarrow e$，其权和为 8。

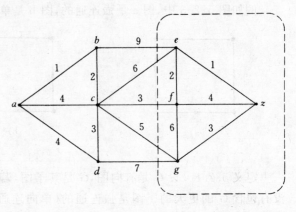

图 5-2-6

虽然如此，但当目标集 T 中所有点的指标都确定时，那么可以证明 T 中指标最小的点，其指标就是 a 到这个点的最短通路的权和。如对于目标集 $T=\{e,f,g,z\}$，用穷举法可得到 e 的指标 $D_T(e)=9$，同样用穷举法可得到 f 的指标 $D_T(f)=6$，g 的指标 $D_T(g)=8$，对于点 z，由于不存在 a 到 z 但不通过 T 中其他点的通路，于是约定 z 关于 T 的指标 $D_T(j)=\infty$。比较 T 中 4 个点的指标可知，点 f 的指标最小。于是我们断言，a 到 f 的最短通路权和为 $D_T(f)=6$，也就是说 a 到 f 的最短通路已确定。下面我们来证明这个断言。

设 $T=\{t_1,t_2,\cdots,t_n\}$，其中 t_1 为 T 中指标最小的点，即

$$D_T(t_1)=\min(D_T(t_1),D_T(t_2),\cdots,D_T(t_n))$$

那么，a 到 t_1 的最短通路的权和就是 $D_T(t_1)$。

用反证法，由指标的定义可知，$D_T(t_1)$ 是所有自 a 到 t_1 但不通过 T 中其他点的通路中权和最小者，所以如果存在着一条 a 到 t_1 的通路，它的权和小于 $D_T(t_1)$，那么这条通路一定通过 T 中其他点（1 个点或多个点）。设 t_2 是这条通路中第一个通过的在 T 中的点（见图 5-2-7），由此可见，这条通路的权和 d 应有

$$d\geqslant D_T(t_2)+W(t_2\rightarrow t_1)>D_T(t_2)$$

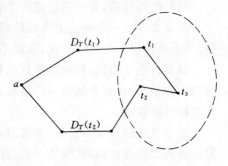

图 5-2-7

其中，$W(t_2 \rightarrow t_1)$ 表示由 t_2 到 t_1 的各边权之和。又由假设可知

$$D_T(t_1) > d$$

于是有

$$D_T(t_1) > D_T(t_2)$$

这和 t_1 是 T 中指标最小点的条件矛盾。

当得到目标集 T 的最小指标点 t_1 后，如果 t_1 是目的地 z，那么问题得解。如果 t_1 不是目的地 z，则把 t_1 从 T 中"挖去"，得到新的目标集 T'，即

$$T' = T - \{t_1\}$$

对于 T'，求出其各点的指标，并确定最小指标点，如果这个最小指标点就是目的地 z，则问题得解。如果这个最小指标点不是目的地 z，则在 T' 中"挖去"这个最小指标点，得到新的目标集 T''，不断地重复上述过程，直到目的地 z 为某个目标集的最小指标点为止（这是一定能实现的，因为目标集中点的个数将越来越少，即使是"最坏"的情况，当目标集中只剩下一个点 z 时，这时 z 就一定是最小指标点）。

由此可见，求最短通路问题的关键是：如何求目标集中各点的指标。

我们曾用穷举法来求目标集中各点的指标，显然，这不是可取的方法，特别当图中点数较多时。下面将介绍用"递推"的方法来求目标集中各点的指标。

如果已经求得目标集 $T = \{t_1, t_2, \cdots, t_n\}$ 中各点的指标，设 t_1 是最小指标点，那么由此能推导出 $T' = T - \{t_1\}$ 中各点的指标。

只要注意到，t_1 已不属于目标集 T'，对于 T' 中与 t_1 邻接的点 t（即与 t_1 有一条边相连的点），当寻求这种点 t 的指标时，由 a 到 t_1 的最短通路再添加边 $t_1 t$ 所组成的通路，也是一条由 a 到 t 但不通过 T' 中其他点的通路。所以 t 关于 T' 的指标

$$D_{T'}(t) = \min(D_T(t), D_T(t_1) + W(t_1, t))$$

其中，$W(t_1, t)$ 是边 $t_1 t$ 上的权。

对于 T' 中与 t_1 不邻接的点 t'，那么它的指标没有变化，即

$$D_{T'}(t') = D_T(t')$$

如果当 t_1 和 t' 不邻接时，令 $W(t_1, t') = \infty$，则 t' 关于 T' 的指标也写作：

$$D_{T'}(t') = \min(D_T(t'), D_T(t_1) + W(t_1, t'))$$

例如，在图 5-2-6 中，设 $T = \{e, f, g, z\}$，已求得 $D_T(e) = 9, D_T(f) = 6, D_T(g) = 8, D_T(z) = \infty$。其中 f 是最小指标点。于是可得到 $T' = T - \{f\} = \{e, g, z\}$ 的各点指标。

$$D_{T'}(e) = \min(D_T(e), D_T(f) + W(f, e)\}$$
$$= \min(9, 6 + 2) = 8$$
$$D_{T'}(g) = \min(D_T(g), D_T(f) + W(f, g))$$
$$= \min(8, 6 + 6) = 8$$
$$D_{T'}(z) = \min(D_T(j), D_T(f) + W(f, z))$$
$$= \min(\infty, 6 + 4) = 10$$

由以上分析可知，当具有 n 个点的目标集 T_n 的各点指标求得时，就能推出 $n-1$ 个点的目标集 $T_{n-1} = T_n - \{t_1\}$（t_1 是 T 的最小指标点）的各点的指标。而初始情况的目标集 $T_1 = V - \{a\}$，它的各点指标是容易求得的。因此，求点的指标问题可得到解决。

下面通过实例来说明用狄克斯特洛算法，求最短通路的全过程。

以图 5-2-5 为例。

首先取目标集 $T_1 = \{b, c, d, e, f, g, j\}$,(见图 5-2-8a),易见

$$DT_1(b) = 1 \quad DT_1(c) = 4 \quad DT_1(d) = 4$$

$$DT_1(e) = DT_1(f) = DT_1(g) = DT_1(j) = \infty$$

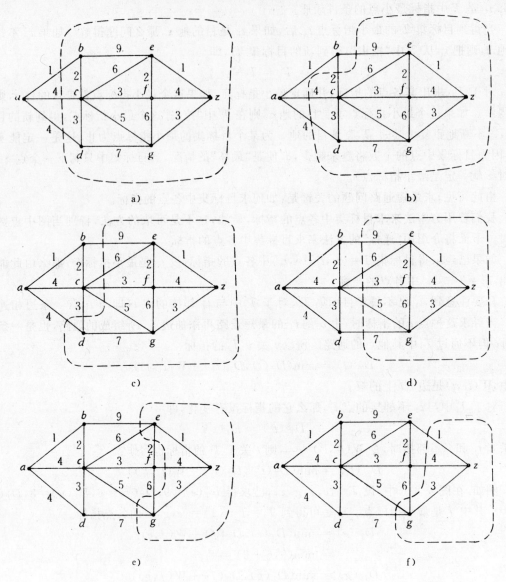

图 5-2-8

比较各点的指标可见,b 是最小指标点。

令 $T_2 = T_1 - \{b\} = \{c, d, e, f, g, z\}$(见图 5-2-8b),$T_2$ 中各点指标为

$$DT_2(c) = \min(DT_1(c), DT_1(b) + W(b, c))$$

$$= \min(4, 1 + 2) = 3$$

$$DT_2(d) = \min(DT_1(d), DT_1(b) + W(b, d))$$

$$= \min(4, \infty) = 4$$

$$DT_2(e) = \min(DT_1(e), DT_1(b) + W(b,e))$$
$$= \min(\infty, 1 + 9) = 10$$
$$DT_2(f) = \min(DT_1(f), DT_1(b) + W(b,f))$$
$$= \min(\infty, \infty) = \infty$$
$$DT_2(g) = \min(DT_1(g), DT_1(b) + W(b,g))$$
$$= \min(\infty, \infty) = \infty$$
$$DT_2(z) = \min(DT_1(z), DT_1(b) + W(b,z))$$
$$= \min(\infty, \infty) = \infty$$

比较各点的指标可见，c 是最小指标点。

令 $T_3 = T_2 - \{c\} = \{d, e, f, g, z\}$（见图 5-2-8c），$T_3$ 中各点指标：

$$DT_3(d) = \min(DT_2(d), DT_2(c) + W(d,c))$$
$$= \min(4, 3 + 3) = 4$$
$$DT_3(e) = \min(DT_2(e), DT_2(c) + W(e,c))$$
$$= \min(10, 3 + 6) = 9$$
$$DT_3(f) = \min(DT_2(f), DT_2(c) + W(f,c))$$
$$= \min(\infty, 3 + 3) = 6$$
$$DT_3(g) = \min(DT_2(g), DT_2(c) + W(g,c))$$
$$= \min(\infty, 3 + 5) = 8$$
$$DT_3(z) = \min(DT_2(z), DT_2(c) + W(z,c))$$
$$= \min(\infty, \infty) = \infty$$

比较各点的指标可见，d 是最小指标点。

令 $T_4 = T_3 - \{d\} = \{e, f, g, z\}$（见图 5-2-8d），$T_4$ 中各点指标：

$$DT_4(e) = \min(DT_3(e), DT_3(d) + W(e,d))$$
$$= \min(9, \infty) = 9$$
$$DT_4(f) = \min(DT_3(f), DT_3(d) + W(f,d))$$
$$= \min(6, \infty) = 6$$
$$DT_4(g) = \min(DT_3(g), DT_3(d) + W(g,d))$$
$$= \min(8, 4 + 7) = 8$$
$$DT_4(z) = \min(DT_3(z), DT_3(d) + W(z,d))$$
$$= \min(\infty, \infty) = \infty$$

比较各点的指标可见，f 是最小指标点。

令 $T_5 = T_4 - \{f\} = \{e, g, z\}$（见图 5-2-8e），$T_5$ 中各点指标：

$$DT_5(e) = \min(DT_4(e), DT_4(f) + W(e,f))$$
$$= \min(9, 6 + 2) = 8$$
$$DT_5(g) = \min(DT_4(g), DT_4(f) + W(g,f))$$
$$= \min(8, 6 + 6) = 8$$
$$DT_5(j) = \min(DT_4(z), DT_4(f) + W(z,f))$$

$$= \min(\infty, 6+4) = 10$$

比较各点的指标可见，e 和 g 都是最小指标点，可任意选一个，如选 e。

令 $T_6 = T_5 - \{e\} = \{g, j\}$，(见图 5-2-8f)，$T_6$ 中各点指标：

$$DT_6(g) = \min(DT_5(g), DT_5(e) + W(e, g))$$
$$= \min(8, \infty) = 8$$
$$DT_6(j) = \min(DT_5(z), DT_5(e) + W(e, z))$$
$$= \min(10, 8+1) = 9$$

比较各点指标可见，g 是最小指标点。

令 $T_7 = T_6 - \{g\} = \{j\}$，则

$$DT_7(j) = \min(DT_6(z), DT_6(g) + W(g, z))$$
$$= \min(9, 8+3) = 9$$

至此，得到了 a 到 j 的最短通路的权和为 9。如果在每求一次目标集各点的指标时，把各点通过的通路记录下来，就能得到 a 到 j 的最短通路。

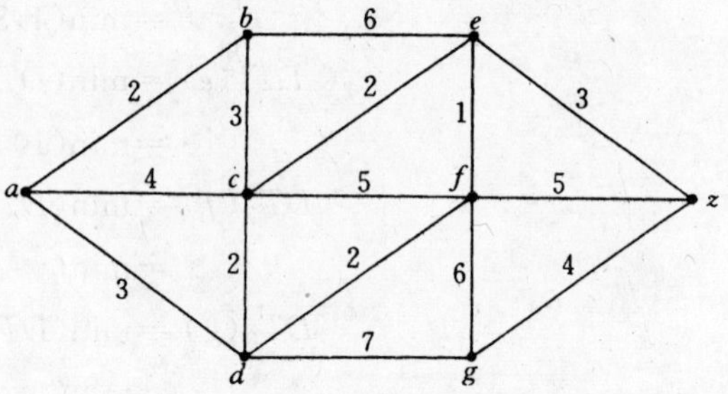

例 5-1 求图 5-2-9 中，a 到 j 的最短通路。

图 5-2-9

解 令 $T_1 = \{b, c, d, e, f, g, z\}$，各点指标为

$$DT_1(b) = 2 \qquad (a \to b)$$
$$DT_1(c) = 4 \qquad (a \to c)$$
$$DT_1(d) = 3 \qquad (a \to d)$$
$$DT_1(e) = DT_1(f) = DT_1(g) = DT_1(z) = \infty$$

其中，b 是最小指标点。

令 $T_2 = \{c, d, e, f, g, j\}$

$$DT_2(c) = \min(DT_1(c), DT_1(b) + W(b, c))$$
$$= \min(4, 2+3)$$
$$= 4 \qquad (a \to c)$$
$$DT_2(d) = \min(DT_1(d), DT_1(b) + W(b, c))$$
$$= \min(3, \infty)$$
$$= 3 \qquad (a \to d)$$
$$DT_2(e) = \min(DT_1(e), DT_1(b) + W(b, c))$$
$$= \min(\infty, 2+6)$$
$$= 8 \qquad (a \to b \to e)$$
$$DT_2(f) = \min(DT_1(f), DT_1(b) + W(b, c))$$
$$= \min(\infty, \infty) = \infty$$
$$DT_2(g) = \min(DT_1(g), DT_1(b) + W(b, g))$$
$$= \min(\infty, \infty) = \infty$$
$$DT_2(z) = \min(DT_1(z), DT_1(b) + W(b, z))$$

$$=\min(\infty,\infty)=\infty$$

其中，d 是最小指标点。

令 $T_3=\{c,e,f,g,j\}$

$$\begin{aligned}
DT_3(c) &=\min(DT_2(c),DT_2(d)+W(d,c))\\
&=\min(4,3+2)\\
&=4 \qquad (a\to c)\\
DT_3(e) &=\min(DT_2(e),DT_2(d)+W(e,d))\\
&=\min(8,\infty)\\
&=8 \qquad (a\to b\to e)\\
DT_3(f) &=\min(DT_2(f),DT_2(d)+W(f,d))\\
&=\min(\infty,3+2)\\
&=5 \qquad (a\to d\to f)\\
DT_3(g) &=\min(DT_2(g),DT_2(d)+W(d,g))\\
&=\min(\infty,3+7)\\
&=10 \qquad (a\to d\to g)\\
DT_3(z) &=\min(DT_2(z),DT_2(d)+W(d,z))\\
&=\min(\infty,\infty)\\
&=\infty
\end{aligned}$$

其中，c 是最小指标点。

令 $T_4=\{e,f,g,z\}$

$$\begin{aligned}
DT_4(e) &=\min(DT_3(e),DT_3(c)+W(e,c))\\
&=\min(8,4+2)\\
&=6 \qquad (a\to c\to e)\\
DT_4(f) &=\min(DT_3(f),DT_3(c)+W(f,c))\\
&=\min(5,4+5)\\
&=5 \qquad (a\to d\to f)\\
DT_4(g) &=\min(DT_3(g),DT_3(c)+W(g,c))\\
&=\min(10,\infty)\\
&=10 \qquad (a\to d\to g)\\
DT_4(z) &=\infty
\end{aligned}$$

其中，f 是最小指标点。

令 $T_5=\{e,g,z\}$

$$\begin{aligned}
DT_5(e) &=\min(DT_4(e),DT_4(f)+W(e,f))\\
&=\min(6,5+1)\\
&=6 \qquad (a\to c\to e \text{ 或 } a\to d\to f\to e)\\
DT_5(g) &=\min(DT_4(g),DT_4(f)+W(g,f))\\
&=\min(10,5+6)
\end{aligned}$$

$$=10 \qquad (a \to d \to g)$$
$$DT_5(z)=\min(DT_4(z),DT_4(f)+W(f,z))$$
$$=\min(\infty,5+5)$$
$$=10 \qquad (a \to d \to f \to z)$$

其中，e 为最小指标点。

令 $T_6=\{g,z\}$

$$DT_6(g)=\min(DT_5(g),DT_5(e)+W(e,g))$$
$$=\min(10,\infty)$$
$$=10 \qquad (a \to d \to g)$$
$$DT_6(z)=\min(DT_5(j),DT_5(e)+W(e,z))$$
$$=\min(10,6+3)$$
$$=9 \qquad (a \to c \to e \to z \text{ 或 } a \to d \to f \to e \to z)$$

由于 z 是最小指标点，由此可得 a 到 z 的最短路为：$a \to c \to e \to z$ 或 $a \to d \to f \to e \to z$，最短通路的权和为 9。

当比较熟练地掌握了狄克斯特洛算法后，可用列表法来求最短通路，它使求解过程显得十分简洁。

例如，求图 5-2-10 中，a 到 z 的最短通路及其长度。

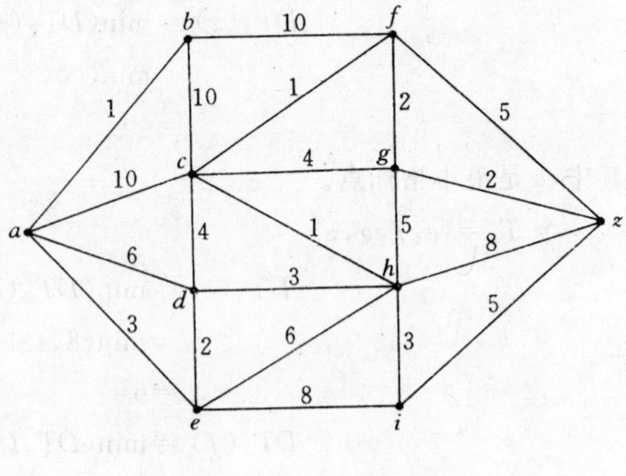

先把 $T_1=V-\{a\}$ 中的点写在第一行上，把这些点关于 T_1 的指标相应地写在第二行上，并圈出其中最小指标点。

图 5-2-10

b	c	d	e	f	g	h	i	z
①	10	6	3	∞	∞	∞	∞	∞

在第三行上，相应地写上 $T_2=T_1-\{b\}$ 中各点的指标。

实际上，当求 T_2 中各点的指标数时，可以先把 T_1 中与 b 点不邻接的点：d,e,g,h,i,z 照抄第二行的指标数。对于 T_1 中与 b 邻接的点 c 和 f，则用 $DT_1(b)+W(b,c)$ 即 $1+W(b,c)$ 和 $DT_1(b)+W(b,f)$ 即 $1+W(b,f)$ 与第二行中 c 和 f 的指标数 10 和 ∞ 比较，然后取其较小者写在第三行的相应位置，并圈出最小指标点，于是有

b	c	d	e	f	g	h	i	z
①	10	6	3	∞	∞	∞	∞	∞
	10	6	③	11	∞	∞	∞	∞

同样，把 $T_3=T_2-\{e\}$ 中的各点指标写在第四行上，并圈出最小指标点。如此继续下去，直到 z 成为某个目标集的最小指标数为止。

表 5-2-1 就是列表求 a 到 z 的最短通路的过程。

由表 5-2-1 可知，a 到 z 的最短通路的长度为 14。要得到最短通路，可以用逆向检查法。

逆向检查法是,先检查表中最后一行,即第 10 行,z 的指标数是 14;然后往上检查,直到 z 的指标数与最后一行 z 的指标数不同为止。由表可知,在表中的最后第 2 行,即第 9 行中,z 的指标数为 15,它与最后一行中 z 的指标数不同。而在第 9 行中,指标数带圈的点是 g,这表明在 a 到 z 的最短通路中,点 z 的前一个点是 g,记下

$$g \rightarrow z$$

现在检查点 g 所在的列。同样自下而上地检查,直到检查到指标数与 g 所在的最后一行的指标数(为 12)不同为止。g 在第 8 行中的指标数为 13,第 7 行中的指标数为 12,而在表中第 7 行指标数带圈的点是 f,所以在 a 到 z 的最短通路中,点 g 的前一点是 f。记下

$$f \rightarrow g \rightarrow z$$

表 5 - 2 - 1

b	c	d	e	f	g	h	i	z
①	10	6	3	∞	∞	∞	∞	∞
	10	6	③	11	∞	∞	∞	∞
	10	⑤		11	∞	9	11	∞
	9			11	∞	⑧	11	∞
	⑨			11	13		11	16
				⑩	13		11	16
					12		⑪	15
					⑫			15
								⑭

检查点 f 所在的列。同样自下而上检查。点 f 在第 7 行中的指标数为 10,第 6 行中的指标数为 11,在表的第 6 行中,指标数带圈的点是 c,所以在 a 到 z 的最短通路中,点 f 的前一个点是 c,记下

$$c \rightarrow f \rightarrow g \rightarrow z$$

检查点 c 所在的列。自下而上检查可知,c 在第 5 行的指标数为 9,第 4 行的指标数为 10,而表中第 4 行中,指标数带圈的点是 d,所以在 a 到 z 的最短通路中,点 c 的前一个点是 d,记下

$$d \rightarrow c \rightarrow f \rightarrow g \rightarrow z$$

检查 d 所在的列。自下而上检查可知,d 在第 4 行的指标数为 5,第 3 行的指标数为 6,表中第 3 行指标数带圈的点是 e,所以在 a 到 z 的最短通路中,点 d 的前一点是 e,记下

$$e \rightarrow d \rightarrow c \rightarrow f \rightarrow g \rightarrow z$$

检查 e 所在的列。由于这一列中 e 的指标数没有变化,因此可得到 a 到 z 的最短通路为

$$a \rightarrow e \rightarrow d \rightarrow c \rightarrow f \rightarrow g \rightarrow z$$

习　题

1. G 是 n 阶简单无向图,如果图 G 中任意两点的度数之和大于等于 $n-1$,证明图 G 是连通图。

2. G 是无向简单连通图,如果 G 中各点的度数都大于等于 2,证明图 G 中存在一条基本回路。

3. 写出图 5-2-11 中的强分支、单向分支、弱分支。

4. 求图 5-2-12 中,a 到 z 的最短通路。

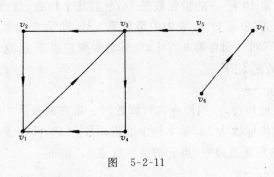

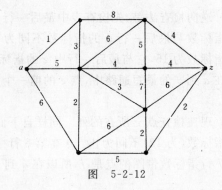

图 5-2-11   图 5-2-12

5.3 图和矩阵

上一节介绍了图的邻接矩阵,在本节中将进一步介绍利用邻接矩阵来探讨图的某些性质。

设图 G 的邻接矩阵为 A,A 的转置矩阵为 A^T,下面讨论矩阵 $A \cdot A^T$ 中元素的意义。

设 $A \cdot A^T = (b_{iz})$,由矩阵的乘法规则可知:$b_{iz} = \sum_{k=1}^{n} a_{ik}a_{zk}$。因此当且仅当 a_{ik} 和 a_{zk} 都是1时,$a_{ik}a_{zk} = 1$,而 a_{ik} 和 a_{zk} 都为 1 意味着图 G 中有边 (v_i, v_k) 和 (v_z, v_k)。于是可得如下结论:从顶点 v_i 和 v_z 引出的边,如果能共同终止于一些顶点,则这些终止顶点的数目就是 b_{iz} 的值;特别对于 b_{ii},其值就是 v_i 的出度。

同样也可得矩阵 $A^T \cdot A$ 中元素的意义。

设 $A^T \cdot A = (c_{iz})$,则 $c_{iz} = \sum_{k=1}^{n} a_{ki}a_{kz}$,因此当且仅当 a_{ki} 和 a_{kz} 都为 1 时,$a_{ki}a_{kz} = 1$,这意味着图 G 中有边 (v_k, v_i) 和 (v_k, v_z)。于是可得如下结论:从某些点引出的边,如果同时以 v_i 和 v_z,则这样的顶点数就是 b_{iz} 的值。特别对于 b_{ii},其值就是 v_i 的入度。

下面讨论邻接矩阵的幂 A^m 中元素的意义。

当 $m=1$ 时,A 中的元素 $a_{iz} = 1$,说明存在一条边 (v_i, v_z),或者说从 v_i 到 v_z 存在一条长度为 1 的通路。

当 $m=2$ 时,用 $a_{iz}^{(2)}$ 表示 A^2 中的元素,于是 $a_{iz}^{(2)} = \sum_{k=1}^{n} a_{ik}a_{kz}$,因此当且仅当 a_{ik} 和 a_{kz} 都为 1 时,$a_{ik}a_{kz} = 1$,而 $a_{ik} = 1$ 和 $a_{kz} = 1$ 表示存在边 (v_i, v_k) 和 (V_k, V_z),即存在一条从 v_i 到 v_z 的长度为 2 的通路。所以 $a_{iz}^{(2)}$ 表示从 v_i 到 v_z 长度为 2 的所有通路的数目。

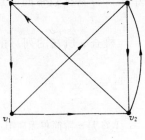

不难用归纳法证明,A^m 中的元素 $a_{iz}^{(m)}$ 表示从 v_i 到 v_z 的长度为 m 的所有通路的数目。

例 5-2 求图 5-3-1 所示图的邻接矩阵 A,并指出 $A \cdot A^T$,$A^T \cdot A$ 和 A^2,A^3 中元素的意义。

解 由图易知其邻接矩阵

图 5-3-1

$$A = \begin{bmatrix} 0 & 1 & 0 & 0 \\ 0 & 0 & 1 & 1 \\ 1 & 1 & 0 & 1 \\ 1 & 0 & 0 & 0 \end{bmatrix}$$

其转置矩阵

$$A^T = \begin{bmatrix} 0 & 0 & 1 & 1 \\ 1 & 0 & 1 & 0 \\ 0 & 1 & 0 & 0 \\ 0 & 1 & 1 & 0 \end{bmatrix}$$

由此可得

$$AA^T = \begin{bmatrix} 1 & 0 & 1 & 0 \\ 0 & 2 & 1 & 0 \\ 1 & 1 & 3 & 1 \\ 0 & 0 & 1 & 1 \end{bmatrix} \qquad A^TA = \begin{bmatrix} 2 & 1 & 0 & 1 \\ 1 & 2 & 0 & 1 \\ 0 & 0 & 1 & 1 \\ 1 & 1 & 1 & 2 \end{bmatrix}$$

$$A^2 = \begin{bmatrix} 0 & 0 & 1 & 1 \\ 2 & 1 & 0 & 1 \\ 1 & 1 & 1 & 1 \\ 0 & 1 & 0 & 0 \end{bmatrix} \qquad A^3 = \begin{bmatrix} 2 & 1 & 0 & 1 \\ 1 & 2 & 1 & 1 \\ 2 & 2 & 1 & 2 \\ 0 & 0 & 1 & 1 \end{bmatrix}$$

在 AA^T 中元素 $b_{13}=1$ 表示从 v_1 和 v_3 引出的边终止于同一顶点,这种顶点只有一个 v_2; $b_{22}=2$ 表示 v_2 的出度为 2,其他元素的意义不再叙述,读者可自己讨论。在 A^TA 中,元素 $b_{14}=1$ 表示从同一个顶点出发分别终止于 v_1,v_4,这种顶点数为 1,即 v_3;$b_{33}=1$ 表示 v_3 的入度为 1;在 A^2 中,元素 $b_{21}=2$,表示从 v_2 到 v_1 长度为 2 的通路有 2 条,即 $v_2v_4v_1$ 和 $v_2v_3v_1$;在 A^3 中,元素 $b_{34}=2$,表示从 v_3 到 v_4 长度为 3 的通路有 2 条,即 $v_3v_1v_2v_4$,$v_3v_2v_3v_4$。

现在考察矩阵

$$B_r = A + A^2 + \cdots + A^r$$

的元素 b_{iz} 的意义。

易知,b_{iz} 表示从顶点 v_i 到 v_z 的长度不超过 r 的不同通路的总数。因此,若要观察从 v_i 到 v_z 是否存在一条通路,需求出 $\sum\limits_{i=1}^{\infty} A^i$,但由定理 5.2.1 和定理 5.2.2 可知,在 n 阶简单图中,两点之间若有通路则必有一条长度不超过 $n-1$ 的基本通路;若有回路则必有一条长度不超过 n 的基本回路,所以只需考察:

$$B_{n-1} = A + A^2 + \cdots + A^{n-1}$$

或

$$B_n = A + A^2 + \cdots + A^n$$

此时如果 $b_{iz} \neq 0$,当 $i \neq z$ 时,表示从 v_i 到 v_z 是可达的,当 $i=z$ 时表示经过 v_i 的回路存在;如果 $b_{iz}=0$,当 $i \neq z$ 时,表示从 v_i 到 v_z 是不可达的,即 v_i 和 v_z 分属不同分支,当 $i=z$ 时,表示不存在经过 v_i 的回路。因此 B_{n-1} 和 B_n 的元素表明了顶点间的可达性。

如果仅需知道顶点之间是否可达,而不必知道它们间存在多少条通路,可以引入以下定义。

定义 5.3.1 设 G 是 n 阶图,$V = \{v_1, v_2, \cdots, v_n\}$,令

$$p_{iz} = \begin{cases} 1 & \text{若 } v_i \text{ 到 } v_z \text{ 有通路} \\ 0 & \text{若 } v_i \text{ 到 } v_z \text{ 无通路} \end{cases}$$

则称矩阵 $P=(P_{iz})_{n \times n}$ 为图 G 的可达性矩阵。

可达性矩阵不能给出图的完整信息，但由于它比较简便，在应用上还比较重要。

求图 G 的可达性矩阵时，只需将图 G 的邻接矩阵 A 的幂运算及其和改为布尔运算即可。

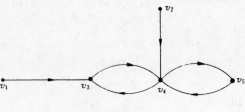

图 5-3-2

例 5-3 求图 5-3-2 所示图的可达性矩阵。

解 易知此图的邻接矩阵

$$
A = \begin{bmatrix} 0 & 0 & 1 & 0 & 0 \\ 0 & 0 & 0 & 1 & 0 \\ 0 & 0 & 0 & 1 & 0 \\ 0 & 0 & 1 & 0 & 1 \\ 0 & 0 & 0 & 1 & 0 \end{bmatrix} \qquad
A^2 = \begin{bmatrix} 0 & 0 & 0 & 1 & 0 \\ 0 & 0 & 1 & 0 & 1 \\ 0 & 0 & 1 & 0 & 1 \\ 0 & 0 & 1 & 0 & 1 \\ 0 & 0 & 1 & 0 & 1 \end{bmatrix}
$$

$$
A^3 = \begin{bmatrix} 0 & 0 & 1 & 0 & 1 \\ 0 & 0 & 0 & 1 & 0 \\ 0 & 0 & 0 & 1 & 0 \\ 0 & 0 & 1 & 0 & 1 \\ 0 & 0 & 0 & 1 & 0 \end{bmatrix} \qquad
A^4 = \begin{bmatrix} 0 & 0 & 0 & 1 & 0 \\ 0 & 0 & 1 & 0 & 1 \\ 0 & 0 & 1 & 0 & 1 \\ 0 & 0 & 0 & 1 & 0 \\ 0 & 0 & 1 & 0 & 1 \end{bmatrix}
$$

$$
A^5 = \begin{bmatrix} 0 & 0 & 1 & 0 & 1 \\ 0 & 0 & 0 & 1 & 0 \\ 0 & 0 & 0 & 1 & 0 \\ 0 & 0 & 1 & 0 & 1 \\ 0 & 0 & 0 & 1 & 0 \end{bmatrix}
$$

由此可得

$$
P = A + A^2 + A^3 + A^4 + A^5
$$

$$
= \begin{bmatrix} 0 & 0 & 1 & 1 & 1 \\ 0 & 0 & 1 & 1 & 1 \\ 0 & 0 & 1 & 1 & 1 \\ 0 & 0 & 1 & 1 & 1 \\ 0 & 0 & 1 & 1 & 1 \end{bmatrix}
$$

由于可达性矩阵 P 并没有表达出每一个顶点自身可达的概念，为此可添加一个 n 阶单位矩阵 A^0 以表达每一个顶点的自身可达，即定义可达性矩阵

$$
P = A^0 + A + A^2 + \cdots + A^n
$$

这样一来，例 5-3 的可达性矩阵可表示为

$$
P = \begin{bmatrix} 1 & 0 & 1 & 1 & 1 \\ 0 & 1 & 1 & 1 & 1 \\ 0 & 0 & 1 & 1 & 1 \\ 0 & 0 & 1 & 1 & 1 \\ 0 & 0 & 1 & 1 & 1 \end{bmatrix}
$$

对于有向图,可以用可达性矩阵求出其所有的强分支。

设 $P=(P_{iz})$ 是图 G 的可达性矩阵,P^T 是 P 的转置矩阵,其元素为 p_{iz}^T。易知,若 $p_{iz}=1$ 表示 v_i 到 v_z 是可达的;若 $p_{iz}^T=1$ 表示 v_z 到 v_i 是可达的。因此当且仅当 P 和 P^T 的布尔积中的第 (i,z) 个元素值为 1 时,v_i 和 v_z 是相互可达的。由此可求得图 G 的强分支。

例 5-4 求图 5-3-1 所示图的强分支。

解 因为此图的可达性矩阵为

$$P=\begin{bmatrix} 1 & 0 & 1 & 1 & 1 \\ 0 & 1 & 1 & 1 & 1 \\ 0 & 0 & 1 & 1 & 1 \\ 0 & 0 & 1 & 1 & 1 \\ 0 & 0 & 1 & 1 & 1 \end{bmatrix} \qquad P^T=\begin{bmatrix} 1 & 0 & 0 & 0 & 0 \\ 0 & 1 & 0 & 0 & 0 \\ 1 & 1 & 1 & 1 & 1 \\ 1 & 1 & 1 & 1 & 1 \\ 1 & 1 & 1 & 1 & 1 \end{bmatrix}$$

将 P 和 P^T 中的对应元素进行布尔积运算,从而得到矩阵

$$\begin{bmatrix} 1 & 0 & 0 & 0 & 0 \\ 0 & 1 & 0 & 0 & 0 \\ 0 & 0 & 1 & 1 & 1 \\ 0 & 0 & 1 & 1 & 1 \\ 0 & 0 & 1 & 1 & 1 \end{bmatrix}$$

由此可知图 G 的强分支为:$\{v_1\}$,$\{v_2\}$,$\{v_3,v_4,v_5\}$。

习　题

1. 写出图 5-3-3 所示图的邻接矩阵。

2. 说明无向完全图 K_n 的邻接矩阵的特点。

3. 设 G 是具有 n 个顶点、m 条边的有向简图,A 是其邻接矩阵,$I=(1\ 1\cdots1)$ 是 $1\times n$ 矩阵,证明 $I\times A\times I^T=m$。

4. 求图 5-3-3 的可达性矩阵,并写出它的强分支。

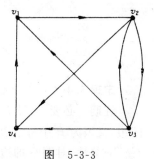

图　5-3-3

5.4 欧拉图

1736 年欧拉研究了哥尼斯堡七桥问题,写了第一篇图论的论文,被公认为图论的创始人。立陶宛的哥尼斯堡城位于普雷格尔河畔,河两岸和河中的两个岛架设了七座桥把两岸和两岛连接起来,如图 5-4-1a 所示。当地居民热衷于这样一个问题:游人从任何一个地点出发走过七座桥且每座桥只走过一次,最后又回到出发地。

欧拉把这个问题归结为图 5-4-1b 所示图的一笔画问题,即用顶点代表陆地,用边代表桥,问题转化为:从图中任

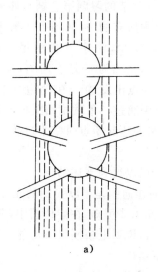

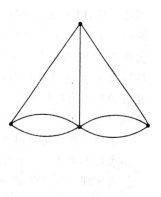

a)　　　　　　　　b)

图　5-4-1

134

意一点出发一笔画出这个图形并且最后回到出发点。欧拉证明了这是不可能的,并由此引出欧拉通路和欧拉回路等概念。

定义 5.4.1 如果图中存在一条通过图中各边一次且仅一次的回路,则称此回路为欧拉回路,具有欧拉回路的图称为欧拉图。

定义 5.4.2 如果图中存在一条通过图中各边一次且仅一次的通路,则称此通路为欧拉通路,且有欧拉通路的图称为半欧拉图。

图 5-4-2 中,图 a 是欧拉图,图 b 是半欧拉图,图 c 不是欧拉图也不是半欧拉图。读者容易验证,图 a 和图 b 都能一笔画成,只是图 a 可以从任意一点出发一笔画成,且回到出发点,而图 b 必须从 v_1 或 v_2 出发才能一笔画成,若由 $v_1(v_2)$ 出发,则终止于 $v_2(v_1)$。

如何判定一个图是欧拉图或是半欧拉图呢? 下面定理回答了这个问题。

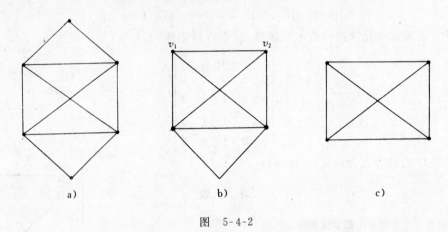

图 5-4-2

定理 5.4.1 一个无向连通图是欧拉图是充分必要条件是图中各点的度数为偶数。

证明 必要性:设 P 是图 G 的欧拉回路,当通过 P 的任意一点时,该点总有进出两个方向的边,又因为 P 中每条边仅出现一次,所以 P 所通过的每一个顶点必是偶数度点。

充分性:对图 G 的边数采用归纳法,因为图 G 是连通图且每个顶点至少为 2 度,所以图 G 中必有一条基本回路 c(见 5.2 节的习题第 2 题),如果此基本回路 c 包含 G 中所有的边,那么定理得证;如果 c 不包含 G 中所有的边,从图 G 中删去 c 中所有边得到图 H,当然图 H 可能是不连通的,但 H 的边数总比 G 少,并且 H 中的每个顶点仍为偶数度点,由归纳假设可知,H 的每一个连通分支是欧拉图,又因为 G 是连通图,H 的每一个连通分支与回路 c 至少有一个公共点,于是我们从 c 中任一点出发,沿 c 中的边行走到达与 H 的一个连通分支的公共点 u,然后在 H 的这个连通分支中通过一条欧拉回路再回到 u,继续沿 c 的边行走到达与 H 的另一连通分支的公共点 W 等,当到达起始点时整个过程结束,得到一条包含 G 中所有边的欧拉回路,证毕。

类似上述的证明过程,可以得到下述结论。

定理 5.4.2 一个无向连通图是半欧拉图的充分必要条件是图中至多有两个奇数度点。

由定理 5.4.1 和定理 5.4.2 可知,在七桥图中,其四个顶点都是奇数度点,所以七桥图不是欧拉图也不是半欧拉图,这说明七桥图是不可能一笔画成的。

对于有向图,则有如下结论。

定理 5.4.3 设图 G 是有向连通图,图 G 是欧拉图的充分必要条件是图中每个顶点的入度和出度相等。

定理 5.4.4 设图 G 是有向连通图，图 G 是半欧拉图的充分必要条件是至多有两个顶点，其中一个顶点入度比它的出度大 1，另一个顶点入度比它的出度少 1；而其他顶点的入度和出度相等。

作为欧拉图的一个应用，下面介绍计算机旋转鼓轮的设计。

旋转鼓轮的表面分成 2^n 段，例如在图 5-4-3a 中所示的旋转鼓轮的表面分成 16 段，每段由绝缘体或导电物组成，绝缘体将给出信号为 0，导电物将给出信号为 1，鼓轮的表面还有 4 个触点，鼓轮的一个位置，就读出一个四位二进制数。如图 5-4-3a 中，当时读出的数为 0101，鼓轮按顺时针方向旋转，所以下一个读数为 1010。

我们希望设计这样的鼓轮表面，使鼓轮旋转一周后，能读出 0000～1111 的 16 个不同的二进制数。

现定义一个有向图 D，D 有 8 个顶点，每一个顶点分别表示 000～111 的一个二进制数。当某一个顶点，如 101 的尾数后添加 0 或 1，就构成 4 位二进制数 1010 或 1011，这两个四位二进制数的后三位是 010 或 011，于是用一条有向边把 101 和 010 或 011 相连，且以顶点 101 为起始点，010 或 011 为终点，在有向边上标记 1010 或 1011，见图 5-4-3b。易见，图 D 是具有 8 个顶点、16 条边的有向连通图，这 16 条边上的标记恰好是 0000～1111 的 16 个二进制数。由于图 D 的每个顶点都是出度为 2 和入度为 2，所以图 D 是欧拉图，可画出一条欧拉回路，如图 5-4-4 所示，由这条欧拉回路就相应地得到鼓轮表面的一种设计方案，图 5-4-3a 中鼓轮表面的设计就由图 5-4-4 所示的欧拉回路所得。

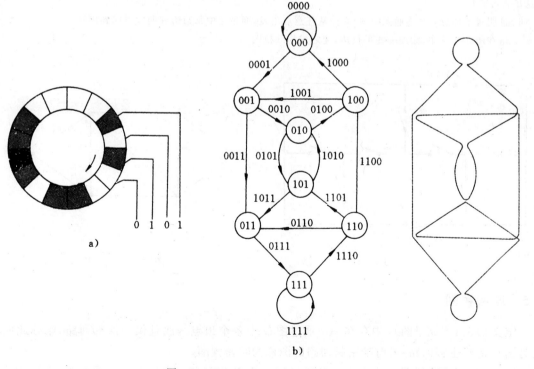

图　5-4-3　　　　　　　　　　　　图　5-4-4

习　题

1. 指出图 5-4-5 中哪些是欧拉图,哪些是半欧拉图。如果是,请画出它的欧拉回路或通路。

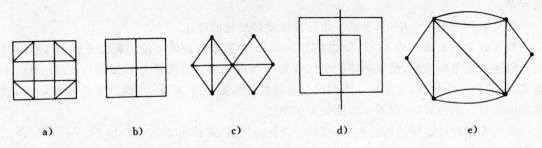

图　5-4-5

2. 画一个无向简单图,使它是欧拉图,并且有:

(1) 奇数个顶点,奇数条边;

(2) 偶数个顶点,偶数条边;

(3) 奇数个顶点,偶数条边;

(4) 偶数个顶点,奇数条边。

3. 当 n 取什么值时,完全图 K_n 是欧拉图?

4. 图 5-4-6 是一幢房子的平面图形,共有 5 间房间,如果你由前门进去,能否通过所有的门走遍所有的房间,然后从后门走出,且要求每扇门只能进出一次?

5. 在 8×8 黑白方格的棋盘上跳动一只马,不论方向如何,要使这只马完成每一种可能的跳动恰好一次,问这是否可能?

6. 证明对于任意一个连通无向图,必能从任意点出发,通过图中每边恰好两次再回到出发点。

7. 请在图 5-4-7 中,添加一些平行边,使之成为欧拉图。

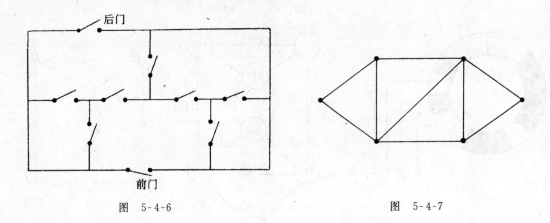

图　5-4-6　　　　　　　　　　　　　　图　5-4-7

5.5　哈密顿图

定义 5.5.1　如果图 G 中存在一条通过图 G 中各个顶点一次且仅一次的回路,则称此回路为图 G 的哈密顿回路;具有哈密顿回路的图称为哈密顿图。

定义 5.5.2　如果图 G 中存在一条通过图 G 中各个顶点一次且仅一次的通路,则称此通路为图 G 的哈密顿通路;具有哈密顿通路的图称为半哈密顿图。

爱尔兰数学家哈密顿(Hamilton)于1856年首先提出这一类问题,他设计了一个游戏,用一个12面体代表地球,12面体的20个顶点分别表示20个城市(见图5-5-1a),要求沿12面体的边走过每个城市一次且仅一次,最后回到出发点。这个问题归结为求通过图5-5-1b中各点一次且仅一次的回路,即哈密顿回路。图中粗线表示一条这样的回路。

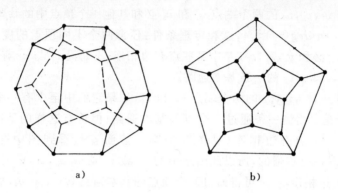

a)   b)

图   5-5-1

从表面上看,这个问题和欧拉问题很相似,但实际上到目前为止,哈密顿图的非平凡的充要条件尚不知道,这是图论中尚未解决的基本难题之一。下面将分别介绍图是哈密顿图的必要条件和充分条件。

定理 5.5.1 设图 G 是哈密顿图,如果从 G 中删去 p 个顶点得到图 G',则图 G' 的连通分支数小于等于 p。

证明 设 C 是图 G 的哈密顿回路,将 p 个顶点删去后,C 最多分为 p 段,因此 G' 的连通分支数小于等于 C 的分段数小于等于 p。

利用这个定理,可以去判定某些图不是哈密顿图。例如在图 5-5-2 中,删去一个点 v 后,成为具有两个连通分支的图,所以图 5-5-2 不是哈密顿图。

下面介绍一个图具有哈密顿通路和哈密顿回路的充分条件。

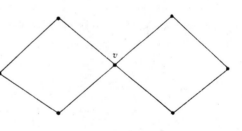

图   5-5-2

定理 5.5.2 设图 G 是具有 n 个顶点的无向简单图,如果 G 中任意两个不同顶点的度数之和大于等于 $n-1$,则 G 具有哈密顿通路,即 G 是半哈密顿图。

证明 首先证明 G 是连通图。用反证法,若 G 有两个(或更多个)连通分支组成,设一个连通分支中有 n_1 个顶点,另一个连通分支有 n_2 个顶点,在这两个连通分支中各取一点 v_1 和 v_2,显然有 $deg(v_1) \leqslant n_1-1, deg(v_2) \leqslant n_2-1$,所以有 $deg(v_1)+deg(v_2) \leqslant n_1-1+n_2-1=n-2 < n-1$,这与定理条件矛盾,由此可见 G 是连通图。

现在再证 G 中具有一条哈密顿通路。

为了便于读者了解该定理的证明思路,我们先取 $n=7$ 时的情况予以证明,读者很容易利用这个证明过程推广到一般情况。

设图 G 是具有 7 个顶点的无向简单图,且任意两个不同的顶点 v_i 和 v_j 满足:$deg(v_i)+deg(v_j) \geqslant 6$,现证明图 G 具有哈密顿通路。分四种情况讨论。

(1)设图 G 中 7 个顶点为 $v_1,v_2,v_3,v_4,v_5,v_6,v_7$,我们已证明了图 G 是连通图,所以点 v_1 必和其他 6 个点中的某些点有边相连,不妨设 v_1 和 v_2 有边相连,于是得到通过两点 v_1,v_2 的一条基本通路。还是由图 G 的连通性可知,v_1 或 v_2 必和其他 5 个顶点的某些点有边相连,不妨设 v_2 与 v_3 有边相连,于是得到了通过三个点 v_1,v_2,v_3 的一条基本通路。

(2)对于通路 v_1,v_2,v_3 的两个端点 v_1 和 v_3 必和其他 4 个顶点中的某些点有边相连,不然的话,就有 $deg(v_1)+deg(v_3)\leqslant 4$,这和定理条件:任意两个不同顶点的度数之和大于等于 6 矛盾,所以 v_1 或 v_3 必和 v_4,v_5,v_6,v_7 中某些点有边相连,不妨设 v_3 与 v_4 有边相连。于是得到了通过四个点 v_1,v_2,v_3,v_4 的一条基本通路。

(3)对于通路 v_1,v_2,v_3,v_4 的两个端点 v_1 和 v_4,如果它们中至少有一个与 v_5,v_6,v_7 中某些点有边关联,于是可得到一条通过 5 个点的基本通路;但也有这样的情况:v_1 或 v_4 不再和 v_5,v_6,v_7 中的某一个点有边相连(见图 5-5-3a),然而容易看到图中存在一条基本回路 $v_1v_2v_3v_4v_1$,由于图 G 是连通的,所以此回路中的 v_2 或 v_3 必和 v_5,v_6,v_7 中某一点有边相连,不妨设 v_2 与 v_6 有边相连,于是可得通过五个顶点的基本通路 $v_6v_2v_1v_4v_3$,见图 5-5-3b 中粗线所示。为了叙述方便,将所得的五个顶点的基本通路顺序记作 $v_1v_2v_3v_4v_5$。

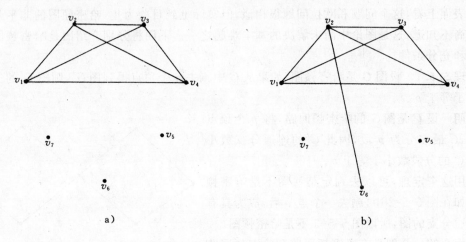

图　5-5-3

(4)对于通路 $v_1v_2v_3v_4v_5$ 的两个端点 v_1 和 v_5,如果它们中至少有一个与 v_6,v_7 中某一点有边关联,于是可得到一条通过 6 个点的基本通路;当 v_1 或 v_5 不再和 v_6、v_7 中的某一个点有边相连(见图 5-5-4a),由于此通路仅有 5 个顶点,而 v_1 和 v_5 的度数之和大于等于 6,所以在这 5 个顶点中,必存在两个相邻的顶点 v_i 和 v_{i+1},使得 v_1 和 v_{i+1} 邻接,v_5 和 v_i 邻接。例如在图 5-5-4a 中有 v_1 和 v_3 邻接,v_5 和 v_2 邻接,于是可得通过 $v_1v_2v_5v_3v_4v_1$ 的基本回路(见图 5-5-4b)。再利用图 G 的连通性可知,v_2,v_3,v_4 中必有一点与 v_6 或 v_7 有边相连,不妨设 v_3 和 v_7 邻接,这样就可得一条通过 6 个顶点的基本通路:$v_7v_3v_5v_2v_1v_4$。为了叙述方便,将所得的 6 个点的基本通路顺序记作 $v_1v_2v_3v_4v_5v_6$。

以后可以用同样的方法,将通过 6 个顶点的基本通路延伸为通过 7 个顶点的基本通路。当通路 $v_1v_2v_3v_4v_5v_6$ 的两个端点 v_1 或 v_6 与 v_7 有边相连时,就可得到通过 7 个顶点的基本通路,定理得证。当通路的端点 v_1 和 v_6 仅与通路中的顶点邻接而不再与 v_7 邻接时,由定理条件:$deg(v_1)+deg(v_2)\geqslant 6$ 可知,通路 $v_1v_2v_3v_4v_5v_6$ 中必存在相邻的两个顶点 v_i 和 v_{i+1},有 v_1

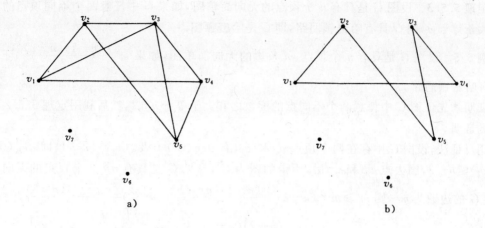

图　5-5-4

和 v_{i+1} 邻接, v_6 和 v_i 邻接,例如在图 5-5-5a 中, v_1 和 v_4 邻接, v_6 和 v_3 邻接,于是可得一条通过 6 个顶点的基本回路 $v_1 v_2 v_3 v_6 v_5 v_4 v_1$,再由图 G 的连通性可知, v_2, v_3, v_4, v_5 中必有一点与 v_7 邻接,不妨设 v_5 与 v_7 邻接,于是就得到一条通过 7 个顶点的基本通路 $v_7 v_5 v_6 v_3 v_2 v_1 v_4$,这条通路就是图 G 的哈密顿通路,定理得证。

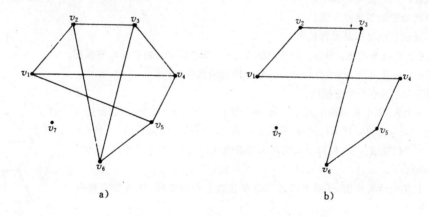

图　5-5-5

对于一般情况(即考虑 n 是任意正整数时),可以用类似的方法证明。当我们已得到一条通过 p 个顶点的基本通路 $v_1 v_2 \cdots v_p$ 时($p \leqslant n-1$),且其两个端点 v_1 和 v_p 仅与通路中的各点邻接而和通路外的点都不邻接时,能断言在此通路中必存在相邻的两点 v_i 和 v_{i+1},有 v_{i+1} 和 v_1 邻接, v_i 和 v_p 邻接,可以用反证法证明这个结论,如果 v_1 的度数为 k,而 v_p 和 v_1 的邻接点 v_{i+1} 的前一点 v_i 都不邻接,则 v_p 的度数最多是 $p-1-k$,由此可得 $deg(v_1)+deg(v_p) \leqslant k+ p-1-k=p-1=n-2<n-1$,这和定理的条件:任意两个不同点的度数之和大于等于 $n-1$ 矛盾,结论得证。由此可得一条通过 p 个顶点的基本回路: $v_1 v_{i+1} v_{i+2} \cdots v_p v_i v_{i-1} \cdots v_1$。再利用图的连通性可知,此基本回路中除 v_1 和 v_p 外必存在一点 v_j 与回路外的点 v_l 邻接,于是可得到一条以 v_l 为初始点然后通过 v_j 和回路中其他点的具有 $p+1$ 个点的基本通路。如此重复进行,直到得到一条通过 n 个顶点的基本通路(即图 G 的哈密顿通路)为止。

同样方法可证得下面定理。

定理 5.5.3　设图 G 是具有 n 个顶点的无向简单图,如果 G 中任意两个不同顶点的度数之和大于等于 n,则 G 具有哈密顿回路,即 G 是哈密顿图。

例 5-5　设图 G 是具有 n 个顶点、m 条边的无向简单图,如果 $m > \dfrac{(n-1)(n-2)}{2}$,证明图 G 具有哈密顿通路。

证明　先证图 G 中任意两个不同点的度数之和大于等于 $n-1$,然后利用定理 5.5.2 即得本例的证明。

用反证法,设图 G 中存在两个顶点 v_1 和 v_2,有 $deg(v_1) + deg(v_2) < n-1$,即 $deg(v_1) + deg(v_2) \leqslant n-2$,删去点 v_1 和 v_2 后,所得的图为 G',易见 G' 是具有 $n-2$ 个顶点的无向简单图,设 G' 的边数为 m',则 $m' \geqslant m-(n-2) > \dfrac{(n-1)(n-2)}{2} - (n-2) = \dfrac{(n-2)(n-3)}{2}$,但 G' 是 $n-2$ 个顶点的无向简单图,其边数 $m' \leqslant \dfrac{(n-2)(n-3)}{2}$,由此得出矛盾,证毕。

习　题

1. 画一个无向简单图,使它满足

(1)既是欧拉图又是哈密顿图;

(2)是欧拉图但不是哈密顿图;

(3)是哈密顿图但不是欧拉图;

(4)既不是欧拉图也不是哈密顿图。

2. 证明在无向完全图 K_n 中($n \geqslant 6$)任意删去 $n-3$ 条边后所得的图是哈密顿图。

3. 证明在无向完全图 K_n 中有 $(n-1)!$ 条不同的哈密顿回路。

4. 证明图 5-5-6 不是哈密顿图。

5. 设有 n 个人,其中任意两个人在一起,他们能认识其余 $n-2$ 个人,证明这 n 个人可以排成一行,使得除排头排尾外,其余每个人的两边都是他认识的人;当 $n \geqslant 4$ 时,这 n 个人可以围成一圈,使每个人的两边都是他认识的人。(本题中的"认识"系指相互认识)。

6. 设 G 是无向哈密顿图,证明可以适当地在各边上添加方向,使所得的有向图是强连通图。

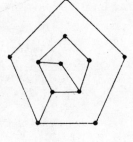

图　5-5-6

5.6　中国邮路问题和旅行售货员问题

中国邮路问题可以看做是欧拉问题的一种延伸。

一个邮递员在递送邮件时,每次要走遍他负责投递范围内的各条街道,然后再回到邮局,现在问,他应该按什么样的路线走,才能使所走的路程最短?

容易看到,这个问题实际上是在赋权图上找到一条通过各边的回路,且各边的权之和最小,称这样的回路为最优回路。由于这个问题是我国数学家管梅谷教授于 1960 年首先提出并解决的,所以国际上常称为中国邮路问题。

如果邮递员所走街道的图形是一个欧拉图,则中国邮路问题容易解决,因为图中任何一条欧拉回路都是最优回路。

如果图中有度数为奇数的顶点,在图 5-6-1 中,如图 a 所示(图中各边上的权为街道的长度),在图 a 中有两个度数为奇数的顶点(以后简称为奇顶点):B 和 E,我们可以把构成 B 到 E

的一条通路的各边都增加一条重复边(即平行边),如图 5-6-2b 或图 c 所示。由于 B 到 E 的通路可以有多条,因此邮递员所走的最短路程问题就归结为求 B 到 E 的各通路中,重复边的权之和最小的问题。本例中,邮递员所走的路径为图 d 所示。当图形比较复杂,奇顶点较多时,中国邮路问题也将变得颇为复杂,中国邮路问题的讨论已超出本书范围,有兴趣的读者可参阅有关专著,这里不再详述。

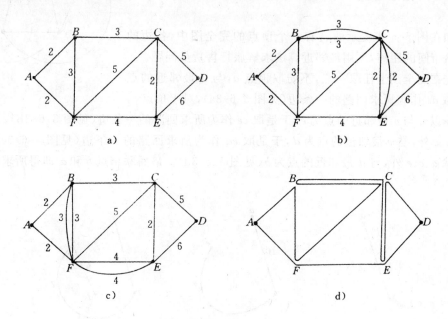

图　5-6-1

旅行售货员问题可以看做是哈密顿问题的一种延伸。

设有 n 个城市 $v_1, v_2, \cdots, v_n$ 其中任意两个城市都有交通线路,且任意三个城市之间的交通线路长度满足:

$$d(v_i, v_j) \leqslant d(v_i, v_k) + d(v_k, v_j)$$

有一位售货员从某城市出发到各个城市去一次并且只去一次,然后回到出发城市,要求找出一条巡回路线,使得该巡回路线的总路程最小,这就是旅行售货员问题。

因此旅行售货员问题,实质上是在一个边赋权的无向完全图上找到一条哈密顿回路,使得回路上各边的权之和最小(边上的权即为连接两城市交通线路的长度)。

在 n 阶完全图中,用穷举法找一条边权之和最小的哈密顿回路虽然方法简单但并不可行。因为 n 阶完全图中,共有 $(n-1)!$ 条不同的哈密顿回路,而计算每一回路的总长度,需要作 n 个加法,因此计算总数为 $n!$。当 $n=50$ 时,$50! \approx 3 \times 10^{64}$,对于一台每秒能作 10^9 次加法运算的计算机来说,大约需要运算 10^{47} 年后才能完成,显然这是不可行的。求解旅行售货员问题的有效算法至今尚未成功,下面介绍一种近似求解的算法,这种算法称为最邻近算法。它的基本思想非常简单:当售货员在某一城市时,下一步就选择与这个城市最邻近的、还没有去过的城市作为下一站,如此进行直到走完所有城市为止。

最邻近算法:

步骤 1　在完全图中任选一点作为起始点,找出一个与始点最近的点,形成一条边的初始路,然后用步骤 2 逐点扩充这条路。

步骤2 设 x 表示最新加入到这条路上的顶点,从不在路上的所有顶点中,选一个与 x 最邻近的点,把连接 x 与此点的边加到这条路上。重复这一步,直到完全图中所有顶点都包含在路中。

步骤3 把起始点和最后加入的顶点间的边放入,得到回路。

例如在图 5-6-2 所示的具有 5 个顶点的完全图中,各边的权表示城市间的距离,现用最邻近算法求解旅行售货员问题。

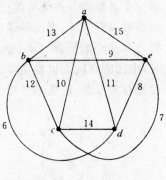

图 5-6-2

首先在完全图上任取一点,不妨取顶点 a,与 a 最邻近的点是 c,则取 ac 作为所求回路的一条边(见图 5-6-3a),对于顶点 c,考察除 a 以外与 c 最邻近的点为 e,于是取 ce 作为所求回路的一条边(见图 5-6-3b)。对于 e,考察除 a、c 外,与 e 最邻近的点 d,于是取 ed 作为所求回路的一条边(见图 5-6-3c)。对于 d,考察除 a、c、e 外,与 d 最邻近的点为 b(见图 5-6-3d)。最后联结点 b 和 a 即得所求回路(见图 5-6-3e)。

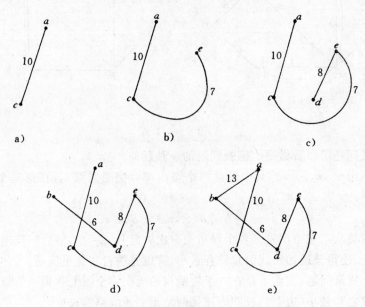

图 5-6-3

根据邻近算法所得的近似解,由图 5-6-3e 可知,回路总长度为 44;但如图 5-6-4 所示的回路,其总长为 43。

旅行售货问题有很大的实用意义,有许多表面上似乎与之无关的问题,而实质上却可以归结为旅行售货员问题来解决。例如在设计计算机接口时,经常遇到这样的问题:一个接口由一些组件构成,每个组件上有几个接线插头连接起来。由于插头较小及其他一些原因,规定每个插头上至多接两条电线,又为了整洁和避免相互干扰,要求电线的总长度尽量地小。为了使这个问题归

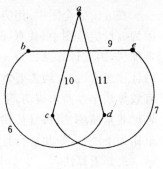

图 5-6-4

结为旅行售货员问题,令 p 为所有需要连接的插头的集合,构造一个 p 为顶点集的完全图 G, G 中连接插头 i 和 j 的边赋以权 W_{ij},它定义为 i 与 j 之间的距离。这样,问题就转化为在 G 中找一条长度最短的哈密顿通路,再在 G 中加一个顶点 O,令 $N=PU\{O\}$,对于任意的 $i\in p$, 令 $W_{io}=0$,易知在以 N 为顶点集的完全图上求出旅行售货员问题的最优解即可得出 G 中最短哈密顿路。

习　题

1. 用观察法求解图 5-6-5 的中国邮路问题。
2. 用最邻近算法求解图 5-6-6 的旅行售货问题。

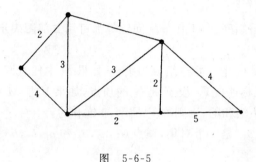

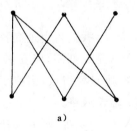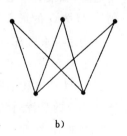

图　5-6-5　　　　　　　　图　5-6-6

5.7　二部图

从本节起将介绍一些有着广泛应用的特殊图:二部图、平面图、树等,本节介绍二部图及其应用。

定义 5.7.1　若无向图 G 的顶点集 V 可以划分成两个子集 V_1 和 V_2(即 $V_1 \bigcup V_2=V$,$V_1 \bigcap V_2=\varnothing$),使图中的每一条边的一个端点在 V_1 中,另一个端点在 V_2 中,则称 G 为二部图或偶图,记作 $G(V_1,V_2)$。

例如图 5-7-1a 和 b 都是二部图。

定义 5.7.2　若 $G(V_1,V_2)$ 是二部图, 且 V_1 中的每一个顶点都与 V_2 中的每一个顶点邻接,则称图 $G(V_1,V_2)$ 为完全二部图,记作 $K_{n,m}$,其中 $n=|V_1|$,$m=|V_2|$。

例如图 5-7-1(b) 是完全二部图,即 $K_{2,3}$。

a)　　　　　　　b)

图　5-7-1

判断一个图是否是二部图的方法是比较简单的。

定理 5.7.1　图 G 为二部图的充要条件是图 G 中的每一条回路都有偶数条边组成。

对此定理我们不作严格证明,给出一些说明性的解释。

当 $G(V_1,V_2)$ 是二部图时,显然 G 中任意一条回路的各边必须往返于 V_1 和 V_2 之间,因此其回路必有偶数条边组成。

反之,当图 G 中任意一条回路都有偶数条边组成,例如图 5-7-2a 所示,可以在图中任取

一点记作 a_1，然后将与 a_1 邻接的顶点记作 b_1 和 b_2；再将与 b_1、b_2 邻接的未加标记的顶点记作 a_2 和 a_3；再将与 a_2 和 a_3 邻接的未加标记的顶点记作 b_3。于是可令 $V_1=\{a_1,a_2,a_3\}$，$V_2=\{b_1,b_2,b_3\}$，将图 5-7-2a 改画作如图 5-7-2b 所示。

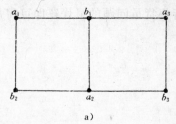
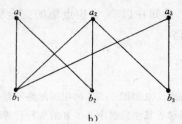

图　5-7-2

在日常生活中和生产实际中的某些问题如婚姻问题，工作分配问题等都可用二部图表示，下面将作进一步讨论。

定义 5.7.3　设图 $G(V_1,V_2)$ 是二部图，M 是 G 中一些边组成的集合，如果 M 中任意两条边都没有公共端点，则称 M 为 G 的一个对集（或称匹配）。设 V 是 G 的顶点，如果 V 是 M 中某条边的端点，则称 M 饱和顶点 V，并称 V 是 M 饱和的，否则称 V 是 M 非饱和的。

例如在图 5-7-3 中，边集 $M=\{a_1b_2,a_2b_3,a_4b_1\}$ 是一个对集，顶点 a_1,a_2,a_4 和 b_1,b_2,b_3 是 M 饱和的，顶点 a_3 是 M 非饱和的。

在图 5-7-3 中，如果 a_1,a_2,a_3,a_4 表示 4 位技术工人；b_1,b_2,b_3 表示 3 种不同的工作。当某技术工人能胜任某种工作时则在它们之间用边相连，如果规定一个技术工人只能担任一种工作，那么对集 M 就表示了一种工作分配方案。为了使工作分配方案能最大限度地做到"各尽其能"，下面将引进最大对集的概念。

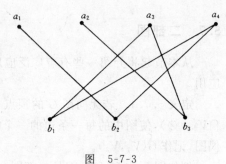

定义 5.7.4　设 $G(V_1,V_2)$ 是二部图，M 是 G 的一个对集，如果对于 G 中任意对集 M'，都有 $|M'|\leqslant|M|$，则称 M 为 G 的最大对集。

图　5-7-3

为了寻求二部图的最大对集，我们再引进交替通路和增长通路的定义。

定义 5.7.5　设 $G(V_1,V_2)$ 是二部图，M 是其对集，P 是 G 中的一条通路，如果 P 是由 G 中属于 M 的边和不属于 M 的边交替组成，则称 P 为 G 的 M 交替通路。始点和终点都是 M 非饱和点的交替通路称为 M 增长通路。

例如在图 5-7-4a 中，$M=\{a_1b_2,a_2b_3,a_3b_5\}$，通路 $a_1b_2a_2b_3a_3$，$a_2b_3a_3b_5a_4$，$b_1a_3b_5a_4$，$b_1a_1b_2a_2b_3a_3b_5a_4$ 都是 M 交替通路，其中后两条交替通路 $b_1a_3b_5a_4$ 和 $b_1a_1b_2a_2b_3a_3b_5a_4$ 的始点和终点都是 M 非饱和的，所以这两条通路是 M 增长通路。

由于 M 增长通路中的始点和终点都是 M 非饱和的，所以 M 增长通路必有奇数条边组成，其中第一条边不属于 M，第二条边属于 M，第三条边不属于 M，…，最后一条边不属于 M。因此在 M 增长通路中，属于 M 的边数应比不属于 M 的边数少 1。如果将 M 增长通路中的不属于 M 的边替代属于 M 的边，并与 M 中其他边合并成新的边集 M'，易知 M' 也是对集，且其所含边数比对集 M 所含的边数多 1。例如在图 5-7-4a 中，将 M 增长通路：$b_1a_3b_5a_4$

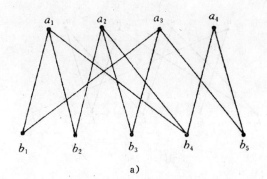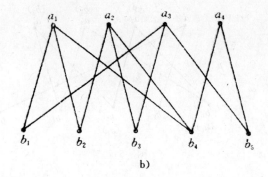

图 5-7-4

中的两条不属于 M 的边:b_1a_3 和 b_5a_4 替代属于 M 中的边 a_3b_5,于是就得到一个新的对集 $M'=\{a_1b_2,a_2b_3,b_1a_3,a_4b_5\}$,显然 M' 的边数比 M 的边数多 1,即 $|M'|=|M|+1$(见图 5-7-4b)。

由此可见,我们可以采用不断地寻求增长通路以增加对集所含的边数,直至再也找不到新的增长通路为止。我们还可以证明,当对集 M 再也没有新的增长通路时,对集 M 就是最大对集,由于证明过程比较复杂,这里不详述。

基于上述思路,就产生了寻求最大对集的匈牙利算法,其算法如下:

步骤 1:给定一个二部图 $G(V_1,V_2)$,令 M 是任意一个对集(可以是空对集),给 V_1 中 M 非饱和点标记为"$\varnothing$"。

步骤 2:如果不存在未检查的标号点,转步骤 3;否则找一个未检查的标号点 u,检查点 u 的标号如下:

如果 $u\in V_1$,对每一个同 u 邻接的点 v,除非 v 已经标号,否则给点 v 标号"u";如果 $u\in V_2$,若 u 是非饱和点,转步骤 2,否则设和 u 关联且属于 M 的唯一边为 uv,给点 v 标号"u",返回步骤 2。

步骤 3:起点在有标号"$\varnothing$"的点,终点为 u 的一条增长通路 P 被找到。以增长通路中不属于 M 的边替代属于 M 的边,从而得到边数比 M 的边数多 1 的对集,此对集仍记为 M。抹掉所有标号,给 M 非饱和点标以"$\varnothing$",返回步骤 2。

步骤 4:这时没有增长通路存在,M 是最大对集,算法终止。

例 5-6 求图 5-7-5 所示二部图的最大对集。

解 取初始对集 $M=\{a_1b_5,a_3b_1,a_4b_3\}$,利用匈牙利算法标记如下:

(1)由于 a_2 是 V_1 中唯一的 M 非饱和点,把 a_2 标记($\varnothing$)。

(2)将 a_2 的邻接点 b_1 和 b_3 标记(a_2)。

(3)从 b_1 出发,把 a_3 标记(b_1),从 b_3 出发把 a_4 标记(b_3)。

(4)从 a_3 出发,把 b_4 标记(a_3),因 b_4 是非饱和点,说明已找到一条增长通路:$a_2b_1a_3b_4$。再用增长通路中不属于 M 的边替代属于 M 的边,于是得到对集 $M=\{a_1b_5,a_2b_1,a_3b_4,a_4b_3\}$。见图 5-7-6。

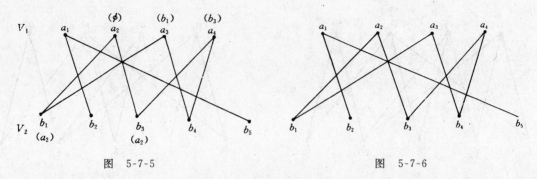

图 5-7-5   图 5-7-6

从 $M=\{a_1b_5,a_2b_1,a_3b_4,a_4b_3\}$ 开始,重复上述过程,直到找不出 M 的增长通路为止。由于 V_1 中已没有 M 的未饱和点,故 M 就是所求的最大对集。

例 5-7　求图 5-7-7 所示二部图的最大对集。

解　取初始对集 $M=\{a_2b_2,a_3b_3,a_5b_5\}$

(1)把 V_1 中的 M 非饱和点 a_1 和 a_4 标记($\varnothing$)。

(2)从 a_1 出发,把 b_2,b_3 标记(a_1)。

(3)从 b_2 出发,把 a_2 标记(b_2),从 b_3 出发标记 a_3 为(b_3)。

(4)从 a_2 出发,标记 b_1,b_4,b_5 为(a_2)。由于 b_4 为非饱和点,说明已找到一条增长通路:$a_1b_2a_2b_4$,经替代后可得对集$\{a_1b_2,a_2b_4,a_3b_3,a_5b_5\}$。见图 5-7-8。

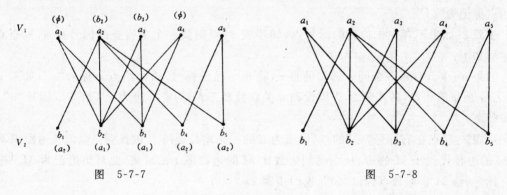

图　5-7-7   图　5-7-8

对于对集 $M=\{a_1b_2,a_2b_4,a_3b_3,a_5b_5\}$ 重复上述过程,已找不到增长通路,所以 M 就是最大对集。

习　题

1. 如果 G 是具有 n 个顶点,m 条边的二部图,证明 $m\leqslant\dfrac{n^2}{4}$。

2. 当 n 和 m 满足什么条件时,完全二部图 $K_{n,m}$ 是欧拉图?

3. 当 n 和 m 满足什么条件时,完全二部图 $K_{n,m}$ 是哈密顿图?

4. 某单位按编制有 7 个空缺:$p_1,p_2,\cdots,p_7$。有 10 个申请者 $a_1,a_2,\cdots,a_{10}$。他们的合格工作岗位集合依次为:$\{p_1,p_5,p_6\},\{p_2,p_6,p_7\},\{p_3,p_4\},\{p_1,p_5\},\{p_6,p_7\},\{p_3\},\{p_2,p_3\},\{p_1,p_3\},\{p_1\},\{p_5\}$。如何安排他们的工作,使无工作的人最少?

5. 某单位有 6 个未婚女子,$L_1,L_2,\cdots,L_6$ 和 6 个未婚男子 $G_1,G_2,\cdots,G_6$,他们都想结婚,每个人都有意中人,$L_1:\{G_1,G_2,G_4\}$,$L_2:\{G_3,G_5\}$,$L_3:\{G_1,G_2,G_4\}$,$L_4:\{G_2,G_5,G_6\}$,$L_5:\{G_5,G_6\}$,$L_6:\{G_2,G_5,G_6\}$;$G_1:\{L_1,L_3,L_6\}$,$G_2:\{L_2,L_4,L_6\}$,$G_3:\{L_2,L_5\}$,$G_4:\{L_1,L_3\}$,$G_5:\{L_2,L_6\}$,$G_6:\{L_3,L_4,L_5\}$,请问如何匹配,使男女双方都满意且结婚的对数最多。

6. 用匈牙利算法求图 5-7-9 的最大对集,图中粗线为初始对集。

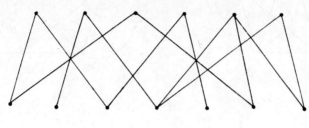

图　5-7-9

5.8　平面图

定义 5.8.1　如果能把一个图在平面上画成除端点外,任何两边都不相交,则称此图为可平面的,或称平面图。

例如图 5-8-1 所示的图都是平面图。

又如图 5-8-2a 所示的图为具有 4 个顶点的无向完全图,它可改画成图 5-8-2b,所以 K_4 是平面图。

下面介绍两个重要的非平面图。

一是具有 5 个顶点的无向完全图 K_5,它

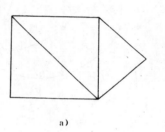

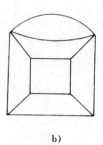

图　5-8-1

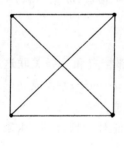

a)

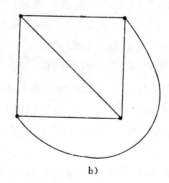

b)

图　5-8-2

是非平面图,见图 5-8-3a 和图 5-8-3b。

另一个重要非平面图是完全二部图 $K_{3,3}$。见图 5-8-4a 和图 5-8-4b。

关于 K_5 和 $K_{3,3}$ 的非平面性,以后将给予严格的证明。

由于平面图中各边是不相交的,所以平面图的边把平面划分成若干块,这样的块称为区域。例如图 5-8-5 所示的平面图将平面划分成 4 个区域,其中 R_1,R_2,R_3 是有限区域,R_4 是无限区域。

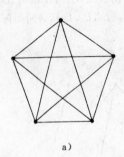 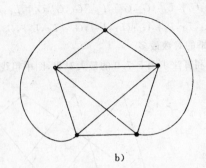

a)   b)

图　5-8-3

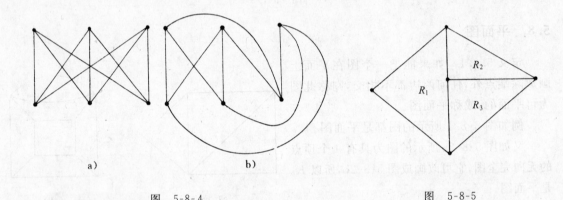

a)   b)   图　5-8-5

图　5-8-4

一个平面图中的顶点数、边数和区域数有着密切的联系,下面介绍著名的欧拉公式。

定理 5.8.1　设图 G 是无向连通平面图,它具有 n 个顶点,m 条边和 r 个区域,则

$$n - m + r = 2$$

证明　用归纳法,对边数进行归纳。

当图中仅有一条边时,它有两种结构,一是有两个邻接点和一条关联这两顶点的边,易知 $n=2,m=1,r=1$,(仅有一个无限区域),所以欧拉公式 $n-m+r=2$ 成立;另一种是由一条自回路构成的图,这时 $n=1,m=1,r=2$,所以欧拉公式成立。

设当连通平面图具有 m 条边时,欧拉公式成立,现证对于具有 $m+1$ 条边的连通平面图,欧拉公式也成立。

易见,一个具有 $m+1$ 条边的连通平面图,删去一条边后,仍然是平面图。因此可以把具有 $m+1$ 条边的连通平面图看做是由含 m 条边的连通平面图添加一条边后构成的。在一个含有 m 条边的连通平面图上添加一条边后,可能有三种不同的结构,见图 5-8-6a,b,c,图中的圆表示具有 m 条边的连通平面图。

为了叙述方便,我们把具有 n 个顶点,m 条边和 r 个区域的连通平面图记作 $G(n,m,r)$。易见,图 5-8-6a 所示的图表示在 $G(n,m,r)$ 中原有的两点中添加一条边;图 5-8-6b 所示的图表示在 $G(n,m,r)$ 中原有的一点上添加一条自回路。这两种情况构成了图 $G(n,m+1,r+1)$ 这说明在 $G(n,m,r)$ 中添加一条边后,没有增加顶点数,增加了一条边同时也增加了一个区域,所以欧拉公式仍然成立。图 5-8-6c 所示的图表示在 $G(n,m,r)$ 中添加一条边后构成了图

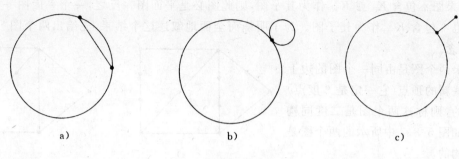

a) b) c)

图 5-8-6

$G(n+1,m+1,r)$，这说明在 $G(n,m,r)$ 中添加一条边后，增加了一个顶点但没有增加区域数，所以欧拉公式仍然成立。证毕。

当图 $G(n,m,r)$ 是简单图时，定理 5.8.1 有以下重要推论。

推论 设图 G 是具有 n 个顶点，m 条边的无向简单连通平面图，则

$$3n-6 \geqslant m$$

证明 由于 G 是简单图，因此 G 中每一个区域至少有 3 条边围成，若 G 中有 r 个区域，围成 r 个区域总边数为 $2m$（因为每条边都作为两个相邻区域的公共边，被计算了两次），所以有

$$2m \geqslant 3r$$

或

$$r \leqslant \frac{2m}{3}$$

代入欧拉公式后可得

$$n-m+\frac{2m}{3} \geqslant 2$$

从而得到

$$3n-6 \geqslant m$$

由于每一个简单连通平面图都应满足上述不等式，因此这个不等式可以作为判断一个图是否是平面图的必要条件。由此可证具有 5 个顶点的无向完全图 K_5 是非平面图，因为在 K_5 中顶点数 $n=5$，边数 $m=10$，$3n-6=9<m$，不满足平面图的必要条件，所以 K_5 是非平面图。

现在再证 $K_{3,3}$ 是非平面图。

由于 $K_{3,3}$ 是完全二部图，因此每条回路有偶数条边组成，而 $K_{3,3}$ 又是简单图，所以如果 $K_{3,3}$ 是平面图，其每一个区域至少有 4 条边围成，于是有

$$2m \geqslant 4r$$

或

$$r \leqslant \frac{m}{2}$$

代入欧拉公式后可得

$$2n-4 \geqslant m$$

由于 $K_{3,3}$ 中，$n=6$，$m=9$，不满足上述不等式，所以 $K_{3,3}$ 不是平面图。

显然，除了 K_5 和 $K_{3,3}$ 是非平面图外，还应有其他非平面图，1930 年波兰数学家库拉托夫斯基证明了一个非常简洁而又漂亮的结果：任何非平面图都含着 K_5 或 $K_{3,3}$ 作为其子图，也就

是说,如果图不包含 K_5 或 $K_{3,3}$ 作为其子图,则此图必是平面图。反之,一个平面图一定不包含 K_5,也不包含 $K_{3,3}$ 作为其子图。为了明确而全面地叙述这个结果,先给出两个图"二度同构"的概念。

如果两个图是由同一个图的边上插入一些新的顶点(它一定是 2 度点)而得到的,则称这两个图是二度同构的。例如图 5-8-7 中所示的两个图是二度同构的。

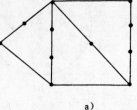
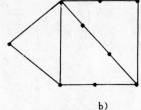

a)   b)

图 5-8-7

易见,在一个图的边上插入一些 2 度顶点后,不影响这个图的平面性。

下面介绍著名的库拉托夫斯基定理,由于这个定理的证明比较复杂,这里不作证明。

定理 5.8.2 一个图是平面图的充分必要条件是该图不包含二度同构于 K_5 或 $K_{3,3}$ 的子图。

例 5-8 证明图 5-8-8 所示的图是非平面图。

证明 把图 5-8-7 中的边 ED 删去后,所得的子图就是 $K_{3,3}$(见图 5-8-9),所以此图是非平面图。

例 5-9 证明彼得逊图(见图 5-8-9 所示)是非平面图。

证明 把图 5-8-10 中的边 DE 和 FH 删去,所得的子图如图 5-8-11a 所示。然后将此子图改画成如图 5-8-11b 所示,易知图 5-8-11b 与 $K_{3,3}$ 是二度同构的,所以彼得逊图是非平面图。

图 5-8-8   图 5-8-9   图 5-8-10

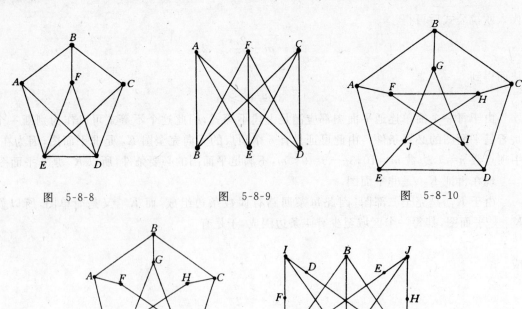

a)   b)

图 5-8-11

除了用库拉托夫斯基定理来证明一个图是非平面图外,还可以用简单平面图的必要条件 $3n-6\geqslant m$ 来证明一个图是非平面图。

例 5-10 设 G 是至少有 11 个顶点的无向简单连通平面图,证明 G 的补图 $\overline{G}$ 一定是非平面图。

证明 设图 G 有 n 个顶点,m 条边($n\geqslant 11$),显然其补图 $\overline{G}$ 有 n 个顶点,$\dfrac{n(n-1)}{2}-m$ 条边。现用反证法,设补图 $\overline{G}$ 也是平面图,则有

$$3n-6\geqslant \frac{n(n-1)}{2}-m$$

由于图 G 是平面图,所以有

$$3n-6\geqslant m$$

由此可得

$$6n-12\geqslant \frac{n(n-1)}{2}$$

整理后得

$$n^2-13n+24\leqslant 0$$

或

$$n^2-13n+22<0$$
$$(n-11)(n-2)<0$$

由此可得 $n<11$,这和假设 $n\geqslant 11$ 矛盾,证毕。

下面介绍平面图的对偶图,它在图的着色问题中有重要用途。

设 G 是平面图,用以下两条规则构造另一个平面图 G^*,则称 G^* 为 G 的对偶图。

(1)G 中若有 k 个区域 $R_1,R_2,\cdots,$ R_k,则在每一个区域内部任取一点,对应得到 k 个点:$v_1,v_2,\cdots,v_k$,将这 k 个点作为图 G^* 的顶点。

(2)若 G 中两个区域 R_i 和 R_j 有相邻边,则在 G^* 中的对应两个顶点 v_i 和 v_j 之间连一条边。

请注意,当 G 中两个区域有 l 条相邻边时,在 G^* 中的对应两个顶点之间也连 l 条边。

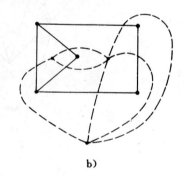

a)　　　　　　b)

图　5-8-12

例如图 5-8-12a 所示的平面图,其对偶图为图 5-8-12b 中虚线所示的图。

又如图 5-8-13a 所示的平面图,其对偶图为图 5-8-13b 中虚线所示的图。

一个平面图在平面上可以有不同的画法,从而可能得到不同的对偶图。例如图 5-8-14a 和图 5-8-14b 是一个平面图的两种画法,或者说图 5-8-14a 和图 5-8-14b 是同构的,但它们的对偶图是不同构的。见图 5-8-15a 和图 5-8-15b,因为图 5-8-15b 中有一个 5 度点而在图 5-8-15a 中,各点度数最多为 4,所以这两个图是不同构的。

由此可见,一个平面图只有当它在平面上已确定位置时,它的对偶图才有意义。因此常将一个平面图已在平面上有确定位置的情况称为一个平面图在平面上的嵌入。

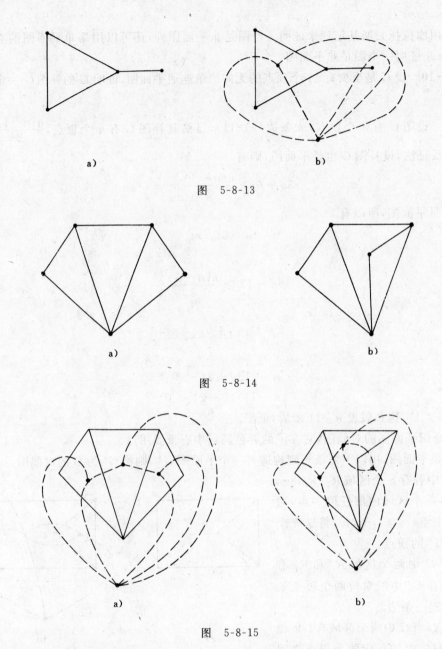

图　5-8-13

图　5-8-14

图　5-8-15

　　研究地图的着色问题,就是研究平面图区域的着色问题,通过其对偶图,可以将区域着色问题转化为图的顶点着色问题。

　　1852 年英国青年盖思里提出了地图的四色猜想:在画地图时,如果规定一条边界分开的两个区域涂不同的颜色,则任何地图只需要四种颜色涂色即可符合规定。100 多年来,许多人试图证明这一猜想都没有成功,四色猜想成为图论中的基本难题。1976 年美国伊利诺斯大学的阿佩尔和海肯利用计算机分析近 2000 种图形和 100 多万种情况后证明了四色猜想,但"非计算机证明"至今尚未解决。如果用 5 种颜色给地图着色,并使其符合于相邻区域有不同颜色的规定是可以证明的,这就是五色定理。

　　首先介绍图的"正常着色"的概念。

　　如果用几种颜色对一个图 G 的顶点着色，并使图中任意两个邻接的顶点都有不同的颜色，则称为给图 G 正常着色。利用对偶图可以把地图区域的着色问题转化为顶点的着色问题，所以五色定理就是要证明用 5 种颜色可以给平面图正常着色的问题。

　　由于含平行边的图不影响图的正常着色问题的讨论，不失一般性，至今所讨论的图是简单平面图。

　　引理　设图 G 是简单连通平面图，则在图 G 中必存在一个顶点 v，其度数小于等于 5，即 $\deg(v) \leqslant 5$。

　　证明　用反证法。设图 G 中每个顶点的度数都大于等于 6。由于图中各点的度数之和等于边数的两倍，所以有

$$6n \leqslant 2m$$

又由于图 G 是简单连通平面图，所以有

$$3n - 6 \geqslant m$$
$$6n - 12 \geqslant 2m$$

由此可得

$$6n - 12 \geqslant 2m \geqslant 6n$$

这是不可能的，所以图 G 中至少有一点其度数小于等 5。证毕。

　　定理 5.8.3（五色定理）　用 5 种颜色可以给任意的简单连通平面图正常着色。

　　证明　用归纳法，对图中顶点数作归纳。

　　显然，当图的顶点数小于等于 5 时，一定可以用 5 种颜色给图正常着色。

　　假设对于任意的具有 $n-1$ 个顶点的简单连通平面图可以用 5 种颜色正常着色，现证明对于具有 n 个点的简单连通平面图也可以用 5 种颜色正常着色。

　　设图 G_n 是具有 n 个顶点简单连通平面图，由引理可知，图 G_n 中必存在一个顶点 v_0，其度数小于等于 5。在图 G_n 中删去点 v_0 后，得到具有 $n-1$ 个顶点的子图，记为 G_{n-1}，由归纳假设可知，G_{n-1} 可以用 5 种颜色正常着色，因此只需证明在图 G_n 中，点 v_0 可以用 5 种颜色中的某一种颜色予以着色，使其与邻接的顶点的着色都不相同即可。

　　如果 $\deg(v_0) < 5$，则与 v_0 邻接的顶点至多有 4 个，所以可以用与 v_0 邻接点不同的颜色给 v_0 着色。

　　如果 $\deg(v_0) = 5$，但与 v_0 邻接点的着色数不超过 4，这时仍然可用与 v_0 邻接点不同的颜色给 v_0 着色。

　　如果 $\deg(v_0) = 5$，且与 v_0 邻接的 5 个点已涂了 5 种不同的颜色。见图 5-8-16，这时的情况要复杂些。

　　若把 G_{n-1} 中所有涂上红色或蓝色顶点的导出子图记作 H。下面分两个情况讨论。

　　(1) 如果 v_1 和 v_3 分别属于 H 的两个不同的连通分支，如图 5-8-17 所示。

　　于是可把 v_1 所在连通分支中的红色与蓝色对调，这样并不影响 G_{n-1} 的正常着色，然后把 v_0 涂上红色，即得图 G_n 的正常着色。

　　(2) 如果 v_1 和 v_3 都属于 H 的同连通分支，则 v_1 和 v_3 之间必有一条顶点属于 H 的通路 P，它和 v_0 一起构成回路 $C: v_0, v_1, P, v_3, v_0$，如图 5-8-18 所示。

　　如果把 G_{n-1} 中所有黄色与白色的顶点的导出子图记为 H'。由于回路 C 的存在，H' 至少有两个连通分支，一个在 C 的内部，一个在 C 的外部（否则图 G_n 中将有边相交的情况产生，这

与图 G_n 是平面图的假设矛盾),于是问题转化为(1),对 H' 按(1)的方法处理后,即得图 G_n 的正常着色。

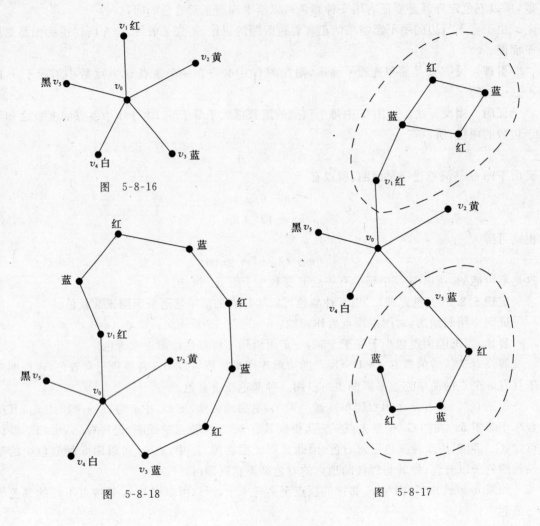

图 5-8-16

图 5-8-18

图 5-8-17

习 题

1. 画一个有 8 个顶点的简单图 G,使得 G 和补图 $\overline{G}$ 都是平面图。

2. 设 G 是边数小于 30 的简单平面图,证明 G 中必存在顶点 v,其度数小于等于 4。

3. 已知具有 n 个的无向简单图 G 中有 m 条边,且各个顶点的度数均为 3,又已知 $2n-3=m$,问在同构意义下,G 是唯一的吗?

4. 画出完全图 K_4 的对偶图。

5. 设 G 是具有 6 个顶点、13 条边的简单无向图,证明 G 是哈密顿图但不是平面图。

6. 利用库拉托夫斯基定理证明图 5-8-19 是非平面图。

7. 画出图 5-8-20 的对偶图。

8. 如果图 G 的对偶图与 G 同构,则称 G 为自对偶图,请画出两种自对偶图。

9. 设图 G 是自对偶图,证明 $2(n-1)=m$,其中 n 是 G 的顶点数,m 是 G 的边数。

10. 设图 G 是简单平面图,如果 G 是自对偶图,证明 G 中至少存在 4 个 3 度点。

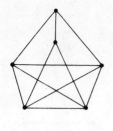

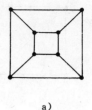 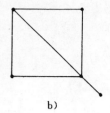

a)   b)

图　5-8-19　　　　　　　　　　　图　5-8-20

5.9　无向树

定义 5.9.1　没有回路的无向连通图称为无向树,简称树,树中度数为 1 的顶点称为树叶,度数大于 1 的顶点称为内点或枝点。

图 5-9-1 所示的图是树,其中有 6 片树叶。

定义 5.9.2　设有回路的无向图称为森林。

显然森林中每一个连通分支都是树,而树可以看做是连通的森林。

由树的定义可得树的一些基本性质。

性质 1　树中任意两点有且仅有一条通路相连。

性质 2　若树有 n 个顶点,m 条边,则 $n=m+1$。

性质 3　在树中任意删去一条边则变成不连通图。这说明树是"连通程度"最小的图。

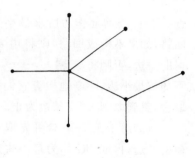

图　5-9-1

性质 4　在树 T 中任意两个不邻接的顶点中添加一条新边,则构成的图包含唯一的回路。

定义 5.9.3　设 G 是无向图,若 G 的一个生成子图(含有图 G 的所有顶点的子图)T 是一棵树,则称 T 为 G 的生成树。

图 5-9-2b 和图 5-9-2c 是图 5-9-2a 的生成树。

现在我们讨论一个很有实用意义的问题:赋权图的最小生成树问题。先来看一个实际问题。

在一个新建的城市中,煤气厂必须供应煤气给几个住宅区,需要铺设煤气管道。例如图 5-9-3 中的 A 表示煤气厂,B、C、D、E、F、G 表示各住宅区,煤气管必须沿着图中所示的路线铺设,每条路线上的数字表示铺设煤气管的费用。现在问应怎样铺设煤气管道,使煤气能供应给各个住宅区,且其费用最小? 图 5-9-3 实质上是个赋权连通图,这个图的生成树是连通所有顶点的最小连通子图,所以这个问题可以归结为在图 5-9-3 中找一棵生成树 T,使 T 中各边的权之和最小,称这样的生成树 T 为最小生成树。

下面介绍求最小生成树的简单算法,这是克鲁斯卡尔于 1956 年首先提出的。

先把该算法的基本思想叙述如下:设 G 是具有 n 个顶点,m 条边的无向连通图。首先将 G 中 m 条边按权由小到大顺序排列,不妨设顺序为 $e_1,e_2,\cdots,e_m$。然后将 G 中权最小的边 e_1 作为所求最小生成树的一条边;再取 G 中余下边中权最小的边 e_2 作为所求最小生成树的一边;再取 G 中余下边中权最小的边 e_3,这时需检查一下,$e_1 e_2 e_3$ 是否构成回路,如果不构成回路,则将边 e_3 作为所求最小生成树的一边,否则将 e_3 删去;继续取 G 中余下边中权最小的边 e_4,检

156

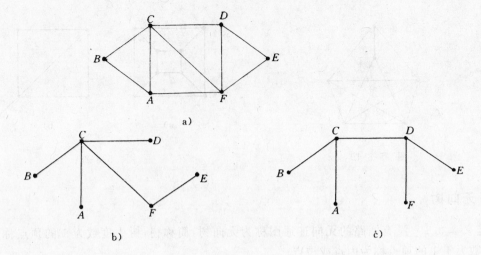

图 5-9-2

查一下 e_4 与前面作为所求最小生成树的边是否构成回路,如果不构成回路,则将边 e_4 作为所求最小生成树的一边,否则将 e_4 删去,……,如此不断地取 G 中余下的权最小边,不断地检查它们是否构成回路以决定取舍,直到取到 $n-1$ 条边为止。

例如对于图 5-9-3,可先取边 BD 作为最小生成树的一边;再取 BG 作为最小生成树的一边;再取 BC 作为最小生成树的一边;再取 BA 作为最小生成树的一边;余下边中权最小的边为 CD,AG,AE,由于 CD 和 BD,BC 构成回路,AG 和 AB,BG 构成回路,所以这两条边舍去,而 AE 与已作为最小生成树的边不构成回路,所以 AE 可作为最小生成树的一边;再取边 AD,它与 AB,BD 构成回路,所以舍去;再取边 GF,它与已作为最小生成树的边不构成回路,所以 GF 可作为最小生成树的一条边。现已找到 6 条边,所以图 5-9-3 的最小生成树已找到,见图 5-9-4。

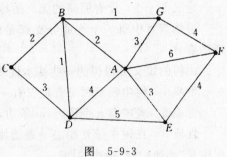

图 5-9-3

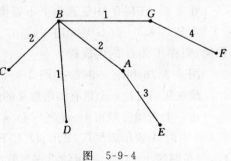

图 5-9-4

现将克鲁斯卡尔算法叙述如下。

步骤 1 把 G 中各边按权由小到大排列,设为 $e_1,e_2,\cdots,e_m$。置 $s=\phi,i=0,j=1$。

步骤 2 若 $|s|=i=n-1$,则计算结束。这时 s 的导出子图为 T,即为所求最小生成树,否则转步骤 3。

步骤 3 若 $\langle s\cup\{e_j\}\rangle$ 不构成回路,则置 $s=s\cup\{e_j\}$;$i=i+1,j=j+1$,转向步骤 2;否则置 $j=j+1$,转向步骤 3。

习 题

1. 描述恰好有两片树叶的树的特征。

2. 一棵树有 2 个 2 度点,3 个 3 度点,4 个 4 度点,且没有大于 4 度的点,问这棵树有几个 1 度点?

3. 一棵树有 n_2 个 2 度点，n_3 个 3 度点，$\cdots$，n_k 个 k 度点，问它有几个 1 度点？

4. 证明有 n 个顶点的树，其顶点的度数之和为 $2n-2$。

5. 证明树是二部图。

6. 求图 5-9-5 的最小生成树。

7. 在下列标定图中（见图 5-9-6），有多少不同的生成树？

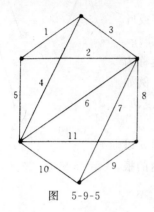

图　5-9-5

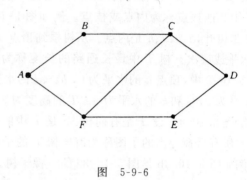

图　5-9-6

5.10　有向树

有向树也许是图论中应用最广泛的一类图形，特别在计算机科学中用途极广。本节所述的内容较多，将分类介绍。

（一）有向树的基本概念

定义 5.10.1　满足以下条件的有向图 T 称为有向树：

(1) T 中有一个且仅有一个入度为零的顶点，称这个顶点为根；

(2) 除根外，T 中其他顶点的入度都为 1；

(3) T 中每一个顶点都有一条从根到这一顶点的有向通路。

例如图 5-10-1a 所示的图是有向树，顶点 a 是根。在画有向树时，经常将树根画在最上面，并使树中各有向边的箭头朝下，因此为了方便，可把各有向边的箭头省略，于是图 5-10-1a 所示的有向树可以画作图 5-10-1b 所示。

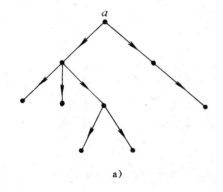

a)

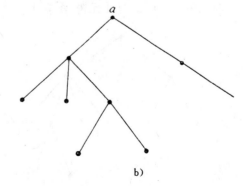

b)

图　5-10-1

定义 5.10.2　设 T 是有向树，ab 是 T 中的一条有向边，如果 a 是始点，b 是终点，则称 a

是 b 的父亲、b 是 a 的儿子。如果 T 中有一条以 a 为始点，x 为终点的有向通路，则称 a 是 x 的祖先、x 是 a 的后裔。

例如图 5-10-2 所示的有向树中，b 是 e、f 的父亲，e 和 f 是 b 的儿子；d 是 g、h、i 的父亲，g、h、i 是 d 的儿子；d 是 j 和 k 的祖先，j 和 k 是 d 的后裔。

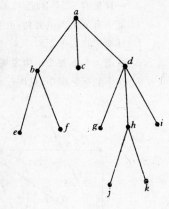

定义 5.10.3　在有向树 T 中，出度为零的点称为树叶或叶片，T 中其他顶点称为内点或枝点。例如图 5-10-2 中，e、f、c、g、i、j、k 是树叶，a、b、d、h 是内点。从树根到顶点 a 的通路长度称为 a 的水平或层次。树 T 中最长通路的长度称为 T 的高度。例如在图 5-10-2 中，顶点 a 的水平为 0，b、c、d 的水平为 1，e、f、g、h、i 的水平为 2，j 和 k 的水平为 3。T 的高度为 3。

图　5-10-2

定义 5.10.4　设 T 是有向树，a 是 T 中的一个顶点，由 a 以及 a 的所有后裔导出的子图称为有向树 T 的子树，a 是子树的根。

例如图 5-10-3b 是图 5-10-3a 的一棵子树。

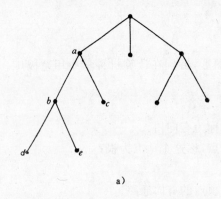
a)

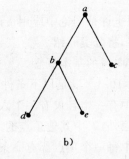
b)

图　5-10-3

定义 5.10.5　在有向树 T 中，如果各个顶点至多有 n 个儿子，则称 T 为 n 元树。如果各个顶点的儿子数都是 n 或零，则称 T 为完全 n 元树。

例如图 5-10-4a 是 4 元树，图 5-10-4b 是完全 3 元树。

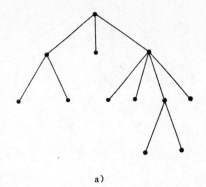
a)

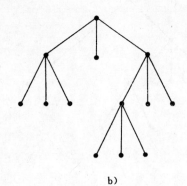
b)

图　5-10-4

定义 5.10.6　在有向树 T 中，如果给每一个同层次顶点的儿子都规定次序，则称 T 为有序树。一般地，自左至右地依次排列，左为兄、右为弟。

例如图 5-10-5 是一棵有序树。

在完全 n 元树中，内点数与叶片数有如下关系。

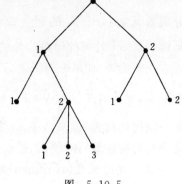

定理 5.10.1　设 T 是完全 n 元树，T 有 k 个内点，t 片树叶，则 $k=\dfrac{t-1}{n-1}$。

证明　因为任何有向树的底图是无向树，所以在有向树中同样有其边数比顶点数少 1 的结论。易见，在完全 n 元树中，边数为 $n\cdot k$，顶点数为 $k+t$，于是有

$$k+t=nk+1$$

即

图　5-10-5

$$k=\frac{t-1}{n-1}$$

特别当 $n=2$ 时，$k=t-1$，这说明在完全二元树中，内点数比树叶数少 1。

下面介绍一些有向树的应用。

（二）前缀码与最优树

编码是指用一些二进制序列来表示某种信息，一个二进制序列称为一个码字，由码字组成的集合称为码。

分组码是常用的一类编码形式，在分组码中，每一个码字都是位数相同的二进制序列。例如要对 26 个英文字母进行编码，如果采用分组码，则用 5 位二进制序列来表示一个英文字母，可以用 00000 表示 a、00001 表示 b、…、11001 表示 z。在接收端每收到一个 5 位二进制序列就能确定一个字母。这样做虽然简单但不能满足快速的要求，由于各个英文字母的使用频率不相同（大量统计表明，在各类英文单词中，字母 e 出现次数最多，而字母 q、z 等出现的次数较少），自然希望用较短的二进制序列去表示使用频繁的英文字母，用较长的二进制序列去表示使用较少的英文字母。然而用不同长度的二进制序列表示英文字母，会使接收端难以将一长串二进制序列分隔成有唯一可能的英文字母，例 如若用 00 表示 y，10 表示 e，11 表示 s，001 表示 n，011 表示 o。则当接收端得到 001011 时，将无法确定它表示：yes 还是表示 no。为了使编码能做到快速而又准确，我们用完全二元树来解决这个问题。

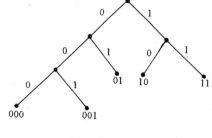

在一棵完全二元树中，把每一个顶点引出的左枝（左面那条边）标记 o，右枝标记 1。把从根到每一片树叶所经过的边的标记串作为这片树叶的标记，由这些树叶的标记作为码字构成的集合称为前缀码。如图 5-10-6 所示，集合 $\{000,001,01,10,11\}$ 是前缀码。

图　5-10-6

容易看到，在前缀码中，没有一个码字是另一个字码的前半部分，使用前缀码就能分辨出长短不一的二进制序列。例如对于图 5-10-6 所示的前缀码，当接收到的信息串为：001011000011，则可分隔成：001,01,10,000,11，且这种分隔是唯一的。

下面介绍如何构造一棵完全二元树,使 26 个英文字母的编码最佳。

设给定了各字母的使用概率为 $p_1, p_2, \cdots, p_{26}$。所谓最佳,就要求一棵有 26 片树叶,其权分别为 $p_1, p_2, \cdots, p_{26}$ 的完全二元树,使各码字的长度的数学期望:$L = \sum_{i=1}^{26} p_i \cdot l_i$ 最小,其中 l_i 是树根至第 i 片树叶通路的长度(即通路中所含边数)。

一般地讲,如果一棵完全二元树的 t 片树叶分别带有权 $w_1, w_2, \cdots, w_t$,称这样的树 T 为带权树,定义树 T 的权 $W(T) = \sum_{i=1}^{t} W_i L_i$,其中 L_i 是指由树根到第 i 片树叶的通路长度。如果一棵树叶权为 $w_1, w_2, \cdots, w_t$ 的完全二元树有最小的权,则称此为最优树,因此对于 26 个英文字母的最佳编码问题,就是求一棵树叶权为 $p_1, p_2, \cdots, p_{26}$ 的最优树。

1952 年哈夫曼(Huffman)给出了求最优树的算法。他的基本思想是:从一棵树叶权为 $w_1 + w_2, w_3, \cdots, w_t$ 的最优树 T 可得到一棵树叶权为 $w_1, w_2, \cdots, w_t$ 的最优树,其中树叶权以由小到大排列,即 $w_1 \leqslant w_2 \leqslant \cdots \leqslant w_t$。因此,画一个有 t 片树叶的最优树可简化为求有 $t-1$ 片树叶的最优树;画一个有 $t-1$ 片树叶的最优树又可简化为求有 $t-2$ 片树叶的最优树,$\cdots$,依次类推,最后可简化为求两片树叶的最优树,由于仅有两片树叶的完全二元树是唯一的,所以它一定是最优树。

下面详细介绍哈夫曼最优树的形成。

如果 T 是有 t 片树叶的带权完全二元树,t 片树叶的权分别为 $w_1, w_2, \cdots, w_t$ 且 $w_1 \leqslant w_2 \leqslant \cdots \leqslant w_t$,那么显然有以下结论。

定理 5.10.2 设 T 是有 t 片树叶的带权完全二元树,t 片树叶的权分别为 $w_1, w_2, \cdots, w_t$,且 $w_1 \leqslant w_2 \leqslant \cdots \leqslant w_t$,则权最小的两片树叶是兄弟。

定理 5.10.3 设 T 是树叶权为 $w_1, w_2, \cdots, w_t$ 的最优树,其中 $w_1 \leqslant w_2 \leqslant \cdots \leqslant w_t$,在 T 中用一片树叶代替权为 w_1 和 w_2 的两片树叶及其父亲所组成的子树(见图 5-10-7 所示)并对这片新树叶赋权 $w_1 + w_2$,则所得的树 T' 是树叶权为 $w_1 + w_2, w_3, \cdots, w_t$ 的最优树。

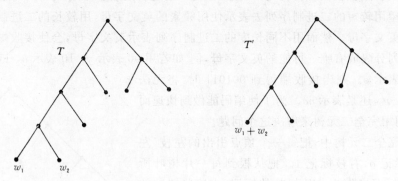

图 5-10-7

证明 由 T'_i 的构成可知

$$W(T) = W(T') + w_1 + w_2$$

设 $\hat{T}'$ 是树叶权为 $w_1 + w_2, w_3, \cdots, w_t$ 的最优树,现将一棵仅有两片树叶,权为 w_1 和 w_2 的子树去置换 $\hat{T}'$ 中权为 $w_1 + w_2$ 的树叶,从而得到一棵树叶权为 $w_1, w_2, \cdots, w_t$ 的带权完全二元

树 $\hat{T}$。由 $\hat{T}$ 的构成可知

$$W(\hat{T}) = W(\hat{T'}) + w_1 + w_2$$

由于 T 是树叶权为 $w_1, w_2, \cdots, w_t$ 的最优树,所以有

$$W(T) \leqslant W(\hat{T})$$

又由于 $\hat{T'}$ 是树叶权为 $w_1 + w_2, w_3, \cdots, w_t$ 的最优树,所以有

$$W(\hat{T'}) \leqslant W(T')$$

又可得

$$W(\hat{T}) \leqslant W(T)$$

从而有

$$W(T) = W(\hat{T})$$

或

$$W(T') = W(\hat{T'})$$

由此可得 T' 是树叶权为 $w_1 + w_2, w_3, \cdots, w_t$ 的最优树。证毕。

由定理 5.10.3,即得求最优树的算法。

例 5 - 11 求树叶权为 $1, 2, 3, 4, 5$ 的最优树。

解 先将树叶权由小到大排列:$1, 2, 3, 4, 5$。然后把权最小$(1, 2)$的两片树叶"合成"一片树叶,并赋以权 $1 + 2 = 3$(见图 5-10-8a)。再把"合成"的树叶与未处理过的树叶中权最小$(3, 3)$的两片树叶,再"合成"为一片树叶,并赋以权 $3 + 3 = 6$(见图 5-10-8b)所示。接着再把"合成"的树叶与未处理过的树叶中权最小$(4, 5)$的两片树叶,再"合成"为一片树叶,并赋以权 $4 + 5 = 9$(见图 5-10-8c)。最后只留下两片树叶,将它们"合成"后,即得最优树(见图 5-10-8d)。

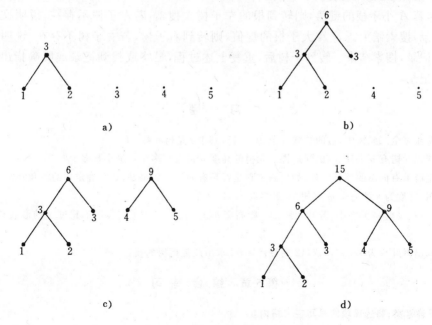

图 5-10-8

容易看到最优树不是唯一的,例如树叶权为 $3,3,6,6$ 的最优树可以有两种,见图 5-10-9。

(三)搜索树

有向树的一个重要应用是用做数据结构和描述算法,而常用的是二元树和三元树。以二元树为例,说明作为数据结构时的应用和有关算法。

通常有大量的数据存储在计算机中,数据的基本单位是记录,每一个记录是由各个相关的数据项组成,例如一个学生的学习档案就是一个记录。记录的集合称为文件。在文件上的操作通常有:插入一个新记录,删去一个记录,在文件中搜索一个记录等。为了使这些操作能进行,简便做法是使每个记录中含有一个称为搜索键的项,例如学生的学习档案构成的文件,可以用学生的学号作为搜索键。

为了使记录能快速存取,文件可以用二元树型式作为数据结构进行组织,这种二元树称为二元搜索树,每一个顶点表示一个记录,每一个顶点中的标记就是该记录的键值。如图 5-10-10 所示,二元搜索树的存储特点是每一个顶点的键值大于其左子树中所有顶点的键值,而小于其右子树中所有顶点的键值。搜索的算法如下:

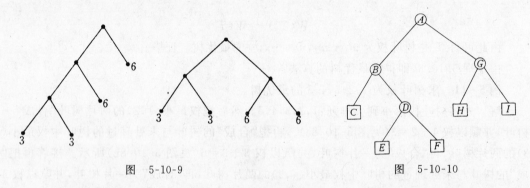

图 5-10-9   图 5-10-10

如果要找的记录的键值为 A,则把 A 和根的键值比较,若 A 与根的键值相等,则根的记录即为所求,若 A 小于根的键值,则转到根的左子树去搜索,若左子树不存在,说明文件中没有要找的记录,搜索结束。若 A 大于根的键值,则转到右子树,若右子树不存在,说明文件中没有要找的记录,搜索结束。转到子树后,重复上述过程,最终或找到记录或明确指出文件中没有要找的记录。

习　题

1. 证明在完全二元树中,边的总数等于 $2(t-1)$,其中 t 是树叶数。

2. 一棵二元树有 n 个顶点,试问这棵二元树的高度 h 最大是多少? 最小是多少?

3. 根据简单有向图的邻接矩阵,如何确定它是否是有向树? 如果是,如何确定它的根和叶?

4. 证明:高度为 h 的完全 m 元树中,最多有 m^h 片叶子。

5. 证明:在完全 m 元树中,若叶片数为 t,则高度 $h \geqslant [\log_m t]$,其中 $[x]$ 表示不超过 x 的最大整数,等号何时成立?

6. 试画出树叶权为 $1,2,3,5,7,12$ 的最优树,并求出此最优树的权。

第 5 章　综合练习

选择正确答案,将选择项序号写在空格内。

1. 具有 5 个顶点 3 条边的无向简单图共有 _____ 种;具有 5 个顶点 7 条边的无向简单图共有 _____ 种。

供选择项:

A 2   B 3   C 4   D 5   E 6   F 7

2. 在图 1 中,_____ 是同构的。

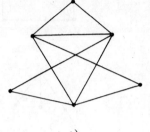

a)

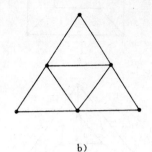

b)

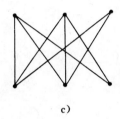

c)

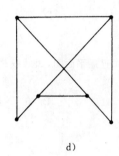

d)

图　1

供选择项:

A　*a,b*　　　B　*a,c*　　　C　*a,d*

D　*b,c*　　　E　*b,d*　　　F　*c,d*

3. 具有 6 个顶点的无向树,共有_____种。

供选择项:

A 3   B 6   C 5   D 8   E 4

4. 具有 11 个顶点的正则二元树,它的最大高度可以是_____;最小高度是_____。

供选择项:

A 2   B 3   C 4   D 5   E 6

5. 设 T 是树叶权为 1,2,3,4,5 的最优权,那么树 T 的权为_____。

供选择项:

A 15   B 20   C 23   D 33   E 31

6. 图 G 是具有 7 个顶点,17 条边的无向简单图,那么 G 是_____。

供选择项:

A　哈密顿图但不是平面图　　　B　平面图但不是哈密顿图

C　哈密顿图又是平面图　　　　D　不是平面图也不是哈密顿图

7. 在图 2 中,_____ 是偶图。

供选择项:

A　*a,b*　　B　*a,c*　　C　*a,d*　　D　*b,d*　　E　*b,d*　　F　*c,d*

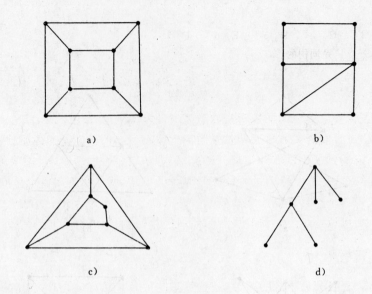

图 2

8. 设图 G 是简单连通平面图,如果 G 是自对偶图,G 至少有_____顶点,至少有_____3度点。

供选择项:

A　3　　B　4　　C　5　　D　6　　E　2

第6章 命 题 逻 辑

本章命题逻辑和第 7 章谓词逻辑是数理逻辑的基本内容。

什么是数理逻辑？著名数学家希尔伯脱对此曾有简单而又确切的说明："它是把数学上的形式化的方法，应用到逻辑领域的结果。"因此，数理逻辑是一门用数学方法来研究推理规律的学科。所谓数学方法主要是指引进一套符号体系的方法，所以数理逻辑也称作符号逻辑。

近年来，数理逻辑与计算机科学的关系日益密切，数理逻辑的大量方法已运用于计算机软件的理论研究中，可以这样说，数理逻辑在计算机科学领域内的应用前景是极其广阔的。

6.1 命题和联结词

大家知道，语言是交流思想的工具，日常使用的语言称为自然语言，它是极其丰富多彩的，然而也有模棱两可、含糊多义的特点。因此，对于严格的推理，使用自然语言是极不方便的，需要引入一种形式化语言，它具有单一、明确的含义，这种形式化语言在数理逻辑中称为目标语言（或称对象语言）；由目标语言和一些规定的公式与符号构成了数理逻辑的形式符号体系。

目标语言中的基本元素是具有判断内容的陈述句，这种具有判断内容的陈述句称为命题。一个命题可赋予一个值，称为真值；真值只取"真"和"假"两种，记作 1 或 $T(True)$ 和 0 或 F ($False$)。例如

(1)中华人民共和国首都是北京。

(2)2 是偶数。

(3)雪是黑色的。

(4)我是工程师。

这些陈述句都是命题，其中命题(1)和(2)的真值为 T，命题(3)的真值为 F，命题(4)的真值则由"我"的情况而定，但它必有一个确定的真值。

另外也有一些语句往往无所谓是非之分，如某些感叹句、祈使句、疑问句等，这类语句不能构成命题。例如，以下语句都不是命题：

(1)明天开会吗？

(2)多美妙啊！

(3)请进来。

(4)全体立正！

为了便于对命题作一般性的讨论，常用大写的英文字母来表示任意的命题，并称为命题变元。由于命题变元是表示任意的命题，所以它的真值尚没有被确定，只有当命题变元用一个具体的命题"代入"时，它才有确定的真值。例如，用 P 表示任意的命题，则 P 是命题变元，P 没有确定的真值。当 P 用具体的命题如"雪是黑色的"代入后，P 就表示命题：雪是黑色的，这时 P 有确定的真值：F。用一个具体的命题"代入"命题变元，也称为对命题变元进行指派。

下面介绍命题联结词。

在日常使用的自然语言中，各类语句的联结词如："与"，"并且"，"或"等，往往没有确定的、

唯一的含义,是多义性的。在数理逻辑中,命题的联结词都是有严格定义的,并且予以符号化。

（一）否定

定义 6.1.1　设 P 为命题,P 的否定也是一个命题,记作 $\neg P$。当 P 为 T 时,$\neg P$ 为 F;当 P 为 F 时,$\neg P$ 为 T。

命题 P 与其否定 $\neg P$ 的关系如表 6-1-1 所示。

表 6-1-1	
P	$\neg P$
F	T
T	F

表 6-1-2		
P	Q	$P \wedge Q$
F	F	F
F	T	F
T	F	F
T	T	T

例如

P:北京是中华人民共和国首都。

$\neg P$:北京不是中华人民共和国首都。

（二）合取

定义 6.1.2　设 P、Q 是命题,P 和 Q 的合取也是个命题,记作 $P \wedge Q$。当且仅当 P、Q 同时为 T 时,$P \wedge Q$ 为 T,在其他情况下,$P \wedge Q$ 的真值都是 F。

联结词"合取"的定义如表 6-1-2 所示。

例如

P:张静是个女人。

Q:张静是个教师。

上述命题的合取为

$P \wedge Q$:张静是个女人并且是个教师。

即 $P \wedge Q$:张静是个女教师。

显然只有当"张静是个女人"与"张静是个教师"都为真时,"张静是个女教师"才为真。

联结词合取的概念与自然语言中的"与""并且"意义相似,但并不完全相同。例如

P:我们去香山看红叶。

Q:教室里有两块黑板。

上述命题的合取是

$P \wedge Q$:我们去香山看红叶与教室里有两块黑板。

在自然语言中,上述命题是没有意义的,因为 P 与 Q 没有什么联系,但作为数理逻辑中的命题 P 和 Q 的合取 $P \wedge Q$ 来说,它仍可作为一个新的命题,只要按照定义,在 P 和 Q 分别取不同的真值时,$P \wedge Q$ 的真值也必确定。

（三）析取

定义 6.1.3　设 P、Q 是命题,P 和 Q 的析取也是个命题,记作 $P \vee Q$。当且仅当 P、Q 同时为 F 时,$P \vee Q$ 为 F,在其他情况下,$P \vee Q$ 的真值都是 T。

联结词"析取"的定义如表 6-1-3 所示。

例如

P:我吃香蕉。

Q:我吃橘子。

上述命题的析取为

$P \vee Q$:我吃香蕉或我吃橘子。

即 $P \vee Q$:我吃香蕉或橘子。

表　6-1-3

P	Q	$P \vee Q$
F	F	F
F	T	T
T	F	T
T	T	T

显然只有当"我吃香蕉"和"我吃橘子"都为假时,"我吃香蕉或橘子"才是假的。

同样,析取的概念和日常使用的自然语言中的"或"也不完全相同,例如对于命题

R:今晚我在家复习功课或去图书馆查阅资料。

如果令

P:今晚我在家复习功课。

Q:今晚我去图书馆查阅资料。

那么命题 R(今晚我在家复习功课或去图书馆查阅资料)不能表示为 $P \vee Q$,因为由析取的定义可知,当 P 和 Q 的真值都取 T 时,$P \vee Q$ 的真值为 T。但在这个例子中,当 P(今晚我在家复习功课)和 Q(今晚去图书馆查阅资料)的真值都为 T 时,实际上是不可能的,因为在同一时刻,"我"不可能又在家里,又在图书馆里,所以当 P 和 Q 的真值都为 T 时,R 的真值为 F。

通常将本例命题 R 中的"或"称为"排斥或";将表示析取的"或"称为"兼并或"。下面给出联结词"排斥析取"的定义。

(四)排斥析取

定义 6.1.4 设 P、Q 是命题,P 和 Q 的排斥析取也是个命题,记作 $P \overline{\vee} Q$。当且仅当 P 和 Q 的真值不相同时,$P \overline{\vee} Q$ 为 T,在其他情况下,$P \overline{\vee} Q$ 的真值都是 F。

联结词"排斥析取"的定义如表 6-1-4 所示。

例 6-1　请指出下列命题中的"或"是析取还是排斥析取。

(1)今晚我去剧场看演出或在家里看电视现场转播。

(2)我吃面包或蛋糕。

(3)他是个百米冠军或跳远冠军。

(4)今晚九点,中央电视台一台播放电视剧或足球比赛。

(5)派小王或小赵出差去上海。

(6)派小王或小赵中的一人出差去上海。

表　6-1-4

P	Q	$P \overline{\vee} Q$
F	F	F
F	T	T
T	F	T
T	T	F

解　其中 2,3,5 中的"或"为析取,1,4,6 中的"或"为排斥析取。

(五)条件

定义 6.1.5 设 P、Q 是命题,P 对于 Q 的条件命题记作 $P \rightarrow Q$。当且仅当 P 的真值为 T,Q 有真值为 F 时,$P \rightarrow Q$ 的真值为 F,其他情况,$P \rightarrow Q$ 的真值为 T,$P \rightarrow Q$ 也称作 P 蕴含 Q。

表　6-1-5

P	Q	$P \rightarrow Q$
F	F	T
F	T	T
T	F	F
T	T	T

条件命题 $P \rightarrow Q$ 的定义如表 6-1-5 所示。

条件命题 P 蕴含 Q($P \rightarrow Q$)可读作"若 P 则 Q"或"Q 是 P 的必要条件"。并称 P 为前件,Q 为后件。

例如

P:天不下雨。

Q:我去看电影。

$P \to Q$:如果天不下雨,那么我去看电影。

又如

P:我生病。

Q:我不到学校去。

$P \to Q$:如果我生病,那么我不到学校去。

读者一定会注意到,条件命题 $P \to Q$ 用自然语言可读作"如果 P 则 Q",但对于"如果…则…"这样的语句,当前提为假时,结论不管真假,这个语句的意义往往无法判断。在数理逻辑中,规定当前件为 F 时,条件命题的真值都取为真。

(六)双条件

定义 6.1.6 设 P、Q 是命题,其双条件命题记作 $P \rightleftarrows Q$,读作"P 当且仅当 Q",当 P 和 Q 的真值相同时,$P \rightleftarrows Q$ 的真值为 T,否则 $P \rightleftarrows Q$ 的真值为 F。

双条件命题 $P \rightleftarrows Q$ 的定义如表 6-1-6 所示。

例如

P:G 是无向树。

Q:G 是无回路的连通无向图。

$P \rightleftarrows Q$:G 是无向树当且仅当 G 是无回路的连通无向图。

又如

P:G 是无向欧拉图。

Q:G 是各结点的度数为偶数的无向连通图。

$P \rightleftarrows Q$:G 是无向欧拉图当且仅当 G 是各结点度数为偶数的无向连通图。

表 6-1-6

P	Q	$P \rightleftarrows Q$
F	F	T
F	T	F
T	F	F
T	T	T

逻辑联结词可以把一些简单的命题组合成复杂的命题;通常把不含任何联结词的命题称为原子命题,由原子命题和联结词组成的复杂命题称为复合命题。例如 P,Q 和 R 是命题,则 $P \to \neg Q$,$(P \wedge Q) \rightleftarrows R$,$(P \to Q) \wedge (Q \to R)$ 等都是复合命题。类似地,由命题变元和联结词组成的复杂的命题变元称为命题公式,各个命题变元称为命题公式的分量。

联结词可以看做是命题或命题变元的运算符,其运算顺序为:$\neg$、$\wedge$、$\vee$、$\to$、$\rightleftarrows$。

例 6-2 设 P 表示命题"天下雪"。

　　　　　Q 表示命题"我去看电影"。

　　　　　R 表示命题"我有时间"。

试以符号形式表示下列命题:

(1)天不下雪

(2)如果天不下雪,那么我去看电影。

(3)我去看电影,仅当我有时间。

(4)如果天不下雪且我有时间,那么我去看电影。

解　(1) $\neg P$

　　　(2) $\neg P \to Q$

　　　(3) $Q \rightleftarrows R$

(4)$(\neg P \wedge R) \rightarrow Q$

例6-3 请将下列命题符号化

(1)如果天不下雪,那么我去看电影,否则我不去看电影。

(2)如果天不下雪,那么我去看电影,否则我在家复习功课。

解 令P表示命题"天下雪"

　　　　Q表示命题:"我去看电影"

　　　　R表示命题:"我在家复习功课"

用符号表示命题(1):$\neg P \rightleftarrows Q$

用符号表示命题:(2):$(\neg P \rightleftarrows Q) \wedge (P \rightleftarrows R)$

习 题

1. 指出下列语句哪些是命题。

(1)我是个歌唱家。

(2)计算机有空吗?

(3)正整数只有有限个。

(4)太美妙了!

(5)老虎是动物。

2. 写出下列命题的否定。

(1)北京是个大城市。

(2)每个素数都是偶数。

(3)我是个男人并且是教师。

(4)我吃面包或蛋糕。

3. 设P表示命题"我学习努力"。

　　　Q表示命题"我考试得满分"。

　　　R表示命题"我很快乐"。

试用符号表示下列命题:

(1)我考试没得满分,但我很快乐。

(2)如果我学习努力,那么我考试得满分。

(3)如果我学习努力并且考试得满分,那么我很快乐。

4. 试将下列命题符号化

(1)我美丽而又快乐。

(2)如果我快乐,那么天就下雨。

(3)电灯不亮,当且仅当灯泡或开关发生故障。

(4)仅当你去我才留下。

(5)如果老张和老李都不去,他就去。

6.2 真值表和逻辑等价

定义6.2.1 在命题公式中,对于各分量指派所有可能的真值从而确定命题公式的各种真值,把它汇列成表,就是命题公式的真值表。

例6-4 构造$\neg P \vee Q$的真值表

解 $\neg P \vee Q$的真值表如表6-2-1所示。

例 6-5 构造 $(P \wedge Q) \rightarrow P$ 的真值表

解 $(P \wedge Q) \rightarrow P$ 的真值表如表 6-2-2 所示。

表 6-2-1

P	Q	$\neg P$	$\neg P \vee Q$
F	F	T	T
F	T	T	T
T	F	F	F
T	T	F	T

表 6-2-2

P	Q	$P \wedge Q$	$(P \wedge Q) \rightarrow P$
F	F	F	T
F	T	F	T
T	F	F	T
T	T	T	T

例 6-6 构造 $(\neg P \wedge Q) \vee (P \wedge \neg Q)$ 的真值表

解 $(\neg P \wedge Q) \vee (P \wedge \neg Q)$ 的真值表如表 6-2-3 所示。

表 6-2-3

P	Q	$\neg P$	$\neg P \wedge Q$	$\neg Q$	$P \wedge \neg Q$	$(\neg P \wedge Q) \vee (P \wedge \neg Q)$
F	F	T	F	T	F	F
F	T	T	T	F	F	T
T	F	F	F	T	T	T
T	T	F	F	F	F	F

例 6-7 构造 $(P \wedge Q) \rightarrow R$ 的真值表

解 $(P \wedge Q) \rightarrow R$ 的真值表如表 6-2-4 所示。

容易看到,在真值表中,命题公式真值的取值数目,决定于分量的个数。由 2 个命题变元组成的命题公式共有 4 种可能的真值,由 3 个命题变元组成的命题公式共有 8 种可能的真值。一般地讲,由 n 个命题变元组成的命题公式共有 2^n 种真值。

从真值表中还可以看到,有些命题公式在分量不同指派下,其对应的真值总是真(见例 2 中的命题公式 $(P \wedge Q) \rightarrow P$),称这样的命题公式为永真式,记为 T。

表 6-2-4

P	Q	R	$P \wedge Q$	$(P \wedge Q) \rightarrow R$
F	F	F	F	T
F	F	T	F	T
F	T	F	F	T
F	T	T	F	T
T	F	F	F	T
T	F	T	F	T
T	T	F	T	F
T	T	T	T	T

同样,当命题公式在分量的不同指派时,其真值总是假,则称这样的命题公式为永假式,记为 F。

容易验证,$\neg P \vee P$ 是永真式,$\neg P \wedge P$ 是永假式。

下面介绍逻辑等价的定义。

定义 6.2.2 在真值表中,两个命题公式 A 和 B,在分量的不同指派下,其真值总是相同的,则称这两个命题公式 A 和 B 是逻辑等价的,记作 $A \Leftrightarrow B$。

例 6-8 证明 $\neg P \vee Q \Leftrightarrow P \rightarrow Q$

解 列出真值表(见表 6-2-5)。

由表可知,$\neg P \vee Q \Leftrightarrow P \rightarrow Q$。

例 6-9 证明 $P\overline{\vee}Q\Leftrightarrow(\neg P\wedge Q)\vee(\neg Q\wedge P)$

解 列出真值表(见表 6-2-6)。

表 6-2-5

P	Q	$\neg P\vee Q$	$P\rightarrow Q$
F	F	T	T
F	T	T	T
T	F	F	F
T	T	T	T

表 6-2-6

P	Q	$\neg P$	$\neg Q$	$(\neg P\wedge Q)\vee(\neg Q\wedge P)$	$P\overline{\vee}Q$
F	F	T	T	F	F
F	T	T	F	T	T
T	F	F	T	T	T
T	T	F	F	F	F

由表可知,$P\overline{\vee}Q\Leftrightarrow(\neg P\wedge Q)\vee(\neg Q\wedge P)$

例 6-10 证明 $P\rightleftarrows Q\Leftrightarrow(P\rightarrow Q)\wedge(Q\rightarrow P)$

解 列出真值表(见表 6-2-7)。

表 6-2-7

P	Q	$P\rightarrow Q$	$Q\rightarrow P$	$(P\rightarrow Q)\wedge(Q\rightarrow P)$	$P\rightleftarrows Q$
F	F	T	T	T	T
F	T	T	F	F	F
T	F	F	T	F	F
T	T	T	T	T	T

由表可知,$P\rightleftarrows Q\Leftrightarrow(P\rightarrow Q)\wedge(Q\rightarrow P)$

下面列出一些常用的逻辑等价公式,读者可用真值表验证。

$\neg\neg P\Leftrightarrow P$ (对合律)(6-2-1)

$(P\vee Q)\vee R\Leftrightarrow P\vee(Q\vee R)$ (结合律)(6-2-2)

$(P\wedge Q)\wedge R\Leftrightarrow P\wedge(Q\wedge R)$

$P\vee Q\Leftrightarrow Q\vee P$ (交换律)(6-2-3)

$P\wedge Q\Leftrightarrow Q\wedge P$

$P\vee(Q\wedge R)\Leftrightarrow(P\vee Q)\wedge(P\vee R)$ (分配律)(6-2-4)

$P\wedge(Q\vee R)\Leftrightarrow(P\wedge Q)\vee(P\wedge R)$

$P\vee(P\wedge Q)\Leftrightarrow P$ (吸收律)(6-2-5)

$P\wedge(P\vee Q)\Leftrightarrow P$

$\neg(P\vee Q)\Leftrightarrow\neg P\wedge\neg Q$ (摩根律)(6-2-6)

$\neg(P\wedge Q)\Leftrightarrow\neg P\vee\neg Q$

$P\vee F\Leftrightarrow P$ (同一律)(6-2-7)

$P\wedge T\Leftrightarrow P$

$P\vee T\Leftrightarrow T$ (零律)(6-2-8)

$P\wedge F\Leftrightarrow F$

$P\vee\neg P\Leftrightarrow T$ (否定律)(6-2-9)

$P\wedge\neg P\Leftrightarrow F$

下面介绍代换规则:

设命题公式 A 和 B 逻辑等价,即 $A\Leftrightarrow B$,如果在命题公式 C 中出现 A 的地方用 B 替换后

(不一定是每一处)而得到命题公式 D,则 $C \Leftrightarrow D$。

例 6 - 11 证明 $P \wedge (P \rightarrow Q) \Leftrightarrow P \wedge Q$

证明 因为 $P \rightarrow Q \Leftrightarrow \neg P \vee Q$,利用代换规则可得

$$P \wedge (P \rightarrow Q) \Leftrightarrow P \wedge (\neg P \vee Q)$$
$$\Leftrightarrow (P \wedge \neg P) \vee (P \wedge Q)$$
$$\Leftrightarrow F \vee (P \wedge Q)$$
$$\Leftrightarrow P \wedge Q \quad (\text{证毕})$$

例 6 - 12 证明 $\neg(P \rightleftarrows Q) \Leftrightarrow P \,\overline{\vee}\, Q$

证明 由例 6-10 的证明结果可知 $P \rightleftarrows Q \Leftrightarrow (P \rightarrow Q) \wedge (Q \rightarrow P)$,所以

$$\neg(P \rightleftarrows Q) \Leftrightarrow \neg((P \rightarrow Q) \wedge (Q \rightarrow P))$$
$$\Leftrightarrow \neg(P \rightarrow Q) \vee \neg(Q \rightarrow P)$$
$$\Leftrightarrow \neg(\neg P \vee Q) \vee \neg(\neg Q \vee P)$$
$$\Leftrightarrow (\neg \neg P \wedge \neg Q) \vee (\neg \neg Q \wedge \neg P)$$
$$\Leftrightarrow (P \wedge \neg Q) \vee (Q \wedge \neg P)$$
$$\Leftrightarrow P \,\overline{\vee}\, Q (\text{见例 6-9}) \quad (\text{证毕})$$

在列出的常用公式中,除公式 6-2-1 外,其他公式都是成对地出现的,容易看到,只要将其中一个公式中的"$\wedge$"换成"$\vee$";"$\vee$"换成"$\wedge$";"T"换成"F";"F"换成"T"就能得到另一个公式,这就是对偶原理。下面作进一步的介绍。

定义 6.2.3 设 A 是命题公式,且 A 中仅有联结词 $\neg, \wedge, \vee$。在 A 中将 $\wedge, \vee, T, F$ 分别换成 $\vee, \wedge, F, T$ 后所得的命题公式 A^* 称为 A 的对偶式。

例如,命题公式 $\neg P \wedge (Q \vee R)$ 的对偶式为 $\neg P \vee (Q \wedge R)$;命题公式 $(\neg P \wedge F) \vee Q$ 的对偶式为 $(\neg P \vee T) \wedge Q$。

对偶原理 设 A、B 为仅有命题变元和联结词 $\wedge, \vee, \neg$ 构成的命题公式,A^* 为 A 的对偶式,B^* 为 B 的对偶式;如果 $A \Leftrightarrow B$,,则 $A^* \Leftrightarrow B^*$。

例如,易证 $P \vee (\neg P \wedge Q) \Leftrightarrow P \vee Q$,由对偶原理可得 $P \wedge (\neg P \vee Q) \Leftrightarrow P \wedge Q$。

习　题

1. 写出下列命题公式的真值表。

$(1)(P \vee Q) \rightarrow P$

$(2)(P \vee Q) \wedge (P \rightarrow Q)$

$(3)(P \wedge Q) \rightleftarrows (P \vee Q)$

$(4)(P \vee Q) \rightarrow \neg R$

$(5)(P \rightarrow Q) \wedge (Q \rightarrow R)$

2. 利用真值表证明下列等价式

$(1) P \rightleftarrows Q \Leftrightarrow (P \wedge Q) \wedge (\neg P \wedge \neg Q)$

$(2) P \rightleftarrows Q \Leftrightarrow \neg(P \,\overline{\vee}\, Q)$

$(3) P \,\overline{\vee}\, Q \Leftrightarrow (P \rightarrow \neg Q) \wedge (\neg Q \rightarrow P)$

$(4) \neg(\neg P \vee \neg Q) \vee \neg(\neg P \vee Q) \Leftrightarrow P$

3. 利用真值表证明

(1) 合取运算的结合律

(2)析取运算的结合律

(3)合取对析取的分配律

(4)摩根律

4. 利用常用的逻辑等价式证明

(1)$(P \land Q) \lor (P \land \lnot Q) \Leftrightarrow P$

(2)$Q \rightarrow (P \lor (P \land Q)) \Leftrightarrow Q \rightarrow P$

(3)$P \rightarrow (P \rightarrow Q) \Leftrightarrow \lnot P \rightarrow (P \rightarrow \lnot Q)$

(4)$A \rightleftarrows B \Leftrightarrow (A \land B) \lor (\lnot A \land \lnot B)$

(5)$A \rightarrow (B \lor C) \Leftrightarrow (A \land \lnot B) \rightarrow C$

(6)$(A \rightarrow C) \land (B \rightarrow C) \Leftrightarrow (A \lor B) \rightarrow C$

(7)$((A \land B) \rightarrow C) \land (B \rightarrow (D \lor C)) \Leftrightarrow (B \land (D \rightarrow A)) \rightarrow C)$

(8)$(((A \land B \land C) \rightarrow D) \land (C \rightarrow (A \lor B \lor D)) \Leftrightarrow ((C \land (A \rightleftarrows B)) \rightarrow D)$

5. 证明下列各命题公式为永真式

(1)$(P \land Q \rightarrow P) \rightleftarrows (P \lor \lnot P)$

(2)$(P \rightarrow (P \lor Q))$

(3)$\lnot P \rightarrow (P \rightarrow Q)$

(4)$(P \land (P \rightarrow Q)) \rightarrow Q$

(5)$((P \rightarrow Q) \land (Q \rightarrow R)) \rightarrow (P \rightarrow R)$

6.3 永真蕴含式

定义 6.3.1 设 A、B 是命题公式,如果 $A \rightarrow B$ 是永真式,则称 A 永真蕴含 B,记作 $A \Rightarrow B$。

例 6 - 13 证明 $P \land Q \Rightarrow P$。

证明 即要证 $P \land Q \rightarrow P$ 是永真式。因为

$$P \land Q \rightarrow P \Leftrightarrow \lnot(P \land Q) \lor P$$
$$\Leftrightarrow \lnot P \lor \lnot Q \lor P$$
$$\Leftrightarrow T \quad \text{(证毕)}$$

例 6 - 14 证明 $P \land (P \rightarrow Q) \Rightarrow P$。

证明
$$(P \land (P \rightarrow Q)) \rightarrow P$$
$$\Leftrightarrow (P \land (\lnot P \lor Q)) \rightarrow P$$
$$\Leftrightarrow (F \lor P \land Q) \rightarrow P$$
$$\Leftrightarrow \lnot(P \land Q) \lor P$$
$$\Leftrightarrow \lnot P \lor \lnot Q \lor P$$
$$\Leftrightarrow T \quad \text{(证毕)}$$

例 6 - 15 证明 $(P \rightarrow Q) \land (Q \rightarrow R) \Rightarrow P \rightarrow R$

证明
$$((P \rightarrow Q) \land (Q \rightarrow R)) \rightarrow (P \rightarrow R)$$
$$\Leftrightarrow \lnot((P \rightarrow Q) \land (Q \rightarrow R)) \lor (\lnot P \lor R)$$
$$\Leftrightarrow \lnot(\lnot P \lor Q) \lor \lnot(\lnot Q \lor R) \lor (\lnot P \lor R)$$
$$\Leftrightarrow (P \land \lnot Q) \lor (Q \land \lnot R) \lor (\lnot P \lor R)$$
$$\Leftrightarrow \lnot Q \lor Q$$
$$\Leftrightarrow T$$

所以 $(P→Q) \land (Q→R)⇒(P→R)$ (证毕)

永真蕴含式有以下重要性质。

定理 6.3.1 设 P、Q、R 是命题公式,如果 $P⇒Q,Q⇒R$,则 $P⇒R$,即永真蕴含是可传递的。

证明 由于 $P⇒Q$ 和 $Q⇒R$,所以 $P→Q$ 和 $Q→R$ 都是永真式,显然 $(P→Q) \land (Q→R)$ 也是永真式。由例 6-15 的证明结果可知,$(P→Q) \land (Q→R)⇒(P→R)$,所以当 $(P→Q) \land (Q→R)$ 为永真式时,$P→R$ 必为永真式(证毕)。

永真蕴含式与推理理论有密切的关系,下面给出几个常用的永真蕴含式,请读者自己证明,并且能熟记这些永真蕴含式。

(1) $P \land Q⇒P$

   $P \land Q⇒Q$

(2) $P⇒P \lor Q$

   $Q⇒P \lor Q$

(3) $\neg P⇒P→Q$

(4) $Q⇒P→Q$

(5) $\neg(P→Q)⇒P$

(6) $\neg(P→Q)⇒\neg Q$

(7) $P \land (P→Q)⇒Q$

(8) $\neg Q \land (P→Q)⇒\neg P$

(9) $\neg P \land (P \lor Q)⇒Q$

(10) $(P→Q) \land (Q→R)⇒P→R$

(11) $(P \lor Q) \land (P→R) \land (Q→R)⇒R$

(12) $(P→Q) \land (R→S)⇒(P \land R)→(Q \land S)$

习　题

1. 利用真值表证明下列永真蕴含式。

(1) $\neg P⇒P→Q$

(2) $\neg Q \land (P→Q)⇒\neg P$

(3) $(P \lor Q) \land (P→R) \land (Q→R)⇒R$

2. 设 A、B、C 是命题公式,如果 $B⇒C$,证明 $A \land B⇒A \land C$

3. 利用常用永真蕴式证明。

(1) $P \land (P→Q) \land (Q→R)⇒R$

(2) $\neg D \land (\neg C \lor D) \land (A \land B)→C)⇒\neg A \lor \neg B$

(3) $(A→(\neg B \lor C)) \land (D \lor E) \land ((D \lor E)→A)⇒B→C$

6.4　推理理论

永真蕴含式与推理理论有着密切的联系。由蕴含的定义可知,当 $P→Q$ 时,当且仅当 P 的真值为 T 和 Q 的真值为 F 时,$P→Q$ 的真值才为 F,其他情况,$P→Q$ 的真值都为 T;因此,如果 $P⇒Q$,即 $P→Q$ 是永真式,显然,当 P 的真值为 T 时,必有 Q 的真值也为 T。常将 P 称为前提,Q 称为有效结论。更一般的情况有以下定义。

定义 6.4.1 设 P_1、P_2,$\cdots$,P_n 和 Q 是命题公式,且

$$P_1 \wedge P_2 \wedge \cdots \wedge P_n \Rightarrow Q$$

由永真蕴含的定义可知,当 $P_1 \wedge P_2 \wedge \cdots \wedge P_n$ 的真值为 T 时,必然有 Q 的真值为 T。常称 P_1,P_2,$\cdots$,P_n 为前提,Q 为由这些前提推出的有效结论。

例 6-16 分析下列事实:"如果我的论文通过答辩,那么我能获得博士学位。如果我获得博士学位,那么我很高兴。但我不高兴,所以我的论文没有通过答辩。"试指出前提和有效结论并证明之。

解 令

P:我的论文通过答辩。

Q:我获得博士学位。

R:我很高兴。

由题意可知,前提为:$\neg R \wedge (P \rightarrow Q) \wedge (Q \rightarrow R)$,有效结论:$\neg P$。即要证明:

$$\neg R \wedge (P \rightarrow Q) \wedge (Q \rightarrow R) \Rightarrow \neg P$$

由曾列出的常用永真蕴含式 10 可知

$$(P \rightarrow Q) \wedge (Q \rightarrow R) \Rightarrow P \rightarrow R$$

所以有

$$\neg R \wedge (P \rightarrow Q) \wedge (Q \rightarrow R) \Rightarrow \neg R \wedge (P \rightarrow R)$$

又由常用的永真蕴含式 8 可知

$$\neg R \wedge (P \rightarrow R) \Rightarrow \neg P$$

所以得到

$$\neg R \wedge (P \rightarrow Q) \wedge (Q \rightarrow R) \Rightarrow \neg P,\text{证毕。}$$

例 6-17 分析下列事实:"如果小琨来了,那么我们就能下围棋;如果小静来了,那么我们也能下围棋;总之,不论小琨或小静来了,我们都能下围棋。"试指出前提和有效结论。

解 令

P:小琨来了。

Q:小静来了。

R:我们能下围棋。

由题意可知,前提为:$(P \rightarrow R) \wedge (Q \rightarrow R) \wedge (P \vee Q)$,有效结论为:$R$。即要证明

$$(P \rightarrow R) \wedge (Q \rightarrow R) \wedge (P \vee Q) \Rightarrow R$$

由常用永真蕴含式 11 即得证明。

例 6-18 证明 $A \wedge (A \rightarrow B) \wedge (A \rightarrow C) \wedge (B \rightarrow (D \rightarrow \neg C)) \Rightarrow \neg D$

证明 因为 $A \wedge A \Leftrightarrow A$,所以

$$A \wedge (A \rightarrow B) \wedge (A \rightarrow C) \wedge (B \rightarrow (D \rightarrow \neg C))$$
$$\Leftrightarrow A \wedge A \wedge (A \rightarrow B) \wedge (A \rightarrow C) \wedge (B \rightarrow (D \rightarrow \neg C))$$

又因为 $B \rightarrow (D \rightarrow \neg C) \Leftrightarrow B \rightarrow (C \rightarrow \neg D)$,所以上式逻辑等价于:

$$A \wedge (A \rightarrow B) \wedge A \wedge (A \rightarrow C) \wedge (B \rightarrow (C \rightarrow \neg D))$$
$$\Rightarrow B \wedge C \wedge (B \rightarrow (C \rightarrow \neg D)) \qquad \text{(利用永真蕴含式 7)}$$
$$\Rightarrow C \wedge (C \rightarrow \neg D)$$
$$\Rightarrow \neg D \qquad \text{证毕}$$

由例 6-18 的证明可见,证明是逐步进行的,每一步往往只对前提中的某一部分进行"处理",而其他部分只是重复地抄一遍。为了使证明过程简单而又明了,下面介绍几种证明方法。

(一)直接证明法

直接证明法遵循以下两条规则:

P 规则　前提在推导过程中的任何时候都可以引入使用。

T 规则　在推导中,如果有一个或多个公式、永真蕴含着公式 S,则 S 可引入推导中。

例 6-19　证明 $(P \lor Q) \land (P \to R) \land (Q \to S) \Rightarrow R \lor S$。

证明　(1) $P \lor Q$　　　　　　利用 P 规则,引入前提。

(2) $\neg P \to Q$　　　由(1),利用 T 规则。

(3) $Q \to S$　　　　利用 P 规则,引入前提。

(4) $\neg P \to S$　　　由(2),(3),利用 T 规则。

(5) $P \to R$　　　　利用 P 规则,引入前提。

(6) $\neg R \to \neg P$　　由(5),利用 T 规则。

(7) $\neg R \to S$　　　由(4),(6),利用 T 规则。

(8) $R \lor S$　　　　由(7),利用 T 规则。

为了简化书写,以后将"利用 P 规则,引入前提"简写作"P";将"利用 T 规则",简写作"T"。

例 6-20　证明 $P \to Q$,$\neg Q \lor R$,$\neg R$,$\neg(\neg P \land S) \Rightarrow \neg S$,(逗号","和"$\land$"的含义相同)。

证明　(1) $P \to Q$　　　　　　　　　　P

(2) $\neg Q \lor R$　　　　　　　　　P

(3) $Q \to R$　　　　　　　　　　$T(2)$

(4) $P \to R$　　　　　　　　　　$T(1),(3)$

(5) $\neg R$　　　　　　　　　　　P

(6) $\neg P$　　　　　　　　　　　$T(4),(5)$

(7) $\neg(\neg P \land S)$　　　　　　　P

(8) $P \lor \neg S$　　　　　　　　　$T(7)$

(9) $\neg P \to \neg S$　　　　　　　　$T(8)$

(10) $\neg S$　　　　　　　　　　$T(6),(9)$

例 6-21　证明 $(A \lor B) \to (C \land D)$,$(D \lor F) \to E \Rightarrow A \to E$

证明　(1) $(A \lor B) \to (C \land D)$　　　　P

(2) $\neg(A \lor B) \lor (C \land D)$　　　$T(1)$

(3) $(\neg(A \lor B) \lor C) \land ((\neg A \lor B) \lor D)$　　$T(2)$

(4) $\neg(A \lor B) \lor D$　　　　　　$T(3)$

(5) $(\neg A \land \neg B) \lor D$　　　　　$T(4)$

(6) $(\neg A \lor D) \land (\neg B \lor D)$　　　$T(5)$

(7) $\neg A \lor D$　　　　　　　　$T(6)$

(8) $A \to D$　　　　　　　　　$T(7)$

(9) $(D \lor F) \to E$　　　　　　P

(10) $\neg(D \lor F) \lor E$　　　　　$T(9)$

(11)(¬D∧ ¬F)∨E	T(10)
(12)(¬D∨E)∧(¬F∨E)	T(11)
(13) ¬D∨E	T(12)
(14)D→E	T(13)
(15)A→E	T(8),(14)

（二）间接证明法

设有一组前提 P_1、P_2、$\cdots$、P_n，要推出结论 Q，

即证明

$$P_1 \wedge P_2 \wedge \cdots \wedge P_n \Rightarrow Q$$

即证明

$$(P_1 \wedge P_2 \wedge \cdots \wedge P_n) \to Q \Leftrightarrow T$$

即证明

$$\neg(P_1 \wedge P_2 \wedge \cdots \wedge P_n) \vee Q \Leftrightarrow T$$

即证明

$$\neg(\neg(P_1 \wedge P_2 \wedge \cdots \wedge P_n) \wedge Q) \Leftrightarrow F$$

利用摩根律，即证明

$$(P_1 \wedge P_2 \wedge \cdots \wedge P_n) \wedge \neg Q \Leftrightarrow F$$

由此可见，要证明 $P_1 \wedge P_2 \wedge \cdots \wedge P_n \Leftrightarrow Q$，可将结论 Q 的否定 $\neg Q$ 加入到前提中去，然后再证明 $P_1 \wedge P_2 \wedge \cdots \wedge P_n \wedge \neg Q$ 是永假式即可。

例 6 - 22　利用间接证明法，证明 $P \to Q$，$\neg Q \vee R$，$\neg R$，$\neg(\neg P \wedge S) \Rightarrow \neg S$（见例 6-20）。

证明

(1)S	P(附加前提)
(2) $\neg(\neg P \wedge S)$	P
(3)$P \vee \neg S$	T(2)
(4)$S \to P$	T(3)
(5)P	T(1),(4)
(6)$P \to Q$	P
(7)Q	T(5),(6)
(8) $\neg Q \vee R$	P
(9)$Q \to R$	T(8)
(10)R	T(7),(9)
(11) $\neg R$	P
(12)$P \wedge \neg R$（永假）	T(10),(11)

例 6 - 23　证明 $(A \vee B) \to C$，$C \to D \vee E$，$E \to F$，$\neg D \wedge \neg F \Rightarrow \neg A$

证明　用间接证明法

(1)A	P(附加前提)
(2)$A \vee B$	T(1)
(3)$(A \vee B) \to C$	P
(4)C	T(2),(3)
(5)$C \to D \vee E$	P

$(6) D \lor E$ T(4),(5)

$(7) \neg D \rightarrow E$ T(6)

$(8) E \rightarrow F$ P

$(9) \neg D \rightarrow F$ T(7),(8)

$(10) D \lor F$ T(9)

$(11) \neg D \land \neg F$ P

$(12) \neg(D \lor F)$ T(11)

$(13)(D \lor F) \land \neg(D \lor F)$永假   T(10),(12)

间接证明法的另一种情况是利用 CP 规则。如果要证

$$P_1 \land P_2 \land \cdots \land P_n \Rightarrow (A \rightarrow B)$$

即证

$$(P_1 \land P_2 \land \cdots \land P_n) \rightarrow (A \rightarrow B) \Leftrightarrow T$$

即证

$$\neg(P_1 \land P_2 \land \cdots \land P_n) \lor (\neg A \lor B) \Leftrightarrow T$$

即证

$$\neg(P_1 \land P_2 \land \cdots \land P_n \land A) \lor B \Rightarrow T$$

即证

$$(P_1 \land P_2 \land \cdots \land P_n \land A) \rightarrow B \Rightarrow T$$

即证

$$P_1 \land P_2 \land \cdots \land P_n \land A \Rightarrow B$$

所以当所需推出的结论是 $A \rightarrow B$ 的形式时,可先将 A 作为附加前提,如果 $P_1 \land P_2 \land \cdots \land P_n \land A \Rightarrow B$,就能证得 $P_1 \land P_2 \land \cdots \land P_n \Rightarrow (A \rightarrow B)$,这就是 CP 规则。

例 6-24 用间接证明法(CP 规则)证明 $(A \lor B) \rightarrow (C \lor D),(D \lor F) \rightarrow E \Rightarrow A \rightarrow E$(见例 6-21)。

证明 $(1) A$ P(附加前提)

         $(2) A \lor B$ T(1)

         $(3)(A \lor B) \rightarrow (C \land D)$ P

         $(4) C \land D$ T(2),(3)

         $(5) D$ T(4)

         $(6) D \lor F$ T(5)

         $(7)(D \lor F) \rightarrow E$ P

         $(8) E$ T(6)(7)

         $(9) A \rightarrow E$ CP 规则

例 6-25 证明 $A \rightarrow (B \rightarrow C),(C \land D) \rightarrow E, \neg F \rightarrow (D \land \neg E) \Rightarrow A \rightarrow (B \rightarrow F)$

证明 利用 CP 规则,即证

$$A \rightarrow (B \rightarrow C),(C \land D) \rightarrow E, \neg F \rightarrow (D \land \neg E),A \Rightarrow B \rightarrow F$$

再一次利用 CP 规则,即证

$$A \rightarrow (B \rightarrow C),(C \land D) \rightarrow E, \neg F \rightarrow (D \land \neg E),A,B \Rightarrow F$$

         $(1) A$ P(附加前提)

$(2)A \rightarrow (B \rightarrow C)$	P
$(3)B \rightarrow C$	T(1),(2)
$(4)B$	P(附加前提)
$(5)C$	T(3),(4)
$(6)(C \wedge D) \rightarrow E$	P
$(7) \neg C \vee \neg D \vee E$	T(6)
$(8)C \rightarrow (\neg D \vee E)$	T(7)
$(9) \neg D \vee E$	T(5),(8)
$(10) \neg F \rightarrow (D \wedge \neg E)$	P
$(11)F \vee (D \wedge \neg E)$	T(10)
$(12)(\neg D \vee E) \rightarrow F$	T(11)
$(13)F$	T(9),(12)
$(14)B \rightarrow F$	CP
$(15)A \rightarrow (B \rightarrow F)$	CP

例 6 - 26 证明 $M \rightleftarrows Q, \neg M \rightarrow S, S \rightarrow \neg R \Rightarrow R \rightarrow Q$

证明 用 CP 规则

$(1)R$	P(附加前提)
$(2) \neg M \rightarrow S$	P
$(3)S \rightarrow \neg R$	P
$(4) \neg M \rightarrow \neg R$	T(2),(3)
$(5)R \rightarrow M$	T(4)
$(6)M$	T(1),(5)
$(7)M \rightleftarrows Q$	P
$(8)(M \rightarrow Q) \wedge (Q \rightarrow M)$	T(7)
$(9)M \rightarrow Q$	T(8)
$(10)Q$	T(6),(9)
$(11)R \rightarrow Q$	CP

习 题

1. 用直接证明法证明

$(1) \neg (P \wedge \neg Q) \wedge (\neg Q \vee R) \wedge \neg R \Rightarrow \neg P$

$(2)(P \rightarrow Q) \wedge (\neg Q \vee R) \wedge \neg R \wedge \neg (\neg P \wedge S) \Rightarrow \neg S$

$(3)(A \rightarrow (B \rightarrow C)) \wedge ((C \wedge D) \rightarrow E) \wedge (\neg F \rightarrow (D \wedge \neg E)) \Rightarrow A \rightarrow (B \rightarrow F)$

$(4)((A \vee B) \rightarrow (C \wedge D)) \wedge ((D \vee E) \rightarrow F) \Rightarrow A \rightarrow F$

$(5)(A \rightarrow B) \wedge (C \rightarrow D) \wedge (B \rightarrow E) \wedge (D \rightarrow F) \wedge \neg (E \wedge F) \wedge (A \rightarrow C) \Rightarrow \neg A$

2. 证明下列各式

$(1)A \rightarrow (B \rightarrow C), \neg D \vee A, B \Rightarrow D \rightarrow C$

$(2)M \overline{\vee} Q, M \rightarrow S, S \rightarrow \neg R \Rightarrow R \rightarrow Q$

$(3) \neg (P \rightarrow Q) \rightarrow \neg (R \vee S), ((Q \rightarrow P) \vee \neg R), R \Rightarrow P \rightleftarrows Q$

$(4)S \rightarrow \neg Q, S \vee R, \neg R, P \rightleftarrows Q \Rightarrow \neg P$

$(5)(A \lor B) \to D, \neg(D \land E), C \to E \Rightarrow B \to \neg C$

3. 分析下列事实:"今晚我去剧场看戏或者去夜大学上课,如果我去剧场看戏,那么我很高兴;如果我去夜大学上课,那么我要吃个鸡蛋;由于我没吃鸡蛋,所以我很高兴"。试写出前提和结论,这是有效结论吗?

4. 对于下列一组前提,请给出它们的有效结论并证明之。

(1)如果我努力学习,那么我能通过考试,我没有通过考试。

(2)统计表格有错误,其原因仅有两个,一个原因是数据有错误,另一个原因是计算有错误;现在查出统计表格有错误但计算没有错误。

6.5 范式

一个命题公式可以有多种互相等价的表示形式,例如命题公式 $P \to Q$ 可以等价地表示为 $\neg P \lor Q$ 或 $\neg(P \land \neg Q)$ 等,为了使命题公式的表示规范化,并便于计算机处理,本节将讨论命题公式的范式和主范式表示。

6.5.1 析取范式和主析取范式

(一)析取范式

定义 6.5.1　如果一个命题公式等价地表示为以下形式:

$$A_1 \lor A_2 \lor \cdots \lor A_n$$

其中 A_1、A_2、$\cdots$、A_n 都是由命题变元或其否定所组成的合取式,则称这种表示形式为析取范式。

例如 $(P \land Q) \lor (\neg P \land R) \lor (\neg Q \land R)$ 为析取范式。

又如 $(P \land Q \land \neg R) \lor (P \land R) \lor (P \land \neg Q)$ 也是析取范式。

但是 $(P \land Q) \lor (P \to Q)$ 不是析取范式,因为其中 $P \to Q$ 不是合取式。

把一个命题公式转化为析取范式是比较简单。

例 6-27　试将 $(P \lor \neg R) \to (Q \land (T \rightleftarrows S))$ 化为析取范式。

解　$\because T \rightleftarrows S \Leftrightarrow (T \land S) \lor (\neg T \land \neg S)$

$\therefore (P \lor \neg R) \to (Q \land (T \rightleftarrows S))$

$\Leftrightarrow (P \lor \neg R) \to (Q \land ((T \land S) \lor (\neg T \land \neg S)))$

$\Leftrightarrow \neg(P \lor \neg R) \lor (Q \land ((T \land S) \lor (\neg T \land \neg S)))$

$\Leftrightarrow (\neg P \land R) \lor (Q \land T \land S) \lor (Q \land \neg T \land \neg S)$

由此可见,把命题公式转化为析取范式,可以采取以下步骤:

(1)首先将命题公式中的各类联结词转化为 $\land$、$\lor$、$\neg$。

(2)利用摩根定律将否定词 $\neg$ 置于各个命题变元的前面。

(3)利用分配律和结合律将命题公式转化为析取范式。

例 6-28　试将 $P \to (Q \rightleftarrows R)$ 化为析取范式。

解　$P \to (Q \rightleftarrows R) \Leftrightarrow \neg P \lor (Q \rightleftarrows R)$

$\Leftrightarrow \neg P \lor (Q \land R) \lor (\neg Q \land \neg R)$

例 6-29　求命题公式 $(P \to Q) \rightleftarrows \neg R$ 的析取范式。

解　$(P \to Q) \rightleftarrows \neg R \Leftrightarrow (\neg P \lor Q) \rightleftarrows \neg R$

$\Leftrightarrow ((\neg P \lor Q) \land \neg R) \lor (\neg(\neg P \lor Q) \land R)$

$\Leftrightarrow (\neg P \land \neg R) \lor (Q \land \neg R) \lor (P \land \neg Q \land R)$

容易看到一个命题公式的析取范式是可以有多种形式的,不是唯一的。例如 $P \rightarrow Q$ 的析取范式可以是 $\neg P \vee Q$,也可以是 $\neg P \vee (P \wedge Q)$ 等,为了使命题公式有一种统一的标准形式,下面介绍主析取范式。

(二)主析取范式

定义 6.5.2 对于一个含有 n 个变元的命题公式,如果表示成析取范式,且该析取范式中的每一个合取项都由这 n 个变元(或其否定)的合取组成,则称这析取范式为主析取范式。

例如对于命题公式 $P \rightarrow Q$,由于它含有两个命题变元,所以它的主析取范式为:$(\neg P \wedge Q) \vee (\neg P \wedge \neg Q) \vee (Q \wedge P)$。

例 6 - 30 试将 $\neg((P \wedge Q) \rightarrow (P \vee Q))$ 化为主析取范式。

解
$$\neg(P \wedge Q) \rightarrow (P \vee Q) \Leftrightarrow (P \wedge Q) \vee (P \vee Q)$$
$$\Leftrightarrow P \vee Q$$
$$\Leftrightarrow (P \wedge (Q \vee \neg Q)) \vee (Q \wedge (P \vee \neg P))$$
$$\Leftrightarrow (P \wedge Q) \vee (P \wedge \neg Q) \vee (Q \wedge P) \vee (Q \wedge \neg P)$$
$$\Leftrightarrow (P \wedge Q) \vee (P \wedge \neg Q) \vee (Q \wedge \neg P)$$

由例 6-30 的求解过程可知,要把一个命题公式转化为主析取范式,首先应把命题公式转化为析取范式,并进行适当地"化简",即把析取范式中的相同的合取项合并和把永假的合取项删除,然后对缺少某些变元(如 P、Q 等)的合取项用 $P \vee \neg P$、$Q \vee \neg Q$ 补上,再用分配律和结合律展开,并再一次合并相同的合取项即得主析取范式。

例 6 - 31 求 $P \rightarrow (Q \rightleftharpoons R)$ 的主析取范式。

解
$$P \rightarrow (Q \rightleftharpoons R) \Leftrightarrow \neg P \vee ((Q \wedge R) \vee (\neg Q \wedge \neg R))$$
$$\Leftrightarrow \neg P \wedge (Q \vee \neg Q) \vee (Q \wedge R) \vee (\neg Q \wedge \neg R)$$
$$\Leftrightarrow (\neg P \wedge Q) \vee (\neg P \wedge \neg Q) \vee (Q \wedge R) \vee (\neg Q \wedge \neg R)$$
$$\Leftrightarrow (\neg P \wedge Q \wedge (R \vee \neg R)) \vee (\neg P \wedge \neg Q \wedge (R \vee \neg R)) \vee (Q \wedge R \wedge (P \vee \neg P)) \vee (\neg Q \wedge \neg R \wedge (P \vee \neg P))$$
$$\Leftrightarrow (\neg P \wedge Q \wedge R) \vee (\neg P \wedge Q \wedge \neg R) \vee (\neg P \wedge \neg Q \wedge R) \vee (\neg P \wedge \neg Q \wedge \neg R) \vee (Q \wedge R \wedge P) \vee (Q \wedge R \wedge \neg P) \vee (\neg Q \wedge \neg R \wedge P) \vee (\neg Q \wedge \neg R \wedge P)$$
$$\Leftrightarrow (\neg P \wedge Q \wedge R) \vee (\neg P \wedge Q \wedge \neg R) \vee (\neg P \wedge \neg Q \wedge R) \vee (\neg P \wedge \neg Q \wedge \neg R) \vee (Q \wedge R \wedge P) \vee (P \wedge \neg Q \wedge \neg R)$$

求命题公式的主析取范式,还可采用真值表示,特别当命题公式所含的变元较少时,真值表法显得非常简便。

下面将用一个命题公式的转化过程来说明用真值表法求主析取范式的具体步骤。

例如,对于命题公式 $P \rightarrow Q$,如果用真值表求其主析取范式,首先列出命题公式 $P \rightarrow Q$ 的真值表(见表 6-5-1)。

表 6 - 5 - 1

P	Q	$P \rightarrow Q$
F	F	T
F	T	T
T	F	F
T	T	T

易见,在真值表中,除第 3 行外,其他 3 行,命题公式 $P \rightarrow Q$ 的取值都为 T。现在对命题公式 $P \rightarrow Q$ 的取值为 T 的 3 行(第一、二和第四行)作简单的分析

在第一行中,当两个命题变元 P 和 Q 都取 F 值时,命题公式 $P{\to}Q$ 取值为 T。

现在构造一个合取项 $\neg P\wedge\neg Q$。显然,当 P 和 Q 都取 F 值时,合取项 $\neg P\wedge\neg Q$ 取值为 T,但在 P 和 Q 取其他值时,合取项 $\neg P\wedge\neg Q$ 取值都为 F。因此有以下结论:

当 P 和 Q 都取 F 值时,命题公式 $P{\to}Q$ 取值为 T。

当且仅当 P 和 Q 都取 F 值时,合取项 $\neg P\wedge\neg Q$ 才取值为 T。

在第二行中,当两个命题变元 P 和 Q 一个取 F 值,另一个取 T 值时,命题变元 $P{\to}Q$ 取值为 T。

现在构造一个合取项 $\neg P\wedge Q$。显然,当 P 取 F 值,Q 取 T 值时,合取项 $\neg P\wedge Q$ 取 T 值,但在 P 和 Q 取其他值时,合取项 $\neg P\wedge Q$ 取值都为 F。因此有:

当 P 取 F 值,Q 取 T 值时,命题公式 $P{\to}Q$ 取值为 T。

当且仅当 P 取 F 值,Q 取 T 值时,合取项 $\neg P\wedge Q$ 才取 T 值。

在第四行中,当两个命题变元 P 和 Q 都取 T 值时,命题公式 $P{\to}Q$ 取值为 T。

同理,构造合取项 $P\wedge Q$,同样有

当 P 和 Q 都取 T 值时,命题公式 $P{\to}Q$ 取 T 值;当且仅当 P 和 Q 都取 T 值时,合取项 $P\wedge Q$ 才取 T 值。

由以上分析可知,如果把这 3 个合取项作析取运算,得:

$$(\neg P\wedge\neg Q)\vee(\neg P\wedge Q)\vee(P\wedge Q)$$

则由表 6-5-2 所示的真值表可知

$$(\neg P\wedge\neg Q)\vee(\neg P\wedge Q)\vee(P\wedge Q){\Leftrightarrow}P{\to}Q$$

也即 $(\neg P\wedge\neg Q)\vee(\neg P\wedge Q)\vee(P\wedge Q)$ 是命题公式 $P{\to}Q$ 的主析取范式。

表 6-5-2

P	Q	$\neg P\wedge\neg Q$	$\neg P\wedge Q$	$P\wedge Q$	$P{\to}Q$	$(\neg P\wedge\neg Q)\vee(\neg P\wedge Q)\vee(P\wedge Q)$
F	F	T	F	F	T	T
F	T	F	T	F	T	T
T	F	F	F	F	F	F
T	T	F	F	T	T	T

由真值表的构造可知,命题公式的主析取范式是唯一的。

例 6-32 用真值表法求 $(P\wedge Q){\rightleftharpoons}R$ 的主析取范式。

解 先写出 $(P\wedge Q){\rightleftharpoons}R$ 的真值表,见表 6-5-3。

表 6-5-3

P	Q	R	$(P\wedge Q){\rightleftharpoons}R$
F	F	F	T
F	F	T	F
F	T	F	T
F	T	T	F
T	F	F	T
T	F	T	F
T	T	F	F
T	T	T	T

表 6-5-4

P	Q	R	$(P{\to}Q){\to}R$
F	F	F	F
F	F	T	T
F	T	F	F
F	T	T	T
T	F	F	T
T	F	T	T
T	T	F	F
T	T	T	T

由真值表可知,命题公式$(P \wedge Q) \rightleftarrows R$ 取值为 T 的在表中共有四行。

当 P、Q、R 都取 F 值时,$(P \wedge Q) \rightleftarrows R$ 取值为 T,所以构造合取项:$\neg P \wedge \neg Q \wedge \neg R$。

当 P 取 F 值,Q 取 T 值,R 取 F 值时,$(P \wedge Q) \rightleftarrows R$ 取值为 T,所以构造合取项:$\neg P \wedge Q \wedge \neg R$。

当 P 取 T 值、Q 和 R 取 F 值时,$(P \wedge Q) \rightleftarrows R$ 取值为 T,所以构造合取项:$P \wedge \neg Q \wedge \neg R$。

当 P、Q、R 都取 T 值时,$(P \wedge Q) \rightleftarrows R$ 取值为 T,所以构造合取项:$P \wedge Q \wedge R$。

由此可得$(P \wedge Q) \rightleftarrows R$ 的主析取范式为:

$$(\neg P \wedge \neg Q \wedge \neg R) \vee (\neg P \wedge Q \wedge \neg R) \vee (P \wedge \neg Q \wedge \neg R) \vee (P \wedge Q \wedge R)$$

例 6-33 用真值表法求$(P \rightarrow Q) \rightarrow R$ 的主析取范式。

解 先写出$(P \rightarrow Q) \rightarrow R$ 的真值表(见表 6-5-4)

由表 6-5-4 可知,$(P \rightarrow Q) \rightarrow R$ 的主析取范式为:

$$(\neg P \wedge \neg Q \wedge R) \vee (\neg P \wedge Q \wedge R) \vee (P \wedge \neg Q \wedge \neg R) \vee (P \wedge \neg Q \wedge R) \vee (P \wedge Q \wedge R)$$

为了使真值表法求命题公式的主析取范式显得更简洁些,也为了便于作更深入的讨论,下面介绍"极小项"的概念。

在含有 n 个变元的各类命题公式的主析取范式中,所含的各种合取项统称为 n 变元的极小项。

例如,3 个变元$(P、Q、R)$的极小项为:

$\neg P \wedge \neg Q \wedge \neg R$,$\neg P \wedge \neg Q \wedge R$,$\neg P \wedge Q \wedge \neg R$,$\neg P \wedge Q \wedge R$,$P \wedge \neg Q \wedge \neg R$,$P \wedge \neg Q \wedge R$,$P \wedge Q \wedge \neg R$,$P \wedge Q \wedge R$。

3 个变元的极小项共有 $2^3 = 8$ 个。

一般地讲,n 个变元的极小项共有 2^n 个。

如果把各个命题变元的顺序固定不变,如对于 3 个变元的顺序固定为 $P、Q、R$,那么就可以把极小项与二进制数建立一一对应关系。如 3 个变元的极小项有:

$$\neg P \wedge \neg Q \wedge \neg R \leftrightarrow 000$$
$$\neg P \wedge \neg Q \wedge R \leftrightarrow 001$$
$$\neg P \wedge Q \wedge \neg R \leftrightarrow 010$$
$$\neg P \wedge Q \wedge R \leftrightarrow 011$$
$$P \wedge \neg Q \wedge \neg R \leftrightarrow 100$$
$$P \wedge \neg Q \wedge R \leftrightarrow 101$$
$$P \wedge Q \wedge \neg R \leftrightarrow 110$$
$$P \wedge Q \wedge R \leftrightarrow 111$$

于是我们可以把极小项简单地记作:

$$\neg P \wedge \neg Q \wedge \neg R = m_{000} \qquad \neg P \wedge \neg Q \wedge R = m_{001}$$
$$\neg P \wedge Q \wedge \neg R = m_{010} \qquad \neg P \wedge Q \wedge R = m_{011}$$
$$P \wedge \neg Q \wedge \neg R = m_{100} \qquad P \wedge \neg Q \wedge R = m_{101}$$
$$P \wedge Q \wedge \neg R = m_{110} \qquad P \wedge Q \wedge R = m_{111}$$

对于 n 变元的极小项,也可类似地简记。

特别当真值表中,各命题变元和命题公式的取值 F 或 T 改为 0 或 1 时,各命题变元的一组取值就对应一个 2 进制数,这个 2 进制数就是相应的简记极小项的下角标,从而使命题公式的主析取范式中所含的极小项,很直观地得到。

例 6-34 用真值表法求 $P \wedge (Q \rightleftarrows R)$ 的主析取范式。

解　先写出 $P \wedge (Q \rightleftarrows R)$ 的真值表（表中的 F 改为 0，T 改为 1，见表 6-5-5）。

由表可知，当 P、Q、R 取值为 1、0、0 时，$P \wedge (Q \rightleftarrows R)$ 取值为 1，可得极小项 m_{100}；当 P、Q、R 取值为 1、1、1 时，$P \wedge (Q \rightleftarrows R)$ 取值为 1，可得极小项 m_{111}；对于 P、Q、R 的其他取值，$P \wedge (Q \rightleftarrows R)$ 都取值为 0，所以 $P \wedge (Q \rightleftarrows R)$ 的主析取范式为：

$$m_{100} \vee m_{111} = (P \wedge \neg Q \wedge \neg R) \vee (P \wedge Q \wedge R)$$

命题公式的规范表示，除析取范式外，还有合取范式表示。

表　6-5-5

P	Q	R	$P \wedge (Q \rightleftarrows R)$
0	0	0	0
0	0	1	0
0	1	0	0
0	1	1	0
1	0	0	1
1	0	1	0
1	1	0	0
1	1	1	1

6.5.2　合取范式和主合取范式

（一）合取范式

定义 6.5.3　如果一个命题公式等价地表示为以下形式：

$$A_1 \wedge A_2 \wedge \cdots \wedge A_n$$

其中 A_1、A_2、$\cdots$、A_n 都是由命题变元或其否定所组成的析取式，则称这种表示形式为合取范式。

例如，$(P \vee Q) \wedge (\neg P \vee R) \wedge (\neg Q \vee R)$ 是合取范式。

又如，$(P \vee Q \vee \neg R) \wedge (P \vee R) \wedge (P \vee \neg Q)$ 也是合取范式。

但是 $(P \wedge Q) \wedge (P \rightarrow Q)$ 不是合取范式。因为 $P \wedge Q$ 和 $P \rightarrow Q$ 都不是析取式。

把命题公式转化为合取范式，其方法、步骤与命题公式转化为析取范式的方法、步骤相同。首先把命题公式中的各类联结词转化为 $\wedge$、$\vee$、$\neg$。然后利用摩根律把否定词 $\neg$ 置于各个命题变元的前面。最后，利用分配律（$\vee$ 对 $\wedge$ 的分配）把命题公式转化为合取范式。

例 6 - 35　试将 $P \rightarrow (Q \rightleftarrows R)$ 化为合取范式。

解　因为 $Q \rightleftarrows R \Leftrightarrow (Q \vee \neg R) \wedge (\neg Q \vee R)$，所以

$$P \rightarrow (Q \rightleftarrows R) \Leftrightarrow \neg P \vee ((Q \vee \neg R) \wedge (Q \vee \neg R))$$
$$\Leftrightarrow (\neg P \vee Q \vee) \wedge (\neg P \vee \neg R)$$

例 6 - 36　求命题公式 $(P \rightarrow Q) \rightarrow (R \wedge S)$ 的合取范式。

解　$(P \rightarrow Q) \rightarrow (R \wedge S) \Leftrightarrow \neg (\neg P \vee Q) \vee (R \wedge S)$
$$\Leftrightarrow (P \wedge \neg Q) \vee (R \wedge S)$$
$$\Leftrightarrow ((P \wedge \neg Q) \vee R) \wedge ((P \wedge \neg Q) \vee S)$$
$$\Leftrightarrow (P \vee R) \wedge (\neg Q \vee R) \wedge (P \vee S) \wedge (\neg Q \vee S)$$

例 6 - 37　求命题公式 $(P \wedge \neg Q) \rightarrow (R \wedge (\neg T \rightleftarrows S))$ 的合取范式。

解　$(P \wedge \neg Q) \rightarrow (R \wedge (\neg T \rightleftarrows S))$
$$\Leftrightarrow \neg (P \wedge \neg Q) \vee (R \wedge (T \vee S) \wedge (\neg T \vee \neg S))$$
$$\Leftrightarrow (\neg P \vee Q) \vee (R \wedge (T \vee S) \wedge (\neg T \vee \neg S))$$
$$\Leftrightarrow (\neg P \vee Q \vee R) \wedge (\neg P \vee Q \vee T \vee S) \wedge (\neg P \vee Q \vee \neg T \vee \neg S)$$

一个命题公式的合取范式不是唯一的，如 $P \rightarrow Q$ 的合取范式可以是 $(\neg P \vee Q)$，也可以是 $(\neg P \vee Q) \wedge (P \vee \neg P)$ 等。下面介绍命题公式的主合取范式表示，这种表示形式是唯一的。

（二）主合取范式

定义 6.5.4　如果在一个命题公式的合取范式中，每一个析取项都由这 n 个变元（或其否

定)的析取组成,则称这合取范式为主合取范式。

例如,命题公式 $P \wedge Q$ 的主析取范式是:

$$P \wedge Q \Leftrightarrow (P \vee (Q \wedge \neg Q)) \wedge (Q \vee (P \wedge \neg P))$$
$$\Leftrightarrow (P \vee Q) \wedge (P \vee \neg Q) \wedge (Q \vee \neg P)$$

由此可见,把合取范式化为主合取范式,主要是把合取范式中缺少某些变元(如 P、Q)的析取项,用 $P \wedge \neg P$、$Q \wedge \neg Q$ 补上。再用分配律展开,合并相同的析取项后即得主合取范式。

例 6 - 38　求 $(P \rightarrow Q) \rightarrow R$ 的主合取范式。

解　$(P \rightarrow Q) \rightarrow R \Leftrightarrow \neg(\neg P \vee Q) \vee R$
$$\Leftrightarrow (P \wedge \neg Q) \vee R$$
$$\Leftrightarrow (P \vee R) \wedge (\neg Q \vee R)$$
$$\Leftrightarrow (P \vee R \vee (Q \wedge \neg Q)) \wedge (\neg Q \vee R \vee (P \wedge \neg P))$$
$$\Leftrightarrow (P \vee R \vee Q) \wedge (P \vee R \vee \neg Q) \wedge (\neg Q \vee R \vee \neg P)$$

例 6 - 39　求 $(P \rightleftarrows Q) \rightarrow R$ 的主合取范式。

解　因为 $P \rightleftarrows Q \Leftrightarrow (P \wedge Q) \vee (\neg P \wedge \neg Q)$,所以
$$(P \rightleftarrows Q) \rightarrow R \Leftrightarrow \neg((P \wedge Q) \vee (\neg P \wedge \neg Q)) \vee R$$
$$\Leftrightarrow ((\neg P \vee \neg Q) \wedge (P \vee Q)) \vee R$$
$$\Leftrightarrow (\neg P \vee \neg Q \vee R) \wedge (P \vee Q \vee R)$$

求命题公式的主合取范式也可用真值表法。这个方法是先求出命题公式否定的主析取范式,然后再对这个主析取范式取否定,就得到了命题公式的主合取范式。

例如,求 $(P \rightarrow Q) \rightarrow R$ 的主合取范式,先写出 $(P \rightarrow Q) \rightarrow R$ 和 $\neg((P \rightarrow Q) \rightarrow R)$ 的真值表,见表 6-5-6。

由表 6-5-6 可知,$(P \rightarrow Q) \rightarrow R$ 的否定的主析取范式为:

$\neg((P \rightarrow Q) \rightarrow R) \Leftrightarrow (\neg P \wedge \neg Q \wedge \neg R) \vee (\neg P \wedge Q \wedge \neg R) \vee (P \wedge Q \wedge \neg R)$

所以

$(P \rightarrow Q) \rightarrow R \Leftrightarrow \neg((\neg P \wedge \neg Q \wedge \neg R) \vee (\neg P \wedge Q \wedge \neg R) \vee (P \wedge Q \wedge \neg R))$
$$\Leftrightarrow (P \vee Q \vee R) \wedge (P \vee \neg Q \vee R) \wedge (\neg P \vee \neg Q \vee R)$$

实际上,在用真值表法求 $(P \rightarrow Q) \rightarrow R$ 的主合取范式时,只需写出 $(P \rightarrow Q) \rightarrow R$ 的真值表,而不必写出它的否定 $\neg((P \rightarrow Q) \rightarrow R)$ 的真值表。因为当且仅当 $(P \rightarrow Q) \rightarrow R$ 取值为 0 时,$\neg((P \rightarrow Q) \rightarrow R)$ 的取值才为 1。所以求 $\neg((P \rightarrow Q) \rightarrow R)$ 的主析取范式时,只要检查表中使 $(P \rightarrow Q) \rightarrow R$ 取值为 0 的行(也是使 $\neg((P \rightarrow Q) \rightarrow R)$ 取值为 1 的行),在这些行中,各命题变元的取值所对应的极小项的析取式就是 $\neg((P \rightarrow Q) \rightarrow R)$ 的主析取范式。

求 $(P \rightarrow Q) \rightarrow R$ 的主合取范式,还需求 $\neg((P \rightarrow Q) \rightarrow R)$ 的主析取范式的否定,也就是对其各个极小项取否定后再作合取运算。对极小项作否定运算的结果,常称为极大项。

表　6-5-6

P	Q	R	$(P \rightarrow Q) \rightarrow R$	$\neg((P \rightarrow Q) \rightarrow R)$
0	0	0	0	1
0	0	1	1	0
0	1	0	0	1
0	1	1	1	0
1	0	0	1	0
1	0	1	1	0
1	1	0	0	1
1	1	1	1	0

已知 3 个变元的极小项有 8 个：

$$\neg P \wedge \neg Q \wedge \neg R, \neg P \wedge \neg Q \wedge R, \neg P \wedge Q \wedge \neg R, \neg P \wedge Q \wedge R, P \wedge \neg Q \wedge \neg R,$$
$$P \wedge \neg Q \wedge R, P \wedge Q \wedge \neg R, P \wedge Q \wedge R。$$

3 个变元的极大项也有 8 个：

$$P \vee Q \vee R, P \vee Q \vee \neg R, P \vee \neg Q \vee R, P \vee \neg Q \vee \neg R,$$
$$\neg P \vee Q \vee R, \neg P \vee Q \vee \neg R, \neg P \vee \neg Q \vee R, \neg P \vee \neg Q \vee \neg R。$$

如果命题变元的顺序固定不变,那么命题变元的每一组取值就对应一个二进制数,所以可以建立极大项与二进制数的一一对应关系。如 3 个变元的极大项有：

$$P \vee Q \vee R \leftrightarrow 000$$
$$P \vee Q \vee \neg R \leftrightarrow 001$$
$$P \vee \neg Q \vee R \leftrightarrow 010$$
$$P \vee \neg Q \vee \neg R \leftrightarrow 011$$
$$\neg P \vee Q \vee R \leftrightarrow 100$$
$$\neg P \vee Q \vee \neg R \leftrightarrow 101$$
$$\neg P \vee \neg Q \vee R \leftrightarrow 110$$
$$\neg P \vee \neg Q \vee \neg R \leftrightarrow 111$$

于是我们可以把极大项简单地记作：

$$P \vee Q \vee R = M_{000} \qquad P \vee Q \vee \neg R = M_{001}$$
$$P \vee \neg Q \vee R = M_{010} \qquad P \vee \neg Q \vee \neg R = M_{011}$$
$$\neg P \vee Q \vee R = M_{100} \qquad \neg P \vee Q \vee \neg R = M_{101}$$
$$\neg P \vee \neg Q \vee R = M_{110} \qquad \neg P \vee \neg Q \vee \neg R = M_{111}$$

对于 n 个变元的极大项,也可类似地简记。

于是,命题公式 $(P \rightarrow Q) \rightarrow R$ 的主合取范式可以简记为：

$$(P \rightarrow Q) \rightarrow R \Leftrightarrow M_{000} \wedge M_{010} \wedge M_{110}$$

例 6-40 求 $(\neg P \vee \neg Q) \rightarrow (\neg P \wedge R)$
的主析取范式和主合取范式。

解 写出 $(\neg P \vee \neg Q) \rightarrow (\neg P \wedge R)$ 的
真值表(见表 6-5-7)

由表可知,$(\neg P \vee \neg Q) \rightarrow (\neg P \wedge R)$ 的
主析取范式为：

$$m_{001} \vee m_{011} \vee m_{110} \vee m_{111}$$
$$\Leftrightarrow (\neg P \wedge \neg Q \wedge R) \vee (\neg P \wedge Q \wedge R)$$
$$\vee (P \wedge Q \wedge \neg R) \vee (P \wedge Q \wedge R)。$$

它的主合取范式为：

$$M_{000} \wedge M_{010} \wedge M_{100} \wedge M_{101}$$
$$\Leftrightarrow (P \vee Q \vee R) \wedge (P \vee \neg Q \vee R) \wedge$$
$$(\neg P \vee Q \vee R) \wedge (\neg P \vee Q \vee \neg R)$$

表 6-5-7

P	Q	R	$(\neg P \vee \neg Q) \rightarrow (\neg P \wedge R)$
0	0	0	0
0	0	1	1
0	1	0	0
0	1	1	1
1	0	0	0
1	0	1	0
1	1	0	1
1	1	1	1

例 6 - 41　求 $(P \wedge Q) \vee (\neg P \wedge R) \vee (Q \wedge R)$ 的主析取范式和主合取范式。

解　先写出 $(P \wedge Q) \vee (\neg P \wedge R) \vee (Q \wedge R)$ 的真值表(见表 6-5-8)

由表可知,$(P \wedge Q) \vee (\neg P \wedge R) \vee (Q \wedge R)$ 的主析取范式为:

$m_{010} \vee m_{011} \vee m_{110} \vee m_{111}$

$\Leftrightarrow (\neg P \wedge Q \wedge \neg R) \vee (\neg P \wedge Q \wedge R) \vee (P \wedge Q \wedge \neg R) \vee (P \wedge Q \wedge R)$

它的主合取范式:

$M_{000} \wedge M_{001} \wedge M_{100} \wedge M_{101}$

$\Leftrightarrow (P \vee Q \vee R) \wedge (P \vee Q \vee \neg R) \wedge (\neg P \vee Q \vee R) \wedge (\neg P \vee Q \vee \neg R)$

表 **6 - 5 - 8**

P	Q	R	$(P \wedge Q) \vee (\neg P \wedge R) \vee (Q \wedge R)$
0	0	0	0
0	0	1	0
0	1	0	1
0	1	1	1
1	0	0	0
1	0	1	0
1	1	0	1
1	1	1	1

习　题

1. 求下列命题公式的析取范式

(1) $(P \wedge (Q \rightarrow R)) \rightarrow S$

(2) $(P \rightarrow Q) \vee (P \rightarrow R)$

(3) $(\neg P \wedge Q) \rightarrow R$

(4) $\neg (P \vee Q) \rightleftarrows (P \wedge Q)$

(5) $(P \rightarrow Q) \rightleftarrows R$

2. 用等价公式求下列命题公式的主析取范式。

(1) $(P \rightarrow Q) \rightarrow (Q \wedge R \rightarrow S)$

(2) $\neg (P \vee \neg Q) \wedge (S \rightarrow T)$

(3) $(P \rightarrow R) \wedge (Q \rightarrow R)$

3. 用真值表法求下列命题公式的主析取范式。

(1) $(P \rightarrow Q) \wedge (P \wedge Q)$

(2) $(\neg P \rightarrow \neg Q) \rightarrow R$

(3) $(P \wedge Q) \vee (P \wedge R) \vee (Q \wedge R)$

4. 求下列命题的合取范式

(1) $P \vee (\neg Q \wedge R)$

(2) $\neg (P \rightarrow Q) \vee (R \rightleftarrows S)$

(3) $(P \rightleftarrows Q) \wedge (\neg R \vee S)$

5. 用等价公式求下列命题公式的主合取范式

(1) $(P \rightarrow \neg Q) \rightarrow R$

(2) $P \wedge (Q \rightleftarrows R)$

(3) $(P \vee Q) \rightarrow (R \rightleftarrows \neg S)$

6. 用真值表法求下列命题公式的主合取范式

(1) $(P \wedge Q) \vee (P \wedge R)$

(2) $(P \vee Q) \rightarrow R$

(3) $(P \lor Q \lor R) \rightarrow P$

7. 用真值表法求下列命题公式的主析取范式和主合取范式。

(1) $(P \rightleftarrows Q) \rightarrow R$

(2) $P \rightarrow (Q \rightleftarrows R)$

第6章 综 合 练 习

选择正确答案,将选择项的序号写在空格内。

1. 下列句子中,哪些是命题?

(1) 我是教师。

(2) 禁止吸烟!

(3) 蚊子是鸟类动物。

(4) 上课去!

(5) 月亮比地球大。

答案:其中_____是命题。

供选择项:

A (1),(3),(4),(5)   B (1),(2),(3),(4)

C (1),(3),(5)   D (3),(4),(5)

2. 设 P:我生病,Q:我去学校。

(1) 我虽然生病但我仍去学校,符号化为_____。

(2) 只有在生病的时候,我才不去学校。符号化为_____。

(3) 如果我生病,那么我不去学校。符号化为_____。

供选择项:

A $P \lor Q$ B $P \rightarrow Q$ C $P \land Q$ D $P \rightarrow \neg Q$

E $P \rightleftarrows \neg Q$ F $P \rightleftarrows Q$

3. 设 P:我有钱,Q:我去看电影。

(1) 如果我有钱,那么我就去看电影,符号化为_____。

(2) 虽然我有钱,但我不去看电影。符号化为_____。

(3) 当且仅当我有钱时,我才去看电影,符号化为_____。

供选择项:

A $P \lor Q$ B $P \land Q$ C $P \rightarrow Q$

D $P \rightleftarrows Q$ E $P \land \neg Q$ F $P \rightarrow \neg Q$

4. 对于下列各式

(1) $(P \land (P \rightarrow Q)) \rightarrow Q$

(2) $P \rightarrow (P \lor Q)$

(3) $Q \rightarrow (P \land Q)$

(4) $(\neg P \land (P \lor Q)) \rightarrow Q$

(5) $(P \rightarrow Q) \rightarrow Q$

其中_____是永真式。

供选择项:

A (1),(2),(3)   B (1),(3),(5)

C (1),(3),(4)   D (1),(2),(4)

E (1),(2),(3),(4)   F (1),(2),(3),(4),(5)

G 只有(1),(2)

5. 写出与下列各式逻辑等价的命题公式。

(1) $P \rightleftharpoons \neg Q \Leftrightarrow$ _____

(2) $(P \wedge (P \vee Q)) \rightarrow R \Leftrightarrow$ _____

(3) $P \rightarrow (P \rightarrow Q) \Leftrightarrow$ _____

供选择项:

A $\neg P \rightarrow (P \rightarrow \neg Q)$ B $(\neg P \vee Q) \wedge (\neg Q \vee P)$

C $P \rightarrow R$ D $(\neg P \vee \neg Q) \wedge (\neg Q \vee P)$

E $(\neg P \vee \neg Q) \wedge (Q \vee P)$ F $P \wedge R$

G $(P \rightarrow Q) \wedge (Q \rightarrow P)$

6. 对于前提: $S \rightarrow \neg Q, S \vee R, \neg R, \neg P \rightleftharpoons Q$ 其有效结论为 _____

供选择项:

A S B Q C R D P E $\neg P$

7. 对于前提: $A \rightarrow B, C \rightarrow \neg B, C \vee D, D \rightarrow \neg B$ 其有效结论为 _____

供选择项:

A A B $\neg A$ C B D $\neg B$

E C F $\neg C$ G D H $\neg D$

8. 对于下列各式

(1) $(\neg P \wedge Q) \vee (\neg P \wedge \neg Q)$ 可化简为 _____。

(2) $Q \rightarrow (P \vee (P \wedge Q)$ 可化简为 _____。

(3) $((\neg P \vee Q) \rightleftharpoons (\neg Q \rightarrow \neg P)) \wedge P$ 可化简为 _____。

供选择项:

A P B $\neg P$ C Q D $\neg Q$

E $Q \rightarrow P$ F $P \rightarrow Q$

第 7 章 谓 词 逻 辑

在命题逻辑中,研究的主要对象是命题,而命题则是由一些原子命题经联结词组合而成的。在命题逻辑中,原子命题是最基本的单元,原子命题是不可再分解的。

正是由于命题逻辑中,对"原子命题不可再分解"的认定,从而使我们不再对原子命题的内部结构进行细微的分析,于是一些有密切联系的命题,我们只是简单地判断它们是相同的,或是不相同的,忽略了对它们的内在联系作进一步分析,使命题逻辑的使用范围受到很大限制。

如著名的苏格拉底三段论述:

所有人都是要死的。

苏格拉底是人。

所以:苏格拉底是要死的。

显然,上述三个命题是有着密切联系,当第一、二个命题是真的时,很自然可以得出第三个命题也是真的。也就是说,第三个命题是第一、二个命题的逻辑推论。

对于上述三个命题,如果用 P 表示:所有人都是要死的;用 Q 表示:苏格拉底是人;用 R 表示:苏格拉底是要死的。那么 R 应是 P,Q 的逻辑推论,即

$$P,Q \Rightarrow R$$

但是在命题逻辑中,由于把命题 P、Q、R 看做是三个不同的,没有联系的命题,因此无法得出上述结论。

为了更深入地讨论命题与命题之间的逻辑联系,我们将对原子命题作进一步分析,不再把原子命题看作是一个不可分解的整体,在原子命题中引进谓词的概念,这种以命题中谓词为基础的分析研究,称为谓词逻辑。

7.1 谓词

如何对原子命题作进一步的分析呢? 让我们先来看以下两个命题

(1)张静是个大学生

(2)绍琨是个大学生

显然,这两个命题不一定有相同的真值,所以在命题逻辑中,把它们看作是不同的原子命题,必须以不同的符号来表示这两个原子命题。

然而稍加分析就可看到,在这两个原子命题中,除了主语(张静和绍琨)不同外,它们的性质都是"是个大学生"。因此,我们可以把原子命题分解成两部分,一是主语(以后称为个体词);另一是谓词(或表示性质),并引入符号来表示谓词,如用

$A(\cdot)$ 表示:·是个大学生

那么 $A($张静$)$ 就表示"张静是个大学生",$A($绍琨$)$ 就表示"绍琨是个大学生"。如果更简单些,用符号表示个体词,如用 a 表示张静;b 表示绍琨。则上述两个原子命题就是:$A(a)$ 和 $A(b)$。

通常用大写的英文字母表示谓词,用小写的英文字母表示个体词。

用谓词表达命题时,如果其中仅含 1 个个体词时,称为一元谓词;如果含有 n 个个体词时,

称为 n 元谓词。例如下列命题：

3 小于 5

2 乘 3 等于 6

如果用

$B(\cdot,\cdot)$ 表示：$\cdot$ 小于 $\cdot$

$C(\cdot,\cdot,\cdot)$ 表示：$\cdot$ 乘 $\cdot$ 等于 $\cdot$

那么 B 是二元谓词，C 是三元谓词。

一般地讲，一元谓词表达了个体词的"性质"；多元谓词表达了个体词之间的"关系"。

显然，谓词不是命题，只有当确定的个体词"填入"后，才成为命题。一元谓词需要填入一个个体词，n 元谓词需要填入 n 个个体词后才成为命题。所以我们可以把已有确定真假值的命题看做是 0 元谓词。

7.2　命题函数和量词

7.2.1　命题函数

对于一个谓词，如

$A(\cdot)$ 表示：$\cdot$ 是个大学生

其中"$\cdot$"仿佛是一个"空位置"，它是用来填入个体词的；填入各种各样的个体词，就得到了各种各样的命题。

由此容易想到，如果把谓词中的"空位置"用一个可以取各种各样个体词的"变量"来替代。如把 $A(\cdot)$ 写成 $A(x)$，

$A(x)$ 表示：x 是个大学生

我们就得到谓词的函数表示形式，称这样的函数为**简单命题函数。**

简单命题函数的"定义域"是所有个体词的集合，即个体词的论述范围，称作**个体域**；简单命题函数的"值域"是命题的集合。

于是我们可以用简单命题函数

$B(x,y)$ 表示：x 小于 y；

$C(x,y,z)$ 表示：x 乘 y 等于 z。

在命题逻辑中，由原子命题经联结词可以构成复合命题。

同样，由简单命题函数经联结词可以构成复合命题函数，简称命题函数。如

$R(x)$：x 是实数

$I(x)$：x 是整数

那么

$R(x) \wedge I(x)$：x 是实数且 x 是整数

$R(x) \rightarrow I(x)$：如果 x 是实数，则 x 是整数

都是命题函数。

7.2.2　量词

确定命题函数"值"的惯用方法是把确定的个体词（个体常元）代入命题函数的"变量"中去。例如命题函数

$B(x,y)$：x 小于 y

那么,$B(2,5)$就是命题:2 小于 5,它的真值为真;$B(8,4)$也是命题:8 小于 4,它的真值为假。

但是在很多情况下,这种方法并不适用,特别是当命题的真、假值涉及命题函数个体域中的全部个体词时,例如下列命题

(1)所有人都要呼吸。

(2)每一只老虎都是黑色的。

(3)凡是素数都是奇数。

(4)任意的有理数都是整数。

它们的真假值都与论述的个体域中每一个个体词有关。如果我们把这些命题改写如下:

(1)对于所有的 x,如果 x 是人,则 x 要呼吸。

(2)对于所有的 x,如果 x 是老虎,则 x 是黑色的。

(3)对于所有的 x,如果 x 是素数,则 x 是奇数。

(4)对于所有的 x,如果 x 是有理数,则 x 是整数。

容易看到,这 4 个命题有一个公共部分——"对于所有的 x"。我们引进符号 $(\forall x)$ 来表示"对于所有的 x"。

对于命题中的其他部分,可令

$M(x)$:x 是人

$H(x)$:x 要呼吸

$T(x)$:x 是老虎

$B(x)$:x 是黑色的

$P(x)$:x 是素数

$O(x)$:x 是奇数

$Q(x)$:x 是有理数

$I(x)$:x 是整数

于是命题(1),(2),(3),(4)可写成:

(1)$(\forall x)(M(x) \to H(x))$

(2)$(\forall x)(T(x) \to B(x))$

(3)$(\forall x)(P(x) \to O(x))$

(4)$(\forall x)(Q(x) \to I(x))$

符号"$\forall$"称为**全称量词**。我们已经知道,命题函数不是命题,但是在全称量词 $\forall x$ 作用下的一个仅含变量 x 的命题函数是命题。如

$$(\forall x)(Q(x) \to I(x))$$

是命题(任意的有理数是整数)。

因此,在全称量词 $\forall x$ 的作用下,命题函数中的变量 x 不再起变量的作用,或者说全称量词"约束"了 x 的变量的作用。

对于含有多个变量的命题函数,可以有多个全称量词。如

$A(x,y)$:x 和 y 都是正数

$B(x,y)$:$x \cdot y > 0$

那么

$$(\forall x)(\forall y)(A(x,y) \to B(x,y))$$

是命题:对于任意的 x 和 y,如果 x 和 y 都是正数,则 $x \cdot y > 0$。

　　除了全称量词外,还有一个重要量词是存在量词,记作"∃"而"∃x"表示:"存在着 x"。例如对于下列命题

　　(1)某些有理数是整数。

　　(2)有些人是聪明的。

可以改写为:

　　(1)存在着 x,x 是有理数且 x 是整数。

　　(2)存在着 x,x 是人且 x 是聪明的。

如果令

　　$Q(x)$:x 是有理数。

　　$I(x)$:x 是整数。

　　$M(x)$:x 是人。

　　$C(x)$:x 是聪明的。

那么用符号替换后的命题可表示为:

　　(1)$(\exists x)(Q(x) \wedge I(x))$

　　(2)$(\exists x)(M(x) \wedge C(x))$

　　同样,一个含有变量 x 的命题函数,在存在量词 ∃x 的作用下,x 不再起变量的作用,存在量词 ∃x 也"约束"了 x 的变量的作用。对于"约束",以后还要作深入的讨论。

　　显然,全称量词与存在量词都和命题函数的论述范围(个体域)密切相关。例如对于命题:

　　所有整数都是有理数。

如果令

　　$I(x)$:x 是整数

　　$Q(x)$:x 是有理数

那么当个体域为整数集合时,命题表示为:

　　$(\forall x)(Q(x))$

如果个体域是有理数集合时,命题表示为:

　　$(\forall x)(I(x) \rightarrow Q(x))$

又如对于命题

　　某些有理数是整数。

当个体域为有理数集合时,命题表示为:

　　$(\exists x)(I(x))$

如果个体域为实数集合时,命题表示为:

　　$(\exists x)(Q(x) \wedge I(x))$

　　所以在不同的个体域中,命题的表示形式也是不同的。

　　为了叙述方便,以后在没有特别指明的情况下,各个命题函数的论述范围(个体域)一律采用"全总个体域"。所谓"全总个体域"是指由所有个体域综合在一起的论述范围。在使用全总个体域后,对于命题函数变量的变化范围一定是全总个体域的子集,所以要用"特性谓词"加以限制。对于上面提到的命题:

　　所有整数都是有理数。

在全总个体域中,应写作

$$(\forall x)(I(x) \rightarrow Q(x))$$

其中 $I(x)$ 是特性谓词。

对于另一个命题:

某些有理数是整数。

在全总个体域中,应写作

$$(\exists x)(Q(x) \wedge I(x))$$

其中 $Q(x)$ 是特性谓词。

一般地讲,对全称量词,特性谓词常作蕴含的前件;对存在量词,特性谓词常作合取项。

下面举一些例子,说明如何用谓词表达命题。

例 7-1 用带量词的命题函数表示下列命题。

(1)所有偶数都是整数。

(2)有一些奇数是素数。

(3)所有能被 2 整除的数都是偶数。

解 令 $I(x):x$ 是整数;$E(x):x$ 是偶数;$O(x):x$ 是奇数;$P(x):x$ 是素数;$D(x,y):x$ 整除 y。

(1) $(\forall x)(E(x) \rightarrow I(x))$

(2) $(\exists x)(O(x) \wedge P(x))$

(3) $(\forall x)(D(2,x) \rightarrow E(x))$

例 7-2 用带量词的命题函数表示下列命题。

(1)有些人是聪明的。

(2)并不是每一个人都是聪明的。

(3)尽管有人聪明,但未必一切人都聪明。

解 令 $M(x):x$ 是人;$C(x):x$ 是聪明的。

(1) $(\exists x)(M(x) \wedge C(x))$

(2) $\daleth(\forall x)(M(x) \rightarrow C(x))$

(3) $((\exists x)(M(x) \wedge C(x)) \wedge (\daleth(\forall x)(M(x) \rightarrow C(x)))$

例 7-3 设 $P(x):x$ 是素数;$Q(x):x$ 是奇数。试将下列式子译成汉语

(1) $(\exists x)(P(x) \wedge Q(x))$

(2) $\daleth(\forall x)(P(x) \rightarrow Q(x))$

(3) $((\exists x)(Q(x) \wedge P(x)) \wedge (\daleth(\forall x)(Q(x) \rightarrow P(x)))$

解 (1)有些素数是奇数。

(2)并非所有素数都是奇数。

(3)有些奇数是素数但并非所有奇数都是素数。

7.2.3 谓词合式

我们已经知道,简单命题函数经联结词可以构成命题函数。现在定义了全称量词和存在量词后,那么量词、联结词、简单命题函数应如何组合才能构成一个有意义的、可以作谓词演算的"合体"呢?我们曾经使用过"带有量词的命题函数"的提法,但这毕竟不是一种严格的说法。下面给出谓词合式的定义,它表明了量词、联结词和命题函数的组合规则。

首先把不含任何联结词的命题函数 $P(x_1,x_2,\cdots,x_n)$ 称为原子公式。

定义 7.2.1 谓词合式由下述各条组成：

(1)原子公式是谓词合式

(2)若 A 是谓词合式，则 $\daleth A$ 也是一个谓词合式。

(3)若 A 和 B 都是谓词合式，则 $(A \wedge B)$，$(A \vee B)$，$(A \rightarrow B)$ 和 $(A \rightleftharpoons B)$ 也是谓词合式。

(4)若 A 是谓词合式，x 是 A 中出现的变元，则 $(\forall x)A$ 和 $(\exists x)A$ 都是谓词合式。

(5)只有经过有限次地应用规则(1)，(2)，(3)，(4)所得到的公式是谓词合式。

例如 $(\forall x)(P(x) \rightarrow (\exists y)(Q(x) \wedge A(x,y)))$ 是谓词合式。

又如 $(\forall x) \wedge (\exists y) \vee P(x,y)$ 不是谓词合式。

谓词合式也称作谓词公式。

习 题

1. 试用谓词表达下列命题。

(1)李莉是个教师。

(2)张静是个工程师但不是运动员。

(3)小王不是大学生。

(4)若 m 是奇数，则 $2m$ 不是奇数。

2. 用谓词合式表示下列命题。

(1)所有运动员都是大学生。

(2)并非所有大学生都是运动员。

(3)没有一个女同志既是国家选手又是家庭妇女。

(4)所有大学生都喜爱某些歌唱家。

3. 令 $P(x)$：x 是素数；$E(x)$：x 是偶数；$Q(x)$：x 是奇数；$D(x,y)$：x 整除 y。

把以下各式译成汉语。

(1)$(\forall x)(\daleth D(2,x) \rightarrow Q(x))$

(2)$(\exists x)(Q(x) \wedge D(3,x))$

(3)$(\forall x)(E(x) \rightarrow (\forall y)(D(x,y) \rightarrow E(y)))$

(4)$(\forall x)(P(x) \rightarrow (\exists y)(E(y) \wedge D(x,y)))$

(5)$(\forall x)(Q(x) \rightarrow (\forall y)(P(y) \rightarrow \daleth D(x,y)))$

4. 用谓词合式表示下列命题。

(1)如果两数的乘积为零，则其中至少有一个数为零。

(2)对于每一个实数 x，必存在一个更大的实数 y。

(3)对于任意整数 x，都存在 y，使得 $x+y=0$。

(4)如果一个整数不是奇数，那么它就是偶数。

5. 设个体域为整数集合，令 $P(x,y,z)$：$x+y=z$；$Q(x,y)$：$x=y$；$E(x)$：x 是偶数。试用谓词合式表示下列命题。

(1)如果 $x=y$，且 $x+y=z$，则 z 是偶数。

(2)如果 $x=2y$，且 $2x+y=z$，则 z 不是偶数。

7.3 约束元和自由元

在上一节中，我们已经介绍了"约束"的概念，如谓词合式：

$$(\forall x)(P(x) \rightarrow Q(x))$$

由于全称量词的作用,使得命题函数 $P(x) \rightarrow Q(x)$ 中的 x 不再起变量的作用。或者说,量词 $\forall x$ 约束了 x 的变量的作用。在这种情况下,称变量 x 为"约束出现",并称 x 为约束元。对于更复杂的情况,如

$$(\forall x)(P(x) \rightarrow (\exists y)(Q(x,y) \wedge R(y)))$$

容易看到,量词 $\forall x$ 起作用的区域是 $\forall x$ 后括号中的内容:$P(x) \rightarrow (\exists y)(Q(x,y) \wedge R(y))$,称它为 $\forall x$ 的作用域或辖域。同样,量词 $\exists y$ 的作用域是:$Q(x,y) \wedge R(y)$。在 $\forall x$ 的作用域中,x 是约束元;在 $\exists y$ 的作用域中,y 是约束元。所以在这个谓词合式中,x 和 y 都是约束元。又如

$$((\forall x)(P(x,y) \rightarrow Q(x))) \vee ((\exists y)(R(y) \wedge S(y)))$$

在这个谓词合式中,量词 $\forall x$ 的作用域是:$P(x,y) \rightarrow Q(x)$,所以变量 x 是约束出现,是约束元,但变量 y 不是约束元,称 y 是"自由出现"并称 y 为自由元。量词 $\exists y$ 的作用域是 $R(y) \wedge S(y)$,所以 y 是约束元。

由此可见,在谓词合式中,一个变量可以既是约束元,又是自由元。又如

$$((\exists x)(P(x,y) \rightarrow Q(x))) \wedge ((\forall y)(Q(y) \rightarrow R(x,y)))$$

在这个谓词合式中,x 既是约束元又是自由元,y 也是约束元又是自由元。

为了避免由于变量的约束和自由同时出现,引起概念上的混乱,所以可对约束元进行换名,使得一个变量在一个谓词合式中只呈一种形式(约束或自由)出现。

在对约束元换名时,需遵循以下两个规则:

(1)对约束元(如:x)换名时,更改的名称范围是 $\forall x$(或 $\exists x$)以及 $\forall x$(或 $\exists x$)的作用域中所出现的所有 x。在 $\forall x$(或 $\exists x$)作用域外的部分,不换名。

(2)换名时一定要更改为作用域中没有出现的变量名称。

如:$((\forall x)P(x) \rightarrow Q(x,y)) \wedge R(x,y)$ 可换名为:$((\forall z)(P(z) \rightarrow Q(z,y))) \wedge R(x,y)$。

对于谓词合式中的自由变元,也可以更改,这种更改称为代入,代入时应对谓词合式中出现该自由变元的每一处都进行。

例如:$(\exists x)(P(y) \wedge R(x,y))$ 可以更改为:$(\exists x)(P(z) \wedge R(x,z))$。

例 7-4 指出下面谓词合式的约束元和自由元。

(1)$(\forall x)P(x) \rightarrow R(y)$

(2)$(\exists x)(P(x) \wedge Q(y,z))$

(3)$(\forall x)(\exists y)(P(x) \wedge Q(y)) \rightarrow (\forall x)R(x)$

(4)$((\exists x)(\forall x)(P(x,y) \rightarrow Q(x,z))) \vee (\exists z)R(x,z)$

解 (1)x 是约束元,y 是自由元。

(2)x 是约束元,y 和 z 是自由元。

(3)x 和 y 都是约束元。

(4)x 是约束元又是自由元,y 是自由元,z 是约束元又是自由元。

例 7-5 对下列谓词合式的约束元进行换名。

(1)$((\forall x)(P(x) \rightarrow Q(x,y))) \vee (\exists y)R(x,y)$

(2)$(\forall x)(\exists y)(P(x,y) \wedge Q(z))$

解 (1)把 x 换名为 u;y 换名为 v。经换名后:

$$((\forall u)(P(u) \rightarrow Q(u,y)))) \vee (\exists v)R(x,v)$$

(2)把 x 换名为 u，y 换名为 v，经换名后：

$$(\forall u)(\exists v)(P(u,v) \wedge Q(z))$$

习　题

1. 对于下面各公式，指出其约束变元和自由变元。

(1) $(\forall x)P(x) \rightarrow P(y)$

(2) $(\forall x)(P(x) \wedge Q(x)) \wedge (\exists x)S(x)$

(3) $(\exists x)(\forall y)(P(x) \wedge Q(y)) \rightarrow (\forall x)R(x,y)$

(4) $(\exists x)(\forall y)(P(x,y) \wedge Q(z))$

(5) $(\exists x)(\forall y)(P(x,y,z) \wedge Q(x,y))$

2. 对于下列各公式中的约束变元进行换名。

(1) $(\forall x)(P(x,y) \rightarrow Q(x)) \wedge R(x,y)$

(2) $(\exists x)(P(x) \wedge Q(x,y)) \wedge R(y)$

3. 对于下列各公式中的自由变元进行代入。

(1) $(\exists y)(P(x) \wedge R(x,y))$

(2) $(\forall x)(P(x) \rightarrow Q(x,y)) \wedge R(x,y)$

7.4　等价式和蕴含式

首先介绍谓词公式等价的定义。

定义 7.4.1　给定两个谓词公式 A 和 B，设它们有共同的个体域 E，如果对 A 和 B 的任一组变元进行赋值，所得命题的真值相同，则称谓词公式 A 和 B 在 E 上等价，记作 $A \Leftrightarrow B$。

定义 7.4.2　给定谓词公式 A，如果在其个体域 E 上，对于 A 的所有赋值，A 都为真，则称谓词公式 A 为永真式。

现在讨论谓词演算中的一些等价式和永真蕴含式。

命题演算中的等价公式表和永真蕴含式表都可以推广到谓词演算中使用。例如

$$(\forall x)(P(x) \rightarrow Q(x)) \Leftrightarrow (\forall x)(\neg P(x) \vee Q(x))$$

$$\neg((\forall x)(P(x) \rightarrow Q(x))) \wedge (\exists y)P(y))$$

$$\Leftrightarrow \neg((\forall x)(P(x) \rightarrow Q(x))) \vee \neg(\exists (y)P(y))$$

下面主要讨论量词与联结词之间的关系。

（一）量词与否定 $\neg$ 之间的关系

量词与否定有以下关系：

$$\neg(\forall x)P(x) \Leftrightarrow (\exists x)(\neg P(x))$$

$$\neg(\exists x)(P(x) \Leftrightarrow (\forall x)(\neg P(x))$$

对这两个等价式，我们不作严格的证明，以实例说明之。如以下两个命题：

(1)并非所有数都是整数。

(2)存在一些数，不是整数。

显然，这两个命题的含义是完全相同的。如果令

$$P(x): x \text{ 是整数}$$

那么命题(1)可写作

$$\daleth(\forall x)P(x)$$

命题(2)可写作：

$$(\exists x)(\daleth P(x))$$

所以有

$$\daleth(\forall x)P(x)\Leftrightarrow(\exists x)(\daleth P(x))$$

同样可说明：

$$\daleth(\exists x)P(x)\Leftrightarrow(\forall x)(\daleth P(x))$$

(二)量词与联结词∨，∧的关系。

对于量词∀与联结词∧，量词∃与联结词∨有以下结论：

$$(\forall x)(A(x)\wedge B(x))\Leftrightarrow(\forall x)A(x)\wedge(\forall x)B(x)$$

$$(\exists x)(A(x)\vee B(x))\Leftrightarrow(\exists x)A(x)\vee(\exists x)B(x)$$

我们仍举例说明之。对于以下两命题：

(1)所有人都戴白帽子并且所有人都穿红衣服。

(2)所有人都戴白帽子并且都穿红衣服

显然，这两个命题的含义是完全相同的。如果令

$A(x):x$ 是戴白帽子的人

$B(x):x$ 是穿红衣服的人

那么命题(1)可写作：

$$(\forall x)A(x)\wedge(\forall x)B(x)$$

命题(2)可写作：

$$(\forall x)(A(x)\wedge B(x))$$

所以有

$$(\forall x)(A(x)\wedge B(x))\Leftrightarrow(\forall x)A(x)\wedge(\forall x)B(x)$$

同样可说明

$$(\exists x)(A(x)\vee B(x))\Leftrightarrow(\exists x)A(x)\vee(\exists x)B(x)$$

但对于量词∀与联结词∨，量词∃与联结词∧却是以下关系：

$$(\forall x)A(x)\vee(\forall x)B(x)\Rightarrow(\forall x)(A(x)\vee B(x))$$

$$(\exists x)(A(x)\wedge B(x))\Rightarrow(\exists x)A(x)\wedge(\exists x)B(x)$$

先来说明第一个永真蕴含式。如果 $A(x)$ 和 $B(x)$ 的设定与上述相同。那么命题 $(\forall x)A(x)\vee(\forall x)B(x)$ 可表示为：

所有人戴白帽子或者所有人穿红衣服。

如果这个命题取值为真，显然，命题 $(\forall x)(A(x)\vee B(x))$ 即：

所有人戴白帽子或穿红衣服。

的取值也为真。于是有

$$(\forall x)A(x)\vee(\forall x)B(x)\Rightarrow(\forall x)(A(x)\vee B(x))$$

但反之不然。为了说明问题，我们把个体域缩小到仅有两个人的集合 $\{a,b\}$ ，其中

a 是戴白帽子但不穿红衣服的人。

b 是穿红衣服但不戴白帽子的人。

显然，在这个个体域上 $(\forall x)(A(x)\vee B(x))$ 取值为真。而因为 $(\forall x)A(x)$ 和 $(\forall x)B(x)$ 都取

值为假。所以

$$(\forall x)A(x) \vee (\forall x)B(x) \text{ 取值为假。}$$

由此可见，$(\forall x)(A(x) \vee B(x)) \not\Leftarrow (\forall x)A(x) \vee (\forall x)B(x)$ 所以 $(\forall x)A(x) \vee (\forall x)B(x) \not\Leftarrow (\forall x)(A(x) \vee B(x))$，仅有 $(\forall x)A(x) \vee (\forall x)B(x) \Rightarrow (\forall x)(A(x) \vee B(x))$。

同样可说明：

$$(\exists x)(A(x) \wedge B(x)) \Rightarrow (\exists x)A(x) \wedge (\exists x)B(x)$$

利用上述等价式和永真蕴含式，可以推导出很多其他等价式和永真蕴含式。

例 7-6 证明 $(\exists x)(A(x) \rightarrow B(x)) \Leftrightarrow (\forall x)A(x) \rightarrow (\exists x)B(x)$

证明　　$(\exists x)(A(x) \rightarrow B(x)) \Leftrightarrow (\exists x)(\neg A(x) \vee B(x))$

　　　　　　$\Leftrightarrow (\exists x)\neg A(x) \vee (\exists x)B(x) \Leftrightarrow \neg(\forall x)A(x) \vee (\exists x)B(x)$

　　　　　　$\Leftrightarrow (\forall x)A(x) \rightarrow (\exists x)B(x)$

例 7-7 证明 $(\exists x)A(x) \rightarrow (\forall x)B(x) \Rightarrow (\forall x)(A(x) \rightarrow B(x))$

证明　　$(\exists x)A(x) \rightarrow (\forall x)B(x) \Leftrightarrow \neg(\exists x)A(x) \vee (\forall x)B(x)$

　　　　　　$\Leftrightarrow (\forall x)\neg A(x) \vee (\forall x)B(x) \Rightarrow (\forall x)(\neg A(x) \vee B(x))$

　　　　　　$\Leftrightarrow (\forall x)(A(x) \rightarrow B(x))$。

下面把常用的等价式和永真蕴含式列表如下：

E_1　$(\exists x)(A(x) \vee B(x)) \Leftrightarrow (\exists x)A(x) \vee (\exists x)B(x)$

E_2　$(\forall x)(A(x) \wedge B(x)) \Leftrightarrow (\forall x)A(x) \wedge (\forall x)B(x)$

E_3　$\neg(\exists x)A(x) \Leftrightarrow (\forall x)\neg A(x)$

E_4　$\neg(\forall x)A(x) \Leftrightarrow (\exists x)\neg A(x)$

E_5　$(\forall x)(A \vee B(x)) \Leftrightarrow A \vee (\forall x)B(x)$

E_6　$(\exists x)(A \wedge B(x)) \Leftrightarrow A \wedge (\forall x)B(x)$

E_7　$(\exists x)(A(x) \rightarrow B(x)) \Leftrightarrow (\forall x)A(x) \rightarrow (\exists x)B(x)$

E_8　$(\forall x)A(x) \rightarrow B \Leftrightarrow (\exists x)(A(x) \rightarrow B)$

E_9　$(\exists x)A(x) \rightarrow B \Leftrightarrow (\forall x)(A(x) \rightarrow B)$

E_{10}　$A \rightarrow (\forall x)B(x) \Leftrightarrow (\forall x)(A \rightarrow B(x))$

E_{11}　$A \rightarrow (\exists x)B(x) \Leftrightarrow (\exists x)(A \rightarrow B(x))$

I_1　$(\forall x)A(x) \vee (\forall x)B(x) \Rightarrow (\forall x)(A(x) \vee B(x))$

I_2　$(\exists x)(A(x) \wedge B(x)) \Rightarrow (\exists x)A(x) \wedge (\exists x)B(x)$

I_3　$(\exists x)A(x) \rightarrow (\forall x)B(x) \Rightarrow (\forall x)(A(x) \rightarrow B(x))$

I_4　$(\forall x)(A(x) \rightarrow B(x)) \Rightarrow (\forall x)A(x) \rightarrow (\forall x)B(x)$

I_5　$(\forall x)(A(x) \rightleftharpoons B(x)) \Rightarrow (\forall x)A(x) \rightleftharpoons (\forall x)B(x)$

（三）多个量词的使用

这里仅对两个量词的情况进行讨论，多个量词的情况是类似的。

对于二元谓词，如果不考虑自由元，可以有 8 种情况。

$(\forall x)(\forall y)P(x,y)$　　　　　　$(\forall y)(\forall x)P(x,y)$

$(\exists x)(\exists y)P(x,y)$　　　　　　$(\exists y)(\exists x)P(x,y)$

$(\forall x)(\exists y)P(x,y)$　　　　　　$(\exists y)(\forall x)P(x,y)$

$(\forall y)(\exists x)P(x,y)$　　　　　　$(\exists x)(\forall y)P(x,y)$

　　显然,命题"对于所有的 x 和对于所有的 $y,P(x,y)$"和命题"对于所有的 y 和对于所有的 $x,P(x,y)$"的含义是完全相同的,所以有:

$$(\forall x)(\forall y)P(x,y)\Leftrightarrow(\forall y)(\forall x)P(x,y)$$

同理有:

$$(\exists x)(\exists y)P(x,y)\Leftrightarrow(\exists y)(\exists x)P(x,y)$$

　　但是 $(\forall x)(\exists y)P(x,y)$ 和 $(\exists y)(\forall x)P(x,y)$ 的含义却不尽相同。例如令

$$P(x,y):x+y=0$$

那么 $(\forall x)(\exists y)P(x,y)$ 表示命题:

　　"对于所有的 x,存在着 y,使得 $x+y=0$。"

　　显然,这是个真命题(只要取 $y=-x$ 即可)。

　　但 $(\exists y)(\forall x)P(x,y)$ 所表示的命题:"存在着 y,使得对于一切 x 都有 $x+y=0$"是个假命题,这样的 y 不存在。

　　由此可见,有多个量词的谓词公式中,全称量词与存在量词的顺序不能随意更换。

　　对于两个量词的谓词公式,有如下一些永真蕴含式:

$$(\forall x)(\forall y)P(x,y)\Rightarrow(\exists y)(\forall x)P(x,y)$$
$$(\forall y)(\forall x)P(x,y)\Rightarrow(\exists x)(\forall y)P(x,y)$$
$$(\exists y)(\forall x)P(x,y)\Rightarrow(\forall x)(\exists y)P(x,y)$$
$$(\exists x)(\forall y)P(x,y)\Rightarrow(\forall y)(\exists x)P(x,y)$$
$$(\forall x)(\exists y)P(x,y)\Rightarrow(\exists y)(\exists x)P(x,y)$$
$$(\forall y)(\exists x)P(x,y)\Rightarrow(\exists x)(\exists y)P(x,y)$$

(四)前束范式

　　为了把谓词公式的表示形式规范化,在谓词逻辑中也有多种范式表示,其中最常用的是前束范式。

　　定义 7.4.3　在谓词公式中,如果所有量词都出现在公式的最前面,且它们的辖域为整个公式,则称此谓词公式为前束范式。

　　例如,下列谓词公式:

$$(\forall x)(\forall y)(p(x,y)\rightarrow Q(x,y))$$
$$(\forall x)(\forall y)(\forall z)(p(x)\wedge Q(y)\wedge R(z))$$
$$(\exists x)(\forall y)(p(x,y)\vee Q(x,y))$$

都是前束范式。

　　但下列谓词公式:

$$(\forall x)(p(x)\rightarrow(\exists y)Q(x,y))$$
$$\neg(\forall x)(\forall y)(p(x,y)\vee Q(x))$$

不是前束范式。

　　把谓词公式转化为前束范式,一般采用以下步骤:

　　(1)先把公式中的联结词都转化为 $\neg,\vee,\wedge$。

　　(2)使用量词的转换律和摩根律,把公式中的否定"$\neg$"都移到简单命题函数的前面。

　　(3)利用约束元的换名规则和自由元的代入规则,使所有约束元和自由元均不同名。

　　(4)把所有量词以在公式中出现的顺序移到公式的最前面。

例如,求下列谓词公式的前束范式。

(1) $(\forall x)P(x) \wedge \neg(\exists x)Q(x)$

(2) $(\exists x)P(x) \rightarrow (\forall x)Q(x)$

(3) $((\forall x)P(x) \vee (\exists y)Q(y)) \rightarrow (\forall x)R(x)$

(4) $(\forall x)(\forall y)(\exists z)(P(x,y) \wedge P(y,z)) \rightarrow (\exists z)Q(x,y,z)$

解　(1) $(\forall x)P(x) \wedge \neg(\exists x)Q(x)$

$\qquad \Leftrightarrow (\forall x)P(x) \wedge (\forall x)\neg Q(x)$

$\qquad \Leftrightarrow (\forall x)(P(x) \wedge \neg Q(x))$

(2) $(\exists x)P(x) \rightarrow (\forall x)Q(x)$

$\quad \Leftrightarrow \neg(\exists x)P(x) \vee (\forall x)Q(x)$

$\quad \Leftrightarrow (\forall x)\neg P(x) \vee (\forall x)Q(x)$

$\quad \Leftrightarrow (\forall x)(\neg P(x) \vee (\forall y)Q(y))$

$\quad \Leftrightarrow (\forall x)(\forall y)(\neg P(x) \vee Q(y))$

(3) $((\forall x)P(x) \vee (\exists y)Q(y)) \rightarrow (\forall x)R(x)$

$\quad \Leftrightarrow \neg((\forall x)P(x) \vee (\exists y)Q(y)) \vee (\forall x)R(x)$

$\quad \Leftrightarrow (\neg(\forall x)P(x) \wedge \neg(\exists y)Q(y)) \vee (\forall x)R(x)$

$\quad \Leftrightarrow ((\exists x)\neg P(x) \wedge (\forall y)\neg Q(y)) \vee (\forall x)R(x)$

$\quad \Leftrightarrow ((\exists x)\neg P(x) \wedge (\forall y)\neg Q(y)) \vee (\forall z)R(z)$

$\quad \Leftrightarrow (\exists x)(\forall y)(\forall z)((\neg P(x) \wedge \neg Q(y)) \vee r(z))$

(4) $(\forall x)(\forall y)((\exists z)(P(x,z) \wedge P(y,z)) \rightarrow (\exists z)Q(x,y,z)$

$\quad \Leftrightarrow (\forall x)(\forall y)(\neg(\exists z)(P(x,z) \wedge P(y,z)) \vee (\exists z)Q(x,y,z)$

$\quad \Leftrightarrow (\forall x)(\forall y)((\forall z)(\neg P(x,z) \vee \neg P(y,z)) \vee (\exists z)Q(x,y,z))$

$\quad \Leftrightarrow (\forall x)(\forall y)((\forall z)(\neg P(x,z) \vee \neg P(y,z)) \vee (\exists w)Q(x,y,w))$

$\quad \Leftrightarrow (\forall x)(\forall y)(\forall z)(\exists w)(\neg P(x,y) \vee \neg P(y,z) \vee Q(x,y,w))$

7.5　谓词演算的推理理论

由于谓词演算中的很多等价式和永真蕴含式,都是命题演算中有关公式的推广,所以命题演算中的推理规则,如 P、T 和 CP 规则等都可在谓词的推理理论中使用。但是在谓词推理中,某些前提与结论可能受量词的限制,为了便于使用命题演算的推理规则,必须在推理过程中有消去和添加量词的规则。下面就介绍有关规则。

(一)全称指定规则(US)

$$(\forall x)P(x) \Rightarrow P(c)$$

全称指定规则也称 US 规则,规则表明从 $(\forall x)P(x)$ 可推出 $P(c)$,其中 c 是任意的个体。由于 $(\forall x)P(x)$ 表明谓词 $P(x)$ 对于任意的 x 均成立,所以对于任意的个体 c,$P(c)$,也成立。

US 规则就是日常推理中,从一般到特殊的推理方法。

(二)全称推广规则(UG)

全称推广规则也称 UG 规则。

规则表明如果对于个体域中的任意个体 c,$P(c)$ 都成立,那么就有 $(\forall x)P(x)$ 成立。这里特别重要的是对 c 的"任意性"必须保证。

全称推广规则是给谓词添加量词∀。

（三）存在指定规则（ES）

$$(\exists x)P(x) \rightarrow P(c)$$

存在指定规则也称 ES 规则，规则表明从$(\exists x)P(x)$可推出$P(c)$。但要注意，这时 c 不是任意的，c 是个体域中某些确定的个体。

（四）存在推广规则（EG）

存在推广规则也称 EG 规则。规则表明如果对于个体域中某一个个体 c，使 $P(c)$ 成立，则$(\exists x)P(x)$成立。

存在推广规则是给谓词添加量词∃。

例 7-8 证明苏格拉底论述。

解 令$M(x)$:x是人

$H(x)$:x是要死的

S:苏格拉底（个体词）

于是要证明：

所有的人都是要死的

苏格拉底是人

所以，苏格拉底是要死的

即证明：$(\forall x)(M(x) \rightarrow H(x)) \wedge M(s) \Rightarrow H(s)$

$(1)(\forall x)(M(x) \rightarrow H(x))$	P（引入前提）
$(2)M(s) \rightarrow H(s)$	US,1
$(3)M(s)$	P
$(4)H(s)$	T,2,3

例 7-9 证明$(\forall x)(A(x) \rightarrow B(x)) \wedge (\exists x)A(x) \Rightarrow (\exists x)B(x)$

证明		
	$(1)(\exists x)A(x)$	P
	$(2)A(c)$	ES,1
	$(3)(\forall x)(A(x) \rightarrow B(x))$	P
	$(4)A(c) \rightarrow B(c)$	US,3
	$(5)B(c)$	T,2,4
	$(6)(\exists x)B(x)$	EG,5

例 7-10 证明$(\forall x)(A(x) \rightarrow B(x) \wedge C(x)), (\exists x)(A(x) \wedge G(x)) \Rightarrow (\exists x)(C(x) \wedge G(x))$

证明		
	$(1)(\exists x)(A(x) \wedge G(x))$	P
	$(2)A(c) \wedge G(c)$	ES,1
	$(3)(\forall x)(A(x) \rightarrow B(x) \wedge C(x))$	P
	$(4)A(c) \rightarrow B(c) \wedge C(c)$	US,3
	$(5)A(c)$	T,2
	$(6)B(c) \wedge C(c)$	T,4,5
	$(7)G(c)$	T,2
	$(8)C(c)$	T,6

$$(9)C(c) \wedge G(c) \qquad\qquad T,7,8$$

$$(10)(\exists x)(C(x) \wedge G(x)) \qquad\qquad EG,9$$

例 7-11 $(\exists x)(P(x) \vee Q(x)) \Rightarrow (\exists x)P(x) \vee (\exists x)Q(x)$

证明 因为$(\exists x)P(x) \vee (\exists x)Q(x) \Leftrightarrow \neg(\exists x)P(x) \rightarrow (\exists x)Q(x)$所以可用 CP 规则，即证：

$$\neg(\exists x)P(x),(\exists x),(P(x) \vee Q(x)) \Rightarrow (\exists x)Q(x)$$

$$(1)(\exists x)(P(x) \vee Q(x)) \qquad\qquad P$$

$$(2)P(c) \vee Q(c) \qquad\qquad ES,1$$

$$(3)\neg P(c) \rightarrow Q(c) \qquad\qquad E,2$$

$$(4)\neg(\exists x)P(x) \qquad\qquad P$$

$$(5)(\forall x)\neg P(x) \qquad\qquad E,4$$

$$(6)\neg P(c) \qquad\qquad US,5$$

$$(7)Q(c) \qquad\qquad T,3,6$$

$$(8)(\exists x)Q(x) \qquad\qquad EG,7$$

例 7-12 证明：所有有理数是实数，某些有理数是整数，所以有些实数是整数。

证明 令$R(x)$：x 是实数

$\qquad$ $Q(x)$：x 是有理数

$\qquad$ $I(x)$：x 是整数

需证：$(\forall x)(Q(x) \rightarrow R(x)),(\exists x)(Q(x) \wedge I(x)) \Rightarrow (\exists x)(R(x) \wedge I(x))$

$$(1)(\exists x)(Q(x) \wedge I(x)) \qquad\qquad P$$

$$(2)Q(c) \wedge I(c) \qquad\qquad ES,1$$

$$(3)Q(c) \qquad\qquad I,2$$

$$(4)(\forall x)(Q(x) \rightarrow R(x)) \qquad\qquad P$$

$$(5)Q(c) \rightarrow R(c) \qquad\qquad US,4$$

$$(6)R(c) \qquad\qquad I,3,5$$

$$(7)I(c) \qquad\qquad I,2$$

$$(8)R(c) \wedge I(c) \qquad\qquad I,6,7$$

$$(9)(\exists x)(R(x) \wedge I(x)) \qquad\qquad EG,8$$

习 题

1. 证明下列各式。

(1)$(\forall x)(\neg A(x) \rightarrow B(x)),(\forall x)\neg B(x) \Rightarrow (\exists x)A(x)$

(2)$(\exists x)A(x) \rightarrow (\forall x)B(x) \Rightarrow (\forall x)(A(x) \rightarrow B(x))$

(3)$(\forall x)(P(x) \vee Q(x)) \Rightarrow (\forall x)P(x) \vee (\exists x)Q(x)$

2. 用 CP 规则证明：

(1)$(\forall x)(P(x) \rightarrow Q(x)) \Rightarrow ((\forall x)P(x) \rightarrow (\forall x)Q(x))$

(2)$(\forall x)(P(x) \vee Q(x)) \Rightarrow (\forall x)P(x) \vee (\exists x)Q(x)$

(3)$(\forall x)(P(x) \rightarrow \neg Q(x)),(\forall x)(Q(x) \vee R(x)),(\exists x)\neg R(x) \Rightarrow (\exists x)\neg P(x)$

3. 证明：所有哺乳动物都是脊椎动物，狗是哺乳动物，所以狗是脊椎动物。

4. 证明：三角函数都是周期函数，有些三角函数是连续函数，所以有些周期函数是连续函数。

第7章 综合练习

选择正确答案,将选择项的序号写在空格内。

1. 设 $A(x)$:x 是大学生,$B(x)$:x 要考试,$C(x)$:x 爱唱歌。那么

(1)所有大学生都要参加考试。符号化为_____。

(2)有些大学生爱唱歌。符号化为_____。

供选择项:

A $(\forall x)(A(x) \rightarrow B(x))$　　　　B $(\forall x)(A(x) \wedge B(x))$

C $(\exists x)(A(x) \wedge B(x))$　　　　D $(\exists x)(A(x) \rightarrow B(x))$

2. 令 $R(x)$:x 是实数,$Q(x)$:x 是有理数,下列命题:

(1)并非每个实数都是有理数。符号化为_____。

(2)虽然有些实数是有理数,但未必一切实数都是有理数。符号化为_____。

供选择项:

A $(\forall x) \neg(R(x) \wedge Q(x))$　　　　B $\neg(\forall x)(R(x) \rightarrow Q(x))$

C $(\exists x)(R(x) \wedge Q(x)) \wedge \neg((\forall x)(R(x) \rightarrow Q(x)))$

D $\neg(\exists x)(R(x) \wedge Q(x)) \wedge ((\forall x)(R(x) \rightarrow Q(x)))$

3. 对于下列各式

(1)$(\exists y)(\forall x)A(x,y)$

(2)$(\exists x)(\forall y)A(x,y)$

(3)$(\forall x)(\exists y)A(x,y)$

(4)$(\exists x)(\exists y)A(x,y)$

存在着_____。

供选择项:

A $(1) \Rightarrow (2),(2) \Rightarrow (3)$　　　B $(2) \Rightarrow (1),(3) \Rightarrow (4)$　　　C $(1) \Rightarrow (3),(4) \Rightarrow (3)$

D $(4) \Rightarrow (1),(1) \Rightarrow (3)$　　　E $(1) \Rightarrow (3),(2) \Rightarrow (4)$

4. 对于下列各式

(1)$((\forall x)(P(x) \vee Q(x))) \rightarrow ((\forall x)P(x) \vee (\exists x)Q(x))$

(2)$((\forall x)(A(x) \rightarrow B(x)) \wedge A(c)) \rightarrow A(c)$

(3)$((\forall x)(\neg A(x) \rightarrow B(x)) \wedge (\forall x) \neg B(x)) \rightarrow (\exists x)A(x)$

(4)$((\exists x)(P(x) \wedge Q(x))) \rightarrow ((\exists x)P(x) \rightarrow \neg Q(x))$

其中_____是永真式。

供选择项:

A $(1),(4)$　　　　B $(1),(3),(4)$

C $(2),(3),(4)$　　　D $(1),(2),(3)$

E $(2),(4)$　　　　F $(1),(2),(3),(4)$

第8章 组合计数初步

组合计数在计算机技术中有着重要用途。不少程序设计的算法都与组合计数有密切联系。本章主要介绍:排列和组合、包含排斥原理、递推关系及其求解方法、利用生成函数求解递推关系的方法等。

8.1 排列与组合

首先介绍在组合计数中的两个重要法则。

加法法则:设事件 A 有 m 种产生的方式,事件 B 有 n 种产生方式,当 A 与 B 产生的方式不重叠时,"事件 A 或 B"有 $n+m$ 种产生的方式。

乘法法则:设事件 A 有 m 种产生方式,事件 B 有 n 种产生方式,当事件 A 与 B 的产生方式彼此独立时,"事件 A 与事件 B"有 $m \cdot n$ 种产生方式。

例 8 - 1 在所有 6 位二进制序列中,至少连续 4 位 1 的序列有多少个?

解 把所有满足要求的 6 位二进制序列分成如下 3 类:

1. 恰好有 4 位连续 1 的,共有 5 个,它们是:

001111　　011110　　111100　　111101　　101111

2. 恰好有 5 位连续 1 的,共有 2 个,它们是:

011111　　111110

3. 恰好有 6 位连续 1 的,仅有 1 个,它是:

111111

由加法法则可知,满足题意要求的 6 位二进制序列共有 $5+2+1=8$(个)。

例 8 - 2 设 $|A|=m$,$|B|=n$,问 A 到 B 有多少个不同的函数?

解 对于 A 中的每一个元素,它的函数值有 m 种选择,由乘法法则可知,A 到 B 的函数个数为 n^m。

定义 8.1.1 n 元集合 S 的一个 r 排列是指 S 中选取出 r 个元素,然后将其按次排列,一般用 $P(n,r)$ 表示 n 元集合的 r 排列数。

定义 8.1.2 n 元集合 S 的 r 组合是指从 S 中取出 r 个元素的一种无序选择,其组合数一般用 $\binom{n}{r}$ 或 C_n^r 来表示。

定理 8.1.1 设 n、r 为自然数,规定 $0!=1$,则排列

$$P(n,r) = n(n-1)\cdots(n-r+1) = \frac{n!}{(n-r)!} \qquad (n \geqslant r)$$

证明 在确定 n 元集合的一个 r 排列时,其第一个元素有 n 种选择方式,在取定第一个元素后,第二个元素可以从剩下的 $n-1$ 个元素中任选一个,应有 $n-1$ 种选择方式,$\cdots$,在前 $r-1$ 个元素取定后,第 r 个元素应有 $n-r+1$ 种选择方式,根据乘法法则可知

$$P(n,r) = n(n-1)\cdots(n-r+1) = \frac{n!}{(n-r)!}$$

易见,当 $r=n$ 时,$P(n,n)=n!$,这样的排列称为全排列。

定理 8.1.2 设 n、r 为自然数($n \geqslant r$),则组合

$$C_n^r = \frac{P(n,r)}{r!} = \frac{n!}{r!(n-r)!}$$

证明 设 S 是一个具有 n 个元素的集合,任取 S 的一个 r 组合,将该 r 组合中的 r 个元素进行排列,便可得到 $P(r,r)=r!$ 个 S 中的 r 排列,而且 S 中的任一个 r 排列都可通过 S 中的某一个 r 组合经排序而得到的,所以有

$$C_n^r = \frac{P(n,r)}{r!} = \frac{n!}{r!(n-r)!}$$

例 8-3 设 A、B 是集合,$|A|=m$,$|B|=n$,且 $n \geqslant m$,问 A 到 B 可以有多少不同的单射函数?

解 根据单射函数的定义可知:集合 A 中第一个元素的函数值有 n 种选择,第二个元素有 $n-1$ 种选择,$\cdots$,第 m 个元素有 $n-(m-1)$ 种选择,所以 A 到 B 的单射函数的个数为:

$$n(n-1)\cdots(n-m+1) = P(n,m)$$

例 8-4 某校乒乓球队共有队员 8 人,现需要选派 4 人去参加校际团体赛,问有多少种选派方式?

解 由于选派的队员没有排序要求,所以选派人数为:8 个元素中取 4 个的组合,即

$$C_8^4 = \frac{8 \cdot 7 \cdot 6 \cdot 5}{4 \cdot 3 \cdot 2 \cdot 1} = 70$$

共有 70 种选派方式。

习 题

1. 在所有 5 位二进制序列中,至少有连续 3 位是 1 的有多少个?

2. 设从 A 到 B 有 3 条不同的道路,从 B 到 C 有 2 条不同的道路,问:从 A 经 B 到 C 的道路数为多少?

3. 将 a、b、c、d、e 进行排列,使字母 b 正好在字母 e 的左邻的排列有多少个?

4. 从 $\{1,2,3,4,5,6,7,8\}$ 中选出不同的 6 个数字组成的 6 位数,要求 3 和 4 不相邻,问:有多少种选法?

5. 9 只不同的红球和 4 只不同的黑球排成一行,要求两只黑球不排在一起的排法有多少种?

6. 集合 $A=\{1,2,3,4\}$,在 A 中不同的划分有多少个?

8.2 包含排斥原理

该原理讨论的是有限集合的计数问题。

定理 8.2.1 设 A 和 B 是有限集合,则

$$|A \cup B| = |A| + |B| - |A \cap B|$$

证明 因为

$$A \cup B = A \cup (B-A)$$

且 A 和 $B-A$ 是不相交的,所以

$$|A \cup B| = |A| + |B-A|$$

又因为

$$B = (B-A) \cup (A \cap B)$$

且 $B-A$ 和 $A \cap B$ 也是不相交的,所以

$$|B| = |B-A| + |A \cap B|$$

由此可得

$$|A \cup B| = |A| + |B| - |A \cap B|$$

由定理 8.2.1 可知

$$
\begin{aligned}
|A \cup B \cup C| &= |(A \cup B) \cup C| \\
&= |A \cup B| + |C| - |(A \cup B) \cap C| \\
&= |A| + |B| - |A \cap B| + |C| - |(A \cap C) \cup (B \cap C)| \\
&= |A| + |B| + |C| - |A \cap B| - (|A \cap C| + |B \cap C| - |A \cap C \cap B \cap C|) \\
&= |A| + |B| + |C| - |A \cap B| - |A \cap C| - |B \cap C| + |A \cap B \cap C|
\end{aligned}
$$

由此可推想 n 个有限集合并的计数公式。

推论 设 $A_1, A_2, \cdots, A_n$ 是有限集合,则

$$
|A_1 \cup A_2 \cup \cdots \cup A_n| = \sum_{i=1}^{n} |A_i| - \sum_{1 \leqslant i < j \leqslant n} |A_i \cap A_j| + \sum_{1 \leqslant i < j < k \leqslant n} |A_i \cap A_j \cap A_k| + \cdots \\
+ (-1)^{n-1} |A_1 \cap A_2 \cap \cdots \cap A_n|
$$

上述推论可用归纳法证明之,这里不再详述。定理 8.2.1 及其推论称为包含排斥原理。

例 8-5 集合 $\{1,2,3,4\}$ 的全排列中,没有 1 2,2 3,3 4 形式出现的排列个数是多少?

解 易见,4 个元素的全排列个数为 4!,现设

A_1:表示有 1 2 出现的排列的集合

A_2:表示有 2 3 出现的排列的集合

A_3:表示有 3 4 出现的排列的集合

如果把 1 2,2 3,3 4"合并"成一个元素看待,则有

$$|A_1| = |A_2| = |A_3| = 3!$$
$$|A_1 \cap A_2| = |A_1 \cap A_3| = |A_2 \cap A_3| = 2!$$
$$|A_1 \cap A_2 \cap A_3| = 1!$$
$$
\begin{aligned}
|A_1 \cup A_2 \cup A_3| &= |A_1| + |A_2| + |A_3| - |A_1 \cap A_2| - |A_2 \cap A_3| - \\
&\quad |A_1 \cap A_3| + |A_1 \cap A_2 \cap A_3| \\
&= 3 \times 3! - 3 \times 2! + 1 \\
&= 13
\end{aligned}
$$

由此可知,没有 1 2,2 3,3 4 出现的排列数为:

$$4! - 13 = 11$$

例 8-6 设 A 是集合,$|A| = n$。问 A 上可定义多少种自反的或者是对称的二元关系?

解 设 B:集合 A 上的自反关系构成的集合

$\quad\quad C$:集合 A 上的对称关系构成的集合

对于 A 上的自反关系,它的关系矩阵中的主对角元素必须取值为 1,而其他 $n^2 - n$ 个元素可以任意地取值为 0 或 1,所以 A 上有 2^{n^2-n} 种自反关系,也即有 $|B| = 2^{n^2-n}$。

对于 A 上的对称关系,它的关系矩阵中的元素凡是关于主对角线对称的元素必须取相同的值(0 或 1)。所以 A 上有 $2^{\frac{n(n+1)}{2}}$ 种对称关系,也即有 $|C| = 2^{\frac{n(n+1)}{2}}$。

显然,$|B \cap C| = 2^{\frac{n(n-1)}{2}}$。所以

$$|B \bigcup C| = |B| + |C| - |B \bigcap C|$$
$$= 2^{n^2-n} + 2^{\frac{n(n+1)}{2}} - 2^{\frac{n(n-1)}{2}}$$

由此可知,在含有 n 个元素的集合上可定义自反的或对称的二元关系共有 $2^{\frac{n(n-1)}{2}}(2^{\frac{n(n-1)}{2}} + 2^n - 1)$ 种。

例 8-7 在 1 到 250 间,能被 2、3、5、7 中任何一个整除的整数个数是多少?

解 记 $[x]$ 表示对 x 作取整运算,如 $[7.8]=7$。

设 A 表示 1 到 250 间能被 2 整除的数的集合;

B 表示 1 到 250 间能被 3 整除的数的集合;

C 表示 1 到 250 间能被 5 整除的数的集合;

D 表示 1 到 250 间能被 7 整除的数的集合。

易见

$$|A| = \left[\frac{250}{2}\right] = 125$$

$$|B| = \left[\frac{250}{3}\right] = 83$$

$$|C| = \left[\frac{250}{5}\right] = 50$$

$$|D| = \left[\frac{250}{7}\right] = 35$$

$$|A \bigcap B| = \left[\frac{250}{2 \times 3}\right] = 41$$

$$|A \bigcap C| = \left[\frac{250}{2 \times 5}\right] = 25$$

$$|A \bigcap D| = \left[\frac{250}{2 \times 7}\right] = 17$$

$$|B \bigcap C| = \left[\frac{250}{3 \times 5}\right] = 16$$

$$|B \bigcap D| = \left[\frac{250}{3 \times 7}\right] = 11$$

$$|C \bigcap D| = \left[\frac{250}{5 \times 7}\right] = 7$$

$$|A \bigcap B \bigcap C| = \left[\frac{250}{2 \times 3 \times 5}\right] = 8$$

$$|A \bigcap B \bigcap D| = \left[\frac{250}{2 \times 3 \times 7}\right] = 5$$

$$|A \bigcap C \bigcap D| = \left[\frac{250}{2 \times 5 \times 7}\right] = 3$$

$$|B \bigcap C \bigcap D| = \left[\frac{250}{3 \times 5 \times 7}\right] = 2$$

$$|A \bigcap B \bigcap C \bigcap D| = \left[\frac{250}{2 \times 3 \times 5 \times 7}\right] = 1$$

由于

$|A \cup B \cup C \cup D| = |A| + |B| + |C| + |D| - |A \cap B| - |A \cap C| - |A \cap D| - |B \cap C| - |B \cap D| - |C \cap D| + |A \cap B \cap C| + |A \cap B \cap D| + |A \cap C \cap D| + |B \cap C \cap D| - |A \cap B \cap C \cap D| = 125 + 83 + 50 + 35 - 41 - 25 - 17 - 16 - 11 - 7 + 8 + 5 + 3 + 2 - 1 = 193$

所以共有 193 个符合题意的数。

习　题

1. 证明 $|A \oplus B| = |A| + |B| - 2|A \cap B|$

2. 在 20 个大学生中,有 10 人戴眼镜,有 8 人爱吃口香糖,有 6 人既戴眼镜又爱吃口香糖,问不戴眼镜又不爱吃口香糖的学生数是多少?

3. 某班有学生 50 人,有 26 人在第一次考试中得优,有 21 人在第二次考试中得优,有 17 人两次考试都没得优,求两次考试都得优的人数?

4. 70 名学生参加体育比赛,短跑得奖者 36 人,弹跳得奖者 29 人,投掷得奖者 36 人,三项都得奖者 6 人,仅得两项奖的有 4 人,求一项奖都没得的人数?

8.3　递推关系与生成函数

递推关系是组合计数的重要组成部分。本节介绍递推关系的有关概念,着重介绍常系数线性递推关系的求解方法。

8.3.1　递推关系

递推关系也称为差分方程,其求解对象是数列。

由数列的一般项 a_n 及其前几项构成的关系式称为递推关系。例如,著名的斐波那契(Fibonacci)数列,其定义为:$a_0 = 1, a_1 = 1$,尔后,每一项都是前两项之和,即

$$a_n = a_{n-1} + a_{n-2} \qquad (n \geqslant 2)$$

上述关系式称为递推关系,$a_0 = 1, a_1 = 1$ 称为初始条件。易见,由递推关系 $a_n = a_{n-1} + a_{n-2}$ 和初始条件可以确定数列各项的值,如斐波那契数列的前 10 项为:

$$1, 1, 2, 3, 5, 8, 13, 21, 34, 55$$

但是为了使用方便,我们仍希望能得到数列一般项 a_n 的仅含 n 的表达式,这就是求递推关系的解。今后可以看到,当求出递推关系的解后,能够得到斐波那契数列的一般项 a_n 的表达式为:

$$a_n = \frac{5 + \sqrt{5}}{10} \left(\frac{1 + \sqrt{5}}{2} \right)^n + \frac{5 - \sqrt{5}}{10} \left(\frac{1 - \sqrt{5}}{2} \right)^n$$

目前还没有递推关系的一般解法。下面介绍一类比较常用的常系数线性递推关系的求解方法。

形状如下列的递推关系称为常系数线性递推关系:

$$a_n + b_1 a_{n-1} + b_2 a_{n-2} + \cdots + b_k a_{n-k} = f(n)$$

其中 $b_1, b_2, \cdots, b_k$ 为已知常数,$f(n)$ 是 n 的已知函数。

常系数线性递推关系又分为两类:齐次的和非齐次的。当 $f(n) \equiv 0$ 时,称为齐次的常系数线性递推关系,否则称为非齐次的常系数线性递推关系。下面将分情况讨论。

8.3.2　齐次常系数线性递推关系

常系数线性递推关系的求解方法及有关理论与常系数线性微分方程的求解方法及有关理论极为相似,所以本小节仅介绍其求解方法,不作详尽的理论阐述。

设齐次常系数线性递推关系为：

$$a_n + b_1 a_{n-1} + b_2 a_{n-2} + \cdots + b_k a_{n-k} = 0$$

则代数方程：

$$p^k + b_1 p^{k-1} + b_2 p^{k-2} + \cdots + b_k = 0$$

称为该递推关系对应的特征方程。例如齐次常系数线性递推关系：

$$a_n - a_{n-1} - 6a_{n-2} = 0$$

的特征方程为：

$$p^2 - p - 6 = 0$$

齐次常系数线性递推关系的解与其特征方程的根密切相关。下面分四种情况讨论。

（一）当特征方程有 k 个不相同的实根时，若设实根为：$p_1, p_2, \cdots p_k$，则对应的常系数线性递推关系的通解为：

$$a_n = C_1 p_1^n + C_2 p_2^n + \cdots + C_n p_k^n$$

其中 $C_1, C_2, \cdots C_k$ 是任意常数，可以由初始条件确定之。

例 8-8　求 $a_n - 2a_{n-1} - a_{n-2} + 2a_{n-3} = 0$ 的通解。

解　首先写出其对应的特征方程：

$$p^3 - 2p^2 - p + 2 = 0$$
$$p^2(p-2) - (p-2) = 0$$
$$(p-2)(p^2-1) = 0$$
$$(p-2)(p+1)(p-1) = 0$$
$$p_1 = 2, p_2 = -1, p_3 = 1$$

由此可得该齐次常系数线性递推关系的通解为：

$$a_n = C_1 \cdot 2^n + C_2 \cdot (-1)^n + C_3 \cdot 1^n$$

例 8-9　求斐波那契数列一般项的表达式，即求当初始条件为 $a_0 = 1, a_1 = 1$ 时，递推关系 $a_n = a_{n-1} + a_{n-2}$ 的解。

解　先写出该递推关系的特征方程：

$$p^2 - p - 1 = 0$$
$$p_1 = \frac{1+\sqrt{5}}{2} \qquad p_2 = \frac{1-\sqrt{5}}{2}$$

所以其通解为：

$$a_n = C_1 \left(\frac{1+\sqrt{5}}{2} \right)^n + C_2 \left(\frac{1-\sqrt{5}}{2} \right)^n$$

由初始条件 $a_0 = 1, a_1 = 1$ 可得

$$1 = C_1 + C_2$$
$$1 = C_1 \frac{1+\sqrt{5}}{2} + C_2 \frac{1-\sqrt{5}}{2}$$

解之可得：

$$C_1 = \frac{5+\sqrt{5}}{10}, C_2 = \frac{5-\sqrt{5}}{10}$$

由此得到斐波那契数列一般项

$$a_n = \frac{5+\sqrt{5}}{10}\left(\frac{1+\sqrt{5}}{2}\right)^n + \frac{5-\sqrt{5}}{10}\left(\frac{1-\sqrt{5}}{2}\right)^n$$

（二）当特征方程有单重复根 $\alpha \pm \beta i$ 时，可先把复数根转化为三角形式表示，即

$$\alpha \pm \beta i = \gamma(\cos\theta \pm i\sin\theta)$$

其中

$$\gamma = \sqrt{\alpha^2 + \beta^2}$$

$$\theta = \arctan\frac{\beta}{\alpha}$$

于是有

$$(\alpha \pm \beta i)^n = r^n(\cos n\theta \pm \sin n\theta)$$

可以证明其实部和虚部都是递推关系的解，所以其通解为：

$$a_n = C_1 r^n \cos n\theta + C_2 r^n \sin n\theta + \cdots$$

例 8 - 10　求 $a_n - 2a_{n-1} + 2a_{n-2} = 0$ 的通解。

解　先写出其特征方程：

$$p^2 - 2p + 2 = 0$$

$$p = 1 \pm i$$

把此复根化为三角形式表示：

$$1 \pm i = \sqrt{2}\left(\cos\frac{\pi}{4} \pm i\sin\frac{\pi}{4}\right)$$

$$(1 \pm i)^n = \sqrt{2^n}\left(\cos\frac{n\pi}{4} \pm i\sin\frac{n\pi}{4}\right)$$

所以此递推关系的通解为：

$$a_n = C_1\sqrt{2^n}\cos\frac{n\pi}{4} + C_2\sqrt{2^n}\sin\frac{n\pi}{4}$$

例 8 - 11　当初始条件为 $a_0 = 0, a_1 = 1$ 时，求递推关系 $a_n + a_{n-2} = 0$ 的解。

解　先写出其特征方程：

$$p^2 + 1 = 0$$

$$p = \pm i$$

把复数根写成三角形式表示：

$$\pm i = \cos\frac{\pi}{2} \pm i\sin\frac{\pi}{2}$$

$$(\pm i)^n = \cos\frac{n\pi}{2} \pm i\sin\frac{n\pi}{2}$$

所以其通解为

$$a_n = C_1\cos\frac{n\pi}{2} + C_2\sin\frac{n\pi}{2}$$

由初始条件 $a_0 = 0, a_1 = 1$ 可得

$$0 = C_1$$

$$1 = C_1 \times 0 + C_2 \times 1$$

解之可得

$$C_1 = 0, C_2 = 1$$

该递推关系的解为:

$$a_n = \sin\frac{n\pi}{2}$$

（三）当特征方程有多重实根时,如设特征方程有 r 重实根 p_1,则其通解为:

$$a_n = C_1 p_1^n + C_2 n p_1^n + \cdots + C_r n^{r-1} p_1^n + \cdots$$

例 8 - 12　求 $a_n + 3a_{n-1} + 3a_{n-2} + a_{n-3} = 0$ 的通解。

解　其特征方程为:

$$p^3 + 3p^2 + 3p + 1 = 0$$
$$(p+1)^3 = 0$$
$$p = -1(3 重根)$$

所以其通解为:

$$a_n = C_1(-1)^n + C_2 n(-1)^n + C_3 n^2(-1)^n$$

例 8 - 13　求初始条件为 $a_0 = 1, a_1 = 4$ 的递推关系 $a_n - 4a_{n-1} + 4a_{n-2} = 0$ 的解。

解　其特征方程为:

$$p^2 - 4p + 4 = 0$$
$$(p-2)^2 = 0$$
$$p = 2(2 重根)$$

所以其通解为:

$$a_n = C_1 2^n + C_2 n \cdot 2^n$$

当 $a_0 = 1$ 和 $a_1 = 4$ 时,可得

$$1 = C_1$$
$$4 = C_1 \cdot 2 + C_2 \cdot 2$$

由此可得

$$C_1 = 1, C_2 = 1$$

所以该递推关系的解为:

$$a_n = 2^n + n \cdot 2^n$$

（四）当特征方程有多重复根时,如设特征方程有 m 重复根 $\alpha \pm \beta i$,则其通解为:

$$a_n = C_1 \cdot r^n \cdot \cos n\theta + C_2 \cdot r^n \cdot \sin n\theta + C_3 n \cdot r^n \cdot \cos n\theta + C_4 n \cdot r^n \cdot \sin n\theta + \cdots$$
$$+ C_{2m-1} n^{m-1} \cdot r^n \cos n\theta + C_{2m} n^{m-1} \cdot r^n \cdot \sin n\theta + \cdots$$

其中

$$r = \sqrt{\alpha^2 + \beta^2}$$
$$\theta = \arctan\frac{\beta}{\alpha}$$

例 8 - 14　求 $a_n + 2a_{n-2} + a_{n-4} = 0$ 的通解。

解　其特征方程为:

$$p^4 + 2p^2 + 1 = 0$$
$$(p^2 + 1)^2 = 0$$
$$p = \pm i(2 重根)$$

由于.

$$\pm i = \cos \frac{\pi}{2} \pm i\sin \frac{\pi}{2}$$

$$(\pm i)^n = \cos \frac{n\pi}{2} \pm i\sin \frac{n\pi}{2}$$

所以其通解为：

$$a_n = C_1 \cos \frac{n\pi}{2} + C_2 \sin \frac{n\pi}{2} + C_3 n\cos \frac{n\pi}{2} + C_4 n\sin \frac{n\pi}{2}$$

8.3.3 非齐次常系数线性递推关系

与非齐次常系数线性微分方程求通解的方法相似，非齐次常系数线性递推关系的通解是由它所对应的齐次常系数线性递推关系的通解加上一个非齐次常系数线性递推关系的特解构成。即

非齐次通解＝齐次通解＋非齐次特解

上小节中已介绍了齐次常系数线性递推关系的求解方法。下面主要介绍求非齐次线性递推关系的一个特解的方法。设非齐次常系数线性递推关系为：

$$a_n + b_1 a_{n-1} + \cdots + b_k a_{n-k} = f(n)$$

现介绍当 $f(n)$ 为关于 n 的 m 次多项式和 d^n 类型的求解方法。

（一）当 $f(n)$ 为 m 次多项式时，即

$$f(n) = A_0 + A_1 n + \cdots + A_m n^m$$

若 $p=1$ 不是特征方程的根，可令非齐次常系数线性递推关系的一个特解为

$$B_0 + B_1 n + \cdots + B_m n^m$$

将它代入非齐次递推关系后，比较系数，确定其值。

例 8 - 15　求 $a_n + a_{n-1} - a_{n-2} = n^2 + 1$ 的通解。

解　先求出其对应的齐次递推关系的解。易知其特征方程为

$$p^2 + p - 1 = 0$$

$$p_1 = \frac{-1+\sqrt{5}}{2} \qquad p_2 = \frac{-1-\sqrt{5}}{2}$$

所以齐次递推关系的通解为：

$$a_n = C_1 \left(\frac{-1+\sqrt{5}}{2}\right)^n + C_2 \left(\frac{-1-\sqrt{5}}{2}\right)^n$$

由于 1 不是特征方程的根，所以可设非齐次递推关系的特解为：

$$A_0 + A_1 n + A_2 n^2$$

代入递推关系后可得：

$$A_0 + A_1 n + A_2 n^2 + A_0 + A_1(n-1) + A_2(n-1)^2 - A_0 - A_1(n-2) - A_2(n-2)^2 = n^2 + 1$$

比较系数后可知：

$$A_0 + A_1 - 3A_2 = 1$$

$$A_1 + 2A_2 = 0$$

$$A_2 = 1$$

由此解得

$$A_0 = 6, A_1 = -2, A_2 = 1$$

所以非齐次递推关系的特解为：

$$n^2 - 2n + 6$$

其通解为：

$$a_n = C_1 \left(\frac{-1+\sqrt{5}}{2} \right)^n + C_2 \left(\frac{-1-\sqrt{5}}{2} \right)^n + n^2 - 2n + 6$$

（二）$f(n)$ 为 m 次多项式，且 $p=1$ 是其 r 重根，则应设非齐次递推关系的特解为：

$$A_0 n^r + A_1 n^{r+1} + \cdots + A_m n^{r+m}$$

例 8 - 16 求 $a_n - a_{n-1} = 4n - 2$ 的通解。

解 易知特征方程为：

$$p - 1 = 0$$

由此可知 $p=1$ 是特征方程的根，所以非齐次递推关系的特解应设为：

$$A_1 n + A_2 n^2$$

代入递推关系后可得

$$A_1 n + A_2 n^2 - A_1(n-1) - A_2(n-1)^2 = 4n - 2$$

比较系数后可得：

$$2A_1 = 4$$
$$A_1 - A_2 = -2$$

于是有

$$A_1 = 2, A_2 = 4$$

此非齐次递推关系的特解为：

$$2n + 4n^2$$

其通解为：

$$a_n = C_1 + 2n + 4n^2$$

例 8 - 17 求初始条件为：$a_0 = 0, a_1 = 1$ 的递推关系 $a_n - a_{n-2} = 4n$ 的解。

解 首先写出其特征方程：

$$p^2 - 1 = 0$$
$$(p-1)(p+1) = 0$$
$$p = 1, p = -1$$

由此可得齐次递推关系 $a_n - a_{n-2} = 0$ 的通解

$$C_1 + C_2(-1)^n$$

由于 1 是特征方程的根，所以在求非齐次递推关系的一个特解时，应设特解为：

$$A_1 n + A_2 n^2$$

代入后可得

$$A_1 n + A_2 n^2 - A_1(n-2) - A_2(n-2)^2 = 4n$$

比较系数后可得

$$4A_2 = 4$$
$$2A_1 - 4A_2 = 0$$

于是有

$$A_1 = 2, A_2 = 1$$

其特解为：

$$a_n = n^2 + 2n$$

其通解为

$$a_n = C_1 + C_2(-1)^n + n^2 + 2n$$

当 $a_0 = 0, a_1 = 1$ 时

$$0 = C_1 + C_2$$
$$1 = C_1 - C_2 + 3$$

由此可得

$$C_1 = -1, C_2 = 1$$

所以题设的递推关系的解为

$$a_n = -1 + (-1)^n + n^2 + 2n$$

例 8 - 18　求 $a_n = 1^2 + 2^2 + \cdots + n^2$ 的计算公式。

解　由题设可知

$$a_n = 1^2 + 2^2 + \cdots + (n-1)^2 + n^2$$
$$a_{n-1} = 1^2 + 2^2 + \cdots + (n-1)^2$$

所以

$$a_n = a_{n-1} + n^2$$

即有

$$a_n - a_{n-1} = n^2$$

上式是一个递推关系，其初始条件为 $a_0 = 0$。

易见，特征方程为

$$p - 1 = 0$$

易见，特征方程的根为 1，所以在求非齐次递推关系的一个特解时，应将其特解设为：

$$A_1 n + A_2 n^2 + A_3 n^3$$

代入递推关系后，应有

$$A_1 n + A_2 n^2 + A_3 n^3 - A_1(n-1) - A_2(n-1)^2 - A_3(n-1)^3 = n^2$$

整理后可得

$$A_1 + A_2(2n-1) + A_3(3n^2 - 3n + 1) = n^2$$

比较系数可得

$$A_1 - A_2 + A_3 = 0$$
$$2A_2 - 3A_3 = 0$$
$$3A_3 = 1$$

解之可得

$$A_1 = \frac{1}{6}, A_2 = \frac{1}{2}, A_3 = \frac{1}{3}$$

由此可知，非齐次递推关系的特解为：

$$a_n = \frac{n}{6} + \frac{n^2}{2} + \frac{n^3}{3} = \frac{n(n+1)(2n+1)}{6}$$

易知,齐次递推关系的通解为:

$$a_n = C$$

所以非齐次递推关系的通解为:

$$a_n = C + \frac{n(n+1)(2n+1)}{6}$$

当初始条件 $a_0 = 0$,代入通解后可得 $C = 0$。

因此本例解为

$$a_n = \frac{n(n+1)(2n+1)}{6}$$

也即有

$$1^2 + 2^2 + \cdots + n^2 = \frac{n(n+1)(2n+1)}{6}$$

同样可利用

$$a_n - a_{n-1} = n^3$$

以及初始条件 $a_0 = 0$,可得

$$a_n = 1^3 + 2^3 + \cdots + n^3 = \frac{n^2(n+1)^2}{4}$$

(三)当 $f(n) = ad^n$ 时,且 d 不是特征方程的根,则可令它的一个特解为

$$Ad^n$$

其中 A 为特定常数。

例 8 - 19   求 $a_n + a_{n-1} - 2a_{n-2} = 5 \cdot 3^n$ 的通解。

解   先写出特征方程

$$p^2 + p - 2 = 0$$
$$(p+2)(p-1) = 0$$
$$p = 1, p = -2$$

由此可得齐次递推关系的通解为:

$$C_1 + C_2(-2)^n$$

由于 3 不是特征方程的根,所以可令非齐次递推关系的特解为:

$$A \cdot 3^n$$

代入后可得:

$$A \cdot 3^n + A \cdot 3^{n-1} - 2A \cdot 3^{n-2} = 5 \cdot 3^n$$

比较系数后可得

$$A = \frac{9}{2}$$

所以特解为

$$\frac{9}{2} \cdot 3^n$$

由此可得非齐次递推关系的通解为:

$$a_n = C_1 + C_2(-2)^n + \frac{9}{2} \cdot 3^n$$

例 8 - 20   求初始条件为 $a_0 = 1, a_1 = 0$ 的递推关系 $a_n - 3a_{n-1} - 18a_{n-2} = 2 \cdot 3^n$ 的解。

解 先写出特征方程：

$$p^2 - 3p - 18 = 0$$
$$(p-6)(p+3) = 0$$
$$p = 6, p = -3$$

由此可得齐次递推关系的通解为：

$$C_1 6^n + C_2 (-3)^n$$

由于 3 不是特征方程的根，所以可令非齐次递推关系的特解为：

$$A \cdot 3^n$$

代入后可得

$$A \cdot 3^n - 3 \cdot A \cdot 3^{n-1} - 18 \cdot A \cdot 3^{n-2} = 2 \cdot 3^n$$

比较系数后可得

$$-2A = 2$$
$$A = -1$$

所以特解为：

$$-3^n$$

由此可得非齐次递推关系的通解为：

$$a_n = C_1 6^n + C_2 (-3)^n - 3^n$$

把初始条件 $a_0 = 1, a_1 = 0$ 代入通解后可知：

$$1 = C_1 + C_2 - 1$$
$$0 = 6C_1 - 3C_2 - 3$$

解之可得

$$C_1 = 1, C_2 = 1$$

由此可得非齐次递推关系的解为：

$$a_n = 6^n + (-3)^n - 3^n$$

（四）当 $f(n) = a \cdot d^n$，且 d 是特征方程的 r 重根时，则令非齐次递推关系的一个特解为：

$$A \cdot n^r \cdot d^n$$

其中 A 是特定常数。

例 8-21 求 $a_n + 4a_{n-1} + 4a_{n-2} = 3 \cdot (-2)^n$ 的通解。

解 先写出其特征方程

$$p^2 + 4p + 4 = 0$$
$$(p+2)^2 = 0$$
$$p = -2(2 \text{重根})$$

其齐次递推关系的通解：

$$C_1 (-2)^n + C_2 n(-2)^n$$

由于 -2 是特征方程的 2 重根，所以非齐次递推关系的一个特解应设为：

$$A \cdot n^2 \cdot (-2)^n$$

代入后可得

$$A \cdot n^2 (-2)^n + 4A(n-1)^2 (-2)^{n-1} + 4A(n-2)^2 (-2)^{n-2} = 3 \cdot (-2)^n$$

比较系数后可得

$$A = \frac{3}{2}$$

由此可得非齐次递推关系的一个特解为：

$$a_n = \frac{3}{2} \cdot n^2 \cdot (-2)^n$$

其通解为

$$a_n = C_1(-2)^n + C_2 \cdot n(-2)^n + \frac{3}{2}n^2(-2)^n$$

例 8 - 22　求初始条件为 $a_0 = 1, a_1 = 0$ 的递推关系 $a_n - 9a_{n-2} = 3^n$ 的解。

解　先写出特征方程

$$p^2 - 9 = 0$$
$$(p - 3)(p + 3) = 0$$
$$p = 3, p = -3$$

所以齐次递推关系的通解为：

$$C_1 3^n + C_2(-3)^n$$

由于 3 是特征方程的根，所以应设非齐次递推关系的一个特解为：

$$An \cdot 3^n$$

代入后可得

$$An \cdot 3^n - 9A(n - 2) \cdot 3^{n-2} = 3^n$$

比较系数后可得

$$A = \frac{1}{2}$$

由此可得非齐次递推关系通解为：

$$a_n = C_1 3^n + C_2(-3)^n + \frac{1}{2}n \cdot 3^n$$

将初始条件 $a_0 = 1$ 和 $a_1 = 0$ 代入通解后可得：

$$1 = C_1 + C_2$$
$$0 = 3C_1 - 3C_2 + \frac{3}{2}$$

解之可得

$$C_1 = \frac{1}{4}, C_2 = \frac{3}{4}$$

由此得到非齐次递推关系的解为：

$$a_n = \frac{1}{4} \cdot 3^n + \frac{1}{4}(-3)^n + \frac{1}{2}n \cdot 3^n$$

8.3.4　生成函数

生成函数是数列的另一种重要表示形式。

设数列为：$a_0, a_1, \cdots, a_n, \cdots$，则称函数

$$f(x) = a_0 + a_1 x + \cdots + a_n x^n + \cdots$$

$$= \sum_{n=0}^{\infty} a_n x^n$$

为数列 (a_n) 的生成函数(或称母函数)。

例 8 - 23 设数列 $a_n \equiv 1$,求其生成函数。

解 由生成函数的定义可知

$$f(x) = 1 + x + x^2 + \cdots$$
$$= \frac{1}{1-x}$$

例 8 - 24 求等比数列 $a_n = 3^n$ 的生成函数。

解 由于生成函数

$$f(x) = 1 + 3x + (3x)^2 + \cdots + (3x)^n + \cdots$$
$$= \frac{1}{1-3x}$$

例 8 - 25 求等比数列 $a_n = aq^n$ 的生成函数。

解 与上例类似

$$f(x) = a + aqx + a(qx)^2 + \cdots + a(qx)^n + \cdots$$
$$= \frac{a}{1-qx}$$

易见,给定一个数列,就能确定其生成函数,反之亦然。

在上述三个例子中,分别给出了数列 $a_n \equiv 1, a_n = 3^n, a_n = aq^n$ 的生成函数的简明表达式,这也称为生成函数的紧凑格式表示。它也是一种理想的数列表示形式。

例 8 - 26 求 $a_n = n$ 的生成函数。

解 数列 $a_n = n$ 的生成函数为

$$f(x) = 0 + 1 \cdot x + 2 \cdot x^2 + \cdots + n \cdot x^n + \cdots$$
$$= x(1 + 2x + 3x^2 + \cdots + nx^{n-1} + \cdots)$$

由于

$$\frac{1}{1-x} = 1 + x + x^2 + \cdots + x^n + \cdots$$

两边求导后得

$$\left(\frac{1}{1-x}\right)' = 1 + 2x + \cdots + nx^{n-1} + \cdots$$

所以数列 $a_n = n$ 的生成函数为

$$f(x) = x \cdot \left(\frac{1}{1-x}\right)' = \frac{x}{(1-x)^2}$$

例 8 - 27 求 $a_n = n^2$ 的生成函数。

解 由上例可知

$$\frac{x}{(1-x)^2} = 1 \cdot x + 2x^2 + \cdots + nx^n + \cdots$$

两边求导后可得

$$\left(\frac{x}{(1-x)^2}\right)' = 1 + 2^2 x + \cdots + n^2 x^{n-1} + \cdots$$

$$x \cdot \left(\frac{x}{(1-x)^2}\right)' = x + 2^2 x^2 + \cdots + n^2 x^n + \cdots$$

由此可得数列 $a_n = n^2$ 的生成函数

$$f(x) = 0 + 1^2 x + 2^2 x^2 + \cdots + n^2 x^n + \cdots$$

$$= x \cdot \left(\frac{x}{(1-x)^2} \right)'$$

$$= \frac{x(1+x)}{(1-x)^3}$$

在很多情况下,利用生成函数可以较方便地求得递推关系的解。

例 8 - 28 求初始条件为 $a_0 = 1$, $a_1 = 1$ 的递推关系 $a_n = a_{n-1} + 2a_{n-2}$ 的解。

解 本例将用生成函数来求解。

设数列 a_n 的生成函数为

$$f(x) = a_0 + a_1 x + \cdots + a_n x^n + \cdots$$

$$= \sum_{n=0}^{\infty} a_n x^n$$

在递推关系 $a_n = a_{n-1} + 2a_{n-2}$ 的两边各乘以 x^n,于是有

$$a_n x^n = a_{n-1} x^n + 2a_{n-2} x^n$$

$$\sum_{n=2}^{\infty} a_n x^n = \sum_{n=2}^{\infty} a_{n-1} x^n + \sum_{n=2}^{\infty} 2a_{n-2} x^n$$

$$\sum_{n=2}^{\infty} a_n x^n = x \cdot \sum_{n=1}^{\infty} a_n x^n + 2x^2 \cdot \sum_{n=0}^{\infty} a_n x^n$$

由此可得

$$f(x) - a_0 - a_1 x = x(f(x) - a_0) + 2x^2 \cdot f(x)$$

由于初始条件 $a_0 = 1$, $a_1 = 1$ 可得

$$f(x) - 1 - x = x(f(x) - 1) + 2x^2 \cdot f(x)$$

$$f(x)(1 - x - 2x^2) = 1$$

$$f(x) = \frac{1}{1 - x - 2x^2}$$

$$= \frac{1}{(1 - 2x)(1 + x)}$$

$$= \frac{2}{3} \cdot \frac{1}{1 - 2x} + \frac{1}{3} \cdot \frac{1}{1 + x}$$

由于 $\frac{1}{1-2x}$ 是 2^n 的生成函数,$\frac{1}{1+x}$ 是 $(-1)^n$ 的生成函数。所以

$$a_n = \frac{2}{3} \cdot 2^n + \frac{1}{3} \cdot (-1)^n$$

一般地讲,设 k 阶常系数线性递推关系为

$$a_n + b_1 a_{n-1} + \cdots + b_k a_{n-k} = h(n)$$

其中 $b_1, b_2, \cdots, b_k$ 是常数,$h(n)$ 是已知函数。

设数列 a_n 的生成函数为 $f(x)$,即

$$f(x) = a_0 + a_1 x + \cdots + a_{k-1} x^{k-1} + a_k x^k + \cdots$$

其中 $a_0, a_1, \cdots, a_{k-1}$ 是已知常数,由初始条件确定其值。

首先在递推关系的两边乘以 x^n，于是有

$$a_n x^n + b_1 a_{n-1} x^n + \cdots + b_k a_{n-k} x^n = h(n) \cdot x^n$$

然后对 n 自 k 到 ∞ 求和，得到

$$\sum_{n=k}^{\infty} a_n x^n + b_1 \sum_{n=k}^{\infty} a_{n-1} x^n + \cdots + b_k \sum_{n=k}^{\infty} a_{n-k} x^n = \sum_{n=k}^{\infty} h(n) \cdot x^n$$

由于

$$\sum_{n=k}^{\infty} a_n x^n = f(x) - a_0 - a_1 x - \cdots - a_{k-1} x^{k-1}$$

$$\sum_{n=k}^{\infty} a_{n-1} x^n = x(f(x) - a_0 - a_1 x - \cdots - a_{k-2} x^{k-2})$$

$$\vdots$$

$$\sum_{n=k}^{\infty} a_{n-k} x^n = x^k f(x)$$

所以有

$$f(x) = \frac{1}{1 + b_1 x + \cdots + b_k x^k} \Big(\sum_{n=k}^{\infty} h(n) x^n + a_0 + a_1 x + \cdots$$

$$+ a_{k-1} x^{k-1} + b_1 x(a_0 + a_1 x + \cdots + a_{k-2} x^{k-2}) + \cdots$$

$$+ b_{k-1} x^{k-1} \cdot a_0 \Big)$$

由此可求出生成函数 $f(x)$，并通过 $f(x)$ 再求出数列 a_n。

例 8-29　用生成函数求初始条件为 $a_0 = 1$ 的递推关系 $a_n + a_{n-1} = 4n$ 的解。

解　设数列 a_n 的生成函数为

$$f(x) = a_0 + a_1 x + \cdots + a_n x^n + \cdots$$

$$= \sum_{n=0}^{\infty} a_n x^n$$

在递推关系的两边乘以 x^n，并对 n 自 1 到 ∞ 求和，得到

$$\sum_{n=1}^{\infty} a_n x^n + x \sum_{n=1}^{\infty} a_{n-1} x^{n-1} = \sum_{n=1}^{\infty} 4n x^n$$

曾求得 $\sum_{n=1}^{\infty} n x^n = \dfrac{x}{(1-x)^2}$，所以有

$$f(x) - 1 + x \cdot f(x) = \frac{4}{(1-x)^2}$$

整理后可得

$$f(x) = \frac{1+x}{(1-x)^2}$$

$$= \frac{1 - x + 2x}{(1-x)^2}$$

$$= \frac{1}{1-x} + \frac{2x}{(1-x)^2}$$

$$= \sum_{n=0}^{\infty} x^n + 2 \sum_{n=0}^{\infty} n x^n$$

$$= \sum_{n=0}^{\infty} (1+2n)x^n$$

由此可得该递推关系的解为

$$a_n = 1 + 2n$$

例 8-30 求初始条件为 $a_0 = 4, a_1 = 8$ 的递推关系 $a_n - 2a_{n-1} + a_{n-2} = 2^n$ 的解。

解 由于

$$\sum_{n=2}^{\infty} a_n x^n - 2\sum_{n=2}^{\infty} a_{n-1} x^{n-1} + \sum_{n=2}^{\infty} a_{n-2} x^n = \sum_{n=2}^{\infty} 2^n x^n$$

$$f(x) - 4 - 8x - 2x(f(x) - 4) + x^2 f(x) = \frac{1}{1-2x} - 1 - 2x$$

$$f(x)(1 - 2x + x^2) = \frac{4(1-x)^2}{1-2x}$$

$$f(x) = \frac{4}{1-2x}$$

$$= 4\sum_{n=0}^{\infty} 2^n x^n$$

所以递推关系的解为：

$$a_n = 4 \cdot 2^n$$

习 题

1. 求下列递推关系的通解。

(1) $a_n - 5a_{n-1} - 14a_{n-2} = 0$

(2) $a_n + a_{n-1} - 4a_{n-2} = 0$

(3) $a_n + 6a_{n-1} + 9a_{n-2} = 0$

(4) $a_n + 4a_{n-2} = 0$

2. 求下列递推关系的解。

(1) $a_n - 2a_{n-1} - 15a_{n-1} = 0$，初始条件为：$a_0 = 1, a_1 = 1$。

(2) $a_n - 2a_{n-1} + a_{n-2} = 0$，初始条件为：$a_0 = 0, a_1 = 1$。

(3) $a_n - 2a_{n-1} + 2a_{n-2} - a_{n-3} = 0$，初始条件 $a_0 = 2, a_1 = 1, a_2 = 1$。

(4) $a_n + a_{n-2} = 0$，初始条件：$a_0 = 0, a_1 = 1$。

3. 求下列递推关系的通解。

(1) $a_n - 7a_{n-1} + 10a_{n-2} = 3^n$

(2) $a_n + 6a_{n-1} + 9a_{n-2} = 2 \cdot 3^n$

(3) $a_n - a_{n-1} + a_{n-2} = 2^n$

4. 求下列递推关系的解。

(1) $a_n - 4a_{n-1} + 4a_{n-2} = 2^n$，初始条件为：$a_0 = 0, a_1 = 0$。

(2) $a_n + 3a_{n-1} + 2a_{n-2} = 1$，初始条件为：$a_0 = 0, a_1 = 1$。

(3) $a_n - a_{n-1} = 7n$，初始条件：$a_0 = 1$。

5. 求下列数列的生成函数。

(1) $a_n = 2^n + 2$

(2) $a_n = 2^n + 3^n$

(3) $a_n = 1 + n + n^2$

$(4)a_n = n^3$

6. 利用生成函数求下列递推关系的解。

$(1)a_n - a_{n-2} = 0, a_0 = 1, a_1 = 1$

$(2)a_n - 2a_{n-1} - 8a_{n-2} = 0, a_0 = 0, a_1 = 1$

$(3)a_n - 4a_{n-1} + 4a_{n-2} = 0, a_0 = 1, a_1 = 1$

7. 利用生成函数求下列递推关系的解。

$(1)a_n - 4a_{n-2} = 3^n, a_0 = 0, a_1 = 1$

$(2)a_n - 4a_{n-2} = 2^n, a_0 = 0, a_1 = 1$

$(3)a_n - a_{n-1} = n + 1, a_0 = 1$

$(4)a_n - 2a_{n-1} + a_{n-2} = n, a_0 = 0, a_1 = 1$

8. 利用生成函数求下列递推关系的解。

$(1)a_n - 3a_{n-1} + 2a_{n-2} = n + 3^n, a_0 = 0, a_1 = 1$

$(2)a_n - a_{n-2} = n, a_0 = 0, a_1 = 2$

第8章 综合练习

选择正确答案,将选择项的序号写入空格内。

1. 从 3 位先生、4 位女士、5 位男孩和 6 位女孩中选取 1 位先生、1 位女士、1 位男孩和 1 位女孩的方法数是_____。

供选择项:

A 360   B 18   C 300   D 16

2. 从 5 位先生、6 位女士、2 位男孩和 3 位女孩中,选取 1 个人的方法数是_____。

供选择项:

A 5   B 6   C 7   D 8

3. 由字母 a、b、c、d 组成的 3 个字母的"单词",每个字母在"单词"中至多使用一次,这样的单词个数是_____。

供选择项:

A 24   B 25   C 26   D 27

4. 某校有足球队员 38 人,篮球队员 15 人,排球队员 20 人,三队队员总数是 58 人,且其中只有三人同时参加三个球队,那么仅仅参加两个球队的队员数是_____。

供选择项:

A 8   B 9   C 12   D 15

5. 设递推关系为 $a_n - a_{n-2} = 0$,则其通解为_____。

供选择项:

A $C_1 + C_2 n$ B $C_1 + C_2(-1)^n$

C $C_1(-1)^n + C_2 n(-1)^n$ D $C_1 + C_2 n(-1)^n$

6. 设递推关系为 $a_n + 6a_{n-1} + 9a_{n-2} = 0$ 的通解为_____。

供选择项:

A $C_1 3^n + C_2 n \cdot 3^n$ B $C_1 3^n + C_2(-3)^n$

C $C_1(-3)^n + C_2 n(-3)^n$ D $C_1(\sqrt{3})^n + C_2(-\sqrt{3})^n$

7. 设递推关系为 $a_n + 4a_{n-2} = 0$,则其通解为_____。

供选择项:

A $C \cdot 2^n \cdot \cos\dfrac{n\pi}{2}$ B $C_1 \cos\dfrac{n\pi}{2} + C_2 \sin\dfrac{n\pi}{2}$

C $C \cdot 2^n \cdot \sin \dfrac{n\pi}{2}$ D $C_1 \cdot 2^n \cdot \cos \cdot \dfrac{n\pi}{2} + C_2 \cdot 2^n \cdot \sin \dfrac{n\pi}{2}$

8. 当初始条件为 $a_0 = 2, a_1 = 0$ 时,递推关系 $a_n - a_{n-2} = 0$ 的解为_____。

供选择项:

A $1 + (-1)^n$ B $1 + 2^n$ C $(-1)^n$ D $2^n + (-1)^n$

9. 当初始条件为 $a_0 = 0, a_1 = 1$ 时,递推关系 $a_n - 2a_{n-1} + 2a_{n-2} = 0$ 的解为_____。

供选择项:

A $\cos \dfrac{n\pi}{4}$ B $\sin \dfrac{n\pi}{4}$

C $\cos \dfrac{n\pi}{4} + \sin \dfrac{n\pi}{4}$ D $(\sqrt{2})^n \cdot \sin \dfrac{n\pi}{4}$

10. 设递推关系 $a_n - 8a_{n-1} + 7a_{n-2} = 2^n$,则其通解为_____。

供选择项:

A $C_1 + C_2 7^n - \dfrac{3}{2} \cdot 2^n$ B $C_1 2^n + C_2 7^n - 2^n$

C $C_1 + C_2 7^n + 3 \cdot 2^{2n}$ D $C_1 + C_2 \cdot 7^n - \dfrac{4}{5} \cdot 2^n$

11. 设递推关系 $a_n - a_{n-2} = 4n + 2$,则其通解为_____。

供选择项:

A $C_1 \cdot 2^n + C_2(-1)^n + n$ B $C_1 \cdot 2^n + C_2(-1)^n + n^2$

C $C_1 \cdot 2^n + C_2(-1)^n + n^2 + n$ D $C_1 + C_2(-1)^n + n^2 + 3n$

12. 当初始条件为 $a_0 = 1, a_1 = 0$ 时,递推关系 $a_n - 4a_{n-1} + a_{n-2} = 2^{n+1}$ 的解为_____。

A $2^n - 2n \cdot 2^n + n^2 \cdot 2^n$ B $2^n - 2n \cdot 2^n$

C $2^n - 2n \cdot 2^n + 3n^2 \cdot 2^n$ D $2^n - 3n^2 \cdot 2^n$

13. 设数列 $a_n = 2(2^{n-1} + 1)$,则其生成函数为_____。

供选择项:

A $\dfrac{2}{1-2x}$ B $\dfrac{2}{(1-2x)(1-x)}$

C $\dfrac{3-5x}{(1-2x)(1-x)}$ D $\dfrac{1-2x}{1-x}$

14. 设数列 a_n 的生成函数 $f(x) = \dfrac{1}{6(1-4x)}$,则 $a_n =$ _____。

供选择项:

A 4^n B $6 \cdot 4^n$ C $\dfrac{1}{6} \cdot 4n$

D $\dfrac{1}{2} \cdot 4^n$ E $\dfrac{1}{6} \cdot 4^n$

15. 设数列 a_n 的生成函数 $f(x) = \dfrac{x}{(1-2x)(1-x)}$,则 $a_n =$ _____。

供选择项:

A $2^n + 1$ B $n \cdot 2^n$ C $2^n - 2$ D $2^n - 1$

16. 设数列 a_n 的生成函数 $f(x) = \dfrac{x}{(1-x)^4}$,则 $a_n =$ _____。

供选择项:

A $n(n-1)$ B $n(n-1)(n-2)$

C $\dfrac{1}{6}(n+1)n(n-1)$ D $\dfrac{1}{6}(n+2)(n+1)n$